将进酒

QIANGJINJIU

曾月郁　周　实/著

中国文史出版社

目 录

君不见黄河之水天上来，奔流到海不复回。
君不见高堂明镜悲白发，朝如青丝暮成雪。

——李白《将进酒》

第 一 章

1

开元十九年（731）夏，三十一岁的李白离开长安，沿着渭水，一直往东。

......

行路难，行路难。

多歧路，今安在？

长风破浪会有时，直挂云帆济沧海。

来到华州郑县（今陕西渭南市华州区），已临近渭水的尽头。再往东，渭水汇入黄河，似乎已无路可行了。李白在郑县渡口找了一条货船，与船主说好，打算随货船沿黄河走水路，顺流而下，直奔东海。

船主见李白一身穷布衣打扮，不想多为难他，只提出一个条件：搭船可以，路上的饭钱必须自理。

"老哥放心，船费、饭钱，我一并先给你就是。"李白说着，从怀中掏出一锭银子，递了过去。

这银子，是离开长安前，阿里古朵硬塞给他的。当时，他不想接受。

他躲在她的饭馆里，白吃白住，仅他一人还不够，又加上一个王炎。两人每天的吃喝，餐餐是好酒好菜，他一时也无法回报。何况，此行离开长安，恐怕今后也难以相见，他怎么好意思再接受阿里古朵的银两呢？

他摸着已经塞入怀中的银子，这银子还带着阿里古朵的体温。他想拿出来，还给她，但看着她那纯真的蓝宝石一般晶亮的眼睛，手又松开了。他没把银子掏出来。他知道，如果真的掏出银子，阿里古朵一定会很生气，一定会记恨他一辈子。已经塞入怀中的银子，他只能无条件地接受。

船主接过银子，放入嘴中咬了一口，断定是真的，痛快地让李白上了船。

"船家生活起居简陋，公子与我们一同吃住，可要多多担待才是。"船主说。

李白答道："你看我像是讲究之人吗？每日里，两口白酒就一块盐菜，便足够打发我啦。"

船自郑县起航，顺流，不出两日，便走完了渭水剩余的路程。

渭水与黄河汇合之后，方向未变，继续往东。黄河则乘汇合之势，陡地转了一个大弯，由原来的自北向南，转为由西向东。

清澈碧绿的渭水刚一涌入黄河，即刻面目全非，由清纯变为混浊，就像一个天真的小孩，雨天玩耍，啪地一跤，浑身上下滚满了泥浆。

李白立在船头，看着宽阔的黄河河面，想起六年以前，从长江顺流而下，出川蜀，下江南，干谒百官，信心十足……而今，长江三峡的险象依然历历在目，艄公粗犷的号子仍在耳边回响……

李白哪里想得到，六年之后，他会又一次顺流而下，同样由西向东。长江黄河，河水江水，同样汹涌澎湃。所不同的是，那时的长江，卷起的是清亮透明的浪花，他昂首立于船头，想象着自己是一只正待展翅的鲲鹏，可以飞上九天！而今，透亮的浪花变成了浑浊的黄河之水，他也失意地离开了京城，未能在天子脚下寻得登天之路！他只能再立船头，"哀哀歌苦寒，郁郁独惆怅"！

船过三门峡，浩浩荡荡的黄河之水竟被两座河心石岛迎面劈成了三股，形成水道三条，人称"神门""鬼门""人门"。传说，这三门，是大禹治水时用巨斧劈砍而成。至今，鬼门岛上，还留有大禹一对巨大的脚印。

再往前，一座高出水面七米的石岛，立于河道中心，人称"中流砥柱"。《水经注》云："砥柱，山名也。昔禹治洪水，山陵当水者凿之，故破山以通河。河水分流，包山而过，山见水中若柱然，故曰砥柱。"

这三门峡水道，正像李白的干谒之路。"神门""鬼门""人门"挡在他的面前，神、鬼、人都不让他成为国家之栋梁，他想做也做不了惊涛骇浪之"中流砥柱"。

面对与自己作对的神、鬼、人，李白有时很自傲，他说："青云当自致，何必求知音？"我大鹏展翅，应当独自飞于青云之上，不必求知音荐举入朝！有时，李白又好不沮丧。他高举酒杯，面对苍天，叹息连连："沉吟此事泪满衣，黄金买醉未能归。连呼五白行六博，分曹赌酒酬驰晖。"李白干谒无门，只能日日醉倒在黄汤之中，夜夜以赌酒为乐，聊以消忧解闷。

不过，李白毕竟是李白，他哪会甘心沦落？他消沉片刻，便自动将消沉化解为激昂奋进的起点。挡道的神、鬼、人，如同三门峡的狭关险阻，很快被大船甩在了后头。面对前程，李白又有了新的希望，他要学谢安归卧东山，待时机到来，再去实现他早已立下的"济苍生，安社稷"的宏伟志愿。他说："东山高卧时起来，欲济苍生未应晚。"

本来打算乘坐货船一直漂到东海去的李白，突然决定不再向东行了。他在河南道汴州（今河南开封）附近下船，往宋州（今河南商丘），也就是汉梁孝王的游赏故地——梁园，玩了一圈。

李白这一路的行踪，正如他在《梁园吟》的开头四句中所说："我浮黄河去京阙，挂席欲进波连山。天长水阔厌远涉，访古始及平台间。"往东行，天长水阔，没有更多的阻隔。但越往前走，离长安越远，越来越与李白向往的功名之路背道而驰。李白厌倦了，他不愿随波逐流，攀登"蜀

3

道"恐怕更合他的心意。

从地图上观看，初出长安的李白所走过的路程，清晰地表明他当时的心情是非常矛盾复杂的。他想远离权贵，顺黄河直下，自由奔向东海。但行程未过半，又回心转意，他终归舍不得功名社稷，不愿从此放任自流。

李白在宋州重新回头向西行，途经陈州（今河南淮阳）、郑州，过嵩山，到东都洛阳再次寻求机会。

秋日，李白来到嵩山。

元丹丘和玉真公主隐居在嵩山。

李白上得山来，无暇顾及中岳的风光景致，他两眼要搜寻的只是朋友的山居。

掩隐在山林之中的草庐就在李白面前。昏黄的灯光从门窗缝隙之间透出，主人正在屋内。李白站在黑暗之中，迅速地整了整衣巾，推开木门，一步跨了进去。他想象着，元丹丘和玉真公主见他突然从天而降，一定吃惊不小。

天台山众妙台一别，李白再没见过玉真公主。在终南山，本应有单独见面的机会，却又阴差阳错，有情人不得相会。李白与元丹丘在光州分手，也近两年了。即使玉真公主不在，他也极想马上再见这位兄弟兼师长了。

"公子有何喜事相报？"

跨进屋内的李白，人未站定，屋内之人已在发问。这人正独坐松油灯下，手捧一本书，忽见一人破门而入，而且满面喜气，便没头没脑地问了一句。

李白定眼相看，发问之人并不是元丹丘。玉真公主也不在屋内。他环顾屋里的每个角落，像是要寻他们出来。

"公子在寻猎宝物？"屋内人又问。

"这不是元丹丘的居所？"李白也问。

"你寻元丹丘何干？"屋内人再问。

李白再次反问道："元丹丘和玉真公主不在吗？"

两个人较上了劲儿，只想问明对方，解开自己心中的疑问，谁也不愿首先回复对方的问话。

屋内人笑了。他觉得，进来的这位公子很有个性，肯定是元丹丘和玉真公主的好朋友。

李白没有笑。他等着屋内人回答他的问题。

"我是元丹丘的族弟。"屋内人起身，拱手道，"暂时借住兄长的山居。"

元丹丘的族弟叫元演，李白早听元丹丘说起过。元演的父亲任太原府尹，负责镇守北方边塞，他也在军中挂有一职。记得元丹丘说，他的这个族弟是在河南亳州州治谯县（今安徽亳州）当录事参军。

李白看这屋内人，果然有行武之士的气质。他穿着白色便袍，身材魁梧高大，举止动作刚健有力。细细观看，这人高高的额头上，靠近发际处留有一道深深的横沟。不用问，那是常年头戴兜鍪（唐代将士头盔）留下的痕迹。屋里侧面墙上的衣钩，挂有一副绢布胄甲，上面织着五彩图案，外形既美观又轻巧。平时，武将们都穿这种服饰。李白见了，更认定眼前这人，就是元丹丘说过的族弟元演了。

"你是元演?"

"正是。"

"我乃……"

"先别说，让我猜猜，"李白刚想自我介绍，被元演止住，"我猜，你就是大哥常说的结拜兄弟——李白！"

"一点不假，正是李白！"

元演和李白一同哈哈大笑起来。

坐下来，元演告诉李白，元丹丘不在嵩山，到终南山找玉真公主去了。走前，正遇他上山寻道，就将山居暂时托交给他代管。

"玉真公主在终南山?"

"你不知道吗?"元演奇怪，皇上要将玉真公主许配给张果老道的事情，举国上下，几乎人人知道，刚从长安出来的李白却未听说。

李白真的一点也不知道。他听元演说了此事，后悔当时不该只顾自己。要是他不急于返回长安，在终南山再多待几日，等到玉真公主，别的忙帮不了，起码也能替她分解些许忧愁。

"玉真公主给元丹丘捎信来，说她恨她的皇兄，她从此不想再见男人，只想一个人在终南山修道。"元演说，"元丹丘很替她着急。他怕她使性子，做出过头的事，到头来，于她于皇上都不利，这才急急忙忙地赶去了终南山。"

李白很为玉真公主抱不平。可是，对于玉真公主，他从来是心有余而力不足。

李白帮不了玉真公主的忙，他只会给她平添许多情丝乱麻。

嵩山是道教的"第六小洞天"。

元丹丘的山居，确实是修道的极好去处。它北倚马岭山，南望鹿台山，汝水从脚下流过，四周松涛林海，终日云雾缭绕。李白住了些日子，耳濡目染，躁动不安的心绪稍微平复下来。

元演也是一个访仙问道的有心人。李白来之前，他一人在山居研读道学，修身养性。李白来了以后，他与李白结伴，在嵩山访道求仙。

元演告诉李白，人说嵩山住着一位女道士，称作焦炼师，是活在世间的神人。她出生在齐梁时期，已经两百多岁了，可见到她的人，都说她只有五六十岁的模样。

"听说焦炼师就住在少室山下的一个石室中。"元演说，"她不食五谷，只吃石髓，修炼得身轻体健，行走如飞。我几次去寻她，都没寻见。"

李白也很想见见这个神奇的女道人。他和元演在嵩山寻找她的踪迹，先探遍了少室山下每个稍有些名气的石室，后又往太室山，翻越三十六峰。太室阙、启母阙、少室阙，他们都访过了，始终未能见到神人焦炼师。

万般无奈，李白只好立于山巅之上，吟诗一首，临风遥寄——《赠嵩山焦炼师》。他立誓，要寻来道家秘典，"铭骨誓相学"。

6

李白的这首诗，字里行间紫云升腾，仙气缥缈。他放眼八方之极，揽来九天故事，王母娘娘，麻姑女仙，还有神人东方朔的行踪，皆历历在目。读来，不知是李白在仙境之中，还是焦炼师将仙境带到了人间。

诗曰：

> 二室凌青天，三花含紫烟。
> 中有蓬海客，宛疑麻姑仙。
> 道在喧莫染，迹高想已绵。
> 时餐金鹅蕊，屡读青苔篇。
> 八极恣游憩，九垓长周旋。
> 下瓢酌颍水，舞鹤来伊川。
> 还归空山上，独拂秋霞眠。
> 萝月挂朝镜，松风鸣夜弦。
> 潜光隐嵩岳，炼魄栖云幄。
> 霓裳何飘飖，凤吹转绵邈。
> 愿同西王母，下顾东方朔。
> 紫书傥可传，铭骨誓相学。

找不到仙人踪迹，天气也渐渐地冷了，李白和元演决定下山，去洛阳。

临行，李白又在元丹丘的草庐门上题诗一首，他想，元丹丘返回，见诗如见人，不用多说，便知他李白来过嵩山。诗曰：

> 故人栖东山，自爱丘壑美。
> 青春卧空林，白日犹不起。
> 松风清襟袖，石潭洗心耳。
> 美君无纷喧，高枕碧霞里。

李白实在喜爱元丹丘的这所山居。他羡慕元丹丘栖息于山间，与自然之美融为一体。他想象着元丹丘睡卧于空林丘壑之中，没有尘世纷扰，清心寡欲，高枕无忧，周边环绕着碧野彩霞。那日子，真好比神仙一般。

果真如此，元丹丘太幸福了！可惜，元丹丘并非不受任何干扰。他不是为了玉真公主，离开了嵩山草庐吗？有谁能知道，元丹丘独自一人困在山居，为情丝所牵所绕的痛苦？

李白应该知道。李白确实知道。不过，他想回避，他不想承认。李白向往那超尘脱俗的清净生活，李白追求那月白风清的神仙意境。

其实，是仙也好，是人也好，是鬼也好，各自都有各自的苦恼。因为，有喜便有忧，有爱必有恨。你对一切淡然处之，无痛无痒，将一个巨大的"无"字写在心上，无欲无求，心便会有空的苦痛、空的烦恼。

肉体有肉体的喜怒哀乐，灵魂更有灵魂的喜怒哀乐。

是人也好，成仙也好，做鬼也好，躲到哪里，都摆脱不了精神的现实感受。

除非毁灭灵魂，除非泯灭精神。

2

冬日，李白和元演来到洛阳。这时，他俩已经结下了莫逆之交。正如李白后来的回忆所说，他与元演是"海内贤豪青云客，就中与君心莫逆。回山转海不作难，倾情倒意无所惜"。

李白早已身无一文，下了嵩山之后，所有开销全靠元演。

和元丹丘不同，元演爱访道求仙，又善于及时行乐，可以和在金陵、扬州时的李白相媲美。由此，两人更成了既心心相印又爱好一致的好朋友。

进了洛阳，元演说："我们一路辛苦，先去酒楼洗尘，也算是我为你来洛阳接风。"

李白虽然愿意，但囊中羞涩，不好意思让元演多破费，于是推辞道：

"我看还是随随便便为好，朋友之间不必过多礼节。"

"你尽管放心，我请你喝酒、住店，钱不用我出。"元演说，"我有一个朋友，是洛阳城中的大酒商，城里好几个有名的酒家都在他的名下。来到洛阳，你跟我走，管你吃饱，喝足，玩得痛快，还不用花一文钱。"

元演说的这个朋友，叫董糟丘。他家世代以酿酒为业，到了董糟丘父亲这辈，才着手开设酒家。因他们的酒是自酿自卖，经营又讲究薄利多销，不出十年，产业便发达起来，渐渐地由单一的酒家发展成为吃喝玩乐一条龙的商家。

七年前，董糟丘的父亲去世，产业一分为三，由他们兄弟三人同时继承。老大和老三拿了父亲的这份产业，不会发扬光大，只会坐吃山空，几年下来，两个人只能各自守住最后一个小酒肆，勉强维持自家的生活了。

董糟丘则不同。他不但继承了父亲的产业，还遗传了父亲的头脑，甚至比他父亲更精明能干。他趁兄弟经营困难，将父亲原来的产业一一收归到他的名下。两年前，他又在天津桥附近，新盖了一座大酒楼。为了这家新酒楼的生意，董糟丘亲自去金陵、苏杭和长安等地，选招了一群美艳的歌妓舞妓。

同时，董糟丘还立下规矩，酒家对朝中官员一律减半收费。无论官职大小，只要在朝中挂上了职务，吃喝的钱可以少交，还有免费的美女陪伴。这么一来，大小官员都以董糟丘的酒家为家，他的生意自然常年红火。况且，走出酒家，官员们给董糟丘带来的好处更是说不清道不完，无形的，有形的，处处为董糟丘提供方便。有了这份宝贵的人情资产做后盾，董糟丘的生意还有不兴旺发达的吗？

元演把李白带到了天津桥酒家。

见到元演，董糟丘拱手上前招呼。他不多说话，直接将元演和李白往二楼上领。

元演和董糟丘并排走在前面，李白随后而行。他想，董糟丘和元演见面，话不用说，只拱拱手，相互意思便全领了。人与人之间到了这一步，可见关系确实非同一般。

董糟丘领他们进了一间靠边上的套房。

套房很大。里面是一间卧室，用珠帘与外间隔开，站在外边，可以看见床上铺着的锦缎被褥。外间摆着一张挺大的圆桌，围着坐十个酒客不成问题。桌上已摆好了三大盘新鲜水果。一盘是嫩黄嫩黄的大鸭梨，不用尝，只看一眼，就已让人感受到它那一咬一口的甜汁。一盘是洛阳特产，有红有绿的大苹果。盘中的苹果，个个大小一般，果皮上结着一层薄薄的粉霜。有的苹果把上，还留有一两片新鲜的枝叶，像是苹果仍挂在枝头一样。还有一盘是冬季洛阳少见的柑橘，橙红橙红的，鲜亮极了。李白看见这盘柑橘，自然想起了家，想起了他的娘子和小平阳。在安陆，冬季正是吃柑橘的时节。

"我来洛阳，每次都包下这间套房。"元演对李白说，"这次让给你住。你好好体会一下洛阳的风情。"

"如此客气，李白真有些消受不起。"

"李白?"董糟丘不自觉地重复了一遍李白的名字。他觉得，李白这个名字有些耳熟，好像在哪儿听说过。可是，一时半会儿又想不起来。

元演听见，拍了一下脑门子，说："二位原谅，我心粗，忘记给你们相互介绍了。"

说着，他一只手扶着董糟丘的肩头，先给李白介绍道："这位是洛阳城中有名的董老板董糟丘，我们大家都称他为董哥。"

"董哥大名，李白未进洛阳便如雷贯耳。"

"李公子客气了。"董糟丘谦虚地说，"商户人家名声再大，也是粪土之名，不能与读书人相比。"

"他的名字，你已经知道了，"元演又给董糟丘介绍李白，"我要补充的是，李白老兄是我兄长的结拜兄弟，也是我新近在嵩山结识的好友，还是一位了不起的大诗人。"

称李白是"了不起的大诗人"，并不过分。但在元演之前，还没有人这么称呼过李白。平日，李白对自己的诗才看得不重。李白以为，作诗是他的本能，经国济世之才方是他真正的本事。可惜，他人总颠倒了他的本能和本事。他们看重他李白的诗才，对他的政治头脑却不屑一顾。

当然，被人称作"了不起的大诗人"，总还是令人愉快的，尤其是在入朝做官无路可走的时候。李白觉得，元演很够朋友。

董糟丘轻轻合了一下巴掌，道："我说怎么初听公子的大名，就觉得十分的耳熟。李公子的手抄本诗集，我早已拜读过，是一个读书的朋友送给我的。诗集上没写作者的名字，他送给我时特意告诉过我，诗作者名叫李白，是川蜀人士。我极喜爱李公子的诗作。《大鹏赋》《长相思》，还有《采莲曲》，要气魄有气魄，要豪情有豪情，要魅力有魅力。同样都是几个方字，到了李公子的笔下，写出来的意境与他人完全不同。佩服，佩服，我读李公子的大作，真是由衷地佩服！"

董糟丘一连串的夸赞，说得李白都有些不好意思了，他连连摆手，道："董哥过奖，董哥过奖。"

"不是我夸张，李公子的诗确实写得好。"停了停，董糟丘又认真地说，"别看我成天混在生意场中，阿谀奉承的生意经，我并没学会。我是真心爱慕李公子的诗作，才将心里话掏出，让李公子知道的。"

"那好哇，"元演说，"你喜欢李白的诗作，让他再送你些新的，为你专门作几首都可以。不过，你也必须尽地主之谊，好好地款待李白。他是第一次来洛阳，举目无亲，两眼一抹黑。"

"这个不成问题。"董糟丘说，"李公子住在我这儿，是我脸上有光。吃喝住全包在我身上，我还要请最漂亮的女子，替我好好陪陪李公子。"

说话间，酒菜已经上来了。

董糟丘请李白坐在上座，又叫来几个歌妓，让李白任选。李白只说他随便，请元演先选。

董糟丘说："李公子只管选你看得中的，元演你不用操心，他来我这儿是常客，相好的女子也有两个，她俩这会儿正在陪客，一会儿客人走了，自会来陪他。李公子先选你满意的，两个三个都没问题。"

一个歌妓将她们四个人的曲牌送到李白面前。李白接过四大张曲牌，面对密密麻麻的曲目，真有些无所适从。

李白自从到安陆娶了许夫人之后，进酒家喝酒吃饭，很少找女子相陪。对玉真公主生出恋情后，他更不把逢场作戏的女子放在眼里。出长安前，李白一度沉沦，也只是狂饮烂醉，斗鸡赌博。现在，董糟丘和元演非让他选，他们出自好意，李白盛情难却，只得依了，随手抽了一张曲牌，又留下了一个看得顺眼的，让她坐在身边。

董糟丘不用他自家酿的酒招待李白。他说，李白在这儿要多住些日子，喝他自家酿的酒，有的是机会。

"我要先用洛阳名酒款待李公子。"他说。

"喝白堕春醪，"元演附和道，"这是洛阳最有名的好酒。"

李白听说过"白堕春醪"的大名。这酒是以酿酒师刘白堕的名字命名。刘白堕酿酒独特。人说，他在六月里用罂贮酒，置于夏季的烈日下暴晒一旬。启封后立即喝它，会有"饮之沉醉，经月不醒"的酒力。江湖上，游侠常说"不畏张飞拔刀，唯畏白堕春醪"。还有人笑言，洛阳一带的官吏，专门以白堕春醪捉盗。每有盗贼出现，只要把白堕春醪摆放在盗贼出没的路上，等他们经不住酒香的诱惑，喝了这酒，便可以毫不费劲地将醉倒在地的盗贼们一一擒获。

白堕春醪，酒味醇香，力度却不像传说的那么猛烈。

李白、元演和董糟丘三人缓缓地喝酒，边喝边聊，耳边悠扬着琵琶小曲潺潺流水似的轻唱。美艳的女子更是乖巧周到，频频斟酒，连连献媚。

元演的两个相好的女子来了。她俩一来，就开始与李白逗趣，和元演打闹、嬉笑、假拌口角，酒席间又添了许多的欢快。

酒喝得舒心、畅快。

元演的酒量不行，三斤酒没喝完，人已醉了。他一边搂着一个相好的，不停地对李白说："再、再……再会，我、我……我先、先睡了。"一句话，他重复了十几遍，人还坐在桌前不动。

见元演真醉了，董糟丘让两个女子扶他去隔壁客房休息，他陪李白继续喝。他说："喝酒就要喝得尽兴，喝个半途而废，最没意思。"

李白本来不想太麻烦董糟丘，初次见面，总该客气一些。可白堕春醪下肚，情绪上来后，顾不上什么客套了。再说，李白口袋一直缺钱，很久没开怀痛饮过了，董糟丘愿陪他喝，他就要喝足喝够。

酒壶喝干了，董糟丘又让取烧春酒来。

烧春酒取来，董糟丘亲自为李白斟上满满一杯，说："李公子是川蜀人士，我再以剑南烧春敬你。来，先干两杯。"

李白端起酒杯，与董糟丘干脆地连碰三下，道："不干不成敬意，李白三杯连干，以谢董哥盛情。"说完，他三口喝下三杯，杯杯滴酒不剩。

"好，李公子痛快。"

女子们也在一边喝彩，直夸李公子豪爽，有气度。

一壶酒又喝尽了，董糟丘也有了醉意，李白仍精神十足。他拿过另一壶烧春，每人斟满一杯，先喝干了自己杯中的，说："来，来，来，董哥，让她陪你，一同干下这杯。"

董糟丘用手压住酒杯口，道："李公子海量，海量。我不敢，不敢和你干啦，再干，非醉了不可。"

董糟丘不敢再喝了。停了一会儿，他想出个话题问李白："你、你喝了洛阳的白堕春醪，又、又喝了剑南烧春，比比，比比看，哪……哪样更好？"

李白端起酒，又喝下去一大口。然后，咂了咂嘴巴，品着味，说道："白堕春醪，酒色清澈透明，芳香幽雅，口味醇正。只是，我喝来尚觉得和缓了一些，不如传言的那么刺激。剑南烧春则酒体醇厚，落口舒适，回味悠长，力度也好。我是川蜀之人，不怕董哥笑话，酒还是家乡的美啊。"

"说得好，说得好。"董糟丘晃着头说，"酒是家乡的美。我开酒家，喝过各种名酒、美酒，总觉得不如我董家自酿的老酒喝得过瘾。"

说着，董糟丘忘记了怕喝醉，他让再取自酿老酒来。

自酿老酒烈得厉害，女子们都不敢再喝了，李白和董糟丘还是你一杯我一杯地干。喝到最后，两人干脆拿了酒壶碰，对着壶嘴往肚子里倒老酒。

直到两人皆喝得烂醉，不省人事。

冬去春来。冰雪消融，大地回暖。

窗外，老树的枝头，钻出了一束一束小小的、嫩黄色的幼芽。

已是开元二十年（732）的早春二月，李白还住在洛阳董糟丘的天津桥酒楼的套房里。

两天前，元演收到军营的召归令，匆匆启程，返回了谯县。

临行，元演与李白约定，无论去了哪里，一定要保持联系。他回去处理完军务，还要出来找李白，同他一起外出游玩。

元演不在，李白也想离开洛阳。

董糟丘非要留他再住些日子。

董糟丘说，过几天，他有一个好朋友会从京城来洛阳。到时，他介绍李白认识。说不定，这是举荐李白入朝做官的一个机会。

"我们生意场中，从来不放过任何可能的机会。"董糟丘劝李白，"官场上也是同样的道理。机会总是由人来把握的，你不盯紧它，它就会从你身边悄悄地溜过去。我以为，像李公子这样不可多得的人才，越早把握住机会，于国家，于社稷，越有利。李公子不为自己考虑，也应为皇上和朝政着想。"

"我与董哥的想法一样，只是……"

"李公子不必担心在我这儿住得久了。你住多长时间，我都高兴。只怕下人对李公子的生活起居照顾不周，还请李公子多多见谅才是。"

李白接受了董糟丘的好意。

在套房里，闲下无事，李白便独自喝几杯闷酒，写几行诗句，看几页董糟丘特意为他找来的书。一个人这么过日子，虽然有些寂寞，时间却也打发得很快。

这天晚上，李白独自喝下一壶老酒，周身发热。他走到窗前，撑开窗户，让过路的春风弯进屋内。

春风从很远很远的地方，携来了笛声一曲。

笛声悠悠扬扬，忽隐忽现。

李白细细辨别，像是有人在洛阳城外吹奏古乐曲《折杨柳》。

青青的杨柳枝折在手中，化作凄婉的笛声，是在遥遥地送别恋人，还是儿女、父母、亲朋？或是故人？

吹笛人如泣如诉，一根，一根，牵出了李白的缕缕乡思，扯发了李白的缕缕情丝。识趣的春风又弯转身来，静悄悄地离窗而去，只有笛声仍像先前虚无缥缈地左回右旋：

> 谁家玉笛暗飞声，散入春风满洛城。
>
> 此夜曲中闻折柳，何人不起故园情？

李白三十岁上，春夏之交，离开安陆去长安。进入开元二十年（732），他三十有二，一人在外奔波，有三个年头，送走迎来第三个春天，前程依旧没有春意。

离开安陆后，李白一直没与家人通过信。此刻，他突然格外地想家，想他的小平阳，想那通情达理的老岳丈，更想他的体贴入微的好娘子。

李白坐到桌前，伏在灯下，遐想着自己与娘子和诗，他和娘子有赠有答：他三唱，娘子一和；他遥赠两首五言，娘子回赠五言两首，外加乐府诗一首；或者他与娘子一对一答，再夫妻二人对吟一曲……就这样，一个人翻来覆去，一口气写下了《寄远十二首》。

李白遥赠娘子：

> 一
>
> 三鸟别王母，衔书来见过。
>
> 肠断若剪弦，其如愁思何？
>
> 遥知玉窗里，纤手弄云和。
>
> 奏曲有深意，青松交女萝。

写水山井中，同泉岂殊波。
秦心与楚恨，皎皎为谁多？

二

青楼何所在？乃在碧云中。
宝镜挂秋水，罗衣轻春风。
新妆坐落日，怅望金屏空。
念此送短书，愿同双飞鸿。

三

本作一行书，殷勤道相忆。
一行复一行，满纸情何极？
瑶台有黄鹤，为报青楼人。
朱颜凋落尽，白发一何新！
自知未应还，离居经三春。
桃李今若为？当窗发光彩。
莫使香风飘，留与红芳待。

李白代娘子自赠：

四

玉箸落春镜，坐愁湖阳水。
闻与阴丽华，风烟接邻里。
青春已复过，白日忽相催。
但恐荷花晚，令人意已摧。
相思不惜梦，日夜向阳台。

李白又赠娘子：

五

远忆巫山阳，花明渌江暖。

踌躇未得往，泪向南云满。

春风复无情，吹我梦魂断。

不见眼中人，天长音信短。

六

阳台隔楚水，春草生黄河。

相思无日夜，浩荡若流波。

流波向海去，欲见终无因。

遥将一点泪，远寄如花人。

李白代娘子自赠：

七

妾在舂陵东，君居汉江岛。

一日望花光，往来成白道。

一为云雨别，此地生秋草。

秋草秋蛾飞，相思愁落晖。

何由一相见，灭烛解罗衣。

八

忆昨东园桃李红碧枝，与君此时初别离。

金瓶落井无消息，令人行叹复坐思。

坐思行叹成楚越，春风玉颜畏销歇。

碧窗纷纷下落花，青楼寂寂空明月。

17

两不见，但相思。

空留锦字表心素，至今缄愁不忍窥。

九

长短春草绿，缘阶如有情。

卷葹心独苦，抽却死还生。

睹物知妾意，希君种后庭。

闲时当采掇，念此莫相轻。

李白再赠娘子：

十

鲁缟如玉霜，笔题月氏书。

寄书白鹦鹉，西海慰离居。

行数虽不多，字字有委曲。

天末如见之，开缄泪相续。

泪尽恨转深，千里同此心。

相思千万里，一书直千金。

李白代娘子自赠：

十一

美人在时花满堂，美人去后余空床。

床中绣被卷不寝，至今三载闻余香。

香亦竟不灭，人亦竟不来。

相思黄叶落，白露湿青苔。

李白虚拟他与娘子互赠：

十二

爱君芙蓉婵娟之艳色，色可餐兮难再得。

怜君冰玉清迥之明心，情不极兮意已深。

朝共琅玕之绮食，夜同鸳鸯之锦衾。

恩情婉娈忽为别，使人莫错乱愁心。

乱愁心，涕如雪。

寒灯厌梦魂欲绝，觉来相思生白发。

盈盈汉水若可越，可惜凌波步罗袜。

美人美人兮归去来，莫作朝云暮雨兮飞阳台。

4

直等到初秋，董糟丘的朋友崔宗之才从京城来洛阳公干。

公事一办完，崔宗之便来会董糟丘。董糟丘不失时机地把他介绍给李白。

崔宗之是宰相崔日用之子，排行第五，袭封齐国公。他本人宽博好学，于开元十一年（723）中进士，在朝中先任起居郎，后为尚书礼部员外郎。九年后，二十七岁的崔宗之官居五品，升为礼部郎中。

李白见过比他小五岁的礼部郎中，感叹道："崔公生民秀，缅邈青云姿。"意思是说，这崔五郎中生得清秀超然，有高远出尘之风貌，举止潇洒似白云出岫。崔宗之确实风姿不凡。杜甫与他结交，也曾赞美说："宗之潇洒美少年，举觞白眼望青天，皎如玉树临风前。"

"小弟幸会李兄。"崔宗之客气地说，"李兄的诗赋大作我早就拜读过，并多次推荐给朋友赏目。我以为，与司马相如比较，李兄的诗赋只在其上，不在其下。宗之私下猜想，李兄定是一位品格霜气凝结、双眸光彩照人的高雅君子。今日得见，果然如此。"

19

"你二人皆是人中之秀，"董糟丘说，"在我的天津桥酒楼结为朋友，也是我的荣幸。来，来，来，坐下喝酒，慢慢聊天。"

这天晚上，他们喝酒喝了一个通宵。三个人天南地北地闲聊，相互之间觉得，对方层次相当，有话可说，合味，是朋友。

隔日，董糟丘又邀崔宗之和李白到洛阳郊外狩猎，一玩就是两个白天、一个晚上。

李白想，崔宗之官位五品，已具备了向朝廷举荐人才的资格。董糟丘说得对，他不能白白地错过了这个机会。应该让崔宗之知道，他李白除了诗赋作得好之外，还是少有的出类拔萃的国家栋梁之材。

狩猎中间休息时，董糟丘有些累了，他仰面躺在一边。李白给崔宗之和自己各斟了一大杯红酒，两人盘着腿，脸对着脸，坐在草地上。

崔宗之喝了一口酒，说："李兄骑在马上英姿勃勃，追捕猎物讲求战术，看上去很像一员武将。"

"我年少时在家跟父亲学过一些骑术、剑术。后来到匡山学艺几年，师父赵蕤骑术、剑术、刀法样样精通，还对鸟兽心理极有研究，教了我不少围猎知识。"

"难怪你剑不离身。让我和董哥开开眼界如何？"

李白笑了笑，一仰脖子，一口饮尽杯中红酒，站起身来，道："三天不练手生。我来洛阳后，多日没练过它了。今天有兴致，摆弄两下，让二位笑话。"说完，他将衣袍的一角撩起，掖在腰间的袍带下，又紧了紧袍带，卷了卷两只袖口。

衣袍收拾利落后，李白稍一侧身，只见寒光闪亮，没有半点声响，水心剑已经出鞘。

只这一个动作，就让崔宗之连声叫好。董糟丘也兴奋得坐起来观看。

按说，李白的剑术只是一般。但崔宗之出身官宦门第，以儒学见长，只会舞文弄墨，没学过奇门异术。董糟丘是个商人，对刀剑棍棒也是门外汉子。李白的这几下，在他们两人面前足以称雄了。

在他们眼里，李白已与水心剑融为一体，剑走如飞，平地生风，招招式式，都叫人眼花缭乱，应接不暇。

李白也在超水准发挥。水心剑忽上忽下飞舞，在上如闪电划破长空，在下宛若粼粼波光。剑光扫过，长得高一些的野花青草均被齐刷刷削去了头颅，草屑、花头，飞飙出去，落在地上。

一套剑术结束，李白站稳，收剑，觉得心跳的速度比原先快了一些。崔宗之和董糟丘却一点也没看出来他的神色有什么变化，他们两人一齐鼓掌，大声为李白喝彩。

董糟丘说："李公子文武双全，真是盖世英才。"

李白哈哈大笑，道："董哥过奖，李白不敢以'盖世'冠名。一点看家的本事，拿出来在朋友面前献丑了。"

"李兄坐下休息，"崔宗之说，"让我凑兴，给你们演奏一曲小调，一来向李兄的非凡身手表示敬佩，二来感谢董哥的盛情。"

董糟丘和李白都坐了下来。

崔宗之从马背上取下一个布囊，解开扎口的缎带，将一把色泽暗红的古琴拿出来，架在草地上。他盘腿坐下，稍稍运了运神，滑动琴弦，音律跳出——

风和日丽的旷野逐渐由静谧转为阴森，沟壑间旋出一阵烈似一阵的山风。山风飕飕地一掠而过，将李白削落的花头、草屑，蝴蝶般地撒满了天空。

然而，这满天的"蝴蝶"还未落下，一阵阵马蹄又由远到近，由近又至远，像有万马奔腾。纷乱的马蹄声中，嘈杂着野猪的嚎叫、古猿的哀鸣，还有山怪们尖厉刺耳的呼救声。所有的生灵都在狂奔，都在逃命，山野里尘土飞扬，乱成一团……

一声虎啸，大地震动；两声虎啸，风不旋了，土不扬了，疯跑着的生灵们也放慢了速度，它们惊慌失措的眼神开始黯淡无光；再接着一声虎啸传来，旷野顿时寂静无声……

周围恢复了平静。一头猛虎昂首挺立在山头，身后是它的妻妾、儿女。山沟里，山坡上，丛林中，耷拉着耳朵的生灵们重新开始了生活。它们忙忙碌碌，好像完全忘记了刚才的惊恐……

曲终，崔宗之的左右手，十个指头，同时在琴弦上滑过，一串音符珍珠一般滚出，久久回荡于天地之间。

崔宗之没说话。李白也不说话。

良久，董糟丘才说："好啊，太好啦。我今天饱了眼福，也饱了耳福。二位各有各的拿手好戏，只可惜，我没学得专长供你们欣赏，回去，我再好好请你们喝一次酒。"

李白也从沉默中醒来，他说："崔郎中指法独特，情感更是十分投入，不过，恕我直言，刚才这一曲《猛虎行》，虽然颇具汉魏琴韵，但崔郎中的心情却似乎过于沉重了。"

"怎么讲？"崔宗之问。

李白说："当今皇上英明伟略，国家盛世太平，十多年没有大的战乱，百姓安居乐业。在这大好形势之下，担心猛虎横行，不是郎中过虑了吗？"

李白说得一点不错。

上一年冬十月，朝廷统计，一年中，全国各地奏报的死刑犯只有二十四人。这一年，唐朝天下有七百多万户，合计人口为四千多万，比六年前净增了七十九万户。而太宗的"贞观之治"时期，二十多年也才增加了近百万户。玄宗推行"安天下""惠养黎民"的政策，社会发展很快，农业连年丰收，经济蒸蒸日上。据记载，当时唐朝天下无贵物，西京长安、东京洛阳两地，斗米不过二十文，绢一匹才二百一十文。

要说对"开元盛世"的富庶、安康与兴旺的感慨，大诗人杜甫那就比李白更胜一筹了。杜甫在《忆昔》一诗中说："忆昔开元全盛日，小邑犹藏万家室。稻米流脂粟米白，公私仓廪俱丰实。九州道路无豺虎，远行不劳吉日出……"

不过，崔宗之和他们不同，他虽身处盛世之中，却时时刻刻怀有一种极强烈的危机之感。

年前，朝里曾经私下流传，有一个占卜者看了天象之后，说："人君德消政易则然。"指的是皇上不再像先前那么清明了。骄奢滋长，政德消失，政权还有不易之理？这些话不能公开说。说出去，便有株连九族的大祸临头。

眼见朝廷内外腐败之风日盛，小人奸党权势越来越大，崔宗之怎能不忧心忡忡？耳听李白说出这般幼稚的大话，心里自然暗暗吃惊。他想，李白作诗，思想深邃，容量极大，但他对时政的认识居然如此简单！反过来再想，李白的简单倒也可以理解。他未入朝廷，当然不明其中事理。依此看来，还是做一个简单的布衣为好，不高兴了，可以在诗赋文章中大发一通牢骚；高兴了，百事不探，无忧无虑。不像自己穿着官服，身不由己，成天忧国忧民。

想到这儿，崔宗之嘴角淡淡一笑，说："李兄心境开朗，情绪激昂奋进，真令人羡慕。"

"要说羡慕，应当是我羡慕你崔郎中才是。"李白没听出崔宗之话中含有其他意思，只当是崔宗之在说客气话。他说："你年纪轻轻，就有了报国的机会。而我，立下大志无处实现。人也过了而立之年，还是一介布衣。"

"布衣有何不好，自由自在。"崔宗之不同意李白的说法，"我现在时常后悔，当初，不该听父亲之言，承袭了他的封号，走入仕途。否则，我也不会像如今这样，在朝中做个小官，被人支来使去。要是我去从艺，不会没有大造化。"

"人都是这山望了那山高。"董糟丘插话说，"我做生意的羡慕读书人，读书人羡慕做官的。你在朝中做了官，又来羡慕没做官的。"

崔宗之说："我说的是心里话。若我是李兄，就安安心心地读书作诗，不再去想入朝为官之事。"

李白听崔宗之这么说，以为崔宗之是说他过了三十岁还没做得官，就应另辟新路，省得浪费了时间。他心中不服，说："仲尼年五十才在鲁国做了一个司寇。五十五岁上他又周游列国，推行王道，寻求用他之主。有人看见他，说他惶惶然像一条丧家之犬。说这话的人，是有眼无珠。孔先圣的王道生前虽未能实现，身后却成为历代治国的法宝。可见，大器晚成

23

是很有道理的。"

接着，李白又把那王道霸道之分、楚汉之争，以及管仲如何为相等历史故事大讲了一通。

董糟丘听得津津有味。

崔宗之听了，心中暗自发笑。他笑李白真正是一个读书之人，肚子里装满了历史故事，讲起来头头是道。真要他将典故用于理政，或是做人处世，恐怕只会照葫芦画瓢，不闹出许多笑话来才怪呢。

李白讲了很久，总不见崔宗之有特别的赞赏，索性直接问道："崔郎中以为李白见解如何？"

"我在朝中久了，尽听些陈腐之言。李兄说得极有道理，只是，有道理的事并非全都能实行得了。"崔宗之说到这儿，将话题一转，说，"今日我们来郊外围猎，国家政事先不提它。我们休息也休息够了，还是继续围猎吧。"

崔宗之在洛阳住了十天，与李白结为好友。但狩猎回来之后，直到他离开洛阳，他再不和李白谈论政事。他和李白、董糟丘在一起，总以诗赋、游玩或是女人与酒为话题。

临走，崔宗之又对李白说，他家在嵩阳有别业，若李白能同他一起前去游玩，他"千载不相忘"。

李白不明白，为何每每与崔宗之谈论政事，他便回避。李白想，难道他真厌恶政务到了极点？看样子不像。他也和张垍兄弟一样，表面应付我，其实与我为仇？也不是。那么，崔宗之为什么要这样对他这个朋友呢？李白想不明白。

政事都不跟他谈，请崔宗之举荐他入朝为官，李白怎么说得出口？他没和崔宗之提这事，也谢绝了崔宗之的好意邀请。李白说，他出来时间长了，想回家看看，以后有了机会，再往嵩阳去玩。

分手时，崔宗之心里总觉得有点对不住李白，他为李白作诗一首。

崔宗之在《赠李十二白》中这样写道：

凉秋八九月，白露满空亭。

耿耿意不畅，捎捎风叶声。

思见雄俊士，共话今古情。

李侯忽来仪，把袂苦不早。

清论既抵掌，玄谈又绝倒。

分明楚汉事，历历王霸道。

……

平生心事中，今日为君说。

我家有别业，寄在嵩之阳。

……

子若同斯游，千载不相忘。

李白回赠他一首，《酬崔五郎中》：

朔云横高天，万里起秋色。

壮士心飞扬，落日空叹息。

长啸出原野，凛然寒风生。

幸遭圣明时，功业犹未成。

奈何怀良图，郁悒独愁坐。

杖策寻英豪，立谈乃知我。

……

李白表达了他当时的心情：

云高路远，满目秋色。秋天，田野一片金黄，稻菽千重波浪，它是收获的季节。"壮士"满怀着丰收、胜利的喜悦，扑向大地，捕捉未来。可是，迎接他的是瑟瑟的秋风，是没有生机的落叶和枯草，是夕阳西下，是无可奈何的仰天长叹！

他冲向原野，引颈长啸，"呜——哇——呜——"嘶鸣声离他远去。

大地回送给他的是凛凛然万里刺骨寒风。

生于太平盛世，普天之下皇恩浩荡，为何几番"出战"壮志未酬，功业不成！空怀一腔良策，只得抑郁独坐，有谁能与我语？

李白随崔宗之的马车，一直把他送出了洛阳城。

5

送走崔宗之，李白满怀惆怅，返回来，走在街上，一位骑着一匹矮马的官人与他相对而过。走出几步后，李白又觉得这坐在马上的人似乎有些面熟。

坐在马上的人也揣摩着，刚才从他身旁走过的人，好像在哪儿见过。

李白先回头看。他看那个骑马人的背影，很像是在金陵结识的王公子。但他又没绝对把握，不便赶回去贸然相认。

天下模样相像的人不少，身材背影相似的人就更多了。万一认错了人，那人又是个做官的，在大街上，岂不让人笑话？李白想：王公子通过了金陵贡院的考试，说不定这两年又中了进士，入朝为官了。李白站在原地不动，一直望着那个骑马人的背影。

坐在马上的人也正在犹豫，他想那人已走远了，便从马背上回转身来。这个动作在他，完全是不自觉的。

两人相隔十来丈远，打了一照面。

李白看清楚了，正是王公子。尽管他戴了官帽，长相还和几年前一样，没有变化。

当年的王公子也认出了李白。他心里有些高兴，头却赶紧扭转过去，马不停蹄地继续往前走。他想，李白是个极有才华的人，在外混了六七年了，还是个布衣，其命定有克星。这样的人，不可交。既然擦肩而过，两人互不相认，干脆就当没遇见算啦，省得多事。

李白看清了是王公子，没想那么多，他三步并作两步，往回赶着追着继续前行的矮马，一边赶还一边大喊："王兄，王公子，王兄……"

26

王公子只装作没听见，小矮马一个劲儿地往前走，他也不再把头回。

好在马矮腿也短，李白人高腿又长，几年来，他徒步游行千里，练足了一双脚劲，不一会儿，就赶上了矮马。

"王兄，王公子，想不到，在这里遇见了你。"李白一把拉住矮马的缰绳，兴奋地说。

王公子却故作吃惊状，低头看着气喘吁吁的李白，呀的一声，道："李大哥！李白！怎么是你！"他说着，人却并未下马，"我听见后面有人唤王公子，却不知是唤我。我现在是县丞，没人再叫我王公子了。"

李白仍抓着矮马的缰绳，说："恭喜王兄做了县丞。"

看李白的架势，老朋友见面，是非要聚一聚不可了。王公子心想：我就破费一次，请他去酒家喝两杯水酒，也算曾是朋友一场。

这么一想，王公子下了马，看了看天色，说："午后我有公干，这会儿还早，我们找家酒店，坐下来，慢慢说话。"

李白当然高兴。他让王公子跟他一起去天津桥酒家。

"天津桥酒家？"王公子眼睛一亮，那可是有钱人家的子弟和权贵们经常光顾的地方，他问，"你在那里包有房子？"

李白摇了摇头，不好意思地笑着说："我现在可不比从前了。让我自己包房，绝对不会去住这天津桥酒家。是一个朋友介绍我认识了酒家的主人，主人客气，非让我住在那里不可。"

原来如此。王公子微微眯了眯眼睛，看李白现在的装束，确实与先前不一样了。离开金陵后不久，王公子他们就听人说，李白在扬州散尽了所有的钱，幸得一位做小官的仗义之人相助，才没落得流离失所。当时，他们几个人还好为李白感叹了一番。

"你的命好，处处有人相助。"

"哪里是命好，"李白认真地说，"是朋友们好。"

"寄居他人篱下，再请朋友不太方便，我们去前面荣堂斋大酒家吧，那也是洛阳有名气的酒家。"

李白没去过那里。王公子告诉他，往前直走，见道口向右，走一段

27

路，再往左，一拐弯就可以看见荣堂斋酒家的大幌子。

"你在后面慢行，我骑马先去安排一下。"王公子说罢，不待李白反应过来，人已坐回到矮马的背上。他扬起胳膊，用鞭子朝马屁股狠狠抽了一下，矮马痛得一缩身子，稍稍加快了一点步伐，驮着主人先走了。

骑着一匹小矮马，拿着马鞭要威风，这模样实在显得多余。你尽管再朝这矮马的屁股狠狠地抽上十几鞭子，它的小短腿也跑不起来。不过，李白没有这么想。他看着先行的王公子，觉得有些莫名其妙。他说去酒家的路不远，为什么要一个人骑马先走？两个人一起，亲亲热热地边走边聊，有多好！李白还想，也许是那个大酒家客人多，王公子担心带了朋友去，一时找不到席位，站在一边，丢了他县丞的面子。

"到底是做了县丞的人。"李白笑了笑，自言自语地说。过去的王公子可不是这样。兄弟们一起出去，有事他总是往后边靠，从来不愿意抢在前面。现在他做了官，反而比先前勤快多了。

李白总把朋友往好里想。他根本就想不到，王公子是不愿意与他为伍，才骑马独自先行了。

荣堂斋大酒家的店堂里空无一人。早饭和中饭之间，酒家很少有客人光顾。

李白看见酒家门外的柱子上拴着那匹矮马，进了酒家，却看不见王公子。他扫视了一遍，大堂里没有一个客人，哪有王公子？

跑堂的迎过来，问："公子可叫李白？"

李白点头认可。

"王县丞已等你多时了。"

顺着跑堂手指的方向，李白往大堂右边看去，那边摆着一排屏风，完全遮住了他的视线。

李白又看了看跑堂的，意思是问他：王县丞在屏风后面？

"你赶快过去吧。"跑堂的说。他的话音还没落，紧接着又是一声大叫："客人来啦——上酒菜喽——"

这嗓子在空荡荡的大堂里回荡，后堂的人都听得见，坐在屏风后面的王公子肯定也听见了。他交代了跑堂的，李白一到，立即上酒上菜。

李白快步走到屏风后面。

王县丞端坐在上座，看见李白，身子没动，只朝他点了点头，很有架子地说："哼，你来啦，请坐。"

李白觉得有些不对味，但他没往心里去。朋友之间，不要计较一两个小动作。他在王公子身边坐下，说："我们很久没在一起喝酒了。"

"你还和以前一样，见了酒就不要命？"

"酒现在是我的最好的伙伴，我离不开它了。"

王县丞的嘴角有了一丝笑意，他摆了摆头，脸上露出无奈的神态。

李白把这神态看在眼里，照样没往心里去。他问："你来洛阳多久了？"

这时，酒菜上来了。

王公子没有搭理李白。他用手背靠了靠刚刚放上桌的酒壶，说："这酒没热，拿下去，热了再送来。"

跑堂的赶紧把酒壶捧在两个手掌中间，试了试温度，低声下气地说："大人，这酒不凉不烫，再热，怕不好喝了。"

"拿下去。"

王县丞没有商量的余地，跑堂的连忙捧着酒壶退出了屏风。

"这酒家，越来越不像话，换的酒保一个不如一个。再要硬嘴，我非端掉他的饭碗不可！"王县丞拍了一下桌子，大声地说。

"我们兄弟随便喝点酒，不必过于认真。"李白见王公子真的生了气，随和地说。

"你不懂。这些人哪，你不和他认真，他就对付着你，偷工减料。你认真了，他才会老老实实地不敢作假。"

跑堂的捧着那壶酒，来来回回地跑了四趟，王县丞才认可了酒的温度，开始和李白喝起酒来。

李白被认真得酒兴大减。他觉得，王公子真的变了。

王县丞让酒保为他们斟好酒，然后，他端起酒杯，说："来，李白，

29

为我们在洛阳相逢干杯。"

一杯酒下肚，李白的兴致有所恢复，又问："你来洛阳多久了？"

"要说来洛阳，话就长啦。你偏要问这，我就告诉你吧。"

王公子说着，夹住一筷子菜，送进嘴里，品够了，嚼烂了，咽到了肚子里，才又说："通过金陵贡试之后，隔年我赴京城赶考，一举中了进士。开头命不好，分来河南府下的汝县做了个小小的主簿。好在我这人做事认真，掌管文书簿记也一丝不苟，不到一年便升为县尉。再干了半年，就做了县丞。如今，我的官位虽然只有七品，但朝中像我这样没甚背景的人，不到两年连升三级，也不多见。不仅同僚羡慕我，就是河南府的张大人对我也是另眼相待。"

唐代开元年间的地方官制，分为州、县两级。首都和陪都，如长安和东都洛阳、北都太原的所在地，设有府。府的建制相当于地方的州，但在规格上比地方的州略高一筹。长安有京兆府，太原有太原府，洛阳则有河南府。府统领下属各县。县的长官叫作县令，其佐官有县丞、县尉和主簿等。

如王公子所言，主簿的日常工作是掌管文书簿记，它是所有官员中最小的一级办事员。再往上，就是县尉。县尉负责分判众务，催征租赋，可以说是县衙门里的中层干部。

县丞是县令的副手。平日，他给县令打杂。县令有病或外出不在时，他可以临时负责几天。这个职位，说重要也不重要：他总是一个副手，干些县令不想干的杂事，说话算不得数；说不重要也重要：县令的思想靠他去落实，怎么落实，全在他的本事。遇上昏庸无能的县令，他还可以站在幕后操纵县令表演，位置当然重要。再说，县丞与县令之间只有一步之遥，要做县令，或者更高一级的官员，必须先做县丞。在这个意义上，县丞也不能说不重要，难怪王公子要自鸣得意了。

"钱公子和福公子，他们这些年做了些什么？"李白想知道他们的情况。

王公子嘿嘿一笑，道："你说他们能干什么？钱兄嘛，人还聪明，守住祖上留给他的产业，发点小财不成问题。要做官，他这辈子就别想啦。那个福兄，就更别提了，比钱兄还不如，成天只知道吃喝玩乐，败家是他的本事。我看啊，等到了他的儿孙辈上，不去喝西北风才怪呢。"

王公子说的这番话，李白听着自然很不顺耳。你做了官，就看不起朋友了？当初，钱公子可不在你之下。李白想，三十年河东，三十年河西，风水轮流转。先做了官，是你王公子的命好。再过几年，说不定钱公子和福公子他们考取了，做了大官。到时候，谁比谁强还不一定。

"话不可这么说……"

"不这么说，怎么说？"王公子打断李白的话，说，"他们两个与你李白不能相比，你说是不是？这六七年，想必你李白也没少为前程之事奔波，结果怎样？你不说，我也知道。"

"我是不行……"

"你都不行，他们还行吗？"王公子又打断李白的话，说，"官不是人人都能做的。我的话不好听，却句句是实话。李白，我劝你也不要再想做官的事啦！人都三十多岁了，回家写点诗啊赋啊什么的，不比你成天在外面东游西窜的强？我听说……"

"你不用再说了。"这回是李白打断了王公子的话。又是一个劝他放弃前程的人，李白心里很不舒服。

崔宗之让李白另辟新路，完全是出自对李白诗才的推崇。这一点，李白虽不十分明白，也能感觉到三四分。王公子说的这番话，虽然没有否定李白的才华，但他更多的是要炫耀自己：你有才华又怎么样？做不了官，只能回家去显露才华。

李白不吃王公子这一套，不服王公子的盛气凌人，他想和王公子辩几句，为钱公子，为福公子，更为他自己。

可王公子偏偏要做出不与李白一般见识的架势。他一个人品他的酒，嚼他的菜，并不管李白想说什么，也不再和李白碰杯、劝酒。

和王公子自然不欢而散。

李白回到天津桥酒家，心中闷闷不乐。他想，朋友之间，久别重逢，本可一叙旧情，可是，今天与王公子会面，居然话不投机半句多。他们先前是朋友，现在哪怕并肩行进，对面坐着喝酒，也和陌生的路人一般，没了共同语言。人在逆境之中，朋友帮不上忙，说两句宽心话也是好的。可这个王公子，不但不说一句好话，还摆尽他县丞的架子，站在高处笑话落入困境之中的朋友。

王公子这么做，于他自己有什么好处呢？李白想不明白，他脑子里反复出现的是王公子骑的那匹矮马：

> 君马黄，我马白。
> 马色虽不同，人心本无隔。
> 共作游冶盘，双行洛阳陌。
> 长剑既照曜，高冠何赩赫。
> 各有千金裘，俱为五侯客，
> 猛虎落陷阱，壮士时屈厄。
> 相知在急难，独好亦何益？

不管李白怎么不喜欢听让他回家去的话，他还是不能不回家。

在洛阳住了近一年的时间，李白一无所获，他终于谢绝了董糟丘的再三挽留，离开洛阳，打道回安陆。

6

安陆家中发生了大的变故。

李白离开家的第二年春天，许员外突然病故。平日里身子骨硬朗、很少有病痛的老人大多是这样，不病就不病，一病便危及生命。

许员外先天下午人还好好的。吃过夜饭，他到女儿房里逗小外孙女玩，玩着玩着，人忽然觉得有些倦意。他和女儿说，想早些上床睡。亲过小外孙女，他就要回自己房里去，站起身来，只觉得人轻飘飘的，头重脚轻，迈不出步子。

"父亲小心。"许夫人见父亲站起来，身子摇摇晃晃的，赶紧过去扶住他。

许夫人让兰草唤来两个男丁，一边一个架着许员外，送他回房。回到房里，安顿父亲睡下，许夫人还不放心，坐在床边没有离开。

躺在床上，许员外以为睡上一觉，所有的疲倦就会恢复，他对女儿说："我很好，明天睡觉起来，什么事都没了。你也回房休息去吧。"

"父亲……"

"放心吧，我的身体好着呢。人老啦，站急了，就会有些头昏，这是常事，你不必担心。走吧，一会儿，我小外孙女又要找妈妈了。"

许夫人仍不放心，她叮嘱父亲房里的两个丫鬟，再加上刚才送父亲回房的两个男丁，四个人晚上轮流值班，不要睡觉，有什么事情，及早告诉她。然后，她又给父亲喂了些水，掖好被角，看看父亲确实没有什么异常，这才离去。

天快亮时，许夫人被丫鬟叫醒。丫鬟叫得很急，带着惊恐和哭腔。

许夫人马上意识到父亲情况不好。待她披着衣服急急忙忙地跑到父亲床前时，许员外已经离开了人世。

许员外紧闭着双眼，神态还算安详，只是浑身上下大汗淋漓，人像泡在冰冷的水中一样，头发、内衣，还有被子、床单全是湿的。离世前，他不知冒出了多少冷汗。

丫鬟哭着说，她坐在员外床边，不敢睡觉。员外睡着睡着，呼吸突然急促，接着有了呻吟声。她赶紧点亮了灯，拉开帐子看员外。只见员外闭着眼睛，满头是汗，喉咙里像是堵着一口痰，呼噜呼噜地喘气很困难。她使劲摇了摇员外。员外睁开眼睛，想说什么，被痰堵着，说不出话来。她转身就往外跑，来叫许夫人。谁想，这么快，老员外就过世了。

许夫人当时不知道哭。她催着身边的家丁快去请郎中来。又让人快些烧了热水送来，她帮父亲擦洗了身子，换上干净的内衣，把被子床单也换了。她想，这样父亲会舒服一些，对病体也会有好处。

郎中来了。他过去给已经换得干干净净的许员外号脉，手一接触老员外，便知道他离世少说也有一两个时辰了。

许员外的胳膊冰凉，肌肉筋骨已经发僵发硬。

郎中收回手，看着许夫人。他没说话，用眼神告诉许夫人，老员外过世了。

"请大夫细细号脉，"许夫人固执地请求郎中，"老父病中脉数一向极弱，夜里病得厉害，出了许多冷汗，脉跳可能一时摸不到。"

郎中无奈，只好在床边坐下，装模作样地给老员外号脉。他一边号脉，一边不住地摇头，只号了一下，便又站起来。他翻开老员外的眼皮，看了看。老员外的瞳孔早已放大，眼膜也变成了鱼肚白色。郎中请许夫人过来看。

许夫人还是不相信父亲已经过世。她说："老父的眼睛不清爽有好些年了。黑眼球上蒙了一层薄薄的白膜，看东西看不太清。这次病好后，还请大夫替他一并治治这眼疾。"

郎中拿她真没了办法，正在这时，许大郎来了。

许大郎一进门，未去许员外床边看一眼，便大声地说："叔父大人好好的，怎么突然间就走了？"言毕，环顾房子里的人。

房子里除了许夫人、郎中和两个丫鬟外，还有昨晚就在的两个男丁站在门边。

许大郎一个一个地审视，好像这些人个个都是谋财害命的凶手。

许夫人只觉得两腿一软，人站不住了，一个丫鬟眼明手快，将她一把扶住。另一个丫鬟抽了张凳子想让她坐下，可许夫人坐也坐不稳了，她双泪横流，昏死过去。

李白不在家，小平阳还没满四岁，许夫人又悲恸欲绝地病倒在床上。许大郎正好乘虚而入，当起家来。他指挥着下人布置灵堂，请道士给许员外做了五天五夜的道场。出殡的前三天，他大宴宾客，地方上的所有权贵和有头面的人都被他请了来，好好热闹了一场。

当着众人的面，许大郎宣布："叔父膝下无子，临终前把这个家托付给我。我许大郎不会辜负许家长辈的信赖，一定把这个家管好，绝不让外姓人插足许氏门第，免得败了许家的风水。"

安葬了老父，许夫人病在床上，很久不能下地。小平阳幸亏有兰草的细心照料。许夫人很想让李白快些返家。

李白离开安陆后，一直没给家里来过信。许夫人想，长安许辅乾府上李白很可能去过，许辅乾应该知道李白的去向。她派人到长安去找许辅乾。

送信的人一去，一来，再回到安陆时，已是秋末。他告诉许夫人说，李白已经离开了长安，去了哪里，他不清楚。

许夫人本来忧伤致病还没好全，听说李白离开长安没了消息，更是心急如焚，她又大病了一场。

许大郎听说找不见李白，心里高兴。他来看从妹，说："不是我挑拨你们夫妻间的关系，这个李白，我从来没把他当什么好东西看。他在外面花我们许家的钱，花得痛快，哪里记得自己的女儿，更不要说记得你啦。我看穿了，这个李白是个花花公子哥儿，他来安陆，全是为了钱。"

许夫人转过身去，不理他。她知道，许大郎对这个家没安好心，他只想独占了父亲留下来的房屋和地产。

"李白回来之前，我替你管着这个家。"许大郎看出从妹不愿听他说李白的坏话，便把口气放缓和了一些，"你身体有病，不要操过多的心。"

"谢谢大哥的好意。"许夫人提防着她的这个大哥，客气地回绝道，"家里的事，我还能料理，不必大哥费心。"

许大郎叹了一口气，说："我总是自家兄弟。一笔写不出两个'许'字，不管怎么样，自家人不会亏待自家人。李白虽然入赘了许家，可你算算，他与你成亲后的这五年，在家待了几天？他的心根本就不在安陆。这回他去长安，一去近两年，杳无音信，哪个想着家的人会如此行事？"

听着许大郎的话，许夫人痛在心上，止不住流下泪来。她也怪怨李白一去便没有音信，不想着家。但她更多的是为李白担心。

许大郎对这个家很上心。从妹住在三进院内，他搬来在一进院的左厢房住下，后来又将他的一个小妾江氏移来，住在二进院里。

李白回来时，这座许家大院，除去三进院还是许夫人带着小平阳住着，其他地方都成了许大郎的"势力范围"。

见到面容清瘦、脸色黑黄、躺在病床上无法下地的娘子，李白心里好不悔恨。他悔不该在外面逗留这么久。岳父大人离世，他没在身边，让娘子一人承担这巨大的痛苦，他没有尽到做夫君的责任。

小女儿平阳忘记了父亲的模样。她拿李白当陌生人，不让他靠近她，更不肯开口叫父亲。只是当李白不注意时，她才偷偷地躲在柜子或大屏风后面，用她的大眼睛悄悄地打量这个被称作是她父亲的人。对许大郎，小平阳很是亲热，一口一个"大舅舅"。李白听了，已经受损的心愈加隐隐作痛。

许大郎对李白笑脸相迎。但李白觉得，他的笑脸下面总藏着一副冷冰冰的面孔，他用一双阴森森的眼睛窥伺着他李白，时刻寻找着机会，要把他李白从许家门里赶出去。

夫君回来后，许夫人的心情好多了。她开始吃些东西，脸色渐渐地好转，没多久便可以下床行动了。

府中的事情都已由许大郎做主。

许夫人病好些后，想接过来自己管理。

李白不让。他说："娘子病体稍好，不宜操劳。家里这些事，大郎爱管，就让他管去。娘子只管把身子养好要紧。"

许夫人想，李白只会读书作诗，对地里田间的事情一窍不通，这许多田产需要有人来管理。许大郎想着它们，才搬来这府中住了，像个不要钱的管家一样，里里外外地管着。自己要是不把家给接过来，这田产迟早会成了许大郎的财产。可再一想，就算自己接过了这个家，田产没有人管还是不行。想来想去，许夫人只得听了夫君的劝告，暂时不去管这家里家外的事情。她拿定主意，只要许大郎不节外生枝，房子让他住着，家让他管着，年底收割后，再给他一点报酬就是。父亲留下的这些产业，足够他们一家人的开销了。

许大郎的小妾江氏闲在家中无事，成天在府中这里走，那里转。她见李白生得白白净净、风流倜傥，不似许大郎那么庸俗下流，心中生出了许多的爱慕。

为着李白，江氏时常来三进院坐。表面上，她是来找许夫人玩的，实际上，她的眼神不停地围着李白上下转悠。和李白熟了，江氏更胆大起来，她拿出会喝酒的本事，不分白天黑夜，只要有机会，就陪着李白喝酒。

许夫人从来就看不惯淫荡的江氏，她不想让李白和江氏接触。她对李白说："江氏不是规矩女人，她常过来和夫君一起喝酒，背后不知安了什么歹心，夫君要提防着她点才好。"

李白不以为然，道："她一个女人家，能干出什么事来？要坏，是坏在许大郎那里。我与她喝酒调笑，也是想气气许大郎。娘子放心，我自会把握分寸。"

许大郎知道江氏常去找李白喝酒，先头，他气不过，后来一想，利用江氏破坏李白他们的夫妻关系是再好不过的办法了。李白夫妻不和，就在许府站不住脚。把他赶出这个家，许府自然是他许大郎的。这么一想，许大郎特别高兴江氏缠上李白。江氏不去，他还要劝着江氏去。这也正合了江氏的心愿。

日子长了，江氏大有把三进院当作自己家的架势，不到许夫人下驱客令，她绝不会主动地离开。许夫人不愿事情再发展下去，她要想个办法才是。

这天，李白外出不在，江氏又来了。许夫人请她坐下，说："今日我夫君不在，嫂子可以休息一天了。"

江氏笑道："我与他一起喝酒喝习惯了，一天不喝，心里反倒不安。"

"男人多喝些酒无妨，"许夫人说，"嫂子可是个女人，酒喝多了要影响姿貌的。我看嫂子近日的脸色不太好看，会不会与喝酒有关？"

"是吗？"江氏下意识地摸了摸她抹了胭脂的粉脸，走到镜子面前，仔细照了照，说，"我不怕，我的本钱多着呢。当初，你从哥看上我，就因

37

为我会引着他喝酒。这酒我喝了差不多十年了，模样没变差，我自己觉得，反而越来越好看了。"

许夫人心想，真是个厚脸皮的东西，给你脸，你不要脸，但她嘴上却说："那是嫂子天生丽质，人又年轻，才二十三四岁，一时半会儿看不出来。女人全靠吃容貌饭，年轻时不爱惜，姿容早褪，将来的日子怕会不好过。"

"从妹不用替嫂子我担心，"江氏把眼睛一合，扭了扭腰肢说，"该不该喝酒，酒可以喝多少，嫂子自会把握分寸。倒是从妹自己不要操心过度，免得伤了身子，早早褪去了女人的颜色才好。"

江氏铁了心要抓住李白不放，她的话竟然与李白的话不谋而合，都说自己"会把握分寸"，这使许夫人更加不放心了。她背着李白又找了一次许大郎。

许大郎听从妹说，请他和江氏搬回他们府上去住，一下变了脸，他说："你太不讲情理。叔父去世，所有后事全由我一手操办。你有病在身，府上里里外外，事无巨细，哪件事不是我管？如今，许府被我管得有条有理，比叔父大人在世时还要好，我并没占你半点便宜。李白回来了，你就要赶我走？我可告诉你，不管怎么样，李白是外姓人，不会像我这样一心一意地为许府操劳。再说，就算李白愿意为许府尽力，他也没这个本事。外面的田产，李白能管好吗？我敢保证，落在他手上，不出一两年，所有的田产都会在他手上败光。"

"我是和你商量……"

"没什么好商量的。要走，你跟着姓李的走。我许大郎既然搬进了许府，就绝不会出去！"

许夫人不想和许大郎吵闹。她也料到，许大郎进了这许府就不会轻易地出去。退一步，她还有一个不是办法的办法。

"让我们离开许府也可以，不过，要有条件。"许夫人说。

许大郎没想到从妹会同意搬出许府，听她这么说，马上换了一副笑脸，问道："从妹有何条件？"

"许府暂时归你居住，你替我们许家管理田产。每年的收成，二成给你，八成归我，年底如数交来。"许夫人讲了这早想好的条件。

"哼，八成归你，你做梦去吧!"许大郎想。

"你同意吗?"

"只要你们出去，现在讲什么条件，我接受什么条件。"许大郎心里想着，嘴上关切地问："从妹要去哪里?"

"我们去哪儿，你先别问，只说这条件是否同意。"

"我管理许家田产本是分内之事，不要任何报酬都要做的。"

"既然大哥没意见，我们找裴长史作为公证人，签下契约，到时谁违反了条件，到公堂见面可行?"

"当然可以。"许大郎一拍胸脯说，"我许某人从来说话算数，没有公堂也绝不会少给从妹一粒谷子。"

许夫人让人给裴长史送了请帖和礼品去，请他来许府公证。

当着裴大人的面，李白和许大郎分别画押，契约一式三份，三方各收藏一份。

将契约收进怀里，许大郎暗自高兴，他多日的努力终于初见成效，再走下一步会容易多了。

李白听娘子说要搬出许府，并不觉得突然。他早不想见这个许大郎，只是碍着娘子的面，才睁一只眼闭一只眼地和他共住在一个府里。至于江氏，李白也没多大的兴趣，天天与她一起喝酒，完全是借酒消愁，打发时光。

许员外在安陆城外不远的白兆山间建有一座书馆，是他闲时陶冶性情的去处。早年，许员外隔月就要到那儿去住一段时间，看看书，赏赏山野风景。后来，他年纪大了，行路困难，便不常去了。书馆只雇了一个老人看守。

李白入赘后，看的书大多是许员外让家丁从白兆山书馆提来的。李白去过书馆一次。上山，走进这书馆，人便忘记了其他，李白在那儿一住就是十来天不回家。新婚燕尔，许夫人不愿李白常住在书馆，她打发人来催叫李白回去。以后，许夫人和李白讲好，在家期间，不许去白兆山书馆居住，要看书，开了书单由家丁去提。李白也就再没去过这书馆了。

从许府搬出来，许夫人和李白带着小平阳、兰草，还有两个男丁住进了白兆山书馆。

书馆建在白兆山的桃花岩边。桃花岩有成片的桃林，春天，桃花盛开，桃花岩是粉红色的世界；夏日，桃林茂密，桃花岩郁郁葱葱，成了绿色的天地；夏末初秋，桃树上硕果累累，白里透红的大桃子成熟了，漫山遍野飘散着桃香。

与许府相比，书馆的院落不大。它是单进院，左边一排上房，作为主人的起居室；右边有几间下房，是仆人们的住处。厨房、厕所盖在大门的两边，不甚雅观，倒也实用。院落的正面是木质结构的书馆，它有上下两层，收藏着上万册线装古书，上自经史，下及道藏，无所不有。

书馆对李白是再合适不过的地方了。

在这里，李白每天不算吃饭、睡觉，只有两件大事可做：读书作诗和饮酒贪杯。这是李白平生除去最终奋斗目标——做大官辅君报国之外的两件大事。或者说，读书作诗是李白天生的志趣，同时他又把它们作为入朝为官的基础和跳板，是他的敲门砖。饮酒贪杯是李白的终生爱好，也是他官场失意、宏愿无法实现时的自我解脱方式。

在这里，李白过着懒散、消闲的日子。他寄给朋友一首《山中问答》：

> 问余何意栖碧山，
> 笑而不答心自闲。
> 桃花流水窅然去，
> 别有天地非人间。

他还说："云卧三十年，好闲复爱仙……归来桃花岩，得憩云窗眠……"

夏日里，李白卷上一本书，摇着诸葛亮式的羽毛扇，袒胸露背躺在林荫下阅读。读累了，他闭上双眼，美美地睡上一大觉。梦里春风得意，好

40

似神仙下凡。他在《夏日山中》如此自绘道：

懒摇白羽扇，裸袒青林中。

脱巾挂石壁，露顶洒松风。

山中有一隐者，名唤卢子顺，酷爱弹琴。每到夜晚，他的琴声不断。李白没与卢子顺结交，却也常听他奏的曲子。

听卢子顺的曲子，李白为他悲哀。李白觉得，卢子顺就是《列子·汤问》中记载的伯牙，两人都极善鼓琴。只是，伯牙鼓琴，有善听者钟子期常在身边。伯牙奏一曲，志在高山。钟子期听了，立即附会道："善哉，峨峨兮若泰山。"伯牙再奏一曲，志在流水。钟子期马上赞叹道："善哉，洋洋兮若江河。"伯牙每奏一曲，所思所念，都有钟子期为他化解。可这卢子顺，独在空山弹奏，琴声远扬，没有回应，更没有知音。

李白作诗一首，《月夜听卢子顺弹琴》：

闲夜坐明月，幽人弹素琴。

忽闻悲风调，宛若寒松吟。

白雪乱纤手，绿水清虚心。

钟期久已没，世上无知音。

在山里，李白喝酒也喝得痛快。他作《春日醉起言志》，曰：

处世若大梦，胡为劳其生。

所以终日醉，颓然卧前楹。

觉来眄庭前，一鸟花间鸣。

借问此何时？春风语流莺。

感之欲叹息，对酒还自倾。

浩歌待明月，曲尽已忘情。

李白还作了《山中与幽人对酌》：

两人对酌山花开，一杯一杯复一杯。

我醉欲眠卿且去，明朝有意抱琴来。

对酌无人时，亦善于自遣：

自　　遣

对酒不觉暝，落花盈我衣。

醉起步溪月，鸟还人亦稀。

李白的这种自我消遣，是在描述自己的一种状态，述说心中的一种苦闷。他说，他守着人生苦酒，从日出喝至日暮，从少年喝到白头，喝得花开花落，喝得昏天黑地。人醉了，摇摇晃晃地行走在月下溪边，小鸟业已还巢，闲人也已归家，只有他醉汉一个，歪歪倒倒的，不知要去何方。

李白还把这种自我状态送给他的娘子，其中有嬉笑也有无可奈何的自我谴责。他在《赠内》一诗中说：

三百六十日，日日醉如泥。

虽为李白妇，何异太常妻？

李白觉得他对不起他的娘子。

许夫人却不以为然。

她一切由着李白，只要他在她身边，夫妻长相依，她也就非常满足了。

第 二 章

1

李白进不了朝廷大门，只能闲居在白兆山中，无所事事。可是，朝廷的争权夺利却从来没有停止过。话还要从开元十八年（730）说起。

在邠州，李白拦截吏部尚书兼中书侍郎裴光庭的官轿，欲强行干谒，裴光庭拒而不见，由张垍出面挡驾。第二天一早，裴光庭一行匆匆返回长安。

裴光庭、张垍一早离开邠州，并不是为了躲避李白。一个小小的李白，他们根本没有放在眼里。急急忙忙地离去，是因为裴光庭接到了皇上的密旨：张说病危，即日返京。

一个多月后，张说病逝，裴光庭升任右宰相。

裴光庭是唐太宗、高宗时代的宰相裴行俭的儿子。史书记载，裴行俭才干卓群，文武兼备。他通兵法，知天文地理，又工书法，尤善草书，被世人誉为褚遂良、虞世南之后的书法名家。太宗时期，他军功显赫，是将士归心的一代儒将。高宗时代，他治国有方，主持掌握官员升降任免的吏部，以知人善用而著称。有"初唐四杰"之美名的王勃、杨炯、卢照邻和骆宾王声名大振的时候，裴行俭就断言，除杨炯因有较为沉厚的性格可做到县令之外，其他三人都将因浮躁而不得善终。四人的命运全被裴行俭言

43

中。相反，他在任时提拔的许多文官武将，先前虽然不为人注意，后来竟都成了名臣名将。由此，人们都把裴行俭当作先知先觉者，佩服得五体投地。

裴光庭很小的时候，父亲就去世了。母亲库狄氏一直把他带在身边。寡居的库狄氏以恪守妇德而扬名，受到武则天的赏识。武则天正式登基做了皇帝后，不记裴行俭曾激烈反对过高宗封她为皇后的前事，将库狄氏召入宫中做了御正（宫中的女官）。跟着母亲，裴光庭也一同入宫。

后来，裴光庭在朝廷做了太常卿。武则天的侄儿武三思看上了裴光庭的品貌、才干，将女儿许配给他。武三思与韦氏家族被诛后，裴光庭一度被贬。

从小丧父的凄凉，朝中政治斗争的牵连磨难，使裴光庭养成了少言寡语的内向性格。他不喜欢交际，从来没有知心朋友。平日在朝中，裴光庭对人总是一脸冷漠，话语很少。别人找他说话，他甚至还做出不耐烦的样子，让人觉得他这个人清高、自以为是、不好接近。在这点上，李白把拒不接受他干谒的裴光庭比作"玉人"，直觉一点不错。

对内人武氏，裴光庭却十分地看重。他忘不了武家给他们母子的种种好处，婚配多年与夫人武氏始终恩爱如初。在夫人面前，裴光庭不再像在朝中那样静默少言，他变得情绪饱满，健谈而又风趣。对夫人，他常常言听计从。

玄宗对祖母武则天既怀有杀母之仇，又怀有相当的崇敬之情。对武氏家族的人，他从来区别对待。裴光庭受贬不久，便被玄宗重新起用。官阶一品一品地往上升，裴光庭自然感恩戴德，事事踏实尽职。

最让玄宗难忘的是，泰山封禅之前，他一直颇为担心倾朝出动，前往泰山，邻国会乘虚而入，对大唐发动军事行动，裴光庭提了一个方案，那真正是两全其美：邀请邻国首脑、使节前来，一同上泰山封禅。裴光庭以外交活动代替了军事防御，既提高了大唐帝国的威望，又节省了巨额军事开销，受到了玄宗的高度赞赏。

张说去世，玄宗将右宰相的权柄交给了裴光庭。同时，还要选一人任

44

左相。

当时，在裴光庭手下任吏部侍郎的李林甫，一直盯着相位。封禅泰山回京，诬告张说，以至于张说下大牢被罢相，就有李林甫一个。现在，张说死了，李林甫哪有不想入主朝廷中枢的道理？

李林甫出身于李唐宗室，其曾祖父李叔良，是唐高祖李渊的从父弟。按辈分算，李林甫是玄宗的远房小叔。

自李林甫的曾祖父开始，他们这一脉李姓男人，在朝中做官就一代不如一代，每代往下落几级台阶：李叔良在李渊起兵后晋爵为王，死后赠为左翊卫大将军；李林甫的祖父李孝斌，是李叔良的次子，做过原州都督府长史；李林甫的父亲李思海，做过的最大的官是扬州府参军。到李林甫，朝廷仅赐给了一个"千牛直长"的小官名分。"千牛"是当时的一种刀的名字。一刀可宰杀千牛，意在这刀极其锋利。朝廷的南衙禁军中，护卫宫禁的卫士人人腰佩千牛刀，所以叫左右千牛卫。"千牛直长"是千牛卫中的一个基层小军官。这是李林甫入朝为官的最初任职。

野史上说，李林甫小名叫哥奴，自幼住在东都洛阳。长到二十岁上，哥奴还没读过书。哥奴整天在城下骑驴击鞠，人玩累了，便躺在地上睡大觉。

一天，哥奴玩球玩累了，又摆开大字睡在地上，一位相貌极其丑陋的道士踱到他身边，问道："小郎喜爱睡在地上？此有何乐？"

本已是大人的哥奴听道士竟称他为"小郎"，心中气愤。他躺在地上没好气地说："丑道士少管闲事，我爱怎样，关你何事！"

道士只是摇头，见哥奴仍躺着不动，笑了笑，走了。

第二天，哥奴正骑驴击鞠，丑道士又出现在他身边，道："郎君善玩这等小把戏，寻得一时欢乐，日后做什么才好！"

哥奴见丑道士来得突然，话里又像是还有话，且不再呼他为"小郎"，便停下来，问："依道长看法，我今后该做什么？"

"你真想知道？"道长看着哥奴，神秘地说，"三日后的五更头上，你来这里见我。"

45

哥奴认了真，点头应诺。

三日后的五更头上，哥奴准时去等丑道士。可丑道士早已站在那里等他了。他见到哥奴，怪他小郎习性未改，误了时间，不能再向他泄露天机。

哥奴听说是要泄露天机给他，这样的时机怎能失去？他苦苦哀求道士一定告诉他，哪怕告诉点皮毛也好。

"你非要知道，三日后再来。"丑道士说完，一转身不见了。

哥奴明白，这丑道士不是一般的道士。三日后，哥奴早早地就等在那里了。丑道士却姗姗来迟，天都快亮了，他还没出现。

终于，丑道士还是来了，哥奴却已经在地上睡着了。不过，这正合了道士之意。他走到哥奴身边，用手指在他的额头上比画了几下，要泄露的天机就这样装进了哥奴的脑子里。

哥奴睡在梦中，听见丑道士告诉他："我行于世间五百多年，各色人品见得不少，能够推算出人们的日后前程。如今摆在郎君面前有两条路可选择：一是入列仙籍，日后升天；倘若郎君不想升天，则有十九年的宰相给你做。你可重权在握，威行天下。不过，做了官，你必须广修阴德，普济众生，多行善事，万万不得残害忠良，乱杀无辜。否则，郎君死后只能下地狱。"

哥奴醒来，想抓住丑道士，让他再多指点一些。可睁开眼睛，丑道士已经不知去向。哥奴跪在地上，朝东方发白的方向叩了几个响头。头敲在地上，震得四方咚咚直响。从地上爬起来，哥奴变了一个人。哥奴不再骑驴击鞠，不再摆开大字躺在地上睡大觉，也不再让人家叫他哥奴了。

李林甫到京城寻求官路。靠了家族的血缘，靠了自己的钻营、攀附，靠了特有的一张笑脸和笑脸上那只配好的嗅觉极其灵敏的鼻子、那张满是甜言蜜语的嘴巴，也许还靠了他的肯干和非常卓越的务实能力，李林甫的官阶一步一步逐渐上升。

爬到裴光庭手下做官，李林甫恭维备至，卑躬屈膝。可这些他用惯了的手法，在裴光庭身上却成效不大。李林甫发现，裴光庭不喜欢人家过分地献殷勤，他又发现裴光庭很重视"枕边风"，裴夫人的话对他能起不小的作用。于是，李林甫选择了裴夫人作为他加官晋级的跳板。

宰相夫人拥有足够的荣耀、名誉和地位，生活的安逸自不用说，但作为一个女人，她很可能还有更多的需求。她会有脆弱的虚荣心，愿意让别人，特别是异性称赞她的美丽；她会有丰富的内心情感世界，不愿意终日困在相府深院之中。由此，她很可能抵挡不住来自异性的诱惑。

李林甫相信自己的分析，绝对相信！没有一丝半点犹疑！

他对裴夫人好用了一番心思。

裴夫人已经人老珠黄。女人年纪大了，皮肉松弛，没有了弹性和光泽，无论怎样保养，岁月的年轮刻在脸上是抹不掉的，也是不可抗拒的自然现象。但裴夫人，偏偏想让皮肉紧缩回去。她抹掉了无以计数的粉脂，想让脸蛋重放光芒，可已经开始萎缩的脸皮却总也再现不了当年的光彩。

就在裴夫人暗自疼惜自己青春逝去的时候，小她十来岁的李林甫站到了她面前。

李林甫把裴夫人当作妙龄的小妹妹加以恭维。

他夸赞裴夫人美貌丰姿，无与伦比。他把裴夫人比作春天盛开的鲜花，娇艳动人，清香美丽。他看着她，眼睛都舍不得眨一下。他说，他看不够她，每时每刻都想看着她。

裴夫人陶醉在李林甫羡慕、崇敬和对女性具有极大的吸引力、闪炫着神秘欲念的眼神中。

终于，宰相夫人做了李林甫的情妇。他们偷偷地在相府中幽会，常有鸳鸯戏水的乐事。

李林甫钻进了宰相睡过的被窝，成天忙于大事的宰相却一无所知。

晚上，裴夫人有意在裴光庭面前说李林甫的好话。她夸李林甫如何如何有才学，如何如何忠于职守，是难得的人才。裴夫人说得不错。李林甫以他"自无学术，仅能秉笔"的素质，在文学盛世的大唐朝中任职，肯定有他独到的"才学"。李林甫的传记上说，李林甫任吏部侍郎典考选官时，主考官严迥在判语中用了"杕杜"两字。李林甫不识"杕"字，便问吏部侍郎韦陟："此'杖杜'二字是何意思？"问得韦陟哭笑不得，只能俯首不语。李林甫文化水平甚低，却称雄于文人学士之上，没有相当的"才学"是绝对做不到的。裴夫人说，像李林甫这样的人，不委以重任真是可惜。

初听夫人说李林甫的好话，裴光庭有些不解。武氏平日从不干预政事，怎么突然向他举荐起人才来了？又一想，李林甫常来家里谈事，夫人有过接触。她看人从来准确，很有眼力。李林甫也确实能干，说他两句好话是自然的事。

裴光庭向皇上举荐了李林甫。可玄宗看上了美髯公萧嵩，他把萧嵩从河西军营中召回京城，做了左相。李林甫没能达到他的目的。

天意难测。开元二十一年（733）春三月，做右相刚满两年的裴光庭突然病逝。这一年，他五十八岁。

李林甫的机会又来了。他去找裴夫人，向她诉说他对她的真情，他请求裴夫人再帮他一次，说："若我做了宰相，一定要回报裴大人生前对我的恩典。夫人也不会因大人过世而备受冷落。"

宰相夫人怕受冷落，李林甫的话点中了她的心思。可是，夫君已逝，她还有什么能力帮助李林甫呢？

李林甫提醒裴夫人道："夫人可以借助高公公的力量，不是吗？"说完话，李林甫诡秘地朝裴夫人眨了眨眼睛，嘴角边露出一丝知情人才能领会的笑意。

裴夫人心中一惊，枯黄了的脸上浮出一抹难得的红霞。她想，这个李林甫不是一般人，怎么连她年幼时的秘密都探听到了。这个秘密，夫君裴光庭都不知道，尽管他们恩恩爱爱生活了几十年。

高公公就是高力士。

高力士原名冯元一。其曾祖叫冯盎，唐初任过高州总管。父亲冯君衡，做过岭南道潘州刺史。小时候，他家里，一年进谷上万担，是地方上数一数二的富户。十岁那年，因其父罪，家被抄没，他也被阉割，沦为小奴。十五岁时，岭南讨击使李千里带他入宫，献给武则天做了小太监。

初进宫，冯元一不谙世事苍凉。一次，他竟惹怒了女皇帝，被痛打一顿，赶出宫门。大太监高延福突发善心，悄悄地收他做了养子。从此，冯家子弟改名换姓，叫了高力士。

当时，高延福与武三思是要好的朋友，随养父，高力士也经常出入武家府邸。待他长到十八岁时，身高已经六尺五寸，膀壮腰圆，尤善骑射，练得一身好武艺，一点不像个阉人。他常和武家小姐一起，相互之间很有情意。在武家小姐的眼睛里，高力士是一个非常具有魅力的男人。

武三思也喜欢高力士，经他再三的周旋举荐，高力士终于重新入宫，当了太监，而且，还被派去专门照顾当时的藩王李隆基。

重新入宫的高力士变得精明谨慎了。李隆基做了太子，高力士日侍左右，倾心奉之。李隆基诛灭太平公主，高力士积极参与，起了重要的作用。正式登基后，玄宗大封功臣，没忘记高力士，封他做了右监门将军，知内侍省事。

从此，高力士对玄宗愈加忠心，终日与皇上寸步不离。他办事练达，想事周全，深得玄宗的宠信。后来，玄宗依赖他，甚至到了这样的地步："朕有高将军在，睡觉才得安稳。"

自从高力士入了宫，武家小姐便与他再没有什么来往。但这次为了李林甫，也为了自己今后的荣耀，裴夫人到了大将军府上。

裴夫人的话讲得很委婉，高力士却听得明明白白。武家小姐多年来没有找过他一次，这次，为了李林甫，居然专程来求他，而且是在宰相夫君刚刚去世的时候。一个女人，一个有身份的女人，要这么做，实在不容易。高力士答应尽力帮忙。不管怎么说，高力士还记得过去与武家小姐的友情。尽管如今再次见面，站在面前的武家小姐已与从前判若两人，高力士还是忘不了武三思对他的再造之恩，他是一个知恩图报的人。

高力士答应是答应了，一旦真的行动起来，还是十万分地慎重。高力士清楚任命宰相，非同小可，关系重大。每次选相，玄宗都要亲自筛选，亲自定夺。候选人一个一个送来，玄宗总是反复思量，左掂量，右比较。举荐人呈上来的好话，玄宗大都是听一半，另一半就丢到了一边。

选了外出散步的机会，瞅准玄宗高兴的时候，高力士小心地向玄宗推荐李林甫，玄宗听了只"嗯"了一声，接着便没有下文了。高力士是何等机敏之人，马上便知道李林甫不在皇上的视野之内。

玄宗起用的是韩休，而且做右相。萧嵩继续为左相。

本来，作为右相人选，萧嵩向玄宗推荐的是王丘。玄宗对王丘很有好感。东封泰山时，一路上，地方官吏各显神通，谁都不愿意放过这难得的媚上的大好时机，纷纷不遗余力地搜刮地方上的宝物，奉献给皇上，以表忠心。唯有王丘与众不同。王丘当时任怀州刺史，他除了供应所需的粮食和牲口之外，没有给皇上贡献任何东西。事后，玄宗说："王丘才是真正的地方父母官。"

选王丘做宰相，玄宗没有异议。但王丘再三推辞，他主动让贤，向玄宗推荐了韩休。

韩休为人刚直，不求名利，是历史上有名的谏臣。他做宰相严格守法，一切照章办事。无论是朝中大事，还是皇上日常生活起居小事，只要是不合乎礼制的事情，他就要进谏。

史书上说，玄宗有时在宫内宴饮作乐，或在后苑游猎，稍有过失，往往环顾左右，担心地问："韩休知道吗？"话音刚落，韩休的谏书就送到了。玄宗左右的人说："韩休做了宰相，皇上比原来瘦多了，为什么不赶走他？"玄宗答道："我形貌虽瘦，天下一定肥了。萧嵩奏事常顺着我的心意，退朝后，我睡不安稳。韩休常在朝上据理力争，退朝后，我却睡得很踏实。我任用韩休，是为国家着想，不是为我自己。"

话虽这么说，玄宗还是受不了韩休刺人的锋芒。萧嵩对韩休也忍无可忍，经常当着玄宗的面与韩休争得面红耳赤。八个月之后，萧嵩向皇上递了奏本，请准他告老还乡。玄宗应准了他的请求，并将韩休也一起罢免。

玄宗再次选相，高力士又有意无意地提到李林甫。玄宗仍然不理会。至此，高力士便觉得，他对得起武家小姐了。皇上不用李林甫，怪不得他不帮忙。他悄悄地派人给裴夫人送信，告诉她，李林甫真要做宰相，看来需要另辟门路，他这里已尽全力了。

开元二十一年（733）冬十二月，玄宗任命张九龄和裴耀卿为同平章事，两人平起平坐，同为宰相。这个搭配很有意思，裴耀卿以经济见长，张九龄以文学闻名。

玄宗选任裴耀卿，是因为他对裴耀卿有过三次深刻的印象。

第一次是在去泰山的路上，济州刺史裴耀卿上了一份百言书，字字都是规谏之言，他说：人民要被大肆骚扰，便不能向陛下告成功了。玄宗把裴耀卿这份上表置为座右铭，时时刻刻提醒自己。

第二次是裴耀卿一心为民，居然胆敢拖延圣旨。当时，裴耀卿仍任刺史，玄宗调他进京为官。圣旨到达之时，正遇黄河洪水泛滥，裴耀卿在堤上组织抗洪，没抽身接待钦差大臣。钦差大臣催他领旨，他竟在堤上不予理睬。

第三次，就是在选相的这一年秋季。长安一带的关中地区由于罕见的持续暴雨，秋后歉收，不但粮价上涨，就是支付官员的禄米也连连告急，库存已经所剩无几。按照惯例，遇上长安粮荒，朝廷的中枢机构就往东都洛阳搬迁，因为那里靠近江南米乡，交通运输比长安方便。这就是唐朝一直保持首都和陪都设置的主要原因。

一切准备就绪之后，玄宗召见了裴耀卿，他想亲自听听这个经济专家的高见。

当时，裴耀卿在长安京兆府任府尹。

裴耀卿面见玄宗后，胸有成竹，侃侃而谈。

裴耀卿说："臣以为，暂迁东都只是权宜之计。国家大本在长安，必须从长计议，根本解决关中地区的粮食问题才是。长安缺粮，不在于出现灾荒，而在于长安官府开销规模庞大，仅靠当地产粮，无法供求。而从外地运粮进京，又受路途遥远、黄河激流逆行不便等运输障碍影响，使得长安库存粮食始终不足。真要彻底解决之，还是要从运输上入手。臣建议，可以陆运水运并举，在沿途广设仓储，递次转运。同时，革除现有的专门运输工，让他们出钱代役，用作运输和建仓的费用。如此行事，京师可备三年的储粮，丰年自不用说，遇上水旱之年，也可高枕无忧了。"

他这一席话说得玄宗频频点头称是。再次选用宰相，玄宗当然想到了裴耀卿。

再说张九龄任相，也不是随意定夺的。他与玄宗念念不忘张说的政绩有直接的关系。

研究历史的人把唐玄宗做皇帝的前二十九年——开元时期分为三个阶段：从开元元年（713）到开元九年（721）是开元初年，史学家们认为，这个时期最有生气，它开创了"开元之治"的大好局面。从开元十年（722）到开元二十四年（736）是开元中期，它是"开元之治"的顶峰时期。最后的五年，从开元二十五年（737）到开元二十九年（741）是开元末年，唐王朝走的是下坡路，它给随即到来的天宝年间的大乱埋下了祸根。

可以说是巧合，也可以说是玄宗的有意安排，开元中期，以张说任宰相为开端，又以张九龄任宰相为终端。张说、张九龄两人同姓张，又都是文学巨子，先后成为朝中文士们的领袖，相互间结有深厚的情谊。

前面说到，张九龄是岭南道韶州曲江（今广东韶关）人，他从小聪敏过人，善文词。十三岁时，张九龄的诗作就受到当时韶州刺史的赞赏。因为他家世代无人做官，又因生活在荒僻的岭南，到二十五岁，张九龄一直没有出头之日。他写诗自叹道："惜此生遐远，谁知造化心。"

谁曾想到，张九龄的造化说到就到。不久，张说被武则天流放岭南。路过韶州，他无意间读到了张九龄的文章，为之倾倒。二张见面，互通族谱，原来是同一宗族。张九龄小张说八岁，自认是张说的后辈。从此，两个人的友情至死不绝。

返回朝廷后，张说将张九龄召来京城。张九龄科举中进士，顺利入朝为官。张说在朝中几起几落，他做宰相，张九龄跟着升官；他被罢免，张九龄连同受累。封禅泰山时，张说忙里忙外，张九龄积极效力，替张说为皇上起草诏书，草拟日程安排，办了许多实事。

不过，张九龄做人、做官都比张说谨慎。在泰山，他见张说得意忘形，滥封官爵，便提醒张说道："前辈此次与皇上一路出行十分风光，红眼人已经不少，考虑封官晋爵之人是否要照顾周到一些才好？"

张说一笑置之。他想的是：我做宰相，封谁的官，晋谁的爵，自有我来做主。难道因为有谁得了红眼病，就要给他封官不成？这不是笑话，又是什么！

从泰山回到长安后，张九龄本能地感觉到对手们的地下活动频繁，他们联合在一起，正寻找机会整倒张说。他又劝张说道："眼下前辈深得皇上信任，在朝中权势如日中天，此时最要严防小人暗算。"

"你担心什么？"

"学生担心宇文融、崔隐甫，还有李林甫他们……"

"此等狗鼠之辈，能成何气候？"张说不以为然地打断了张九龄的话，"难道我堂堂的中书令大人还要弯腰于这些小人不成？"

结果，张说真的折腰于这些"狗鼠之辈"的弹劾，他丢了宰相之职不算，还差点送了性命，这在前面已经说过。

因依附于张说，张九龄也被贬出京城，到地方任了一段时间的刺史、都督和按察使等官。直到开元十六年（728）张说最后一次官复原职，再登宰相之位时，张九龄才又调回长安，任吏部四品左补阙，掌管科举考核。这一年，他想助孟浩然为官，未能如愿。

二张的这种关系，明摆着是依附关系。开元初年人们就私下议论说："不识宰相，无以得迁；不因交游，无以求进。"

深受其惠，不知是张九龄有意回避，还是他真的没意识到他之所以做官，很大程度上是托福于张说。也可能，张九龄真以为自己是在凭着真才实学做官。要不，做左拾遗时，张九龄怎么会给当时的宰相姚崇上书说："任人当才，为政大体，与之共理，无出此途。而曩之用才，非无知为之鉴，其年以失，溺在缘情之举。"

姚崇痛快地接纳了张九龄的进言，他以为张九龄与他的见解是完全一

53

致的。可是，没过多久，张九龄与姚崇之间有了矛盾，他不以国家利益为重，愤然辞官回归故里。张九龄想的是，你姚崇跟我过不去，我为什么还要替你卖命？回家卖红薯，也比跟着你受气强。

南下过了湘水，张九龄赋诗一首，抒发他官场失意，不求闻达，返回家乡重做平头百姓时的复杂心情。他说："十年乖夙志，一别悔前行……时哉苟不达，取乐遂吾情。"

两年后，张九龄才再次回朝拜官，相继任左补阙、礼部员外郎等职。不用说，这时姚崇已离世，宰相的宝座让给了张说。

人是很复杂的。

历史上，人们对张九龄评说不一。赞赏他的人，说他清秀飘逸，博学多才，正直有思想；讨厌他的人，则说他褊狭拘泥，意气用事，心眼小，难以相处。

当上宰相后，张九龄首先想表现一下他的经济之才。他向皇上建议："朝廷视地方私铸钱币为恶，加以禁止。然而，恶钱屡禁不止，且民众怨恨，与官府间形成对势，于朝廷弊大于利。依臣所见，不如放开禁令，允许民间自由铸币。此举，一来表示官府并不与民争利；二来钱币铸得多了，市井中钱多货少，无利可图，私铸者自然不会再铸。如此，恶钱不禁自止，岂不更好？"

初听张九龄的建议，玄宗眼前一亮，心想："这文学之士所言不无道理。想不到，九龄还有经济见识。"

从现在的眼光看，张九龄像是一位市场经济学家。他看见了市场上价值规律的作用，想利用价值规律这只看不见的手来调整货币流通量，对恶钱欲擒故纵，最终达到禁止的目的。这当然是治理经济的良策。可是，同朝官员坚决反对。

经济大师裴耀卿首先提出异议，他站出来说："此门一开，恐怕后果难测。"

"怎么讲？"玄宗想弄个清楚。

"回陛下，"裴耀卿说，"恶钱充斥市井，无利可图，私铸者可能不再铸币。但是，朝廷一贯以禁恶钱为政策，此门突然打开，大批小人必然放弃农耕去追求铸钱高利。粗制滥造，钱币的质量将更加恶劣。官府钱币与各种恶钱混杂在一起，造成混乱，只怕不等私铸者自动停止，局面已无法控制。再者，违背一贯宗旨，也会降低朝廷威望，于官于民都多有不利。"

玄宗听得连连点头。

秘书监崔沔抓住机会，站出来道："对于恶钱，强行令止不是上策，放任自流更不是办法。臣以为，禁止恶钱泛滥，应该加重开采铜矿人的课税。铜矿贵了，私铸钱币成本过高，无利可图，当然不为。再说，钱这个东西，贵在流通货物，便利之处不在钱的数量多少，哪里需私铸才够用呢！"

玄宗脸上露出了笑意。

"臣亦不同意对恶钱放任自流。"右监门录事参军刘秩也站出来道，"人要是富有不求上进，赏赐不能使他上进。人要是贫穷守法，用不着威刑禁止他犯法。如果允许私人铸钱，一定只有富人才能干这事，穷人是无能为力的。臣担心，那样会使穷人更穷，富人更富。富人放纵欲望，穷人备受役使，这对国家、社会都很不利。"

张九龄一人难辩众口，朝廷上官员们的意见一边倒。玄宗很快做出了最终的裁决：保持过去的政策不变，不准许私人铸钱。

对经济问题的处理，张九龄占不了上风，在用人之道上，他一直当仁不让。张九龄崇尚文学，认为唯有文学之士才能膺任朝廷高位要职。他坚持自己的看法：没有经过科举考试的官僚胥吏都是卑俗的不学无术之辈。

在任期间，张九龄提拔了一批文士到重要的职位上就任。王维在他手下做了监察御史。文士卢象被提为左补阙，迁司勋员外郎。这些人都紧跟张九龄，矢志不移。后来，张九龄被罢相，受贬到荆州任职，仍在朝中做官的王维为他感到万分沮丧，写下《寄荆州张丞相》。诗曰：

所思竟何在？怅望深荆门。

举世无相识，终身思旧恩。

方将与农圃，艺植老丘园。

目尽南飞雁，何由寄一言！

文士爱做谏官。

张九龄谏君不比韩休差。

玄宗做皇帝久了，常常怠政，喜欢沉溺于后宫享乐。只要张九龄知道，便会直接进谏。有时谏得玄宗发怒，他仍坚持己见，毫不退让。所以，后人称张九龄有谔谔之士的风度。

两个宰相，一个裴耀卿，处处以法为度，照章办事，不徇私情；一个张九龄，事事以礼为上，循规蹈矩，不乱方寸。两个人替玄宗撑天把舵，本来是做皇上的福气。可不出半年时间，玄宗就觉得失去了平衡。

朝廷上只有谏臣，皇帝的日子不好过，尤其是盛气已过，皇帝想过几天安乐日子的时候，他更想身边有个奸臣才好（当然，皇帝本人并不认奸臣为"奸"。在他们眼里，奸臣不是最忠心的忠臣，也是能体恤皇帝苦衷的良臣）。玄宗也想找一个这样的奸臣来替他与两个谏臣对抗。他想，两相抗衡，势均力敌，不但朝廷上的大事摆得平，他后宫里的家庭小事也能摆得平。这样，他皇上才能不偏不倚地居中稳坐江山。

玄宗想到了李林甫。这个人是李家宗族，却没有皇亲贵族的气势。他的年纪不大，脊背已经习惯于朝下弯弓着了。他的脸常年带笑，为人处世彬彬有礼。在朝廷上，玄宗没见他与谁有过直接的冲突，或面红耳赤的对垒。

玄宗还记得，当年宇文融、崔隐甫还有李林甫一起上告张说。真相大白后，玄宗免了张说的中书令职，宇文融、崔隐甫仍不满足，他们要置张说于死地，再次上奏弹劾。结果，引得他龙颜大怒，将宇文融、崔隐甫与张说一起贬了职、罢了官。

做皇帝，玄宗常常这样处理问题：手下臣子争权夺利，互不相让，矛盾大到有碍朝政时，他先给双方各二十大板，以示警告。再不行，便要一锅端，全班人马一齐撤换。朝廷另起炉灶，另开火，效果比维护正义要好得多。何况，什么是正义，哪方对，哪方不对，一时半会儿是很难区分的。它往往要经过岁月的反复冲刷、淘洗，到后世才得分明。

李林甫很聪明。他明白，为官做事最要讲究分寸，在皇上的眼皮底下活动，更要小心谨慎。张说被罢免了职务，第一步的目的就算达到了，要置他于死地，还应待机再动，否则肯定会引火烧身。当然，别人要穷追猛打落水狗，他不会劝阻。李林甫不再跟着宇文融和崔隐甫他们起拱子了，他退站到一边，看着两强相斗，两败俱伤，只等着从中渔利。当时，李林甫这个渔翁虽然没有得到什么直接利益，但他的出击与防身之术却是用得恰到好处。他不但狠狠地打击了对手，也保存了自己的原有实力。

当然，李林甫并不知道，他这次给皇上留下的印象，是一笔难得的升官资本。

事情到了关键时刻，玄宗想起了李林甫，他认为，李林甫正是他需要的人才。

玄宗想用李林甫为相，他试着与张九龄商量商量。

张九龄当即就有激烈的反应，他说："陛下，宰相身系重位，用人不当，国家遭殃。李林甫为相，臣恐日后危及社稷。"

玄宗横了一眼张九龄，心中恼怒：好你个张九龄，朕举荐的人才你都敢反对，还有何人让你看得上眼！不过，皇上还是有修养的。玄宗没和张九龄对火，他只在心里拿定了主意：有机会，他非任命李林甫为相不可。

"朕要用李林甫杀住你张九龄的书生锐气。"玄宗想。

这个时候，玄宗自然不知道张九龄是正确的。他重用李林甫长达十九年，给他的天下埋下祸根，安史之乱爆发后，他逃到蜀地时才知道后悔——自己当初吃不下张九龄的"苦口良药"，听不进谏臣的"逆耳忠言"，要付出多么大的代价！

可惜，觉悟晚了，酿成大错，无法挽回。

对于当事人，后悔只能是自我折磨，再没有什么其他用处，哪怕所谓的真龙天子，也与常人一样。在天地、自然法规面前，所有人真是一律平等。

闲居白兆山书馆，日子长了，难免有些无聊。一天，李白忽然想起了朋友孟浩然。

"开元十六年在江夏送他进京赶考……"李白躺在睡椅上自言自语地说着，开始拨弄手指头，十七年、十八年、十九年、二十年、二十一年、二十二年，五个手指头点完了还不够用。李白一拍扶手，猛地从睡椅上坐起，大叫道："哎呀，我整整六年没见孟公啦！"

听李白"哎呀"一声大叫，在院子里的许夫人吓了一跳，她三步并作两步走进屋来，才知道，夫君是在想念久别的朋友。

"现在已经是二十二年了吧？"李白问。

许夫人笑了笑，道："你算得清清楚楚，还来问我。不是二十二年，又是哪一年？"

李白叹了口气，说："我久居书馆，与世间完全隔绝，朋友也断了来往，长此以往，还有什么前途、功名可言哪！"说完，又长叹一声。

"你要会朋友还不容易？"许夫人轻轻松松地说，"出去会就是。襄阳离这儿不远，三五日便能来回走一趟，不值得你坐在家中发愁。"

李白摇了摇头，道："娘子不知，这并非路途远近的问题。唉，有些事情，说是说不清的。"

重新躺进睡椅，李白像是对许夫人说，又像是在自言自语："在朋友面前，我总是奇才，大家把我佩服得五体投地。可这许多年来，我没有丝毫长进，宏愿无法实现，哪里有脸面再见朋友！"

许夫人想劝他两句，话到嘴边，又收了回去。平日劝得不算少，许夫人想，劝得多了，反而变成火上添油，尤其是在他心烦意乱的时候，还是让他随便的好。想一会儿，烦一会儿；烦一会儿，再想一会儿，想得没意思了，烦得没意思了，他自然也就不再想了，不再烦了。对夫君的脾气性情，许夫人早已摸透了。

李白想起孟浩然的时候，孟浩然也正在给他写信。

这几年，孟浩然的日子过得还算顺心如意。他已从父母家中搬出，带着妻子正式住进了鹿门山居。

在襄阳一带，孟浩然是文化名人，尽管他隐居山里，地方上有什么重大活动，人们都忘不了他。州府、县衙请客宴会，总少不了要给孟浩然送来请柬，邀他出席作陪。文人聚会更是孟浩然不到场，气氛就热烈不起来。乡里乡亲们过节、办红白喜事，都习惯来讨孟浩然的对联、诗句，或是贺词什么的，贴在门上，挂在堂屋，以示他们的地位并不低下——孟浩然这样的名人都看得起他们，别人当然不敢轻视他们的活动了。

前不久，住在襄阳城中的韩员外去世了，丧事过后，员外家人特请孟浩然为韩员外撰写碑文。

韩员外名叫韩思复，早年做过朝廷的吏部侍郎，有一段时间调来襄州任刺史，复又回京城做官。他在襄州的那几年，做出了不少政绩，地方上威望很高。去职后，韩思复自愿来襄州养老，大家尊重他，都以韩员外称呼他。

韩员外的儿子韩朝宗有一些本事。父亲退休前，他就得中进士，在朝中为官。到张九龄拜相时，韩朝宗官阶已升至四品，任户部侍郎，掌管朝中财政、民政等大事。

按照惯例，每届宰相到任，都要对朝中各省的官员进行考察、调整，张九龄也不例外。他不任人唯亲，不拉帮结派，只要求手下官员服他的气，听他的话，用起来顺手。

考察到韩朝宗，吏部官员向张九龄报告说，这个人不大好使用。

张九龄问："有何根据？"

"回大人——，公正地说，韩朝宗是个有才学、有能力的人。只是，这个人有些个性，常常我行我素，不善于听取不同意见。他的上司和同级官员都觉得与他共事不太容易。拜他为户部侍郎，全是韩休韩大人的意思。他们是同宗，性格相同，为人处世也很相像，两个人关系一直极好。韩大人做了宰相，当然重用他。"

韩休当宰相，前后不过八个月，韩朝宗是他任命的，到任时间肯定更短，张九龄心里掐指默想。张九龄不愿上任伊始，人事关系变动过大。不是非拔掉不可的对头钉子，他的原则是一般不动。

"还有什么？"张九龄又问。

"在下明了大人的意思，韩大人用的人，我们也可以继续留用。"吏部官员看了一眼张九龄的表情，不急不缓地说，"对其他部门，我们都把握了这个原则。不过，这户部是要害部门。税赋、财政全由韩朝宗管理，恐怕会受制于他。"

吏部官员分析得有些道理。掌税赋财政大权不讲原则不行，过分讲原则也不行。宰相们一般都把自己最信得过的人放在这个位置上，为的是统管钱财方便。可是，张九龄还是不准备马上撤换韩朝宗，他想先用用看，实在不顺手，再换也不迟。

吏部官员讲完后，张九龄很久没表态。

宰相大人不表态就是一种态度了。吏部官员明白了，非常乖巧地退了下去。边往外退，他边暗想：今日我所说的话是否有些过了头？不会啊，韩朝宗与张九龄没有任何私交呀！事先，我早已摸得清清楚楚的了，讲这么几句话并不为过。张九龄不同意换他，肯定还有其他原因！

没过多久，吏部官员又向张九龄汇报考察官员的进展情况，末了，他说："大人，前几天，吏部收到一封匿名信，写信的人检举韩朝宗擅自对岭南、淮南、河北等五个道加收税赋，地方州县没办法，只得加重百姓的劳役，闹得这些地方民愤极大。我到户部查过，账目与同匿名信一起寄来的税赋清单不符，多收的税赋在账上看不出来，其中可能有诈。"

"真有这事？"

"在下不敢讲半句谎话。"

这一回，吏部官员讲得正是时候。

前些天，礼部因外事需用一笔款子，向张九龄申请。张九龄转批给户部，让韩朝宗依特例拨出钱款。韩朝宗先说是批转的手续不全，不予办理。待礼部照章补办好手续之后，他又说三两天内筹不齐这笔款项。礼部认为这是韩朝宗故意刁难他们，几次来找张九龄告状。

不同部门之间扯皮闹矛盾的事，每天都有，张九龄并不在意。他亲自给韩朝宗写了一张便条，请他想办法一定尽快解决钱款，以免误了外交大事。

韩朝宗对宰相的亲笔书信，没有回复不算，依旧以筹不齐钱款为由，拒绝办理这桩公务。

十多天钱款到不了位，急得礼部官员再次找张九龄告状，往下则四处拜托别人为他们疏通户部的关系。

张九龄知道情况之后，大发脾气，将韩朝宗找来痛斥了一顿。他严令韩朝宗，不管有钱还是无钱，两日内，必须筹齐这笔款子，否则以延误公事的罪名送交刑部法办。韩朝宗心里不服，欲要当面申辩，被张九龄喝住。他让韩朝宗立即退出。

两日期限内，礼部所需钱款解决，但张九龄对韩朝宗已经有了不好的看法。张九龄不由得这样想：吏部官员考察得不错，韩朝宗这个人确实不大好使用。

有了这个背景，吏部官员报告说韩朝宗擅自加收赋税，张九龄不再容忍。他当即表态，让吏部官员物色新的户部侍郎人选，取代韩朝宗。

韩朝宗莫名其妙地被降为五品官员，贬出京城，到洪州做刺史。好在他这个人还算大度，为官也是忠心耿耿，怀有冤屈，心中不平，并不影响他照旧为皇上尽忠，为朝廷效力。

韩朝宗到洪州上任后，正遇当地遭受多年不遇的涝灾，洪水泛滥，千万人无家可归。韩朝宗正确决策，疏通河道，引水排涝，又积极救援灾民，从城内及大户人家募集到大量衣物钱粮，发放给生活无着落之人，使灾区的损失降到了最低点。

由此，韩朝宗的威望猛涨，本地官员和百姓异口同声，说韩刺史是朝廷给他们送来的一片青天，洪州民众在洪涝灾害下见到了晴朗的天空。更有热情之人，主动出面牵头，写下百言上书，联络万人签名，推举代表送到京城，感谢朝廷给他们派来了好官，并为韩刺史请功。

看过洪州民众的上书，张九龄很是满意：韩朝宗不为贬职而自暴自弃，还给他挣了面子。

几乎就在同一时刻，韩员外在襄阳去世。韩朝宗得知后，写信向朝廷告假，请求准他回家为老父守孝三年。

张九龄想，他初为宰相，正需要韩朝宗这样的肯干之人。准他告假三年是一个损失，不准他回家为父守孝，未免不近情理。想来想去，张九龄想了一个两全其美的好办法。他改任韩朝宗为荆州长史兼判襄州刺史、山南东道采访处置使。这么一来，韩朝宗不用辞官，又可照料家事，国家的利益和韩家的需要相互统一，岂不两全其美？

从刺史改任长史，官阶没变，仍是五品，但官职长了一级。采访处置使是张九龄拜相后新设的职位，代表朝廷负责检查地方非法之事之人，权力很大。显然，这是朝廷对韩朝宗在洪州表现的褒奖。

韩朝宗领旨，从洪州回到襄阳上任。其时，韩员外去世已满百日。家里人请孟浩然代写了碑文，准备将韩员外葬在岘山。

孟浩然的碑文写得工整漂亮。短短二百四十六字，将韩员外一生的辉煌囊括无遗。做儿子的读后，很是感动。韩朝宗与孟浩然结为朋友。

不久，朝廷给各地下达公文："……其才有霸王之略，学究天人之际，及堪将帅牧宰者，令五品以上清官及刺史各举一人。"并强调，举荐的人才若被朝廷录用，举荐人的官位将升高一级。这是张九龄和裴耀卿为宰相的一个重要举措，目的很清楚，要为朝廷大业广招有用之才。

接到公文，韩朝宗去找孟浩然，将这个好消息告诉他。

"孟兄的才学，不仅在襄阳冒尖，在朝中也不多见。"韩朝宗说，"我一定向朝廷力举孟兄。"

四十六岁的孟浩然对于做官已经不似先前那么热情，听韩朝宗说完，他站起来，习惯性地将了将嘴角边的长胡须，说："若长史能举荐得成也好，怕只怕皇上仍记得我这个没有规矩的人，不愿用我。果真如此，长史这一举荐大家都受益不了，我看还是不为的好。"

"现在朝中由张、裴二相做主，皇上不再同先前那样事必躬亲了。"韩朝宗分析道，"孟兄与张相有旧交，我不举荐，张相也会保你出来为朝廷

62

效力。孟兄将这个面子送给我不好吗？"

"要说朋友交情，我与九龄的确不同一般。当初我离京时，九龄也曾说过，只要他有伸头之日，一定不会忘记我这个朋友。"孟浩然边说，边在屋内来回地踱步。走到窗前，他望着外景，又说，"不过，此时非同彼时，人嘛，站在哪座山上就说哪座山上的话。如今，九龄做了一国之相，肩上负担极重，用人处事都须立于全局考虑，朋友交情只能置于脑后了。我并不指望他保我出山做什么朝廷命官，像现在这样，我的日子不也过得很自在吗？"

韩朝宗没有说话。

隔了一会儿，孟浩然又说："长史的盛情美意我早已心领，有你这样的真心朋友，孟浩然知足了。我想，我生来就是山野之人，辜负了朋友的厚望，日后若有机会，一定倾心相报。"

"孟兄太客气了，我没为你做点滴事情。"韩朝宗拿定主意要举荐孟浩然，一时说不通孟浩然，他不想勉强，反正还有时间。想到这儿，他把话题一转，道，"今天天气不错，我们出去走走？"

两人一起走出院门，下了鹿门山，不约而同地朝对面的岘山走去。

岘山顶上立有一块不大的羊公碑，记载着晋朝初年的襄阳镇守羊祜的业绩。四百多年前，羊祜镇守襄阳，常邀朋友来岘山置酒言咏。有一次，坐在岘山顶上，喝下美酒，羊祜对同游者喟然叹息道："自有宇宙，便有此山。古往今来，有多少贤达胜士像我等一样，登上此山，远望嗟叹。世事如流水，如今前人湮灭无闻，使人悲伤！"

登上岘山，见到孤立于山顶的羊公碑，孟浩然又重复着先前羊祜的心境。八行诗句涌上心头，孟浩然缓缓地咏来：

人事有代谢，往来成古今。
江山留胜迹，我辈复登临。
水落鱼梁浅，天寒梦泽深。
羊公碑尚在，读罢泪沾襟。

韩朝宗重复道:"'人事有代谢,往来成古今',朝代一代一代地更替,人亦一辈一辈地逝去。从古至今,人事走马灯般地轮回演化,该去的去了,不该来的来了,任凭这时光岁月淘汰。只有江山胜迹依旧岿然不动,后人复来,总有言不尽的万般感慨。"

"感慨再多,总在一点上出出进进。羊祜想到的,你我复来又想。你我想过了,后人还要一想再想。时过境未迁,站在同一境地,不同人想到的大体相同。只不过,想到的和做到的全然不同。"

远望山下,正是秋冬季节,河床水落石出,山野草木凋零,自然一片萧条的景象。孟浩然的心境好像突然凌空升腾,人也随之升华到了超然的境界。

羊祜早已化为灰烬,羊公碑尚在人间。一个人要名垂千古实在不易。

韩朝宗也被此情此景感化了。他想到的是:他与羊祜先后同为襄阳父母官,羊祜之名与岘山石碑同传,他韩朝宗也不能过世即为后代忘记,他要留名于百姓的口碑,让襄阳人世世代代相传下去。

从岘山回来,韩朝宗忙于公务,很久没来找过孟浩然。

这一天,孟浩然突然想起了李白。他想,几年前,李白来信说去长安干谒,请他介绍朋友,他没按李白的要求去做,回信搪塞了几句。自那以后,再不见李白有音信来。李白从安陆去长安,来回都必经襄阳,李白路过此地不来会面,足以见李白与他之间有了隔膜。

时间过去了几年,想起过去的所作所为,孟浩然有些自责。他意识到,当时,他不愿把张九龄、王维等长安的朋友介绍给李白,是出自一种本能的嫉妒心理。李白的才华在他之上,他十分明了,也由衷地敬佩。但他不想李白到长安去一举成名,尤其是在他自己刚从长安"战败"而归的时候。

想到这些,孟浩然觉得自己不够朋友。李白没有音信,证明他去长安干谒也没成功。何不借韩朝宗举荐李白呢?孟浩然眼前一亮,立即提笔给李白写信。

1

李白收到孟浩然的信，即日启程。一来他急于会见朋友，二来孟浩然信中所言借韩朝宗举荐之事，正合李白心愿。

下了白兆山，李白来到安陆城中。他找到几个文人朋友在酒店里小聚，顺便打听一下韩朝宗的情况。

朋友听李白问韩朝宗，说："这可是一个清官。我听荆州朋友说，他到荆州上任不久，府内府外各项事务处理得井井有条，还为百姓做了不少好事。荆州人说：'生不用封万户侯，但愿一识韩荆州。'"

与朋友道别，李白满心喜欢地往襄阳去了。

赶到襄阳是下午时分，李白见时间尚早，便未去孟浩然处，而是先独自来到州府拜见韩朝宗。李白以为，遇上韩朝宗这样正直的清官，不用朋友推举，凭他个人的才华，一定能够自荐成功。

不想，在荆州府，李白又吃了闭门羹，以往干谒的情景再次重演。

门人进去片刻后，出来告知李白："韩大人今日有公务在身，不得接见，请公子改日再来。"

李白没有想到，又像早在意料之中，他很快从怀中掏出一封书信，说："既然如此，还请官人再劳累一次，替我把这封上书转交给韩大人览阅。"

门人没有多话，接过李白的上书，随手关上了大门。这衙府的大门，白天总是开着的，门人把大门关上，表示请李白走开。

站在紧闭的衙府大门面前，当然没有意思。上书已经送进去了，等两天再听消息吧。李白的希望没灭，他转身离开了州府。

李白走后，衙府的大门重新洞开。

这天下午，韩朝宗并没有什么大事。只是，他从早晨进府开始，不停地接待了十一二个自由上访者，到了下午，人觉着疲倦，李白在外求见，他想都没想就回绝了。他让李白改日再来，李白不听，递了上书进来。

带着倦意，韩朝宗打开李白的《与韩荆州书》：

> 白闻天下谈士相聚而言曰："生不用万户侯，但愿一识韩荆州。"何令人之景慕，一至于此耶！岂不以有周公之风，躬吐握之事，使海内豪俊，奔走而归之，一登龙门，则声誉十倍！所以龙盘凤逸之士，皆欲收名定价于君侯。愿君侯不以富贵而骄之，寒贱而忽之。则三千宾之有毛遂，使白得颖脱而出，即其人焉！

看了这第一段，韩朝宗笑了。这个李白挺会捧人。他把从朋友那儿听来的话，改为"天下谈士"的共识，转赠给韩荆州。不仅如此，他还进一步拔高说："为什么大家都会如此景慕大人您呢？我得入大人的龙门，与大人一识，才知道，大人不仅有周公之风度，且比周公更恭谦、更豁达、更开明。所以，与周公相比，大人在外的声誉要高出十倍！"

李白说的这个周公，是周朝的开国元勋周公旦。他从来恭敬孝顺，笃厚仁慈。史书记载，周灭商，周公旦功勋卓著，但他从不以功臣自居。周武王即位，作为其弟，周公旦一直辅佐朝政，鞍前马后。武王崩逝，儿子成王继位。周公旦见侄儿年幼，继续任劳任怨地辅政，没有半点篡王越位的企图。对周王如此，对天下俊杰贤士，周公同样恭敬谦慎。他曾反复告诫自己的儿子伯禽说："我是文王的儿子，武王的弟弟，成王的叔父，对于整个天下来说，我的地位已不低了。但是，我却常常在洗头时三次握拢起正在洗的头发，吃饭时三次吐出正在嚼着的食物，匆忙地起来以礼接待贤士。就是这样，我还怕错过了天下的人才。你到鲁国之后，千万要小心，不要以拥有其国而骄慢待人。"因为周公以礼相待，当时的俊杰贤士纷纷投奔效忠，使得周朝日益强大。

接下来，李白写道：

> 白，陇西布衣，流落楚、汉。十五好剑术，遍干诸侯；三十成文章，历抵卿相。虽长不满七尺，而心雄万夫……君侯制作侔

神明，德行动天地，笔参造化，学究天人。幸愿开张心颜，不以长揖见拒。必若接之以高宴，纵之以清谈，请日试万言，倚马可待。今天下以君侯为文章之司命，人物之权衡，一经品题，便作佳士。而君侯何惜阶前盈尺之地，不使白扬眉吐气、激昂青云耶？

讲到自己，李白恢复了傲气。李白说，他是川蜀布衣，流落楚汉，以文章剑术走南闯北，四处干谒，见过大小诸侯卿相。别看他高不过七尺，雄心却在万夫之上。

更让李白自豪的，是他的不可多得的才智！是他的文笔极为精妙！用一支笔，他可以参验自然万物之变化；他的学问渊深，可以探明天道和人事的各种奥秘。李白说，如果不信的话，那就请韩大人当场面试。只要你肯测试，哪怕"日试万言"，我李白挥笔而就，"倚马可待"。李白又说：是骡子是马，拉出来遛遛，便可以一目了然了。李白恳请韩大人和州府的官员作为文章优劣的评判人来评判他。他自信，一经评判比较，他肯定是公认的品行才学俱优的"佳士"。

李白感叹：君侯们为什么那么吝啬，不给我李白一个机会，让我扬眉吐气，一展凌云之志呢？他的言下之意是：黄雀小辈可以得志满天飞，而我这鲲鹏大鸟却被缚于尘埃之下，备受压抑，不能直上青云，大展宏图！结尾，李白这样写道：

……白每观其衔恩抚躬，忠义奋发，以此感激，知君侯推赤心于诸贤腹中，所以不归他人，而愿委身国士。傥急难有用，敢效微躯……

李白历数了古人和韩朝宗荐拔人才及被荐人知恩图报之心，表示：他李白不投于其他人门下，唯愿委身于举国推重的众人敬仰的名士韩大人，即使是做一名急难有用的幕僚小卒也愿效力而不惜献出微薄之躯。

韩朝宗读罢，又笑了。他笑的是，李白的自荐书，气势磅礴，辞采纵横，只当文章读，确实让人钦佩。但这个李白却不明白，这不是做文章，是写自荐书。此书气势咄咄逼人，大有李白天下第一，众人皆是群氓之架势。如果谁不识他李白的才华，谁便是有眼不识泰山！这样的人，谁敢用？不管你为我唱多少颂歌，我也不会用你的，韩朝宗不由得这样想道。

掂了掂这张李白写满狂言的薄纸，韩朝宗笑了笑，往案台上一丢。

薄纸一飘一飘地落在案台上，悄然无声。韩朝宗——这位李白当作周公的清廉官吏，同样没把李白放在眼里。

李白生不逢时。

本事太大的人，不是生不逢时，就是本事过大，大得过了头，没人敢用或没处可用。

韩朝宗对李白就是这样。

李白离开州府，到鹿门山居见了孟浩然。

朋友多年不见，见面异常亲热，自不用说。

坐定，孟浩然道："今日天色已晚，明日一早，我就引你去见韩大人。韩大人他……"

"孟公美意，李白心领了，"李白笑着打断孟浩然的话，说，"刚才来鹿门山前，我见时间还早，便独自往州府去了。不巧，正赶上今日韩大人公事繁忙，没空接见，于是，只好留下了自荐书一封。我也不急，等几日再说吧。"

"你先去了州府？"孟浩然本来听得清楚，但他隐约觉得，李白一人独往州府去见韩朝宗，结果不会好，心里着急，就追问了一句。

"那还有假？这会儿，韩朝宗可能正在认真地览阅我的自荐书呢。"李白的自我感觉从来很好。

既然如此，孟浩然不便多说了。

李白在孟浩然处等了多日，韩朝宗一直没有回音。两个多月后，李白渐渐心绪不宁，常寻些小事与孟浩然争论不休。

孟浩然体谅李白的心境，尽量相让于他。好几次，孟浩然提出要带李

68

白一同面见韩朝宗。李白碍着面子，执意不肯。

又过了月余，孟浩然想，李白不去可以，他一定要去州府走一趟，面见韩朝宗，问问清楚韩朝宗到底有没有推荐李白的意思。问明了，举荐也好，不举荐也好，省得李白日日不得安神，让人看了心里难受。

这天晚上临睡前，孟浩然告知李白，明早他要下山回家一转，请李白一人在山上小住几日。

李白很敏感，问道："孟公下山，是否会去州府见韩朝宗？"

"准备去。"孟浩然见瞒不过李白，索性直话直说，"我和韩朝宗关系尚好，依着我，带兄弟一起去见见他，讲明了，请他举荐兄弟，于你不会有丝毫损失。可你总是不肯，看着时间耽误了不少，我还是自己去见他一次，也好问清了他的打算，心里有个底。"

李白不再反对。说心里话，他何尝不想问个究竟？但孟浩然真要去，李白又不愿意，他不想让孟浩然觉得，他李白非要靠朋友帮助才行。还有另一个不可言说的原因是，李白不想孟浩然看他的《与韩荆州书》，其中的吹捧之言，会令孟浩然嘲笑。果真如此，倒不如随孟浩然一同去见韩朝宗，李白想，当着自己的面，韩朝宗不便把他的自荐书给孟浩然看。可是，自己多次拒绝过孟浩然，坚决不和他同去。出尔反尔，非大丈夫所为。李白只好由孟浩然去了。

孟浩然下山，见到韩朝宗，说了几句你好我好之类的客套话，便直截了当地问："向朝廷荐人之事，不知韩大人近来有何打算？"

韩朝宗听问，眼睛一亮，道："孟兄想好啦？我早说过，举荐孟兄，我有十分的把握。几个月了，我可一直在静候你的回信。"

难怪他不搭理李白，孟浩然想，还是我在其中作梗。

"另有一个更佳的人选，韩大人没有考虑吗？"

韩朝宗不知道孟浩然指的是谁，也不知道孟浩然问这话是什么意思，不马上回话，只看着对面坐着的孟浩然，等他再往下说。

"几个月前，我的兄弟李白曾来州府拜见韩大人，正遇大人有事在身，他留下自荐书一封，不知大人是否看过？"

"李白?"韩朝宗想了想,是有这么回事,那自荐书还在他的案台上放着。

韩朝宗命下人找来了李白的《与韩荆州书》。他一目十行又看了一遍,然后,递给孟浩然,说:"你也看看。"

孟浩然没看李白的自荐书,他光看韩朝宗的表情,就知道韩朝宗对李白不感兴趣了。他接过那张薄纸,说:"我这个兄弟才华在我之上,正是朝廷需用的人才。几行文字,怕是难以表白,改日我带他来府上,与韩大人面谈如何?"

"不必了。"韩朝宗说,"令兄的文字非同一般,看了他的自荐书,我就知道,他的才气确实不小。"

见孟浩然仍然看着他,韩朝宗又说:"我的话说得难听点,孟兄不要见怪。似李白这样的天地间少有的奇才,不但我荆州衙门的池塘浅了,就是大唐天子的龙池也不够他回身呢!"

"真有这么过分?"孟浩然心里想着,只好把自荐书仔细读了。

与韩朝宗的看法不同,孟浩然认为,李白毛遂自荐,口气虽大,但文采飞扬,思路纵贯古今,显示出他的超凡气度。对此,孟浩然从来敬佩。不过,孟浩然不喜欢李白写的关于韩朝宗的那几段文字。

"想不到李白也学会了媚俗。"李白傲视权贵的神情在孟浩然的脑子里一闪而过。

无论孟浩然怎么说,韩朝宗主意不变,他说:"我没有向朝廷推举令兄的打算。留在我这里任职,对他来说,官职卑微,未免大材小用。他自己不计较,别人也会笑话,还是请他另攀高枝吧。"

往下,韩朝宗花了很多时间力劝孟浩然,非向朝廷举荐他不可。他让孟浩然不要白白放过这个良机。

孟浩然被劝得没办法,只好答应下来。他们约定,八月八日那天,一起动身去东都洛阳。

5

走出州府,孟浩然感到对不起李白。本来是为李白举荐之事而来,结果张冠李戴，答应了韩朝宗推荐自己。李白怎么办？依孟浩然的性子，他想把韩朝宗的原话及他的个人看法和盘托出，讲给李白听。这样做，虽是好心，却不一定有好的结果。孟浩然担心李白会产生误解。

不知如何是好，孟浩然走到河边，坐在大黑石上。

大黑石伏卧在河岸边，占去了好宽一片。它很大，却不高，人坐在上面，两脚正好踩在地上。小时候，孟浩然就爱坐在这块大黑石上，看那清亮透明的河水从眼前匆匆流过。长大后，每每有心事，孟浩然就来这里坐坐。坐在这里，什么也不想，心事渐渐地随流水远去。

孟浩然拾起一粒小石头，用力将它甩向河中心。小石头在空中划过一道弯弯的弧线，紧接着扑通一声敲响了河水，很快地沉入河底。这是孟浩然坐在大黑石上常做的动作。他还经常想同样的问题：河水为什么总在不停地流？小石头为什么非要沉入河底？

很多事情是明摆着的，却又总是让人想不通。

一个女子在河边徘徊，她身材细弱，很像岸旁随风飘动的杨柳枝。她在寻找什么？孟浩然的目光被这个女子吸引了过去。

女子背向孟浩然朝前走。站在渡口，她看着渡船从对岸划过来，过客有上有下，渡船启动，又划向对岸。女子没上渡船，她等渡船离开岸边，转身迎着孟浩然的方向走来，边走，她边回头看那条驶入河心的渡船。离孟浩然不远了，女子发现，孟浩然一直在看着她。她犹豫了一下，走近孟浩然。

"这位大哥，小女子这方有礼了。"

孟浩然没有起身，他只把双手合了一下，拱了拱，算作回礼。眼前这个女子身穿洗得发了白的青色短襦长裙，衣着质朴，模样却十分的妩媚。她的村姑装扮挡不住由内向外露出的青春光彩，弯弯的月牙似的双眼，水波粼粼。弄不清这是什么样的女人，孟浩然不便随意搭腔。

女子站着。她见孟浩然只在上下打量她，欲言又止，犹豫了几次，她不再说话，转身慢慢地走开了。

"你在找什么？"等女子走出一丈多远，孟浩然终于问。

女子停下来。她回头看着孟浩然，想说什么，动了动嘴唇，又收了回去。

"你有何难事？我可以帮助你吗？"孟浩然起身，向前快走了几步，道，"我姓孟，孟浩然。"

襄阳附近的人大多知道孟浩然。孟浩然自报了姓名，以便这女子放心。可是，看样子，这女子不是襄阳人，她听了孟浩然的名字，摇了摇头，转身，继续往前走去。

孟浩然目送着她。他想，她不相信我，有事也不愿对我说。

女子已经走远了。孟浩然回到大黑石边，坐下。他的心事还没了结，不知回去怎么和李白说。

差不多过了一个时辰，这个女子又返了回来。孟浩然正盯着河水，聚精会神，他没察觉女子又站在了他的身边。

"孟大哥。"

孟浩然一愣，转头看见她，很是惊奇。

"孟大哥，我向你打听一个人，"女子看着孟浩然，这回她没有犹豫，倒显得镇定自如，"大哥可认识李白？"

"李白！"孟浩然又是一愣。她是来找李白的，孟浩然想，难怪她几次想上渡船，李白就在河对面的鹿门山上。

"孟大哥认识？"女子有些兴奋了，眼睛里闪着希望。

李白曾在外面与许多女人有过关系。孟浩然想，没弄清她是什么人，不可告诉她李白的真实情况。

"我与李白有过一面之交，你找他何事？"

"我……"女子想说，止住了又问，"孟大哥知道他现在哪里？"

"你从远道而来？"

听孟浩然问，女子猜想，他一定知道李白在哪里，只是不知自己是谁，才不愿讲明。这么想，女子说："我叫令狐兰，是特意从川蜀出来寻找李白的。"

"你是他的……"

"他是我的……"孟浩然没问完全，令狐兰马上接过来道，"是我的从哥。"一路上，问起她和李白的关系，令狐兰都这么答。

对李白的家事，孟浩然知道得挺清楚，可他从来没听李白说过，有一个叫令狐兰的从妹。这个女子没讲真话，孟浩然想。

"孟大哥知道李白在哪里，就告诉我吧，我找他，已经找了很久了。"令狐兰说着，水波粼粼的眼睛里闪动着泪花。

男人最见不得女人的眼泪。看令狐兰两眼饱含泪花，孟浩然心软了，他安慰令狐兰不要着急，坐下来，慢慢说，李白能找到。

"我知道，你不相信我和李白是从兄妹。"令狐兰坐下，索性把她和李白的关系，前前后后，细细地说给孟浩然听了。她说，为了找李白，她丢下弟弟，只身从成都出来，沿途去了江陵、金陵、扬州等地。在扬州，她听一个曾与李白有过交往的人说，六七年前，听人说李白来了襄阳，于是，她赶来襄阳找李白。"孟大哥，你知道李白在哪儿吗？"

"李白……"

令狐兰满怀希望地看着孟浩然。孟浩然为令狐兰的真情执着所感动，正准备告诉令狐兰李白就在对面的鹿门山上，但话到嘴边，忽觉心中一紧，不肯再往下说，他想起了老朋友许员外。

许员外离世，把女儿托付给了李白，这令狐兰的出现，会不会……孟浩然想，不能对不起许员外和他的女儿。过去的事情，都已经过去了。令狐兰一人痛苦，总比许家小姐和她的小女儿，再加上李白一起痛苦强。想到这儿，孟浩然打定主意，不让令狐兰和李白见面。

"李白曾在这里住过一段时间，"孟浩然说，"但他早不在襄阳了。"

"他去了哪里，请孟大哥快些告诉我。"令狐兰说，语气中含有李白去了哪儿她就要找到哪儿的意思。

"七年前，李白去了安陆。他在那里娶亲成家，已经有了一个可爱的小女儿。"孟浩然有意把李白成家的事说得很自然、很平淡、很简单。

令狐兰仍觉得似炸雷轰顶，脑子里面嗡的一声，人已呆住了。她睁大了眼睛，坐在大黑石上，一动也不动。

孟浩然急了，他抓住令狐兰的肩膀使劲地摇，边摇边说："小妹妹，不要这样，你听我慢慢地说。"

身体的晃动，唤醒了令狐兰。她眨了眨眼皮，决了堤的泪水一涌而出，随之爆发的是悲恸欲绝的大哭。

孟浩然束手无策，他哪里想得到，将真实情况直接告诉令狐兰，反应会如此强烈。他不知如何是好，只会反反复复地说一句话："小妹妹，不要这样，你听我慢慢地说。"

令狐兰什么也听不进去，她一个劲儿地哭，放声地大哭。她要把长久以来郁结在心中的痛苦、委屈、悲伤，全部释放出来，释放得干干净净。

不知哭了多长时间，令狐兰哭够了，哭累了，哭得不再想哭了，突然收住了哭声。

"小妹妹，你听我慢慢地说。"许久没说话的孟浩然又说。

令狐兰并不看孟浩然。她走到河边，捧着河水洗了把脸，又整了整哭乱了的头发和衣襟。然后，望着河水，像是自言自语，又像是对孟浩然说："李大哥成家是应该的，他三十多岁了。这不怪他，全怪我不好，是我没答应他。我不该不和他一起出蜀，都是我不好。"

"小妹妹，你听我慢慢说。"

"孟大哥，你什么都不用说。我全明白了，不怪他，只怪我自己。"令狐兰说着，从手腕上褪下一只手镯，放在手心上看了一会儿，又说，"这手镯是李白送给我的，孟大哥若能再见到李白，请代我把它转交给他。我留下一只，作为纪念。"

令狐兰将手镯交给孟浩然，转身就要离开。

孟浩然拦住她，道："你上哪儿去？"

"孟大哥不用担心，令狐兰自有去处。"哭够了的令狐兰已经相当冷静，她谢绝了孟浩然的各种提议，坚持一个人走了。

孟浩然站在河边，一直目送着她。

婀娜的背影渐渐地消失在远处的地平线上。孟浩然突然觉得自己这么做，对一个痴情女子太不公平。他追上前去，想把令狐兰追回来，领她上鹿门山去见李白。可是，令狐兰已经消失得无影无踪。

她去了哪里？一个那么柔弱的女子！那女子是那么的单薄！

6

孟浩然回到鹿门山居，见到李白什么也没说。

李白见孟浩然进门无话可说，其结果心中已知七分，他也不提韩朝宗。

隔日，孟浩然备了一桌酒席，与李白大饮特饮。喝到似醉非醉的时候，孟浩然拿出令狐兰托他转交给李白的手镯。

李白看这手镯，并不认识，眯缝着醉眼道："孟公从何处弄来的女人信物？"

"你最明了，怎么反倒问我？"孟浩然借着缥缥缈缈的感觉，拿着手镯前后翻看着，半玩笑半认真地说。

"我哪里明了，还是孟公清楚，说给老弟听了，免得我在心下自做文章。"

"女人是过眼烟云。"

"说得好。"

"功名粪土不如。"

"说得对。"

"唯有美酒与天地共长久。"

"妙，妙之至极！"

李白与孟浩然一唱一和，说得对味，一壶酒又灌进了肚子里。

孟浩然拿起手镯，放在李白手上，道："兄弟不要怨我，这手镯是令狐兰姑娘托我转交给你的。我以为，过去的事情都已过去，女人嘛，就随她去吧，所以没把她带来见你。"

"令狐兰！"听到这三个字，李白的酒顿时醒了许多，他将手镯握紧，问，"她现在哪里？"

75

"她已经走了。"孟浩然拿着酒杯，边喝边说，"前日，我回山时，在河边遇见她，将你已成家的事说了，她哭过一场，留下这镯子走了。"

李白低下头，不再说话。

这手镯并不是李白送给令狐兰的，它是令狐兰自己的饰物。令狐兰告诉孟浩然它是李白送给她的，是想让孟浩然一定替她转交给李白。

李白握着令狐兰这随身饰物，心中无限感慨。孟浩然说得没错，世间什么不是过眼烟云？喝过酒的李白脑子十分清醒，凭感情行事，他非冲下山去，寻找令狐兰，不管找到哪里，他一定要找到！她一个懦弱女子，千里迢迢自川蜀追寻到襄阳，堂堂的大男子汉，哪能坐山不动？

可是，李白没有动，他只坐着喝酒。

李白为自己难过，也为令狐兰难过。她找到了山下，为何不上山来？傻女人，真正是一个傻女人，当初，你和我一路同行，哪里会有今天寻觅的痛苦！

"兄弟，万事都要看开点，女人也好，功名也好，于你我皆是身外之物。"孟浩然给李白斟上一大杯酒，看着他喝下去后，自己也干了一大杯，又说，"韩荆州那里，我不说，你也知道。算啦，他不举荐，你便真的无用了不成？你李白还不是李白，无伤大雅。他与我相约，八月八日一同去洛阳。我也想好了，算啦，我不去！去有何意思？弄得好，也是顶个小官做做，不如我在鹿门山开心。"

酒力一个劲儿地往李白头上冲，冲得他后脑勺云雾缭绕，冲得他两眼迷迷蒙蒙。听着孟浩然说话，看着他一合一闭的双唇，李白觉得孟浩然开始浮动，开始恍恍惚惚地迅速后退，退得越来越远，退到几乎看不见的地方，变成了一个小黑点。他还能听见孟浩然的声音，像在梦幻中一般。

李白用力眨了眨眼睛，拍了拍自己的前额，再看孟浩然，他就坐在对面，没变小也没变大，和平常一个样。变大变小全是自己的错觉，李白想。

这次酒后，李白写了一首《襄阳歌》。

行家评李白这首《襄阳歌》："此白负才不偶，故纵饮放旷。言万事皆虚，独酒为真也。"

《襄阳歌》道：

> 落日欲没岘山西，倒着接蓠花下迷。
> 襄阳小儿齐拍手，拦街争唱白铜鞮。
> 旁人借问笑何事，笑杀山公醉似泥。

这开头的六句，李白是借古时候的一段故事，描述自己与孟浩然的醉态。

山公即晋代的山简，他是历史上有名的"竹林七贤"之一山涛的幼子。永嘉三年（309），山简出任征南将军，镇守襄阳，以好酒闻名。

《晋书·山简传》中说：山简每次出游嬉戏，喜欢往高阳池上设酒宴狂饮，直喝到酩酊大醉，夕阳西下，他才骑着马，倒系着白头巾返回。所以，当时有儿童歌曰："山公出何许？往至高阳池。日夕倒载归，酩酊无所知。时时能骑马，倒着白接蓠。"

李白和孟浩然也是如此。两人喝酒，从早晨日出，一直喝到夕阳将落岘山西的时候，人已大醉。他们倒系了布头巾，沉迷于野花乱草之中。襄阳小儿又和四百多年前一样，拍着手，蹦蹦跳跳地争唱名曲《白铜鞮》。路人问小儿："你等为了何事如此高兴？"小儿们指着醉卧在野花下的李白、孟浩然，笑道："你看看他们，不像山公醉酒烂如泥吗？"

> 鸬鹚杓，鹦鹉杯。
> 百年三万六千日，一日须倾三百杯。
> 遥看汉水鸭头绿，恰似葡萄初酦醅。
> 此江若变作春酒，垒曲便筑糟丘台。
> 千金骏马换小妾，笑坐雕鞍歌落梅。
> 车旁侧挂一壶酒，凤笙龙管行相催。
> 咸阳市中叹黄犬，何如月下倾金罍。

李白反问小儿："怎么，许山简醉似烂泥，李白却不能为吗？"与山简比饮酒，李白只在其上，不能在其下。他不用小杯小杓，而要用鸬鹚杓、鹦鹉杯。

有人考证：鸬鹚，水鸟也。其颈修长，以鸬鹚形态为样本刻杓，即鸬鹚杓。鹦鹉杯是用鹦鹉螺做成的酒杯。它的外壳有青绿斑纹，壳内光莹如云母，用来盛酒，甚是好看。大的鹦鹉杯，一杯可盛酒二升。

孟浩然的山居，哪儿来的鸬鹚杓、鹦鹉杯？李白说他用高档酒器喝酒，纯属夸大其词。"诗仙"李白最善用此技。

李白叹息：人活一百年，只有三万六千日，可数之日委实不多。我一日饮他三百杯，有何不可？不喝酒，光阴照旧逝去，人亦照样日趋老迈。随地游乐，随处贪杯，于我才不负大好时光。

遥看流经岘山脚下的汉水，满江碧绿恰似葡萄初酿，这汉江之水若能变作春酒，酵母酒糟便会垒成山丘。

李白又在发挥奇特的想象，他从绿色的江水想到葡萄美酒，很可能，从葡萄美酒又想到了长安的阿里古朵。阿里古朵的葡萄酒酿得美味可口，十分刺激。然而，却有古人在此非难李白。这古人摇头晃脑道：既变江为酒，何处得糟来？此乃太白酒醉胡语也。

有酒无色，酒亦不香。李白想用千金骏马换小妾，陪他坐于金鞍之上，为他歌《落梅》名曲，四周有凤笙龙管伴奏，还有一壶美酒悬挂于车旁。这样的生活好不惬意！

随心所欲的放荡，令李白不想入朝为官。

做官有做官的苦衷，弄不好是要掉脑袋的。

历史的教训应该记取：秦二世二年（前208）七月，李斯为奸臣赵高所害，由秦二世皇帝亲自圈定，被处五刑：黥劓、斩左右趾、笞杀、枭首、菹其骨肉于市，在咸阳腰斩。临刑前，李斯走出监狱，他的儿子与他一起被押赴刑场。李斯伤感地说："为父的还想像先前那样，和你一同牵着黄狗，到家乡上蔡东门去猎狡兔。可惜，我现在哪里还有那样的日子啊！"父子二人相对痛哭。李斯一家九族全部被诛杀。

李斯"咸阳市中叹黄犬"，李白翻倒酒罍醉月下，两种人生比较，哪个潇洒自在，不言而喻。

喝过酒的李白确实异常地清醒。他又说：

> 君不见晋朝羊公一片石，龟头剥落生莓苔。
> 泪亦不能为之堕，心亦不能为之哀。
> 谁能忧彼身后事，金凫银鸭葬死灰。
> 清风朗月不用一钱买，玉山自倒非人推。
> 舒州杓，力士铛，李白与尔同死生。
> 襄王云雨今安在？江水东流猿夜声。

孟浩然在羊公碑前咏叹："人事有代谢，往来成古今。"人不在了，留有纪念碑与世长存，也很难得。

李白则说，羊祜虽留有丰碑在岘山之上，但它仅仅是碑材一块。天长日久，石刻的龟头剥落，长出了莓苔，人们见了，面子上的眼泪都掉不下来，心里头更不会有哀痛的感觉。

古人的陈迹，凄凄凉凉，可见得身后之名毫无用处。所有权贵声色，皆付诸东流，只有那猿声夜啼不绝于耳。人生苦短，此时不乐，更待何时？李白立誓：活一日，饮他三百杯。今生今世，李白与酒永不分离。

从此，酒与李白形影不离。

李白的腰间多了一个酒葫芦，他走到哪里带到哪里，走到哪里喝到哪里。不喝酒，李白就想做官。做不了官，李白就喝酒。酒喝下去，便有诗涌出来。李白斗酒诗百篇，酒是他的才华，酒是他的寄托，酒是他的安慰，酒是他的希望。酒点燃了李白的生命之光，也淹灭了李白的生命之火。

7

八月八日，孟浩然一早就约李白去后山寺院下棋。

李白不去，他直率地说："孟公莫为我误了前程。我说过多次，你去洛阳才是正事。"

"主意我已定下，不必多言。"孟浩然没有商量地说，"我是一心一意约你去下棋，去还是不去，我不勉强。今日后山寺院有棋会，我是非去不可的。"

李白无奈，只得与孟浩然一起去了。

这边，韩朝宗也出了门。

头两天，韩朝宗就派属下给孟浩然送了信去，相约八月八日早些动身。这天早起，韩朝宗用过早饭，属下已将行李、马匹一并预备停当，立在门边，只等长史大人出发了。

韩朝宗等孟浩然，一等不见，二等还不见。他想，兴许是这孟公大意，弄错了地点，在城外路口等他。

我也去城外路口，韩朝宗决定。他唤来一听差，交代说："孟浩然若来了，让他赶快往城外路口会我，不得有误。"

"小的记下了。"

与夫人道别之后，韩朝宗带了两名官人，骑马出了州府。

老远就见城外路口空无一人。韩朝宗抬头看了看太阳，快有一竿高了，这孟浩然怎么还不见来？

两个官人也相互望了望，心中奇怪：孟浩然与长史大人一同出门，本应早早出来迎候才对。府上不见他来，这城外路口也不见他的人影，他敢让长史大人等他不成？

韩朝宗骑在马上等着。坐骑的前蹄不停地踏着泥地，显得焦躁不安。

鹿门山方向总没见孟浩然的身影，官人有些急了，说："大人，时辰已经不早，在下往鹿门山去接孟先生如何？"

"也好，你叫他快些行动，不要误了赶路的时间。"

"大人请稍候，在下去去就来。"官人说着，两腿一夹马肚子，快马加鞭，往鹿门山方向奔去。

奔到孟浩然草庐前，官人进了院门，也不下马。他坐在马上，朝草庐打一拱手，高声报道："孟先生，韩大人已在山下路口等候多时，请先生快快上路。"

草庐木门吱呀一声打开，出来的是孟浩然的书童。他见一骑马的官人立于门前，忙弯腰拱手，问候道："官人早！"

"早什么，太阳都快下山了！"官人见出来的不是孟浩然，而是一个小书童，心中不快，没好气地说，"你家先生呢？为何迟迟不见出行！"

书童有些不解，他看着官人，说："先生出去多时了。"

"出去多时了？"官人奇怪，他们早在路口等候，为何没见到孟浩然？莫非他在州府等着？读书人总有些呆气，很可能他一直在州府里坐等。官人这么想着，掉转马头就往外走。走出院门，他回过头来，见小书童仍站在门边，随口又问了一句："你家先生往哪儿去了？"

书童向前小跑了几步，手往后一指，道："他在后山寺院下棋。"

"什么？"官人猛地拉住马的缰绳，问，"他在哪里？"

"先生早起与李公子一同去了后山寺院，那里今日有棋会。"

官人气愤了，他大声喝道："他敢去下棋！"

"棋会——先生是年年要去的，他在那里结交了许多的朋友。"书童不知官人为何发大脾气，向他解释道。

官人根本不听，他往马背上狠狠地抽了一鞭子，让马在山间小道上跑起来。

书童追出院门，对着马屁股喊："官人有事告诉我也行，不必再往后山寺院去了，等先生回来，我一定转告……"

书童的这些话全都白喊了。官人根本没心思再理睬书童，他早消失在山林之中。

赶到后山寺院，马已累得大汗淋漓，它一路在曲曲弯弯的山道上小跑，有些小道马蹄实在难踏，主人还非让它跑着过去！

总算到了寺院门口，官人收住缰绳。坐骑松了一口气，它乘主人不备，突然扬起前蹄，直着后颈，向着天空大声嘶鸣了一声。

"咴儿——咴儿——"马的嘶鸣声在寺院四周环绕。

官人被坐骑突如其来的举动惊了一下，险些从鞍上跌落。但他又很快稳住，并满意地拍了拍坐骑的后颈，夸赞道："好样的，让他们知道我们来了，不愧是我培养出来的好汉。"

寺院很宁静。马的嘶鸣旋踵即逝，并未破坏寺院的静谧。官人进了寺院，只见院内古树下，三五成堆摆了四五张棋盘，道士和布衣们正在聚精会神地垒棋。

棋友们把官人的盛气凌人拒之门外，根本不看他一眼。这么说可能过了分，或许，棋友们专心致志，根本不知道有个盛气凌人的官人走了进来。

官人被棋会的氛围所感染，平静了下来。他一张一张棋盘观看，发现孟浩然坐在古树后面的棋桌旁，他的右手食指和中指夹着一粒黑色的云子，正举棋不定。

"孟先生……"官人上前拱手道。

"慢来，慢来，"孟浩然摇了摇夹着云子的右手，阻拦道，"这一着我已想好啦。"

说着，孟浩然将小小的黑子往盘中一点。云子清脆，轻轻地一响，令对手李白立刻抽紧了眉头。围在四周观看的人则会意地笑了：这一着，下得有水平。

李白抬头看见一官人站在孟浩然跟前，像发现了救星，也跟着笑了，他轻轻松松地说："孟公不要得意，你的麻烦来了。"

孟浩然侧脸看见了官人，忙站起身来，客气地说："官人原谅，孟浩然下棋专心，无意怠慢了官人。"

官人本来没了火气，听李白称他为"麻烦"，性子又起，他冷冷地对着孟浩然说："孟先生哪里是怠慢了我，长史大人早在城外路口等候多时了！"

"哎呀，都怪我这记性。"孟浩然猛然想起，他给韩朝宗写的谢绝去洛阳的信并未送出去，还在他的案台上放着。

那天，孟浩然写好了信，本打算让书童送去。正巧，家中老太太派人来，要接媳妇、孙儿们回去小住几天。来人让马上动身。孟浩然见有三个小儿，老娘那边仅派来一人，担心娘子路上照顾不过来，便叫了书童随夫人一同前往，送信的事便被搁在了一边。

孟浩然心里早已下定决心不去洛阳了，因此不再想它。书童回来，他也没想起这事，只当信早就送出去了。

不要说是韩大人，就是一般百姓，让人家白白站在路口久等，也是极不应该的事，孟浩然心中不安。想了想，他对官人说："官人原谅，我写几个字，请代为转交韩大人。"

官人不耐烦道："你快着点，我候着可以，长史大人可等不得。"

"这就好，这就好。"

孟浩然说着，已有寺中的道士给他送来了笔墨。他坐下来，推开棋盘，给韩朝宗写了整整两页纸的道歉话，归为一句，即感谢韩大人的真情美意，山民孟浩然终生不忘。

官人从孟浩然手中接过墨迹未干的信，不等孟浩然开口，转身就往寺门外走。来寻孟浩然时间已经不短，韩大人怕等急了，他不敢再耽误半分钟。

孟浩然也跟着往外走，想去送官人。

李白看不惯这官人的傲慢，拦住孟浩然说："一盘好棋让你推了，还想借故走了不成？"

"我去去就来。"

"不准去。"李白将孟浩然推坐在棋桌旁，"韩荆州都得罪了，还怕他个小差人不成。看他的神情比韩大人还大，我们不要理他。"

李白说得有些道理，孟浩然想，自己对这官人似乎过于畏缩，不像平日的为人。他走也好，来也好，与你小小山民没有关系，还是下棋要紧。

孟浩然与李白继续下棋，他不再去管那官人，也不想韩大人是否仍站在路口。

官人去了近两个时辰才返回来。老远，韩朝宗就看见他一人快马飞奔往回赶。韩朝宗心里已经明白，孟浩然是铁了心不跟他去洛阳了。

看了孟浩然的信，韩朝宗无话可说，他想，这孟兄书读得不少，怎么只认个死理。碰了一回钉子，便再没了勇气，心甘情愿做他的山民。什么事情不是靠自己努力争取才行？这么好的机会让他轻易放过，真可惜。韩朝宗并不因孟浩然失约而记恨他。他和孟浩然一直是好朋友。

孟浩然不肯来，去洛阳还有什么意义？韩朝宗让官人随他打道回府。

8

李白在襄阳住了一年有余，第二年春上才告别孟浩然，返回安陆。

孟浩然送他下山，又送他过江。

过了渡，孟浩然带李白走到大黑石边上，他告诉李白，那天，他是在这里见到令狐兰的。没让令狐兰见李白，孟浩然一直很后悔，他想以此来弥补一些李白心中的遗憾。李白看了看伏卧在沙滩地上的大黑石，令狐兰走了，它却永远留在这里。转身，李白又朝汉江两岸望去，几叶小舟在江面上划动，岸边柳絮飞扬，绿芽初露，大堤上下生机勃勃，却不见有路人行走，更看不见令狐兰娇美的身影。在这汉江岸边，李白作有《大堤曲》：

> 汉水临襄阳，花开大堤暖。
> 佳期大堤下，泪向南云满。
> 春风复无情，吹我梦魂散。
> 不见眼中人，天长音信断。

李白为令狐兰而写的这首《大堤曲》，与三年前他在外想念许夫人而作的一首诗几乎完全相同：

> 远忆巫山阳，花明渌江暖。
> 踌躇未得往，泪向南云满。
> 春风复无情，吹我梦魂断。
> 不见眼中人，天长音信短。

专家们分析说，此二首诗字句多相同，唯前三句有异，当是一诗之二传，错误所致。

其实，或许并非如此。它是李白在不同的时间，不同的地点，对两个女人的相同的思念。两个女人，一个是李白相依为命的娘子，另一个没有娘子的名分，却在心间与李白长相依。李白思念令狐兰，与他出门在外对娘子的思念是完全一样的，甚至更加揪心，更加内疚，以至肝肠寸断。因为，"不见眼中人"，令狐兰是"天长音信断"，恐怕难有再见的机会；而他与娘子，仅仅是"天长音信短"，暂时分别，终要再相聚。

开元二十三年（735）春，李白回安陆小住了几日，又与前来会他的元演一起去了太原。

太原也是一座历史悠久的文化古城。

秦以前，太原称作晋阳。传说，晋阳原是一个很大很大的湖。大禹治水路过此地，发现湖底土地肥沃，便决心引走湖水，在此开垦田园。他率领人们在湖水沿岸的灵石山打开了一个缺口，引走了湖水，古晋阳城显露出姿容。晋阳城的东面西面北面，三面环山，西倚龙山和悬瓮山，面对东山，北系舟山。它的中部和南面则是一片开阔的大平原，汾河与晋水流贯其间。优越的地理环境，使人们得以在这里安家立业，繁衍子孙。

真正的晋阳城始创于春秋时期。

公元前479年，晋国权臣赵简子为了巩固自己的领地和政权，命家臣在晋水以北修筑起坚固高大的城池。因城池位于晋水北岸，所以定名为晋阳。后来，韩、赵、魏三家分晋，晋阳城成为赵国的都城。

公元前248年，秦兵进攻赵国，占领了晋阳及附近城池，设立太原郡，郡治在晋阳，从此，晋阳城又名太原城。

秦汉时期，太原是防御匈奴的重镇。汉高祖刘邦曾封其子刘恒（后来的汉文帝）为代王，驻守晋阳，北御匈奴。此后，太原逐渐成为北方名城。

南北朝时，太原是东魏、北齐的别都。帝王们在城内修建晋阳宫、大明宫，建造楼台亭阁。晋阳作为都城已初具规模。

到隋代，隋文帝杨坚即位不久，即封其子杨广为晋王，驻守在晋阳，防御突厥。隋末，隋炀帝任命李渊为山西河东抚慰大使，李渊凭借着"晋阳之地，士马精强，宫监之中，府库盈积"和有利的战略地位，起兵反隋。不到半年时间，李家父子兵就沿汾河、渭河攻入长安，奠定了唐王朝的基业。

唐代是太原历史上的黄金时代。它是李唐王朝的创业基地，又是北方重镇，受到特别的重视。

唐高祖李渊登基，改太原郡为并州总管。七年后，设立并州大都督府。唐太宗李世民称太原为"王业所基，国之根本"。开元十一年（723），玄宗幸临并州，他缅怀祖上业绩，视太原为李家王业所兴之源，钦定太原为唐朝北都，并改并州为太原府，隶属当时的河东道统管。到天宝元年（742），北都又改称为北京，成为唐代设在北方的重要屏障。安史之乱时，它为抵御叛军发挥了重大作用。

作为陪都，太原城有相当的规模，它的城区由东、中、西三大城池组成。城池高大雄伟，其中以汾河西的都城最大，它城中有城，又细分为宫城、大明城、新城、仓城等四座小城。

太原城人口众多，工商业发达，冶炼、铸造、瓷器、酿酒等手工业闻名全国，影响波及东亚各国。当时，太原率先掌握了"五金同铸，百炼成钢"的技术。朝廷在太原设有"太原冶"，铸造钱币、铜镜铁镜和武器。它生产的铜镜铁镜被列为朝廷贡品，专供宫中皇妃美女使用。更让太原骄傲的是，太原生产的刀剪称"并州剪刀"，其锋口犀利，钢水分明，锻造坚固。据记载，刀，切肉不粘刀，砍骨不卷刃；剪，剪布不毛边，剪毛不粘锋。杜甫曾有诗赞道："焉得并州快剪刀，剪取吴淞半江水。"直到宋代，并州剪刀成为山西一方名品。陆游也在诗中提到过并州剪刀："诗情也似并刀快，剪得秋光入卷来。"

元演的父亲元盛，已年过半百，任太原府尹有十多年了。镇守边塞，他是一员虎虎生威的武将；官为四品府尹，他又是一名雅好词赋的文臣。儿子几年没回家，一旦回来，还有一位文人志士相随，元盛十分喜欢。他待李白为座上宾，让李白与儿子一同住在府里，每天任他们四处游玩。有时间，元盛还要亲自陪同。

人说："不游晋祠，枉到太原。"元演带李白到晋祠游玩。

两人骑马来到悬瓮山下，只见金碧辉煌的晋祠掩映在一片葱绿之中。悬瓮山环绕着晋祠，犹如一个高大的壮汉，伸展着合围的双臂，将他富丽华贵的爱妻拥入自己的怀抱。时至开元年间，修建于北魏以前的晋祠，少说也有三百年的历史了，但它的建筑却丝毫不见历史的沧桑，魅力不减当年，令人惊叹不已。

悬瓮山是晋水的源头。元演告诉李白，晋水又是这晋祠的宝中之宝，因为拥有晋水源头三泉的主泉——难老泉，晋祠景观才让人流连忘返。

李白和元演兴致勃勃，沿着石板山道，拾级而上，往晋祠去看难老泉。

春末夏初，黄花满山，他们一路听见流水声哗哗作响，却不见山泉或小溪流淌。如此欢快、跳跃和神秘，令李白极想快些见到这难得一见的难老泉。

晋祠边，难老泉的泉水从一丈多深的石岩中源源不断地向外涌出，它清澈似玉，泉面如镜。数尾小鱼在洁净透底的泉水中自由自在地游来摆去，过着冬暖夏凉的日子，全然不知外界还有纷繁嘈杂。小鱼悠闲雅致的神态，自然而然地感染了游客，他们也情不自禁地觉得自己变成了小鱼。

多年后，李白仍然忘不了晋祠难老泉的泉水，他有诗句赞美道："时时出向城西曲，晋祠流水如碧玉。浮舟弄水箫鼓鸣，微波龙鳞莎草绿。"

难老泉还有一则动人的民间故事：柳氏坐瓮，饮马抽鞭。故事说，很久很久以前，晋祠北面的金胜村有一柳氏女子，嫁到了邻近的古唐村。受婆婆的虐待，柳氏每天都要到很远很远的山下去挑水。

一天，柳氏挑水返回，上山时，遇到一个骑马的老人。老人向她讨水饮马。柳氏先捧出一捧水让马喝，马掉头不饮。看着水很快地从手指缝中漏光了，柳氏有些心疼，她请老人牵住马头，她再为马捧水。老人说："这小小的一捧水，哪里能饮马，你给它喝一桶如何？"柳氏想了想，答应了。

马一口气喝干了一桶水，接着又往另一只桶去喝。柳氏本想阻拦，可她见马饮得痛快，也就站在一边，由它去了。

柳氏好不容易从山下挑回来的两桶水全让马喝完了。老人很感激，临走，他送给柳氏一根马鞭。老人告诉她，只要把鞭子插在水缸里，一提鞭子，水就会自动涌出来。柳氏回家一试，果然如此。她再不用下山挑水了。

婆婆见媳妇不挑水，瓮里的水却总是满满的，用也用不完，心中不禁生出疑问。于是，趁柳氏回娘家时，她仔仔细细地察看水缸。她看过来看过去，根本没发现什么奇异，只发现水缸里有一根马鞭。很可能是这个宝贝显灵，婆婆想着，伸手将马鞭提了出来。不想，水从瓮里喷涌而出。婆婆不知如何是好，提着马鞭就往外跑。她跑到哪儿，水漫到哪儿，一时间屋里屋外都溢满了水。

正在娘家梳头的柳氏突然觉得眼皮直跳，知道婆家出了事。待她跑回婆家时，村庄已是大水滔滔。柳氏搬起一块石板，不顾一切地用石板盖住水缸。水大，石板压不住，她干脆坐在上面，用身体的力量压住喷涌的大水。汹涌的大水顿时变成了潺潺细流，源源不断地从柳氏身下流出。从此，柳氏再也没能离开过这块石板。为了压住它，柳氏永远坐在了瓮上。

后人为纪念这位善良的女子，在难老泉西侧修了一座水母楼，端庄秀丽的柳氏成为水母被人们供奉在楼内。

李白来晋祠一游，又留有好诗，也被后人供奉在祠内。现在，晋祠有一座二层楼阁，上层叫文昌宫，下层为七贤祠，祠内供奉了七位贤人，他们或是名臣义士，或是学者诗人，历史上都曾与晋祠结缘。李白正是七贤之一。

初秋时节，府尹元盛领着他手下的一班武官外出郊游，他让元演和李白也一块儿去玩。与赳赳武士们一同行进，马队中，李白显得格外突出。虽然他也身佩宝剑，有侠肝义胆，可他到底是布巾长袍，面白斯文，书生气质占了大半。

武官中，有一人与李白正好相反。他身材高大粗壮，面庞枣红，战袍盔甲穿戴得齐齐整整，像是要正式出征一般。一只巨大的白色苍鹰围着他轻盈地前后盘旋，有时，甚至还落在他那漂亮的头盔顶上，金眸玉爪，威风凛凛。鹰的主人不是别人，就是唐朝历史上赫赫有名的郭子仪。二十四岁中武举后，他就一直在军中任职。这一年，郭子仪三十八岁，是太原府的都教练使。

人们相互之间的关系有时很复杂，有时又十分的简单。有的人长年累月地待在一起，相互之间没有什么特殊的感觉，不会成为对手，也难以成为朋友，自始至终淡然处之。有的人则不同，他们之间不需要任何情感的交流，只需相互看上一眼，就知道他将是自己的对手还是自己的朋友。

李白和郭子仪，互相都看得顺眼，他们一路驱马同行，边走边谈。

"听口音，李公子不是太原籍。"

"我是川蜀人士，元演省亲，邀我一同来游玩。"李白说，"郭军使也不是本地人吧，我听你的口音，像是长安一带人士。"

"李公子好耳力。我本家在华州郑县（今陕西渭南市华州区），不过，从小家父在朝中做官，常有调任，我们也随他四处迁移，说不好该是哪方人士了。"

"郭老太爷也是朝廷重臣？"

"重臣算不上，一直在各州任刺史。"

"我从川蜀出来近十年时间了，朝中各道各州走过不少地方。郭军使见多识广，对朝中各地的情况也很熟悉吧？"

郭子仪笑着摇了摇头，道："我不像李公子，无官一身轻，想往哪儿去，便往哪儿去。自在军中任职以来，我只待过两个地方，一个是长安，再就是太原。"

开元年间，国内已多年无战事，各地军吏、部队很少调整、调防，按《旧唐书》中所说，"上（玄宗）久处太平，不练军事"，地方文职官吏的升迁、调整往往比军中官吏要频繁得多。郭子仪来太原任都教练使，一任就是七年，没有动过。所以，李白问起，他心中不无遗憾。闲来无事，郭子仪以驯养苍鹰为私好，每次出行，他都要把他这只心爱的白苍鹰带在身边。

白苍鹰又飞落在郭子仪的头盔上，李白见了，说："这只苍鹰好威武，样子有些像霜雕。"

"李公子也喜欢这种凶悍的动物？"

"过去，我师长曾养有两只紧随他左右的苍鹰，一只也是全白色，和你的这只很像，只是眼睛不大相同。你的这只是黄眼，我师长的那只长了一双绿眼。"

"绿眼？"郭子仪奇怪，他很熟悉鹰的各种习性，不同种类的鹰也见过不少，比如"白兔鹰"，这是第一流的猎鹰，他的白苍鹰可归为这一类。还有"烂雄黄""赤斑唐""荆窠白""房山白""土黄""白皂骊"等品种，眼睛都是黄色，哪见过有绿色的鹰眼。郭子仪对李白的话提出异议，他说："李公子恐怕记忆有误，绿色的鹰眼，很少听说。"

李白坚持说，他师长的白鹰确实长着绿眼睛："初看时，我也奇怪。记得，当时我还想到，这苍鹰之眼与胡人的碧眼十分的相像。不会有错。"

无独有偶，后唐诗人薛逢在诗歌中，也说他见过一种眼睛与胡人相似的胡鹰。他的诗言："绿眼胡鹰踏锦鞲，五花骢马白貂裘。往来三市无人识，倒把金鞭上酒楼。"

"倒是霜雕，眼睛可能不是黄色的，"郭子仪也坚持自己的看法，他说，"你知道，太宗李世民曾养过一只白色的'格陵兰'鹘吗？"

李白没听说过。

"是南方蛮族的贡品，十分名贵。不过，依种类也属于北方的霜雕一类。"郭子仪说，"太宗给它起名叫'将军'，特别珍视。这只鹘的眼睛是黑色的，据说，在夜晚，它的眼睛会发出两道蓝色的光。除此之外，我可真没听说过长着绿色眼睛的鹰。"

李白认了真，说："郭军使若不信，可随我就去川蜀匡山，见它一见。难道我李白信口胡言不成？"

郭子仪看了一眼李白，心想，没想到，李白一个文人，性情却比他行伍出身的军人还要火暴。他心中好笑，有意再激李白一激，又说："就算是有绿眼鹰，其眼力必定下降数倍，哪里能与我们这黄眼鹰相比，百丈之外能察秋末之毫。"

瞧不起他师长的鹰，便是瞧不起他李白。李白更认了真，说："郭军使不可武断，你怎么知道绿眼鹰一定比不过你这黄眼鹰。要我说，黄眼鹰的眼力一定不如绿眼鹰。不信，我们去川蜀比比。"

"川蜀遥远，哪能去得了？"郭子仪还在有意与李白抬杠，"要是能去，我非比他一比！"

"我李白绝不会……"

"且休，且休，让我说句公道话。"元演打断了李白的话，他一直骑马跟在李白和郭子仪后面。开头他俩说了些什么，元演没听见，到李白认了真，声音抬高后，元演才注意听了。鹰眼的颜色有什么好争的，元演想，这李兄就是有些书呆子气，该认真的他不认真，不该认真的他死认真。

郭子仪回头，和元演玩笑道："元参军的公道话是倒向你兄弟一边，还是倒向正确一边？"

"我的公道不偏不倚，"元演也笑道，"鹰眼是何种颜色无关紧要，要紧的是眼力如何。李白师长的绿眼鹰在川蜀，我们测不到。不过，赵蕤师长善养生禽猛兽确实有名，我相信，他的爱鹰不会是孬种。由此推断，绿眼鹰眼力不会差。郭军使的黄眼鹰尚未展露风采，到了郊外，便有它露脸的机会，到时，自然也可得出结论，这黄眼鹰究竟怎样。"

"不错，元参军说得不错。管他绿眼鹰、黄眼鹰，善捕狡兔就是好鹰！"郭子仪说罢，自顾自地先哈哈大笑起来。

元演也跟着笑了起来，他边笑还边说："郭军使也有一双鹰眼，善识公道实质。佩服，佩服，元演佩服。"

李白开始没笑，等郭子仪和元演哈哈大笑过后，他将郭子仪的"管他绿眼鹰、黄眼鹰，善捕狡兔就是好鹰"一句话，细细品味，忽觉此语其味无穷。李白想，他与郭子仪认真地去争那绿眼黄眼孰好孰赖，完全是多余之事。为此动火，当然好笑。想到这儿，李白也止不住地哈哈大笑起来。

一番认真后，李白与郭子仪的关系又近了一层，他俩成了朋友。

　　郊外是一望无际的大草原，来自塞北的一阵阵秋风扫过平野，绿草由绿转黄，却不失生气，枯黄的草浪中时不时闪动着小动物的背影。

　　元盛宣布，让大家各显神通，有什么本事就施展什么本事，捕的猎物多者，回去，他有重赏。属下武将都各自散开，有的三五成群，围捕羚羊、角鹿等稍大一些的动物，有的用弓箭射取鸟禽。

　　李白和元演要试郭子仪白鹰的眼力。郭子仪十分坦然，他让李白他们和他一起在一块稍高的土丘上站好，打了一声清亮的口哨，伸出胳膊，白苍鹰已落在他的前臂上。

　　只见郭子仪噘起嘴唇，对着他的白鹰吹出一口长气，气流轻轻地掀动了白鹰颈部的几片羽毛。他的这个动作很小，不有意观看，很难察觉。白鹰善解人意地朝它的主人点了点头，猛地扇动它那健壮有力的双翅，朝空中飞去。

　　鹰乘风势，风助鹰扬，白色的苍鹰片刻就飞上了天空。它开始在空中盘旋，盘旋，盘旋的半径越来越小，越来越小……

　　"注意啦！"郭子仪提醒李白他们看白鹰的动作。

　　他话音没落，白鹰已用近乎垂直的角度，朝地面俯冲下去。眨眼间，它的利爪抠住了猎物，亮亮的两翼又扑扇着由草丛中腾空飞起。

　　一只肥肥大大的灰色的当年野兔在白鹰的铁爪下拼命地挣扎，它扭动着身体，总想有一线希望，恢复它刚才的自由生活。可是，白鹰不会随便放过这只仍充满幻想的野兔。白鹰用利爪死死地抓住野兔不放，直到飞回到主人的身边。

　　落地前一瞬间，白鹰把野兔甩在李白他们脚前，像是有意炫耀它的本事。当年野兔的生命很旺，它的背脊、肚子让白鹰抠得血肉模糊，又被从十几米高的高空重重地摔在地上，仍挣扎着想爬起来逃跑。

　　白鹰飞落在野兔的身边，它用金黄色的锐利的眸子盯着它的猎物，像是在欣赏战利品的痛苦。过了一会儿，白鹰低下头，满不在乎地用它那铁钩一般的鹰嘴，朝野兔的眼睛啄去，狠狠地一边一下。野兔两颗圆溜溜的红眼球被啄了出来，一边一个，吊挂在外面。白鹰再往野兔的脑门正中狠啄了两下，野兔瘫在地上，曲扭了几下身子，再也动弹不得了。

"白鹰好身手。"元演先夸赞道。

李白也想夸上两句，这白鹰确实身手不凡。可不知为什么，他突然有些怜惜脚前这只已经死了的野兔，夸奖的话到了嘴边发生了变化。他说："捕一只没有多少经验的野兔，算不得本事，是苍鹰皆能为之。它要捕得一只狡兔来，才称得上是苍鹰之俊杰。"

"这个容易。"郭子仪说。他拾起死去的野兔，把它扔到旁边的草丛，又朝白鹰努了努嘴，算是告诉白鹰，这次不记功，重新表演一回。

白鹰再次振翅高飞。

它又在高空盘旋，盘旋。盘旋的半径又一次渐渐地缩小，缩小，接着，俯冲下去。可是，这次白鹰俯冲下去，翅膀在草丛中扑扇了几下，复又飞上高空。它的利爪没有抓住猎物。

"好，按你的要求，它找到狡兔了。"郭子仪对李白说。

"何以见得？"

"我这只鹰，猎取野兔大多一次成功。遇到老兔子，防身能力较强，要猎取非得下番功夫才行。"郭子仪解释道，"刚才，它俯冲下去没能捕到猎物，说明草丛中是只老野兔。发现有鹰来捕捉，老野兔无法逃脱时，会使出它的绝招，翻身仰面迎着俯冲下来的鹰，用它的后腿向上猛烈弹击。鹰的冲力很大，老野兔的腿劲也不小，瞬间撞碰，力度极强，鹰一时难以捕捉住它。"

郭子仪说话时，白鹰又向下俯冲了一次。这次，同样没能抓住猎物。

元演不禁有些为白鹰着急了，他说："再捕不到这狡兔，可要被人嘲笑了。"

"元参军不用担心。"郭子仪说着，朝正在空中盘旋，想再次寻找机会的白鹰打了一声长长的口哨。

白鹰朝主人飞下来。郭子仪将身边的一个鼓鼓囊囊的布袋子翻倒，在草地上倒了一堆沙砾、尘土。白鹰飞落在沙子、尘土堆上，身子往里面搓擦、翻滚了好一阵，待羽毛间沾满了沙子和土灰，它又重新飞向高空。与前两次不同，白鹰这次飞得格外的小心。它怕动作大了、猛了，将沙粒尘土先抖落出来。白鹰要挟着沙土一起飞上天空。

整个过程，白鹰与它的主人配合得十分默契。李白和元演也看得惊奇。没接受过专门的训练，苍鹰绝不可能在沙土中搓擦、翻滚，也绝不会飞得这样小心翼翼。白鹰很聪明，只听主人一声口哨，看主人一个动作，便能准确无误地落实主人的意图。

这次盘旋于空中，白鹰没转两个圈就朝下直冲过去。老兔子怕是被鹰的两次袭击吓昏了头，白鹰离开时，它并没有乘机逃走，而是继续保持着仰面朝天、两只后腿紧绷着的卧姿，随时迎候着鹰的再次冲击。

白鹰果然冲了下来。老兔子故技重演，它的后腿比前两次蹬弹得更加有力，后掌上快要磨平了的指爪全都张开着露在外面。可是，没等老兔子蹬弹到鹰爪，俯冲下来的白鹰便用力扑扇了几下羽翅，将身上夹带的沙土抖落得干干净净。老兔子周围顿时沙土弥漫，它的双眼被灰沙迷住，无法睁开，后腿仍在那儿毫无目标地乱踢乱蹬。白鹰乘势从侧面攻击，它张开两只利爪，一把钩住老兔子圆滚滚的肚皮，拍动双翅，斜飞向天空。

一只又大又老的狡兔从空中甩了下来。它落地有声，却再也动弹不得。老兔子的生命已经结束了，它紧闭着双眼，眼皮下挂着混杂着沙土的血泪。

白鹰没有飞回到主人的身边来接受奖励，它舒展着宽大的双翼在高空翱翔。

郭子仪看了一眼他的白鹰，没说话。他捡起死在地上的老兔子，走到一边，挖了一个简易的土坑，把它埋了。

元演在一旁说："狡兔再猾，也斗不过苍鹰的勇猛和智慧。鹰捕狡兔如同将士擒敌，对军中人士极有启发。"

李白抬头仰望这只雄健的白鹰，心中诸多感受，一时难以抒发，他吟有四句五言诗《观放白鹰》：

八月边风高，胡鹰白锦毛。

孤飞一片雪，百里见秋毫。

读李白的《观放白鹰》，再读后唐不太著名的诗人章孝标所写的《饲鹰词》会给人以更深一层次的感受：经过专门驯养的猎鹰，将本来完全不相容的特性融在了一起——残忍与勇敢，凶悍与聪敏，崇尚自由的精神与屈从于桎梏的奴性。

章孝标的《饲鹰词》说：

遥想平原兔正肥，千回砺吻振毛衣。

纵令啄解丝绦结，未得人呼不敢飞。

郊游过后，李白和元演又往晋中、晋南各地游玩。

他们从太原出发，往西南方向去了绵山。绵山又被称作介山。李白和元演去介山，为的是亲眼看看介山的"母子柏"。

"母子柏"由两株柏树相抱而生，一株苍老多枯枝，一株青翠郁郁葱葱。它有真实的历史故事，也有动人的民间传说，李白在川蜀时就从书中读到过它。

《左传》记载，春秋时，晋国公子重耳流亡国外十九年，介子推一直忠心相随。有逸闻说，当重耳饥饿不能行路时，介子推曾毫不犹豫地割下其股肱之肉煮给重耳充饥。可是，重耳回国即位后，做了晋文公，大赏众臣属，独独忘记了介子推。介子推的老母对儿子说："你何不向晋文公要求一些恩赏呢？"介子推以为，功成名就，封臣犒赏，本身就是错误。他说："明知是错，还要仿效，罪过更加深重，何况口出怨言呢。我决定不依靠他的爵禄。"老母又说："既然如此，你告诉他真相如何？"介子推答道："言语是一个人身体之外表修饰，我的身子要归隐了，还要那文饰何用。若再文饰，不等于是想借隐归希求显达吗？"老母赞同说："若能如此，我与你一起归隐吧。"于是，介子推带着老母隐居进绵山。晋文公知道后，将绵山的土地封授给介子推，因而，绵山又叫作介山。

传说，介子推归隐后，晋文公十分后悔，他想再见见介子推，多次往绵山来召见。但介子推始终不肯出山。晋文公没了办法，想介子推是孝子，决定火烧绵山，这样，介子推为保全老母的生命会出山来与他相见。不料，大火烧山，介子推仍宁死不肯出山，他与老母相抱，死于一棵大柏树下。此后，便有了这"母子柏"。

历代臣子，忠孝难以两全。介子推尽忠不求爵禄，自愿归隐于山中；然而，晋文公要见他，他却以尽孝加以拒绝，以致与老母同归于尽。介子推的行为，是忠？是孝？非忠？非孝？李白与元演一路争论、思考，两人感慨万千，却始终得不出定论。

许多事情都如此，抽出其精神，确实可歌可泣。可一旦把它放入具体的人和事的关系中加以评价，则很难准确地说它是这样，还是那样。站在不同的角度，总有不同的看法和不同的说道。

下了介山，李白和元演来到晋中有名的酒乡——杏花村。晚唐诗人杜牧曾为杏花村写过脍炙人口的诗句："借问酒家何处有，牧童遥指杏花村。"以酒为终身伴侣的李白进了这著名酒乡，更是日夜陶醉，恨不能以此为第二故乡。好在元演还有理智，他将李白拉出了杏花村，再往别处游玩。

他们去地处晋南的娘子关，追寻高祖李渊的三女儿平阳公主的足迹。当年，武艺高强的平阳公主领精兵数万，与其兄李世民会师渭北，共同围取长安京城。李家兵大获全胜后，平阳公主又回师晋南，率部驻守于险隘的娘子关，她凭借着娘子关的险要地势，为京城长安筑起了一道安全防线，成为唐代历史上有名的巾帼英雄。平阳公主领娘子军驻扎的娘子关也成为许多文人志士抒发情怀的地方，李白和元演是这众多的匆匆过客中的两位。

他们还往吕梁山南麓，观看闻名于天下的黄河奇景：壶口瀑布。滔滔黄河水穿过河套平原后，流入壶口的高山峡谷间，原本宽阔数百米的河水骤然紧收成一束，从三十多米高的河床顶端奔腾直下，黄水巨流，汹涌澎湃；飞流与河底岩石撞击，声似雷鸣，水花四溅，激起百丈水柱，形成腾腾雾气。

气势磅礴的黄河之水，给李白留下了不可磨灭的印象。何止是李白，所有到过壶口瀑布，亲眼目睹这恢宏壮丽景观的炎黄子孙都将终生难忘。不过，只有李白为它写下了千古绝句："君不见黄河之水天上来，奔流到海不复回。"

走遍了晋中的历史名胜，游够了晋南的自然景观，半年多后，李白和元演才返回太原。回来，正碰上太原府出了一件大事。

一个多月前，元盛的一位故交派人从南方给他送来一只猩猩。元盛曾有恩于这位故交，故交记在心里，有机会便要感谢他。

唐代，有很多的猩猩，尤其是在南方，猩猩是一种常见的动物。南方的土著人喜欢吃猩猩唇。据说，猩猩唇是一种不可多得的美味食品。猩猩爱喝酒，往往嗅到酒香便会从四面八方聚集过来。人们便利用这个习性来捕捉猩猩，常常一捉就是数百只，关押在大牢房中，待需要时，抓出来一只一只地宰杀，割取其口唇作为上等的下酒菜。

元盛的故交去岭南道交州安南（今越南河内）都护府公办，地方宴请，第一回吃了猩猩唇，他连说味美。安南刺史为了讨好，准备再请他吃一次猩猩唇。

开宴前不久，屠夫去大牢提猩猩出来屠宰，发现大牢里的猩猩与往常有些不同。见到他来，它们不再惊慌失措，而是安静地退到一边，腾出空地。屠夫看着这些猩猩，不知它们要搞什么名堂。

马上，有一只像是头领的大猩猩先走出来，站在空地上，对着屠夫比手画脚，叽叽呀呀地说着猩猩语。屠夫不懂它说些什么，他只看见这只为头的大猩猩的口唇很厚，一只可顶两三只。他上前准备先捉了它出去。正在这时，猩猩堆里有人言："且慢，让小女子与你同去。"说着，从后面走出一只蒙着一块大盖头的猩猩，它整个身体几乎都被盖头遮住了。屠夫奇怪，这只猩猩会讲人话？只听它又说："请师父放过它们，我与你一起去见官人。"屠夫害怕了，他以前听说过，猩猩会说人话的，非妖即神，杀猩猩的屠夫遇到了，不会有好事。屠夫想离开，被这只猩猩拉住。它盖着盖头居然知道屠夫的动作，更把屠夫惊呆了。按照这只猩猩的意思，屠夫将它带去见刺史和贵客。

来到桌宴前，猩猩的大盖头被掀去。站在刺史和客人面前的是一只灵巧的白猩猩。它全身上下皮肉雪白，稀疏的、短短的、金黄色的乳毛像是给它的肌肤披上了一层轻薄的纱，让那诱人的白嫩白嫩的身体或隐或现。遍体无衣褛的白猩猩丝毫不羞怯，它高挺着发育得和少女一般的胸脯，迎着盯着它看的人们站着，模样秀美，还有几分妖艳。

主人和客人都看呆了。

隔了一会儿，安南刺史才从梦中醒来，他告诉他的贵宾，当地人管这种少见的雌性白猩猩叫"野女"，它们聪明美丽，善解人意，善解人语，是猩猩中的珍品。"这野女难得一见，我来安南任职有十多年了，吃过的猩猩唇以千计数，却一次也没见过这样的白猩猩。今日有'野女'出现，真是托大人的福，大吉大利。"

元盛的故交向"野女"问了些问题，"野女"对答如流，语句措辞得当，还时常说出一两句富有幽默感的话语来，逗笑大家。元盛的故交当即向刺史要下了这只白猩猩。作为珍贵的礼物，他派专人送到太原府上，想让"野女"给元盛取乐。

见到这只白猩猩，元盛果然喜欢。他想，这种珍品十分罕见，自己消受了未免可惜，不如献给皇上，让皇上高兴：一来龙体健康，万民同乐；二来于自己的官职升迁也大有好处。元盛在边塞已十多年了，他早想有调回内地任职的机会。

于是，元盛亲自写下报喜信，上书皇上，言珍稀贡品随后即派专人献上。这封上书，元盛用的是特快专递，由驿站的流星快马，日夜兼程送往京城。

上书头天送走，第二天就准备让"野女"上路。出发前，元盛突然想让他的属下们开开眼界，看看这"野女"，大家都长一些见识。他召集了手下所有的文武官员，随他一起送"野女"出城。

众官员把"野女"送出城外，"野女"很乖巧，最后要与大家分别时，它钻出专门为它备下的车轿，爬上车轿的平顶篷，说："小女子感激各位大人的盛情款待，献一段舞给大人们欣赏，以表谢意。"

说罢，白猩猩扭动着腰肢，开始舞蹈。它的舞姿似人似仙，体态婀娜，氛围神秘，美丽的姿态迷惑着众人，很像是一种具有魔法的"诱惑舞"。

大家正看得入迷，突然，一只白鹰从天而降。它伸出利爪，一把抠住正仰面后弯的"野女"，迅速地朝它的两只眼睛，一边一下，狠狠地啄了，又飞起将它带到天空，然后松开双爪，一下把个雪白雪白的"野女"从几十米的高空甩了下来。白猩猩落地，差点被摔得粉碎，生命早就结束了。

整个过程很快，有迅雷不及掩耳之势，待众人反应过来，白猩猩已经掉在地上摔死了。

元盛大怒。他首先想到的是郭子仪。这只白鹰，必定是郭子仪的那只宝贝。

郭子仪也知道，白鹰给他闯下了大祸。他后悔不该把白鹰带来，谁想得到，白鹰会突然发野，自作主张地去撩惹这个"野女"，而且做得那么过分，把它的眼睛啄瞎了不算，还要将它摔死才痛快。白鹰从来没违背过主人的意愿，擅自做出这种事情，它今天的举动十分反常。

不等元盛发怒，郭子仪已经打响口哨，唤白鹰回来。白鹰从天上飞过来，围着郭子仪盘旋，并不降落，这在白鹰也是很奇怪的事情。郭子仪也不勉强它，他自己往府尹面前跪下请罪。

"郭子仪，你还知罪?"元盛气得话都说不出来，好半天才憋出这一句话来。

"下官替白鹰请罪，还望府尹大人息怒。"

"息怒?"元盛气愤已极，说，"我的怒好息，可皇上不可欺。这'野女'是给皇上的贡品，你可知道?"

"都怪下官平日驯养不够，给府尹大人添了麻烦。"

"你说得好听!"元盛气得大叫道，"何止是给我添麻烦，你是让我欺上，让我罢官，让我掉脑袋!"

"大人，郭子仪纵鹰啄死献给皇上的贡品，并非一般行为。他犯了欺君犯上之罪，不可轻饶。"说话的这个幕僚，平日与郭子仪并无仇恨。他只是出自对白鹰残忍行为的极度的愤恨，才这么说的。

火上添油，效果最佳，元盛听了，立即命令："把郭子仪给我绑了，依军法治罪。"

刑律中并无残杀白猩猩，或毁坏欲献给皇上的贡品，应治何等罪刑的条款。为此，地方判官们好费了一番神思。他们争论来争论去，没有定论。

有的说，仅治白鹰的死罪即可，白猩猩是动物，白鹰也是动物，一物抵一物算是公平的。有的说，这不公平。白猩猩是"野女"，与人有亲缘关系，它并非一般珍品，说不准还会得到皇上的宠幸。白鹰胆敢将"野女"活活摔死，与其主子郭子仪平日的骄奢纵养直接有关，仅治白鹰的罪还不够，应当治郭子仪死罪，这才叫一命抵一命。还有的说，白鹰摔死"野女"，事情本身并不足以治郭子仪的死罪，但郭子仪放纵白鹰，不把府尹大人放在眼里的行为，绝不能轻饶。否则，今后边塞的军纪政纪法纪没有了尊严，后果不堪设想。以此出发，对郭子仪必须从严治罪，治他死罪并不过分。有人反对，说郭子仪犯的错误确实很大，但他并非放纵之徒，在太原府从来尽忠尽职，念他首次犯错，给他一次改正的机会，既教育了他，也教育了众将士，岂不更好？

各种意见都送到了元盛面前，由府尹最后定夺。

元盛仔细读过卷宗，主张治郭子仪死罪的稍占多数。反对的人虽不算多，摆出的理由却不无道理。这个天平，元盛一时不知往哪边偏才好。事情过去一月有余了，皇上那边早收到了上书，贡品送没送去，京城方面没继续追问，也未怪罪下来，也许，这事就算是过去了。每天，各地给皇上送贡品的很多，只怕宫里不会注意一封小小的上书，元盛想。当时他生气，疼惜那可怜的"野女"是一方面，更重要的是担心自己犯下欺君之罪。本想讨好皇上，获得升官迁职之机会，反倒落下欺君的罪名，那才是自讨苦吃呢。因此，他非治郭子仪的死罪不可。现在看来，事情差不多过去了，不治郭子仪的死罪好像也可以。不过，再一想，自己的话已说出去，要严惩郭子仪，多数官员也主张严办，不治郭子仪的死罪又好像不行。

元盛愁眉不展，一时难以定夺。他把卷宗放下，想等几天，考虑清楚再做最后的裁决。这天下午，正好元演和李白从外面游玩回来。

看见父亲情绪不佳，元演问："父亲心中有事？"

元盛先不想说，儿子一再关心，他才把郭子仪的事简单地说了一遍。李白在一旁听见，着急了，问："人命关天的大事，不知府尹大人怎样决定？"

犹疑了一下，元盛道："现在看来，恐怕是非杀不可了。"

"我想也是，"元演说，"京城方面虽然暂时没有动静，但等上面追究下来再处理，不如处理在先来得主动。"

"是这个道理，法办了郭子仪，我对皇上有个交代，不管上面追究不追究，我先做在前头，总比做在后面有利。"父亲和儿子的看法是完全一致的。

"大人，"李白一下跪倒在元盛的面前，他双手扶地，仰面朝上，急切地恳请道，"大人，人命关天，切不可草率行事！"

元盛、元演父子同时一愣。

还是元盛练达成熟，他朝李白扬了扬下巴颏，表面上看是冷静，但骨子里露出的是冷冰冰的态度，道："有话你起来慢慢地说，何必如此？"

李白是儿子的好友，又有才华，元盛一直对他十分的客气，也很看重他。有了这个基础，元盛听李白对着他直呼"不可草率行事"，才没动怒，要是其他人敢说出这话，府尹大人非认真不可。

元演也回过神来，他上前扶起李白，说："兄弟，官府之中不可以感情用事。否则，坏了国家大事不说，还会害了自己的好心。"

"我与郭军使是有朋友情谊，"李白一边往起站，一边说道，"但我并非感情用事。让国家的武举人、边塞的将官为一只猩猩抵命，实在于法于情都不能容。"

听了李白如此激烈的话，府尹的脸色有些变了。李白太狂妄，元盛心想。你懂得什么叫法？敢在我面前说于法不容。难道只有你讲情，我元某便是无情无义之人？岂有此理。不过，元盛还是忍住了，没对李白发火。府尹大人不屑与不懂事理的布衣一般见识。

"兄弟，话不可这么说。对郭子仪我也有感情，父亲大人与他共事多年，情分更不在你我之下。"元演反驳李白说，"可是，情要服从于法，这是一；法不分举人官阶，王子犯法也要与庶民同罪，这是二。郭子仪纵鹰无故伤害'野女'，本就于情不容；'野女'是臣民献给皇上的贡品，他毁之即是犯上，更是法所不容。于此，不从严法办，这地方秩序今后怎么维持得了？"

元演说得一是一，二是二，道理十足。李白一时无话可回，他想了想，扑通一声又朝元盛跪下，再次恳请道："就算郭军使犯了该杀之罪，也请大人看在他有才有艺的分上，宽容他一次。"

这样的恳求，元盛听得顺耳。他想，李白总算聪明了，不再坚持唯他正确的态度。有了这个态度，事情才好商量。元盛本来也不是非要杀郭子仪不可，他自己心中还在犹豫不定。

"兄弟请起。"元演又来扶李白。

李白坚持不肯起身，他说："大人，国家现在无战事，武将的作用无法发挥，可一旦战火燃起，郭军使这样的人才便大有作为。守住边塞，不靠忠心耿耿的军中将士，又靠何人？今日大人宽恕郭军使一人，将能博得军中众将士的心，这于大人也是不无好处的事情。"

听了李白的肺腑之言，元演想，只要于父亲官位前程无损，李白坚持要救郭子仪，给兄弟一个面子，也未尝不可。元演不再坚持自己的看法，看着父亲，只等他来最后定夺。

元盛原想将此事放放，考虑成熟再说。元演和李白回来，插了这么一杠子，非让他最后表态不行。他想了想，还是不想马上下定论。

府尹大人不表态，李白跪在地上，继续说："大人，佛理言：悲心施一人，功德如大地；为己施一切，得报如芥子。凡操心所为之事，常要面前路径开阔，使一切人行得，始是大人用心。还望府尹大人，大人大量，宽恕了郭军使才好。"

对症下药是普通不过的医术道理。李白临时抱佛脚，在好话讲尽，无话可说的时候，突然想起先前往佛院中游玩时记下的两段慈悲之言，搬出来求救。恰好元盛是忠实的佛教徒，他这辈子，除了圣旨，最听的就是佛家之言。李白转述的佛语，对元盛起了作用。他想，救人一命，胜造七级浮屠。留下郭子仪，说不定今后真有些用处。

郭子仪的命终于保住了。

释放郭子仪这天，府尹大人专门让下人把郭子仪从牢房直接带来府中。他走下大堂，亲自给郭子仪松绑，说："你本犯有死罪，但念你此次为初犯，又念你平日忠于职守，不定你的死罪，只让你的白鹰替你去抵命。还望你今后将功赎罪，多多为朝廷效力。"

失去白鹰，郭子仪心中疼痛，但毕竟挽救了他自己的一条性命，这也是不幸中之万幸了。他屈膝跪下，向府尹大人谢过再造之恩。

"你仅谢我还不够。为救你的性命，李白李公子可是没少费力气。"元盛一时高兴，将李白为郭子仪求情之事，说给郭子仪听了。

当时，李白虽然不在旁边，但郭子仪心中感激不尽。他终生不忘李白对他的救命之恩。

从历史的角度看，保住了郭子仪的性命，在某种意义上，就是保住了唐代李家王朝的性命。在安史之乱中，郭子仪率兵抗敌，功勋卓著。后人很难设想，没有郭子仪，安史之乱是否能最后平息。由此，也可以说，李白救郭子仪，不仅仅是救了一个朋友，而是为唐王朝立了一大功。遗憾的是，唐朝统治者没给李白记功，后来的历史学家们也从来不这么七弯八拐地分析和看待问题。

第 三 章

1

　　李白和元演前后在太原住了一年半的时间，直到开元二十四年（736）的秋天，元演返回亳州时，李白才与他一起离开了太原。

　　临走，元盛为儿子备了许多银两。对李白，元盛也十分客气，他送给李白一件价值千金的狐裘，外加一笔数目可观的盘缠，供他在回去的路上花销。郭子仪则牵来一匹五花马，送给李白作为留念。李白万分感激。

　　十多年后，已是五十多岁的李白想起此次太原之行，还说："行来北凉岁月深，感君贵义轻黄金。琼杯绮食青玉案，使我醉饱无归心。"

　　与元演分手，李白路过嵩山，顺便往元丹丘的颍阳山居，看望兄长和玉真公主。这次，李白见到了元丹丘，却仍未见到玉真公主。元丹丘告诉李白，玉真公主才离开几日，她到华山她的玉真道观主持弟子的受箓仪式去了。

　　命运总是有意不让李白和玉真公主见面。

　　元丹丘给李白介绍了一位新朋友——岑勋。岑勋早听元丹丘说过李白，见了李白，他直说自己与李白三生有缘，他们前世注定要做兄弟。

　　没见到玉真公主，李白心中有些茫然。他对岑勋的热情一时难以接受，又听岑勋说他们是前世定下的兄弟，随口问道："何以见得？"

岑勋笑答："你与元丹丘是兄弟，我与元丹丘也是兄弟，兄弟的兄弟，不是兄弟又是什么？"他从怀中拿出一本已经磨旧了的李白的手抄诗集，递过去给李白看，又说，"自从丹丘老弟把你介绍给我，你便成了我形影不离的好兄弟。你看看你这诗集，它跟我同行已有好几个年头了。"

李白为之感动，他取出从太原带来的汾酒，三兄弟痛饮一番。喝得不够，元丹丘又遣小道童下山赊酒回来，三人继续喝。喝得还不够，李白干脆将从太原带来的所有盘缠，并千金裘、五花马一起交给小道童，让他把山下酒肆中的酒全都搬上山来，他们三兄弟什么时候想喝，什么时候就开怀畅饮，不分昼夜。

酒把李白的诗歌创作又推向一个高峰。他情动于中，狂放豪纵，沉郁老到，以酒代墨，填写汉乐府短箫铙歌的曲调《将进酒》。

行家点评李白的《将进酒》，全篇大起大落，诗情忽翕忽张，由悲转乐，由乐转狂放，转愤激，再转狂放。那诗句，如大河奔流，有气势，亦有曲折，纵横捭阖，力能扛鼎；这诗歌，歌中有歌，鬼斧神工，"绝去笔墨畦径"之妙，既非镂刻能学，又非率尔可到。有此绝技，盖因"他人作诗用笔想，太白但用胸口一喷即是，此其所长"，他人无法仿效。

《唐诗别裁》谓："读李诗者于雄快之中，得其深远宕逸之神，才是谪仙人面目。"《将进酒》最为典型：

　　　　君不见黄河之水天上来，奔流到海不复回。
　　　　君不见高堂明镜悲白发，朝如青丝暮成雪。
　　　　人生得意须尽欢，莫使金樽空对月。
　　　　天生我材必有用，千金散尽还复来。
　　　　烹羊宰牛且为乐，会须一饮三百杯。
　　　　岑夫子，丹丘生，将进酒，杯莫停。
　　　　与君歌一曲，请君为我倾耳听。
　　　　钟鼓馔玉不足贵，但愿长醉不复醒。
　　　　古来圣贤皆寂寞，惟有饮者留其名。

陈王昔时宴平乐，斗酒十千恣欢谑。

主人何为言少钱，径须沽取对君酌。

五花马，千金裘，呼儿将出换美酒，与尔同销万古愁。

岁末，李白回到安陆。在白兆山书馆闲居不到一年，耐不住寂寞，或者说跑惯了腿的李白又外出四处游历干谒。三十七岁、三十八岁、三十九岁，三个年头，李白由安陆出发，从襄州，往邓州、陈州、宋州、泗州、楚州、扬州、金陵、苏州、杭州、越州、九华山、江州庐山、岳州、鄂州，再回安陆，在外好游了一圈。依现今的地图，李白这一圈绕湖北、河南、山东、江苏、安徽、浙江、江西、湖南八省，将中原古迹、江南都市、祖国的山川名胜游了个遍，干谒毫无效果，诗作颇为丰盛。所以说，此时出游的李白，干谒仅是借口，游玩方是头等大事。

在美丽富饶的大唐国土上，步行漫游的诗人才子并非李白一人。当时的文人，科举不第便往各地仙游，已成为一种时尚，大唐国域里随处可见"虽有文名，流落不偶"的才子：刘希夷、张若虚、孟浩然、杜甫，还有王昌龄等人，都有长期在外的漫游史。

孟浩然从长安应试不第回襄阳后不久，曾花两三年的时间，往洛阳、亳州、泗州、楚州、扬州、润州、杭州、越州、天台山、洪州、岳州、荆州，再返回襄阳，好转了一周，游程线路与后来李白所到之地大同小异。

杜甫二十岁上就往吴、越（今江苏、浙江境内）游历，细品江南的秀丽山水和名胜古迹，开阔眼界，提高艺术修养。二十四岁上，也就是开元二十三年（735），李白在太原逗留时，杜甫往洛阳应进士试，同样不幸落第。他怀才不遇，往各处游荡，北面到了六国时赵王故台（今河北邯郸），东面一直行至青州（今山东莱州湾边上）。后来，杜甫又往南去了衡州（今湖南衡阳），往西南进了川蜀。同李白一样，大唐国土几乎处处留有他的足迹。

开元二十二年（734）正月，因关中大旱，朝廷政权机构随皇上一起迁往东都洛阳，这是玄宗即位后第五次临幸东都，也是最后一次到洛阳。此次，玄宗在洛阳住了三个年头，到开元二十四年（736）十月返回长安，时间为两年零十个月。

两年多的时间里，朝廷发生了三件大事，或者说三个人物的出现，对唐王朝今后的发展影响极大。这就是：李林甫拜相大权独揽，杨玉环册封为寿王妃，还有玄宗赦免安禄山。

前面说过，玄宗心里已经打定主意，要用李林甫来平衡相权，因遇到张九龄的激烈反对一时没能实现。而李林甫接到由裴夫人从高力士口里传出来的消息，让他另寻门路，打通拜相的道路，即刻开动脑筋寻找缺口。想来想去，李林甫还是在女人身上转圈，最后，他盯住了皇上身边的宠妃武惠妃。

唐玄宗身边先后有过不少女人受宠。登基前，李隆基封临淄王时曾一度被贬为潞州（今山西长治）别驾。在那里，李隆基曾收一容貌妖冶、歌舞俱娴的娼家女赵氏为妾，即位后，赵氏被封为丽妃。玄宗宠爱赵丽妃，王皇后没有亲生儿子，他便立赵丽妃生的儿子为皇太子。其时，宫中还有皇甫德仪、刘才人、杨妃、刘华妃、钱妃、高婕妤、郭顺仪、柳婕妤等妃子因姿色选入，颇受玄宗的宠爱，她们都生有皇子。刘才人比赵丽妃早生两年，玄宗并没立长子为皇太子，可见赵丽妃的地位非同一般。

几年后，武攸止之女被选入宫中，武女生得聪明秀媚，杏脸桃腮，姿色似武媚娘再世。她虽年仅十五岁，却引得了皇上特别爱怜，成天与她朝欢暮乐。赵丽妃、皇甫德仪、刘才人等年纪大了些的妃子便不由得不相形见绌，渐渐地失了宠。

玄宗册封武女为惠妃。武惠妃恃宠生骄，在宫中行事也与当年的武则天有许多相近之处。她不但轻视赵丽妃，正宫王皇后也没被她放在眼里，总想取而代之。武氏女子生育能力皆十分旺盛。武惠妃先生二男一女，不幸都在周岁之前夭折。她后又连生二男二女，大男取名为清（后改名为瑁），托付给宁王府寄养，长大受封为寿王。寿王在玄宗众多的儿子中排行第十八。次男取名为琦，二女号咸宜公主和太华公主，都顺利长大成

107

人。武惠妃以生有皇子为荣耀，越发骄恣，经常当面给王皇后好看，还不停地在玄宗面前拨弄是非。玄宗对王皇后也早没了兴趣，只是碍着曾是患难夫妻的面子，没有废后而已。

一日，武惠妃听心腹暗报，王皇后为求子，请她哥哥到僧寺替她求了一签，取霹雳木刻天地文，并刻上玄宗的名字，佩戴在身上。武惠妃立刻禀明玄宗，说王皇后将巫蛊之物带入宫中，想要暗算皇上。玄宗于是骤入中宫，让人往皇后身上搜查，果然搜有物证。王皇后有口难辩，被玄宗当场宣布废为庶人，打入冷宫。不久，王皇后恹恹成病，成了冤死鬼。

除掉了王皇后，武惠妃遂想继位，玄宗也有此意，便与群臣集议。许多人不敢反对，御史潘好礼却愣头愣脑，上书直谏道："陛下若以武惠妃为后，将再难见天下士。武惠妃的再从叔祖武三思乃武则天侄儿，而陛下生母正是惨死于武后之手。有礼道，父母仇不共戴天。民间匹夫纳妇尚需择选，何况陛下立一国之母，更要慎之又慎。"有潘好礼打头炮，不少臣子也都站出来婉言相劝。当时，玄宗虽宠武惠妃，但还没有昏昧到听不进逆耳之言的程度。他听众臣说得头头是道，自然也就放弃了立武惠妃为后的主意。

有后人点评此事说：先有武则天害死王皇后，后有武惠妃逼死王皇后。武王两家不知前世结下何等深仇大恨，要以两个皇后来抵命。李武两家亦不知前世结有何等的姻缘，高宗好色喜功，将李家江山让与武后；玄宗效之以祖，贪恋武家女色，险些重蹈覆辙。

没当上皇后，武惠妃一直不甘心。儿子寿王渐渐长大，新的贪欲又在武惠妃心中萌发，她想废皇太子，改立寿王，便可母以子贵，顺理成章地成为国母。李林甫窥探到了武惠妃的这一心思，他用重金买通了武惠妃身边的一名侍女，请她转交给武惠妃一封密信。

武惠妃打开密信，上面写道：惠妃娘娘不必为立太子之事过于忧心，朝臣李林甫愿为娘娘分忧。林甫虽然官位低卑，但若蒙不弃，立誓为拥立寿王为太子竭尽全力，不达目的绝不罢休。

李林甫与武惠妃各怀目的，一拍即合。两人一个在外，一个在内，配合得十分默契。在宫里，武惠妃常常当着玄宗的面大讲特讲李林甫的忠诚干练，一次一次加深皇上对李林甫的印象。在宫外，李林甫每接到一次武惠妃透出的皇上心理动态的口信，便要积极采取行动，迎其所好。

这年初冬，赵丽妃病逝不久，玄宗照例想去温泉洗浴，有大臣进谏说：丽妃薨逝，丧事方毕，不宜出行。玄宗见丽妃的亲儿子、太子李瑛仍身着孝服，念及旧情，对洗温泉之事犹豫不决。李林甫从武惠妃处得到消息后，心里想道：皇上冬季洗温泉浴坚持数年，从未间断。赵丽妃失宠已有多时，此次，皇上对出行洗温泉犹豫不决，并非完全出自内心悲痛，而是更多地有碍于情面和朝臣们的舆论。针对玄宗这一心理，李林甫递上一本奏章，称：丽妃之死是后宫不幸，但人死不得复生，过于悲伤于陛下龙体不利。近日陛下心情不好，若去温泉洗浴，可以解除悲痛，焕发精神，增进体魄，这才是朝中内外万民之大幸。同时，李林甫的奏章还将玄宗洗不洗温泉与国家政权安稳联系在一起，分析道：陛下每年幸临温汤已成惯例，若突然改变，必定引出种种猜测之词，或以为龙体欠佳，或以为政局不稳，有图谋不轨者借机大造舆论，其后果难以设想。

看过李林甫的奏章，玄宗越发觉得，李林甫是朝中最懂权衡之术的人。他打定主意去温泉洗浴，同时，也要用李林甫为相。

李林甫终于登上了相位。所有史书都少不了这一笔：开元二十二年（734）夏五月，任裴耀卿为侍中，张九龄为中书令，李林甫为礼部尚书，同中书门下三品。这是玄宗率朝臣迁居东都洛阳后采取的第一个大举措。三个宰相中，张九龄为主，裴耀卿排二，李林甫列在他们二人之后。但不管怎样，李林甫已经取得了初步的胜利，下一步，他的目标是除去张九龄和裴耀卿，做一人之下、万人之上的中书令。

2

史书记载，李林甫打击张九龄与裴耀卿有种种手腕：

其一，在皇上面前，李林甫尽可能做到温良恭俭让，与张九龄讲原则的咄咄逼人的宰相气质形成鲜明对照。李林甫从街头二混子起家，善赔笑脸，心狠手辣是他的看家本领，成语"口蜜腹剑"的典故就出自他的为人。由此，表面做到懦弱谦卑，对李林甫来说并非难事。张九龄乃大唐文坛一帜，高执政坛牛耳之时，难免露出文人的种种劣根性，容易得意忘形，意气用事。有了这些劣根性，许多事情，哪怕他站在理上，做得对，也很难让皇上接受。

有一次，玄宗在宫中设宴。欢宴后乘兴与张九龄、李林甫等人一同往内宫花园漫步。走到庭院鱼池边，见放养在池中的金鱼各色各样，逗人喜爱。玄宗随口朝池中吐了一口唾沫下去，鱼儿竟纷纷摇首摆尾游挤过来，争抢唾沫中的残食，玄宗看得高兴，说："池中小鱼机敏鲜活，乖巧可爱。"

张九龄不以为然，他看着这些金鱼，得出不同的看法，说："池中小鱼似陛下所用之人，食嗟来之食，点缀景致，作儿女游戏。"

玄宗听着不顺耳，眉头不由得稍稍抽紧。

李林甫立马抓住时机，凑上前道："鱼儿全赖陛下恩波所养，点缀景致，作儿女游戏当然应该。"

这话说得玄宗高兴，他用赞赏的眼光看了李林甫一眼。

张九龄在一边气歪了嘴，他怒气浮在脸上，心中暗骂：媚上的奴才，哪里有一点大臣的风范。玄宗不看张九龄，也知道他心里在想什么。皇上满意：张九龄正需要李林甫这样的人来治。李林甫瞧见了张九龄的神气，不过，他不怕。你张九龄恨在心里，露在脸上，终不敢明讲出来。讲出来更好，得罪的是皇上，而不是我李林甫，李林甫想。

又有一次，为人事问题，李林甫与张九龄交锋。

为选用自己的人，李林甫看中了朔方节度使牛仙客，屡次向玄宗推荐。牛仙客在河西任职时，能节约费用，勤勉职守。他管辖内的仓库，武器充实，器械精良锐利，玄宗也很赏识。李林甫多次推荐，皇上动了心思，想加升牛仙客为尚书，便与张九龄商量。

张九龄没有任何商量余地，说："不可以。"

"理由何在？"玄宗有些不高兴张九龄的态度，耐着性子问。

"回陛下，"张九龄振振有词道，"尚书一职是古代的纳言官，大唐兴旺以来，只有原任宰相以及名扬天下的有德行声望的人才能担任。牛仙客原来仅是个节度使判官，选拔提升他与有声望的官员平列，这是官吏的失职。"

玄宗不与张九龄争执，退一步说："只加实封可以吗？"

"不可以。"张九龄又否决道，"汉朝法令规定，不是有功劳的人不封赏。我大唐袭汉朝法令是太宗的命令。牛仙客作为边将，充实仓库，修备器械，属分内事务平常工作，不能算是功劳。陛下想要奖赏他的勤劳，依惯例赐予他一些金银丝帛之类的物品便可以了。割地封赏，或封受爵位，则万万不可。"

玄宗顶着张九龄问道："爱卿是因为牛仙客是寒士而嫌弃他吗？难道爱卿自己出生于高门贵籍？"

张九龄躬身施礼，态度毫不退让，说："臣乃荒老角落的低贱之人。陛下误听臣的意思，臣并不以出身门第评价人，而以文章学识用人。牛仙客出身于胥吏，目不识丁，读不懂文章。想那韩信不过是淮阴一壮士罢了，还羞与绛侯灌婴等同列，陛下定要任用牛仙客，臣也耻于与他同朝一列。"

玄宗生气，不再作声。他转脸去看李林甫，想让李林甫发表意见。

李林甫认为张九龄是有意与他作对，恨之入骨，却不露半点声色。他知道皇上正等他开口，便故意低头垂手，做出老实巴交的样子，像是什么也没看见，又像是有话而不敢张口。

玄宗想，张九龄实在过分，威慑着朝中大臣有言而不敢道出。退朝后，玄宗专门把李林甫留下来，问他的看法。

李林甫这才直言道："陛下，牛仙客有宰相之才，何止一个尚书！张九龄书生意气，不识大体。"

这话又说到了皇上的心坎上。牛仙客"目不识丁"，总比张九龄"不识大体"要好。玄宗决心要重赏牛仙客。

张九龄得知，再次直谏，力陈此事不可行。

玄宗愠怒道："张大中书令，朝中的大事小事，难道都要由你说了算才可以吗？"

张九龄哑口无言，站在朝廷上，开始有些心虚了。他往李林甫那边看了一眼。李林甫不动声色地站在一边，谁也不知道此刻他心里在想些什么。不过，这一局争斗，胜利属于李林甫，大家都明白。从此以后，朝中士大夫多因张九龄进纳忠言被排斥而心怀警惕，上朝发表议论都慎之又慎，再三思考。获取俸禄保养恩惠，总比坚持原则罢官去职要好。这是庸臣们的一般看法。

不过，与张九龄交锋，李林甫也并非每战每胜。在助武惠妃改立太子的问题上，李林甫就未能成功。

当时，众多的妃子已为玄宗生有三十个皇子、二十九个皇女，加在一起五十九人。面对众多子女，玄宗根本顾及不暇。玄宗宠爱武惠妃，对其子自然另眼相看，倍加偏爱。太子李瑛和鄂王李瑶、光王李琚两个皇子心中生出怨气。他们为自己的生母赵丽妃、皇甫德仪和刘才人的失宠而愤愤不平，也为父皇偏爱寿王李瑁而不满，因而聚在一起说了些怨恨之言。李林甫打探到之后，将话传给驸马都尉杨洄。杨洄娶咸宜公主为妻，是武惠妃的女婿，立即将消息送入了内宫。

待玄宗入内宫，武惠妃便淌着眼泪在他面前跪下，悲悲切切，乞请皇上允许她退居闲室。玄宗被武惠妃这一突如其来的举动弄得莫名其妙，连忙惊问其中缘由。

跪在地上的小娇娘呜呜咽咽，许久，才断断续续地说："太子与其兄弟暗地里结成党羽，欲害妾母子性命，且指斥陛下种种不是。妾前后细细想过了，陛下护我母子，必然伤及太子与其兄弟，而太子正位已久，一旦有变，关系国本。不如请陛下将妾废置了，这样既保住了太子，又使陛下不受诽谤，以至威胁皇位。"

玄宗不听则已，一听气不打一处来，拍案道："岂有此理！他本非嫡出，才做了个太子就敢目中无人，明日朕便将他废了！"

第二天早朝，玄宗提出废太子和二王之事。

张九龄抗奏道："陛下坐天下近三十年了，太子诸王，不离深宫，日受圣训，天下皆庆陛下享国长久，子孙众多。现在三位皇子都已成人，没有什么大错，怎可听些靠不住的传言就把他们废黜了呢？从前，晋献公听信骊姬的谗言，枉杀太子申生，引发三世大乱；汉武帝轻信江充诬告太子之言，造成京城流血；晋惠帝因贾后的谗毁而废黜愍怀太子，造成中原战乱死难；隋文帝采纳了独孤后的坏主意，罢黜太子杨勇，改立炀帝，结果丢了江山。古人有言：'前车覆，后车鉴。'陛下对废立太子之事，必须小心谨慎。若陛下定要这样做，臣不敢执行诏命。"

良久，玄宗默然无语，面带愠色。张九龄则毫不改容，与众臣一起徐徐引退。退朝后，李林甫本想面见皇上，但玄宗以身体不适拒绝之，他让高力士传旨，有事由高力士转奏。

李林甫无奈，只好对高力士说："臣以为，改立太子之事乃陛下家事，不必去问外人。"

历史上许多皇帝身边的重臣都说过这样的话。无论忠臣、奸臣，当皇帝想要改立太子，朝廷意见不同，斗争激烈时，支持皇帝的重臣，都会说出这种听着没有锋芒态度却十分明确的话来。这种话很有推波助澜的作用，又没有直接的责任，所以会做官的人都喜欢这么说。

玄宗一时犹豫不决，张九龄的话虽不好听，却有许多史训，作为皇帝不能不考虑改立太子的后果。

武惠妃知道张九龄在朝上的态度之后，以妇人之见，专门遣心腹宦官前去告知张九龄："有废必有兴，若大人肯出面相助，日后可长居相位。"

张九龄怒叱道："宦官胆敢涉足朝政！还不给我快些退下。"

之后，张九龄将武惠妃遣人来之事禀报与玄宗，玄宗这才把废太子和二王的事暂时放下不提。

打击张九龄与裴耀卿，李林甫的第二个手腕是抓住一切机会，制造张九龄与裴耀卿之间的矛盾，以便分而治之，既扳倒张九龄，又击败裴耀卿。

处理朝中日常事务，裴耀卿与张九龄配合得还算可以。但事无巨细，两个人，两个脑子，两种认识，看待和处理具体问题总免不了会有些不同，这本属正常。李林甫则利用他们的分歧，或站在这边，或倒向那边，有意将其扩大为对立状的隔阂。

开元二十三年（735）三月，张瑝、张琇两个小孩在洛阳刺杀了殿中侍御史杨汪，以报杀父之仇。

几年前，杨汪冤杀了张审素。当时，张审素的两个儿子张瑝、张琇还小，被连坐流放到岭南。两个小儿立誓要为父报仇，长到十来岁后，历经千险从岭南逃回京城。在杨汪的府上，两兄弟亲手将杨汪砍死，然后把一章表系在砍死杨汪的斧头上，述说他们父亲的蒙冤过程，并说要去外地寻找与杨汪一起陷害其父的同伙报仇。刑部依此线索将张瑝、张琇二人捉拿归案。审理中，引出朝廷内外的广泛争论。

杨汪出于私利冤陷张审素，证据确凿。他害得张审素一家七口冤死成鬼，十多口人流放岭南受罪。按道理，杨汪必须以命抵命。但他并没死于刑部的审判，而是被两个小孩复仇杀死了。刑部的大人们众说纷纭，意见无法统一。有的主张两个小孩伏法抵命；有的想轻判两个小孩；有的则认为小孩的举动可以谅解，不应对他俩追究法律责任。案子判不下去，送到朝廷来最后决断。

张九龄说："杨汪身为朝廷大臣，陷害无辜，败坏朝廷名声，罪该万死。张家二子复仇，私下杀死杨汪虽与法有违，但他们兄弟二人小小年纪，孝敬刚烈，骨子里正气旺盛，道义上完全可以谅解。朝廷对他们怜悯宽恕，保住他们的性命，会得到民众的拥护，这本身也是伸张正义。否则，杀死了该杀之人还要以命抵命，将给社会造成误导，正义难以伸张。"

"张大人此话有误。"裴耀卿不同意张九龄的看法，他说，"杨汪有罪该严惩，张家二子犯法同样要严办，任何人不能破坏国家法度。张家二子仇杀杨汪，虽事出有因，然也属为私情枉法，其性质与杨汪所犯罪行完全相同。若念张家二子年小可怜，姑息之，与私情枉法又有何不同？"

裴耀卿的指责，张九龄没往心上去。朝廷上众人议事，都是为了国家

114

社稷，本无恶意，可李林甫抓住了这个分裂张九龄与裴耀卿的极好机会。他有意要扩大矛盾，并使矛盾对立。

"裴大人所言极是，"平日在朝廷上说话谨慎的李林甫此刻站出来，态度鲜明地说，"国家法度神圣不可侵犯，无论年长年幼，犯法便要依法执法，这是一。再则，杨汪与张家二子已犯下私情枉法之罪，罪不可赦。我等朝中臣子更不能凭个人情感用事，依个人偏好执法。果真如此，岂不会乱国乱法，乱民众之心吗？"

张审素与张九龄同宗，过去同在朝中为官，关系一直密切，这个众人心里都很清楚。李林甫的话就是专点他的穴位，欲将张九龄真的推到私情枉法的罪名之下，让张九龄吃不了兜着走，还要恨死裴耀卿。

"你二人出此言，用意何在？"张九龄真被激怒了，他手点着裴耀卿和李林甫问道，"我凭个人情感用事？我私情枉法？你们呢？你们是铁面无私？公正无误？你们出去问问，谁不同情张家二子，谁不说杨汪该杀。难道伸张正义者也同样要问罪不成？"

李林甫见张九龄上了套，心中高兴。他翻出笑脸来，对着发脾气的张九龄和善地笑着，一来气得张九龄半死，二来让皇上和其他大臣知道，他李林甫说此话并无半点恶意。

裴耀卿没想到，议论公事，张九龄会发如此大的脾气。他想解释清楚，说："张大人，我并……"

"你等的争论就此为止，"玄宗打断了裴耀卿的话，"朕赞同裴、李二卿的意见。国家立法，目的在于吓阻凶杀，若各人都要表示作为人子的心志，那么谁不是实行孝道的人呢？如此，辗转复仇，哪里会有停止之时！张家二子应交河南府，用乱杖打死。"

皇上下了敕书，张家二子伏法。当时，读书之人和一般民众都十分可怜这两个孩子。行刑那天，洛阳城中万人拥上街头给他俩送行，很多人为他们作了哀文和诔词。大家凑钱把张家二子给安葬了。

这件事情，张九龄代表了众人的心愿，在民众中，他的威信大长。不过，他还是败在了李林甫手下。

由于这件事，张九龄心中与裴耀卿产生了隔阂。这以前，他对裴耀卿不留什么心眼，或者说，张九龄从未有意去防着裴耀卿；这以后，张九龄开始对裴耀卿设防，两人之间的摩擦与矛盾逐渐升级。

至于李林甫，张九龄和他更是发展到了完全对立的地步。李林甫是故意挑事，张九龄是意气用事，两个人时时处处作对。当然，李林甫的挑事总是在暗中进行的，张九龄的意气却总放在脸上。玄宗越来越觉得张九龄不如李林甫好用。

李林甫与张九龄、裴耀卿争斗，最厉害的一手是绝不轻饶对手，整就要整得彻底，将两个眼中钉一起拔掉。

张九龄是个敏感之人，皇上待他的态度日益冷淡，很多时候对他的进谏爱理不理，他心中十分清楚。做了许多的努力，张九龄无法挽回皇上对他的变化了的态度。他不能不为自己的前程担忧。

秋日，玄宗突然命高力士给张九龄送来一把白羽扇，言："陛下有旨，此过时白羽扇赠予张爱卿留念。"

张九龄领旨谢恩。送走高力士后，他手持白羽扇，心中阵阵发冷。皇上的意思很明了，眼看着他张九龄就要成为这过时的白羽扇了。相位难以保住，前程难以估量，张九龄越想越怕，越怕越想：如今的地位、身份得来不易，几十年的苦心经营，难道让它就此付诸东流？他一个人倒也罢了，家里大大小小数十口人，儿孙们今后的前程怎么安排？想到这些，张九龄情愿放弃一切，也不愿放弃已有的地位和官职。他想到了与李林甫和解，从此和平共处也好，只要能保住这宰相的宝座。当然，张九龄可能还想到，他宰相肚里能撑船，时机不利于己时，暂时甘拜下风，待时来运转，再图大计也不迟。想到这些，张九龄杀去自己平日的傲气，拉下脸面，向李林甫卑躬屈膝，挂出免战牌。

张大人给小人李林甫写了一首《归燕诗》，道：

> 海燕虽微渺，乘春亦暂来。
> 岂知泥滓贱，只见玉堂开。

绣户时双入，华堂日几回？

无心与物竞，鹰隼莫相猜。

李林甫看过这首忍气吞声的诗，嘴角往两边拉了一拉。当着外人，他做这个动作，脸上立刻会浮出笑容，可这会儿他的嘴角拉开，露出的尽是些阴毒气息。张九龄想求和，没那么容易。不要说你写首小诗，就是你这个了不起的宰相真跪倒在我的面前，我也不会与你善罢甘休。李林甫想着，将张九龄的诗揉作一团，顺手扔进身边的鱼池里。

小鱼们以为是一团可口的食物掉进了池子，纷纷游过来争抢。宰相的诗作被水泡软，被小鱼们搅得稀巴烂，浓重的墨汁味刺激了小鱼，它们不喜欢吞吃这种东西，只聚在一起把它玩弄了一番，又渐渐地游开去了。

最终整垮张九龄和裴耀卿的机遇终于来了。

李林甫要引荐萧炅为户部侍郎，中书侍郎严挺之看不过去，出面请张九龄制止，他说："宰相大人，这萧炅是个不学无术之人，当着众人的面，他将'伏腊'读作'伏猎'，大唐朝廷能混杂这等'伏猎'侍郎吗?"

张九龄本来想将此事带过，不去理他。萧炅是李林甫要荐的人，他出来阻拦，必然与李林甫作对，而他又有言在先，要与李林甫讲和。但是，听了严挺之的话，责任心与文人的尊严感重又在张九龄心中占了上风，对这等不负责任、任人唯亲的勾当，他宰相不管，谁来管！

没请示皇上，张九龄便行宰相职权，弹劾萧炅不学，无能为朝官，调他出任岐州刺史。这还是有碍李林甫的面子，对萧炅的客气。否则，似他这样的人，别说做刺史，就是做一般的小吏，也是不可以的。临行前，萧炅往李林甫府上哭诉了一番。李林甫把张九龄恨之入骨，也兼怨恨严挺之，找着机会要行报复。

严挺之的前妻被严挺之休了后，转嫁了蔚州刺史王元琰。正逢王元琰坐赃犯罪，被打入大牢准备重判。严挺之的前妻走投无路，找到前夫哭得死去活来，求严挺之念在好歹夫妻一场的分上，助她一臂之力，让王元琰案有些转机。严挺之动了恻隐之心，在刑部周围上下活动，被李林甫知道了。他以严挺之私袒王元琰为由，早朝时奏本皇上，力主连坐严挺之。

不知玄宗出于什么目的，他转问张九龄："张爱卿对此事有何见解？"

为王元琰，严挺之也找过张九龄。听见皇上问，张九龄并不惊奇，他站出来从容对答，道："王元琰纳的是严挺之前妻，但她早被严挺之休出，两人之间还有什么情谊可言？臣以为，为王元琰说话，想必是其赃罪有误，严挺之才出面秉公辩诬吧？"

玄宗微微一笑，其中有对张九龄的"臣以为"不值一哂的含意，说："世间恐怕没有这么好心的人。朕听说严挺之虽然与前妻离婚，近日重又与她勾搭成奸，因此才会为王元琰出此力气。"

李林甫那边没有反应，张九龄却知道皇上一定是从他那儿听说的。张九龄不再说话，乖乖地退回到大臣队伍的前列。退朝后，张九龄想，不救严挺之，必定会殃及自身。他把朝中人士细细分析了一遍，认为能出来为他说话，说了话还有些用处的人，只有裴耀卿。张九龄屈尊请裴耀卿帮忙。

裴耀卿与张九龄的矛盾已经较深，但他总想，两人同朝为官，相互结怨对谁都没有好处。有机会调整一下双方的关系，裴耀卿还是愿意努力的。他专门奏本皇上，为严挺之，当然也为张九龄开脱责任。

玄宗把裴耀卿的奏章给李林甫看过，李林甫想了想，做出畏畏缩缩的样子，好半天不吭声。

玄宗等着他说话。

李林甫抬头看了一眼皇上，低下头，又等了一会儿，才说："有句话，臣不知当讲不当讲。"

"你只管说来，朕不会加罪于你。"此时，玄宗已被李林甫钩住了，很想知道李林甫要说些什么，并不管他说得对与不对。

"由王元琰的案子，臣牵蔓摸瓜，掌握了不少材料。这案子，并非似先前想象得那么简单，其中，很可能涉及朝中官员结党营私的有关问题。"说到此，李林甫停了停，他观察了一下皇上的反应，放大胆子继续说，"张九龄、裴耀卿肯定有阿附朋党行为，其手下才敢如此张狂。只是，臣对其具体事实尚未把握完全，不敢先禀报与陛下知道，万一……"

"你不用怕，一切自有朕做主。"

皇上态度明确，结果也就出来了：罢免张九龄、裴耀卿宰相职位，贬严挺之为洺州（今属河北邯郸、邢台两市）刺史，流放王元琰至岭南。升任李林甫为宰相，兼中书令，召入牛仙客为工部尚书，同中书门下三品。这是开元二十四年（736），玄宗正要离开洛阳返回长安时采取的重大举措。

这天早朝，正是罢免张九龄、裴耀卿之日。

退朝时，两个被罢免的宰相谦卑地行走于文武朝官之中，排在他们前列的是扬扬自得的新上任的李林甫。天色还不太亮，只听见嚓嚓嚓的厚鞋底摩擦石板地的声响，听不见平日退朝路上朝官们的窃窃私语。不过，朝班队列中的每一个人（包括李林甫），都在想着同一个成语：一箭双雕，或者说是一雕挟二兔。

几天后，玄宗又下诏：张九龄、裴耀卿分任左右仆射，罢知政事。李林甫在他的尚书省接到诏书，大怒，道："他们还能做左右丞相？"虽然左右丞相官位比宰相低一品，李林甫还是不能容，他眼睛中射出的目光让属下见了皆觉股栗。

监察御史周子谅是张九龄为相时引荐的人才，他见李林甫专政，牛仙客唯诺阿谀且结党营私，愤愤不平，直接上书皇上，弹劾牛仙客，暗斥李林甫，用词组句十分激烈。

玄宗看过，认为周子谅是遣责他做皇上的用人不当，龙颜大怒。他命人把周子谅召入大殿，乱棍教训过后，再命刑部加杖惩治。周子谅被打得多次昏死过去，人事不知，随即又被铐上重镣流放瀼州（今广西上思县西南）。遍体鳞伤的周子谅途中备受监吏的虐待，走出京城不远便丧命九泉。如此，李林甫还不甘心，又向玄宗进言说，周子谅之所以如此大胆，全是张九龄在其中作祟。玄宗正在气头上，一纸诏书，将张九龄再次革职，贬为荆州长史。

开元二十五年（737）五月，张九龄往荆州上任。三年后，张九龄去世，时年六十八岁。史书上说，玄宗虽因张九龄违逆旨意而放逐了他，心里却一直敬重他的为人。以后，每当宰相推荐士人，玄宗总要问："风度像不像张九龄？"至于裴耀卿，皇上就不太记得住了。

3

张九龄、周子谅等人获罪后，朝廷的大臣多为保全自身和禄位，不再敢直言上谏。李林甫仍觉得不够，他公开对谏官们说："当今陛下圣明，作为臣子伏首听从即为大忠。你们看见宫门外站着的立仗马吗？想食三品食料，就不能多叫一声。只要叫一声，它立即要被革逐出去。到时候，后悔就来不及了。"

立仗马是朝廷仪仗队的用马。每日早朝，皇宫正殿的侧宫门外都要分左右两厢站立八匹经过特别挑选和装扮的良种马，待早朝结束，朝官们全部离去后，它们才被撤走。这种马吃的是上等草料，由专人喂养，训练有素，十分驯服。作为仪仗队，不管多长时间，它们只能一动不动地站立着，不敢随便发出声响。

李林甫让谏臣们以立仗马为楷模，只做朝廷的摆设和役使，不做多嘴多舌的谏臣。否则，不但官位难保，身家性命也难保。有这样的宰相训导，又有渐入昏庸的皇帝坐在头上，朝廷里哪还会有谏臣？历代朝政皆是如此。

做了宰相的李林甫，为皇上办事不遗余力，替武惠妃效力更是积极。武惠妃为李林甫当宰相帮了大忙，而李林甫要助武惠妃改立太子的愿望还未实现，这一点，李林甫没有忘记，有机会，他就要积极行动。

开元二十二年（734），寿王李瑁年满十六岁，他的生母和父皇准备为他筹办婚事。武惠妃委托李林甫替她寻访门第相貌俱佳的册妃对象，李林甫当仁不让地挑起了这副重担。

洛阳人士众口一词地说，河南府士曹参军杨玄璬的侄女杨玉环，长得如花似玉，善歌舞音乐，会交际应酬，是最理想的册妃对象。

120

还有传闻说，杨家的这个女子，初诞时就与一般女婴不同。她从母腹穿出的胎衣，形状如盛开的莲花，使得产房满室馨香。出生三日，她未睁眼，其母夜梦一仙女降临，纤手轻拂过她的脸庞。次日早起，她双目大睁。母亲将她抱出屋外，阳光下，小女婴一对眸子黑如点漆，全身肌肤洁白如玉。自小，左右邻舍就夸赞杨家的这个小女子是天仙下凡，美貌世上无双。

李林甫对杨玉环的家族也进行了深入考察，他发现，这一绝代佳人亦是名门望族的后代。

杨玉环的高祖父杨汪是隋朝名臣。杨汪与隋文帝杨坚同是弘农人士，受到隋文帝的重用，官至尚书左丞。隋炀帝时，杨汪曾拜国子祭酒。唐初，他被秦王李世民作为凶党诛杀。尽管如此，杨汪的儿子杨令本，唐初时还做过金州刺史。杨玉环的祖父辈有三兄弟（后来借杨玉环的地位爬上宰相宝座的杨国忠，其祖父与杨玉环的祖父是兄弟关系）。到杨玉环的父亲一辈，也有兄弟三人：杨玄琰、杨玄珪和杨玄璬。杨玄琰是杨玉环的生父，当时他在剑南道蜀州当司户，是从七品以下的刺史衙吏，负责掌管户籍、计账、道路、婚田等事务。杨玄琰膝下生有一子四女，四个女儿个个是俏丽佳人（后来杨玉环得宠，她的三个姐姐也一度风流于大唐朝廷，把个唐玄宗迷得昏头转向）。

生于开元七年（719）的杨玉环童年时代是在川蜀度过的。长她近二十岁的李白怎么也想不到，他还有一个这样的同乡，后来皇上让他专门为她写诗，差点成了她专有的御用文人。

长到十岁上，杨玉环的亲生父母相继过世，叔父杨玄璬把她领到洛阳抚养。同兄弟一样，杨玄璬这个河南府士曹也是从七品以下的小官，在府中掌管津梁、舟车、舍宅、百工众艺等事务。不过，洛阳毕竟是东都，杨玉环在这里见的世面，比在川蜀要多得多。她在川蜀山野间养成了轻快活泼的性格，在洛阳闹市中学会了歌舞应酬。"天时、地利"为杨玉环册妃提供了良好的机遇，"人和"这一重要条件，杨玉环也占有优势。

追溯唐朝皇族联姻，李、武、杨、韦，还有王家，几大家族之间有不解之缘。从隋朝算起，李、杨两家就有姻缘：唐高祖李渊是隋文帝杨坚的皇后的姨侄。唐初，太宗李世民娶隋炀帝的女儿为妃，其弟李元吉娶隋宗室杨恭仁的从侄女为妃，玄武门事变后，李世民杀死元吉，将弟媳杨妃据为己有。高宗立武则天为皇后，武则天的母亲杨氏，乃隋宗室杨士达（曾在隋朝做过宰相）的女儿。玄宗原先的宠妃之一杨妃，也是杨士达的后裔，她生的儿子后来被玄宗立为太子，即肃宗皇帝。有了这些错综复杂的渊源关系，杨玉环步入皇宫也就成为自然而然的事情了。

经过近两年的寻访，李林甫将杨家之女举荐给武惠妃。慎重起见，武惠妃又派女儿咸宜公主去亲自见过杨玉环。回来，咸宜公主对杨玉环的人品赞不绝口。于是，开元二十三年（735）十二月二十四日，河南府士曹参军的家里迎来了热闹非凡的册妃典礼。

这天，天不亮，杨家的所有亲属都静候在杨府的院子里，杨玉环业已梳妆打扮完毕，坐等在闺房之中。

太阳刚刚露出笑脸，宫中的鼓乐声就由远至近地传了过来。代表皇上的册妃正使是李林甫，副使是黄门侍郎陈希烈，还有使者、持节者、典谒者、赞礼者、持册案者等大大小小数十名官员，在仪仗队先导的带领下走进了杨家庭院。

一切都严格按宫中册妃程序进行。正使、副使立于院中，杨父及亲属站在左侧，朝中各使者、使节排列于右侧。鼓乐声中，女相者将盛装的杨玉环引出闺房，此时，她的闺房已被称作别室。三拜使者，新人恭听皇上的诏令文诰。

李林甫向前跨出一步，鼓乐骤然停止，整个府院顿时笼罩在一片庄严肃穆之中。李大人用眼光环绕四周一圈，然后郑重地将写着皇上诏令的册书展开，拿腔拿调地开始宣读：

维开元二十三年岁次乙亥，十二月壬子朔，二十四日乙亥，皇帝若曰：於戏！树屏崇化，必正闺闱，纪德协规，允资懿哲。尔河南府士曹参军杨玄璬长女，公辅之门，清白流庆，庭钟粹美，含章秀出。固能徽范凤成，柔明自远，修明内湛，淑问外昭。是以选极名家，俪兹藩国，式光典册，俾叶龟谋。今遣使户部尚书、同中书门下李林甫，副使、黄门侍郎陈希烈，持节册尔为寿王妃。尔其弘宣妇道，无忘母训，率由孝敬，永固家邦。可不慎欤！

诏令宣读完毕，鼓乐再次奏起。杨玉环谢皇恩浩荡，再拜使者。她在女相者的扶引下，缓步上前，接受了皇上的册书。杨家之女正式成为皇上的儿媳妇，当上了寿王妃。

唐朝，皇家婚典仪式繁多，册妃仅是七项主要礼仪中的第一项，它相当于订婚完毕。以后还有亲迎、同牢、妃朝见、婚会、妇人礼会、飨丈夫送者、飨妇人送者等一项一项的礼仪，所有礼仪完成后，一对新人才可正式在新房中相会。

武惠妃想早点给儿子圆房，她催着快些举行各项礼仪。寿王妃朝见那天，玄宗与武惠妃坐在龙座上，远远地看了一眼站在大殿之上身着新婚礼服的杨玉环，礼仪就算行过了。距离太远，作为父皇的玄宗并没看清楚自己的新儿媳的模样，只觉得仅是一个美人而已。

美人，玄宗见得多了。他的后宫，最多的时候，藏有四万佳丽，是唐代内宫嫔妃的极盛期。当然，与穷奢极欲的隋炀帝相比，玄宗内宫四万丽人仅仅是小巫见大巫。史记，隋炀帝下江南，"从幸宫掖，常十万人"。

诗人的想象力根本无法高攀帝王的贪欲。白居易曾在《长恨歌》中云"后宫佳丽三千人"，杜甫比白居易大胆一点，他说："先帝侍女八千人"。与其真实占有相比，差距还是很大。

寿王李瑁没有想到，母亲为他纳的这个王妃是个名副其实的小尤物。她长相俊美，妹妹咸宜公主给他渲染一番后，他自己亲眼见过，还是为之一振。新婚同床，他更发现，他的这个小美人非同一般。

新婚之夜后，寿王与他的新王妃如胶似漆，白天黑夜常相守在一起，两人的情感十分融洽，相互都有天配良缘的感觉。

从开元二十四年（736）春正月，杨玉环正式进寿王府，到开元二十八年（740）十月，杨玉环被玄宗相中，杨玉环与寿王做了整整四年的夫妻。再往后，杨玉环便长了寿王一辈，成了父皇最宠爱的贵妃。

1

杨玉环的出现，影响了玄宗的后半生，也影响了日后大唐的发展。

四月，又有一件对玄宗日后的生活，乃至对大唐王朝影响极大的事情发生：玄宗赦免了安禄山。

安禄山，生于武则天长安三年（703）。他的生父姓康，是一个胡人，他的母亲则是突厥的一名巫师，名叫阿史德。在一次祈祷战神轧荦山时，阿史德生下了安禄山。为此，母亲给他取名叫阿荦山。后来，母亲改嫁，与一个安姓的突厥人结婚，又给他改名叫了安禄山。

年轻时，安禄山是标准的突厥男子汉，他大脸盘小眼睛，宽鼻头阔嘴巴，身材高大、膀壮腰圆。不过，安禄山也有与突厥人不同的地方，他的肤色白皙，人稍稍有些肥胖，这又使他看上去不像是长期生活在大草原上的蛮族人。

继承了母亲的特长，安禄山聪明多智，善测人意。他通晓九种蕃语，成了部落里的大能人。二十来岁，安禄山就当了互市牙郎，作为本部落的中介人，长时间往来于突厥与大唐王朝之间做互市贸易。

三十岁上，安禄山到幽州（今北京地区）做生意，认识了当时朝廷派驻幽州的节度使张守珪。在边塞军营中小住，张守珪发现，安禄山不但容貌伟奇，而且具有突厥人的剽悍聪慧、骁勇善战的特点。与敌方交手，安禄山往往能凭勇猛，或靠斗智，生擒对手。

张守珪把安禄山留在帐下，封他为捉生将，以表彰他多次活俘敌人的骁勇行为。安禄山很会来事，他对张守珪俯首听命，博得了节度使大人的欢心。不久，张守珪认安禄山为养子，视为己出。

这年春上，安禄山升为平卢讨击使、左骁卫将军，正遇北面奚、契丹族有人反叛朝廷。张守珪派他出兵平叛。安禄山恃勇轻敌，率部一路盲目向前挺进，结果中了对方的圈套，损兵折将，大败而归。按军法，安禄山罪当斩首。张守珪深痛之，经过几天几夜的内心争斗，权衡各种利弊，他还是签发了军令，将安禄山绑赴刑场，执行死刑，以重振军威。

安禄山哪里想到，张守珪不以父子情分救他，反倒以期大义灭亲来提高自己的声望。真是人心难测！愤恨生急，急中生智，临刑前，安禄山声泪俱下，大喊大叫道："节度使大人不徇私情，义子安禄山敬佩至极！小儿纵死千遍，也不枉为大人义子一回！"

有人将此话飞报于正在军帐中坐立不安的张守珪。张守珪痛之，亲往刑场，见义子最后一面。

安禄山诀别张守珪，越发动之以情，道："小儿愧为大人义子，死不足惜，只是奚、契丹叛贼未灭，安禄山死不瞑目。小儿不知此去后，奚、契丹叛贼有何人来破？"

一句话问得张守珪如梦初醒，军帐中，论骁勇，属安禄山第一；讲智谋，安禄山也不在他人之下。破叛贼不靠安禄山这样的人才，还去靠谁呢？可是，军令已下，出尔反尔，又分明是降低自己的威信。怎么办？杀了安禄山，张守珪实在舍不得；放了安禄山，张守珪一来顾及自己的面子，二怕有人私报朝廷，说他包庇罪犯，作为一方节度使，他也当不起这个罪名。

有人看出大人的为难之处，一旁献策道："大人不如将安禄山押解朝廷，由朝廷去公正审理。"

张守珪以为这是一个好主意。于是，安禄山被押下刑场。第二天，张守珪派专人解送安禄山及同案犯去了洛阳。

刑部审理安禄山的案子，一直悬而未决。万般无奈，早朝上，刑部官员将奏章呈上，请明主决断。

当时，张九龄还在宰相位上，他替玄宗接了奏章，自己先看了，说："陛下，从前穰苴诛杀庄贾，孙武斩杀吴王宠姬，皆无情面可讲。张守珪初次下军令，立斩安禄山是公正无情的。他再衡量时，难免不带有个人情

125

感。臣以为，安禄山不应该免除死罪。"

玄宗接过奏章，将前面几页快速翻看了过去，眼光停在最后一页的最后一段话上，其曰："安禄山性情刚毅，每每提审，从不低首服罪，只说是若再给他机会，他定要杀得奚、契丹反贼片甲不留。"

这安禄山很有些性格，玄宗想。他命人马上将安禄山带来，他要在大殿上亲自审。

安禄山被带到殿上。先进殿时，他昂首阔步，全然没有半点罪犯的模样。见到玄宗，他双膝扑通一声，跪在了大殿上，连声唤道："陛下为禄山做主，再给一次为朝廷立功的机会，禄山纵死无怨。"

"安禄山，你抬起头来。"玄宗坐在宝座上说。

"在下不敢。"安禄山跪在地上，将头埋得很低。在幽州时，曾有人给他算过命，说他的面相是大富大贵，有君王之相。此时安禄山多了个心眼，他怕皇上看穿了他的面相，非杀他不可，所以一直不敢抬头。

"朕让你抬，你就抬。"

安禄山不得已，勉强把头抬了起来。他看着坐在上方的皇上，在他眼里，皇上并没有想象中的那样高大，那样神圣。除了穿着龙袍、坐着龙位之外，皇上和他安禄山没什么两样。

玄宗看这安禄山长得器宇不凡，虽关押在大牢里多日，脸上并没有丝毫晦气。是一员战将，朝廷用得上这样的人，玄宗想，心里有了赦免安禄山的意思。

张九龄见皇上看着安禄山，眼光和善，知道皇上想要赦免安禄山，他又站出来争谏道："陛下，安禄山违反军纪，损伤数千人，坏了我大唐的威严，助长了反贼的气焰，不可不杀。再者，臣观安禄山的相貌藏有反相，今日不杀，日后恐祸害国家社稷。"

"你想用王衍看石勒的典故忠告朕?"玄宗问张九龄，口气中含有不满。这个宰相逢事都要进谏，未免过于多事。

王衍是西晋时的朝中大臣。石勒则是羯族人，他幼年时随邑人进洛阳做生意，渐渐在洛阳有了些名气。王衍见石勒有奇志，担心成为后患，欲

126

将他收归大牢，或驱逐出洛阳，正要行动时，却不知石勒去了哪里。后来，石勒果然有大举动，他创建了十六国时期的后赵，自称为帝。

张九龄躬腰道："臣下只是……"

"够了，"玄宗打断他的话，说，"你的意思，朕全明白，典故朕知道得不比你少。认人做事全凭典故，后人还要自己的头脑作何用处！"

下臣全听出了皇上的言中之意。有专好溜须拍马的人乘机站出来，投皇上所好，上奏道："陛下，相书言：狮镇山河佐主忠，头方额广是眉从，枕隆骨起天庭凸，列土分茅立大功。臣观这安禄山正有这狮相，且非一般狮相，是白狮相。人才难得，好好调教他，一定可成为朝廷的勇将。"

一席话正合玄宗心意，他连连点头称是。待这下臣说完后，玄宗开口道："安禄山，朕念你年轻有为，首犯军法，赦你一回。回去先做'白衣'将领，将功赎罪，平了奚、契丹的反叛，送捷报来见朕。"

皇上开口唤安禄山时，安禄山早跪在大殿地上，将头磕得砰砰直响。听皇上说完，安禄山兴奋不已，他抑制不住自己再生的激动，站起来，冲到皇上的脚下，伏卧在地，痛哭流涕道："陛下再造之恩，禄山终生不忘。从今往后，小人心甘情愿为陛下效犬马之劳，上刀山，下火海，禄山在所不辞。"

轻易降服了一员猛将，玄宗心里十分高兴。随安禄山一起押解来洛阳受审的，还有一个姓史的小将。他和安禄山同是突厥人，也因骁勇被张守珪留在帐下。这次，他与安禄山一起出征，同样犯了军法，被送到洛阳。安禄山赦罪，他也跟着被解除了罪名。玄宗也召见了他，与他谈话，认为他也是一条好汉，因此特赐他名为思明。这就是后来安史之乱中的史思明。

安禄山回幽州后，以"白衣"效劳于边塞。第二年，张守珪亲率重兵，破契丹反贼。次年，他们发兵攻奚，初战胜利，再战大败。为了保官，张守珪有意隐瞒军情，谎称破敌，大获全胜，冒领战功。后事情败露，玄宗派宦官牛仙童前往幽州查处。张守珪以重金贿赂牛仙童，将此事暂时敷衍了过去。不想，纸终于包不住火。开元二十七年（739），牛仙童由另一桩受贿案引出了他在幽州的丑行，被朝廷正法。张守珪则以旧功减罪，贬括州任刺史，由于惊吓与身心憔悴，到任不几日，便发病过世了。

张守珪死后，他的养子安禄山却由祸转福，一路升官，到开元二十八年（740）的时候，安禄山已由"白衣"升至营州的平卢（今辽宁朝阳）兵马使了。又过了一年，朝廷派御史中丞张利贞为河北道采访使。张利贞到平卢监察，安禄山极尽谄佞之能，把他奉承得晕头转向，临走，还送给他一笔重金。张利贞的随行属下，每个人的腰包和肚皮也都让安禄山给填得满满的。回归朝中，张利贞自然盛赞安禄山忠诚、有能力，是不可多得的边塞将才。玄宗满意，即下圣旨，委任安禄山为营州都督，代理平卢军使。至此，安禄山成为朝廷重要的边塞将领。

后人看历史，总愿意完善过去，为已经成为不可能的过去设想出许多的可能，或者想象着这些不可能变为可能，再变为现实：

设想，当时玄宗对张九龄没有反感，翻看刑部奏章时不将前面几页草草翻过，认真读了安禄山战败的经过，不只看安禄山本人的态度……这样，玄宗很可能不会轻饶安禄山，也不会放过史思明。杀掉了安禄山和史思明，天宝年间就不会有安史之乱。没有安史之乱，唐王朝，乃至今后的中国历史很可能要重新写过。

再设想，杨玉环父母并未早逝，关中地区天不大旱，玄宗不移居洛阳两年多时间，李林甫没当上宰相……若这些设想都成立的话，杨玉环就不可能入选寿王妃。她当不了寿王妃，也就成不了杨贵妃，或者当了寿王妃也不可能受皇子、皇父的专宠。于是，历史也就没有安禄山拜杨贵妃做"干娘"这一幕闹剧，后来的杨国忠也当不了宰相，杨家鸡犬也不可能跟着升天，国人兵士也不会那么义愤填膺，安史之乱也很可能不会发生，唐王朝，乃至今后的中国历史很可能又要重写。

又设想，武氏之后代裴夫人、武惠妃不鼎力相助李林甫为相，张九龄本人没有那么多文人的劣根性，唐玄宗自始至终都是一个开明向上的好皇帝，唐玄宗从来用人为贤，听得进逆耳之言……那么，李林甫就当不了宰相，朝政内部阿谀奉承、贪污受贿、堕落腐化之风就不可能生长得那么迅速，杨国忠要做宰相也就没有了环境和气候，安史之乱很可能就不会出现，唐王朝，乃至今后的中国历史当然就要重写。

按照上述假设，生活在这个时期的李白的命运更会发生截然不同的变化。

历史事件往往以一些完全不起眼的，或看来不可能，实际却变为现实的偶然的因素为契机，瞬间转变为历史的必然，且一晃而过，永世无法追回。

接受历史教训，后人所能面对的，也仅仅是与其相似而不可能同一的事件。这对于历史的当事人，对于后人，不能说不是一大憾事。难怪人们面对历史，直面人生，总有一种不可自控的感觉，总也摆脱不了所谓命运的阴影。在这绝对的必然之中，人希望有更多一些的偶然，希望有更多一些的选择。更理想化一些：希望能回到过去，一切从头开始，而不要总是面向未来。

可惜，历史不给人这种自由。

张九龄被贬至荆州，心情格外沉重。他闷闷不乐，路上生了一场大病。即便如此，作为朝官，张九龄还是不能不复命于朝廷。到荆州后，他拖着病体，急书《荆州谢上表》，派专人送往长安。上表曰："臣九龄言：伏奉四月十四日制，授臣荆州大都督府长史。闻命惶怖，魂胆飞越，即日戒路，星夜奔驰……以今月八日至州礼上，诚惶诚恐，顿首顿首，死罪死罪……"

这个老忠臣好不可怜。失宠被罢相，分明有满腹冤屈，导致疾病在身，却还要对皇上授他为荆州大都督府长史而感到诚惶诚恐，表示惊喜得魂飞胆散。他复命于皇上，说他星夜奔命，不辞劳苦，赶赴荆州上任，为的是不失时机地在皇上面前卖好。他的上表，皇上能看也好，只怕皇上对他不再有兴趣，全权委托李林甫处理上表。李林甫看了，又会不屑一顾，冷笑两下，顺手将这写着一片忠心的上表书扔进池子里喂鱼。如前所述，李林甫府上的小鱼也是很挑剔的，它们不吃染有墨汁气味的纸。

幸亏有老朋友孟浩然在襄阳，他常去张九龄府上，开导、安慰心灰意懒甚至开始厌生的张九龄。

面对孟浩然，张九龄深感内心有愧。

开元十六年（728），孟浩然赴京考科举意外落榜，临行前，有《留别王维》一首。诗云：

> 寂寂竟何待，朝朝空自归。
> 欲寻芳草去，惜与故人违。
> 当路谁相假，知音世所稀。
> 只应守索寞，还掩故园扉。

诗虽然是写给王维的，但张九龄敏感地察觉到，其中"当路谁相假，知音世所稀"二句暗有所指。不管孟浩然是有意所指，还是无意言中，张九龄清楚，孟浩然落榜与他有关。

本来他们替孟浩然举办的中秋节诗会，使孟浩然在京城声名大振，参加科举考试，科举夺魁是不成问题了。可是，孟浩然无意间得罪了皇上。作为主考评判官，张九龄在孟浩然与皇上之间权衡利弊，他没有出面为朋友说话，而是顺从了皇上的意志。进京一无所获，孟浩然只得打道回府。为此，张九龄总觉得对不起朋友。

做了宰相后，张九龄一直想弥补以前的不是，举荐孟浩然入朝为官。初上任，他认为时机不成熟，他不能给其他人留下话柄，说他张九龄走马上任就安插自己的朋友，任人唯亲。后来，他感到皇上对他的态度一天天有变化，不再像先前那样信任他了，举荐孟浩然的事当然也就此搁浅。

遭贬来到荆州，张九龄举目无亲，人有极大的失落感。孟浩然从精神上给了他许多的抚慰，这让张九龄感激不尽。患难之中见人心，张九龄反复请孟浩然到州府来做幕僚，助他一臂之力。

孟浩然明白，张九龄做州府的长史绰绰有余，哪里需要他来帮忙。分明是借口帮忙，给他个官做做。孟浩然本不想答应，要做官府的幕僚，在韩朝宗任上，他早可以做，何必等到四十九岁，快进五十的时候，再入府做个小小的幕僚？朋友盛情难却，张九龄多次恳请，孟浩然不好意思再三推辞，不得不应承了，入府做了张九龄的从事。

初入府，尽管不太自愿，孟浩然对张九龄仍有感激之情，他在《荆门上张丞相》中说："共理分荆国，招贤愧楚材。"赞张九龄识贤，表示愿与张九龄共理荆州大事。没过多久，孟浩然的狷傲性格又发作，越来越觉得幕僚生活无聊透顶，开始产生厌倦情绪。在另一首诗中，孟浩然将这种情绪暴露无遗，他说："愿为江燕贺，羞逐府僚趋。欲识狂歌客，丘园一竖儒。"

两年后，孟浩然终因身体有病，辞去幕僚之职，返回到他的鹿门山居。这是开元二十七年（739）的事情。

孟浩然不是装病，他得了疽背疾。这种病很厉害，用现在的话说，疽即脉管炎，现代医学也没能彻底攻克这种疾病。

这一年秋天，李白在外地游历了一大圈返回安陆，听说孟浩然病重，便赶来襄阳看望。

见到李白，伏卧在病床上的孟浩然，将他们分手后自己的情况一一相告。他说，他得病虽是不幸，但能返回鹿门山，重做山民，心下满意。他又问李白，是否愿意与张九龄结识。

李白拒绝了。功利地说，李白这时认识张九龄没有任何意义。再说，从孟浩然这里听到的张九龄的为人，李白很有些个人看法。孟浩然可以和他结交，他李白不愿意。即使张九龄仍然是众人公认的文坛领袖，李白也不愿意，哪怕是做一般的朋友。

李白喜欢孟浩然超然出世的个性，他作诗一首，《赠孟浩然》：

吾爱孟夫子，风流天下闻。

红颜弃轩冕，白首卧松云。

醉月频中圣，迷花不事君。

高山安可仰？徒此揖清芬。

这是李白与孟浩然的最后一次会面。李白走后不久，在京城做秘书省校书郎的王昌龄被贬岭南，路过襄阳，他上鹿门山看望孟浩然。

王昌龄政治上属于张九龄一派。张九龄失势后，他在朝中的日子一直不好过，李林甫想方设法要将他整出朝廷。直到张九龄离开两年之后，李林甫才找到了机会将王昌龄贬至最偏远的地方，想让他一去不得回返。

十一年前，孟浩然与王昌龄在京城中秋节诗会上结识后，两人关系开始密切，经常互通书信，相互和诗。他们同有大志，却都觉得并不得志。此次相见，孟浩然重病在身，王昌龄被贬出京，两人心情皆不愉快。

孟浩然感叹至深，作诗一首，《送王昌龄之岭南》，倾吐他对朋友的诚挚的友情。他说："洞庭去远近，枫叶早惊秋。岘首羊公爱，长沙贾谊愁。土毛无缟纻，乡味有槎头。已抱沈痼疾，更贻魑魅忧。数年同笔砚，兹夕间衾裯。意气今何在，相思望斗牛。"

王昌龄和孟浩然分手，总以为两人短时间内没有再见的机会。不想，第二年春上，他刚到岭南，朝中因玄宗加尊号为开元圣文神武皇帝，大赦天下，百姓免租税一年，左降官员回朝听旨。大赦令传至岭南，王昌龄即刻返北。路过襄阳，他再次去看望孟浩然。

孟浩然的病比上一年大有好转。两人见面，分外高兴。大喜至极，孟浩然忘乎所以，他备下酒宴，吩咐家人专门炒了两盘鲜鳝片给他和王昌龄下酒。两个朋友痛痛快快地吃喝了一顿。

酒喝得过量，也有人说，食鲜鳝发病，王昌龄走后不久，孟浩然疽背疾恶性发作，于开元二十八年（740）秋末病逝，时年五十二岁。

鹿门山上新添了一块墓地。

墓碑与岘山顶上的羊公碑遥遥相望。

孟浩然离世，李白没有专门作诗纪念。殿中侍御史王维得知后，作诗一首，《哭孟浩然》：

故人不可见，汉水日东流。
借问襄阳老，江山空蔡州。

后来，王维路过郢州，怀念已经去世的朋友，他把孟浩然的像画在刺史亭中，这个亭子因此改名为浩然亭。

王维与孟浩然是十分要好的朋友。

这一年春上，在王昌龄与孟浩然再次会面之前，张九龄落落寡欢，忧郁成疾，已死于荆州任上。

5

李白四十岁了，白兆山书馆近日不很平静，让他心烦意乱。

外出游历两年多近三年时间，李白回家才知道，这期间，家里的生活一天比一天困难。当初搬出许府时，娘子和许大郎说好，许府的田产请他代管，收成他们两家二八分成。担心许大郎赖账，还请裴大人做公证人，契约一式三份，每方各存一份。第一年，许大郎按时将谷子送来白兆山。娘子一一过秤，说是按许大郎自报的数额，谷子少了两百多斤。许大郎说，今年收成并不理想，明年他一定将这欠下的两百斤谷子补上。娘子和李白没再和他计较。

李白外出后，许大郎胆子大了起来，他欺负从妹一个人带着孩子，家里没有讲话的男子汉。年底，许大郎将二八分成倒了个儿，变成八二分成，他占八，仅给从妹二。许夫人不答应，找过许大郎多次，他就是躲着不见。逼急了，许夫人托人请裴大人出来公证。裴大人说了公道话，许大郎仍不听。他并不和裴大人硬顶，只放赖说，谷子他已卖出去了，钱也用得差不多了，今年欠下的，明年他一定补上。有了这话，裴大人不再有话说。这次又让许大郎赖了过去。

若许大郎每年都能拿出二成收成，许夫人带着孩子，外加三个下人也能维持基本生活。可许大郎得寸进尺，下一年，他不但没补上原先欠下的，连二成收成也不给从妹了。年底，他只让人往白兆山挑了五百斤谷子。这时，裴大人已经调任，许夫人没处找人替她主持公道。她再找许大郎，许大郎把脸放下，说："我不让你们母子饿死就行了，田产收成的事，

133

你以后不必多管。"许夫人还想多说，却被她这个没有良心的从哥叫人撵出了许府。从此，再不让她跨进许府大门。

好在许夫人还有些私房钱，她安顿两个男丁离开了白兆山，只留下兰草和她一起带着小平阳过日子。李白回来后，家里的钱粮已经所剩不多，估计着再有一两年时间，他们就会坐吃山空。

为着找回公道，李白去找许大郎评理。

"你有什么资格来和我讲理？"许大郎跷着二郎腿，坐在原来许员外坐的太师椅上，吊着流氓腔说，"你姓李，我姓许，姓李的跑到许府门上来讲理，想让许家养着你的一家大小，这不是天大的笑话吗！"

"好你个许大郎，好你个无赖，安敢坐在许府堂上！"李白气急了，他抽出宝剑，冲过去就往许大郎身上刺。

许大郎吓得一惊，跳起来躲过李白的剑锋，大叫"来人"。几个家丁听见，跑了进来，从后面抱住李白。李白纵有三头六臂，也敌不过几个壮家丁。他们夺下李白的水心剑，将李白拖出许府，哐啷一声关上了许府大门。

公道没找到，还丢了水心剑，李白实在气不过。他站在许府门外，往那厚实高大的木门上不停地捶打。

许府大门被李白擂得哐哐直响，从上午直到下午，大门始终紧闭。李白又放开喉咙大骂。他骂许大郎是流氓，是地痞，六亲不认，畜生不如，丧尽了良心，要遭天打雷劈。李白从下午一直骂到傍晚，许府内始终没有回音。

天完全黑下来了，李白还在大门外叫骂，他诅咒道："许大郎你听着，我李白骂不死你，我的水心剑会替我讨回公道。今夜里你不死在水心剑下，来世我李白给你做奴隶！"

吃饱了喝足了的许大郎站在门里，心平气和地听李白叫骂。他发现李白骂来骂去，总忘不了他的水心剑。许大郎想，这个没用的书生，怕是舍不得他的破剑，才在外面叫骂不止。

"把那把不值钱的破剑给他扔出去！"许大郎吩咐家丁。

家丁搭着梯子，从院墙上把李白的水心剑丢了出去，又幸灾乐祸地对李白喊道："喂，穷布衣，别再叫唤啦，拾上你的剑宝贝，快些回家睡觉去吧！"

李白听见院墙上有东西被扔了出来，又听见家丁的喊话，急忙顺着水心剑落地的声音去摸找。

院墙外是一片矮灌木丛和乱七八糟的杂草，四周黑乎乎的，什么也看不见。李白弯着身子，一点一点地在带刺的灌木和杂草中摸寻着他的水心剑。他的手被灌木刺扎出了血，他的衣袍让直立着的干树杈挂破了口子，他还在不停地摸寻。

总算在一堆已经干枯了的杂草下面摸到了水心剑，李白一把将它抱进怀里。直起身来，他轻轻地拍了拍他的水心剑，像是在拍他丢失了的重新找回来的孩子。接着，李白叹出一口气，他觉得嘴里苦涩苦涩的，干得没有一点口水，余下的尽是稠状的黏液。这一天，李白没吃过东西，也没喝一口水。

天黑了，水心剑也找回来了，我还留在这许府大门外干什么呢？李白想。他拖着疲惫不堪的身子，迈着沉重的不听使唤的双腿，离开了他曾经住过而现在已经不属于他的许府。

白兆山书馆再住下去已经很没意思了。靠着娘子的私房钱过日子，他李白还算不算是男子汉！李白和娘子商量，搬家，离开安陆。

许夫人想了很久，问："我们往哪儿搬？搬回你的川蜀老家去？"

李白摇了摇头，他闭着眼睛躺在睡椅上。青莲乡，他是不会回去的。父母在世的话，也有六七十岁的年纪了，他希望父母亲活得自在，忘掉他这个没有用的儿子，安度晚年。离开家已有十多年了，他一直坚持在外混不出人样，不回青莲乡。他绝不会带着妻儿回去，靠老父老母养活他们一家。

"那，你想去哪里？"

"随便。反正我不能在安陆再住下去了，你们也不能再住在这里。"李白从睡椅上坐了起来，看着他的娘子说，"我们往北，搬到黄河边上去住。"

"黄河边？"许夫人不明白李白的意思。黄河又长又宽，黄河两岸地方很大，他们往哪里搬？一没有亲戚，二没有朋友。

"我走过很多地方，觉得黄河边上的人最好打交道，纯朴、本分，不像安陆这地方，人大多刁猾、厉害，专门喜欢往别人头上拉屎拉尿。"

"每个地方都有好人，也有坏人。"

"安陆还有好人吗？怎么没人出来替我们主持公道？怎么允许许大郎这样的无赖作威作福？"李白越说越气，他从睡椅上站起来，在房子里来回走动，"我想好了，安陆不能再住下去了，我们一定要搬走。"

依了李白的意思，许夫人把白兆山的地产、书馆和藏书全都卖掉，换成了银两。她算了一下，没有兰草，仅他们一家三口人，靠这些银两维持生计，差不多够用五六年的时间。

兰草从小在许府长大，跟着许夫人多年，情同姐妹。许夫人不忍心随便将她打发出去。她拿出一笔银两，托人为兰草找了一个像样的婆家。兰草知道后，先是坚决不从。她说她不怕受苦，跟着小姐，走到哪里，她都心甘情愿，就是不去嫁人。许夫人陪坐在兰草身边，将她的想法一一讲给兰草听了，她说她也舍不得兰草和他们分开，可事到如今，也没有别的办法，只能这么做。好在给兰草说下的这个婆家不错，男方是个手艺人，凭手艺吃饭靠得住。他家里没有其他人，只有一个婆婆在上，兰草今后的日子不会不好过。兰草流着泪答应了下来。

兰草被人热热闹闹地抬走之后，许夫人收拾好一点随身用品，和夫君一起，带着女儿平阳离开了安陆。

离开安陆，许夫人并不伤心，她在安陆曾经有过的一切都已经失去了：父亲和家，田产和山林，书馆和闺房。她原来拥有的一切，现在都没有了。唯一让她牵挂的是留在安陆的老父亲的墓碑。这一去，不知何时才能再回来为老父扫净墓碑旁的落叶和尘土。

离开安陆，多日不快的李白有了一种轻松的感觉。自入赘许家，与娘子成亲，已有十三年了。可李白真正住在这里，前后加在一起，不过两三年时间。李白从来不说自己是安陆人，他觉得自己只是暂时借居在安陆，尤其是在老丈人去世以后，李白的这种感觉更加强烈了。从这个意义上说，许大郎抢占了他们的许府，抢占了他们的田产并不是绝对的坏事，它解放了李白，给了李白离开安陆的机会。李白再不想回安陆。

听说要离开安陆，搬到别的地方去住，从未出过远门的小平阳高兴得连蹦带跳。夜里，她迟迟不肯入睡，总问妈妈：外面是个什么样子？新家比旧家好吗？早晨，天刚蒙蒙亮，小平阳就睁开了眼睛，她不停地催促爸爸妈妈快些起床，早点上路。她说，她想到外面去玩，今天晚上，她要在新家睡觉。女儿的天真宽慰了许夫人，也令李白喜欢。

有妻子女儿同行，李白成了大丈夫。他领着他的娘子和女儿一路朝北走，一直走到东都洛阳。

董糟丘一如既往，热情地接待李白。他把李白住惯了的套间打开，照旧免费接待李白一家。许夫人过意不去，非要按房价付钱。董糟丘说："嫂子不必见外，我和李兄已是多年的老朋友了。平日专请嫂子来住，嫂子都不会来。这来了，怎么能要嫂子的钱。住在我这里，吃喝住我全包了。嫂子只管带着女儿随李兄在这洛阳城好好游玩就是。"

住在天津桥酒家，许夫人发现，李白在这里确实很随便，像是回了另一个家。酒家的歌舞妓与李白十分熟悉，她们总是主动找上门来，进门便李兄、李大哥地叫，声音娇滴，举止轻浮。不过，看见许夫人冷冷地坐在里面，她们大多都有所收敛。有脸皮厚的或不知趣的，还往李白身边凑，李白也会好言相待，将她劝出屋去。

因为这些女人，李白觉得很尴尬，很没面子。他加倍地对她们母女俩好，每天都带她们母女到洛阳城中和各处景点游玩。小平阳高兴得成天咯咯咯地笑，长到十一岁，她的爸爸还从来没这么带她玩过。

离天津桥酒家不远，有一家小客店，门面不大，兼卖些酒食及南杂食品，李白他们外出游玩，每天都要经过这家小客店。开头几日，许夫人没注意它，它挤在众多的店铺、酒家中间，实在是很不起眼。

有一天，李白一家在外游玩之后，雇了一乘车轿，坐着返回天津桥酒家。已经是傍晚时分，天快黑了，车夫急着回去。送到小客店门口，车夫请他们原谅，在这里下车。李白一家下了车，小平阳牵着爸爸的手先往头里走了。许夫人与车夫算账，又给了车夫几文钱小费，落在了后面。目送车夫走后，许夫人转过身来，无意中往旁边的小客店看了一眼。

小客店的门口站着一个三十来岁的女人，看样子像是这家客店的老板娘。她身段窈窕，模样十分的秀美，甚至近乎妖艳。她站在客店门前，双手合抱于胸前，出神地看着什么。许夫人顺着这个女人的目光往前看，前面除了她的夫君和平阳，再没有其他路人。

小平阳牵着爸爸的手，一蹦三跳地往前走，一点也不知道累。李白却不行，他被女儿拽着，不时地要跟着小跑两步。跑起来，李白挺勉强，步履零乱，背也有点弓了，显得疲惫不堪。许夫人看着夫君的背影，心中十分怜惜。岁月不饶人，不知不觉夫君身形已经现出了老态。回头，许夫人又看了一眼小客店门口的女人。她仍在出神地看着，一动也不动。这女人为何如此入神地看我的夫君和女儿？一朵疑云从许夫人心头浮过。

小客店门口的女人似乎也察觉到了许夫人在看她。她侧过脸来，和许夫人对视了一下，眼睛里没有友善，也没有敌意，眼神淡淡的，好像在对许夫人说：我不认识你，请你不要管我的事。

许夫人一愣，赶紧垂了下眼帘。等她再次抬眼看那女人时，那女人已转身走进了她的小客店，她的背影苗条，体态轻盈。不知为什么，许夫人突然拿自己与她相比，她觉得自己相形见绌。比起这个女人，许夫人觉得自己少了许多青春的魅力，人也显得老多了，尽管她相信，她比这个女人大不了几岁。想着这些，许夫人有了一种从未有过的自怜感。

眼前没有镜子，要是有，许夫人真想好好地瞧瞧，前前后后，上上下下，里里外外，好好地自我审视一番。许夫人不想自己变成一个人见人笑的半老徐娘，也不愿做那种表面雍容，实际空洞，成天絮絮叨叨，让人讨厌的夫人太太。

从此，许夫人路过这家小客店，时常情不自禁地将目光瞟向小客店。许夫人发现，那个女人同样在关注着他们一家的行动，说得更准确一些，那个女人并不在意她，也不在意小平阳，她总是全神贯注地盯着李白，看着李白的一举一动。

李白根本没察觉有人在注意他，许夫人却看得清清楚楚。有时，他们从小客店门口过，许夫人没见那个女人露面，她也感觉到，在她看不见的地方，在小客店里面，那个女人一直在目迎目送着他们，在目迎目送着她的夫君。

小客店的老板娘不是别人，正是令狐兰。

六年前，令狐兰得知李白已娶亲成家后，她离开襄阳，只身来到洛阳。开始，她给一家老年夫妇开的小酒肆坐堂管账，兼做陪酒卖唱。攒下一笔钱后，她自己租了一个门面，开了家小酒肆，跑堂陪酒全由自己干。过了两年，她又买下了这家小客店，自己当了老板娘，生活比刚来洛阳时要好得多了。

令狐兰重见李白已经好些日子了。那天，她走出小客店，无意之中看见一家人愉快地从她身边走过。那个四十来岁的男人，令狐兰一眼就认了出来，他是李白，是她当年的李大哥。

从令狐兰与李白第一次相见算起，二十年过去了。李白老了许多，已有了不少的白发，蓄起了半长的胡须，他的举手投足不再英姿焕发。但在令狐兰眼里，李白还像当年一样英俊潇洒，他与生俱来的风流倜傥没有随岁月流逝，反倒新添了许多用言语难以描述的、中年男子特有的飘逸和俊美。

一阵头昏目眩的激动后，令狐兰想唤回她的李大哥，她想冲过去，想重新投进李大哥的怀抱。可是，就在她张口举足的那一瞬间，就在那一瞬间，听见跑在前面的小姑娘天真清纯的童音："父亲、母亲，你们快点，快点走啊！"令狐兰听见李白身边的那个女人甜甜地答应，又看见了李白和那个女人温情的含着微笑的对视。那目光，就是多年以前李白看她时的目光，一模一样，没有任何变化。可现在，他的这目光没有给她，而给了他身边的那个女人。

令狐兰站在她的小客店门前，没有开口唤她的李大哥，更没有冲向李白。她等待着，等待着李白突然回过头来，看她一眼，哪怕像看路人一样，随便地看上她一眼，她也心满意足了。

可是，李白没有回头！李白根本没在意站在一旁动情的令狐兰。他和他的妻子，和他的女儿，一家人高高兴兴地走远了。

令狐兰的心碎了。她茫然地站在自己的小客店门口，很久很久，一动也不动。这以后好多天，令狐兰不想吃，不想喝，李白的身影成天在她眼前晃过，她只一门心思想着她的李大哥。

从川蜀出来，令狐兰为寻李白，寻寻觅觅，弱女子飘零四方。她吃了多少苦，受了多少难，只有她知道，不，恐怕连她自己也记不清道不明了。现在，李白出现在她的眼前，他和他的一家就住在不远的天津桥大酒家。令狐兰想和他相见，又怕和他相见。

李白有了一个美丽温柔的妻子，有了一个漂亮可爱的小女儿。他们一家住在洛阳城里有名的天津桥大酒家。尽管李白还是一介布衣，在他和他的妻子女儿面前，令狐兰还是自卑，比二十年以前还自卑，她自卑得无地自容。她开客店，陪酒卖唱，她一直觉得自己配不上李白，她没有资格得到李白的爱。她这个小小的客店挤在天津桥大酒家的旁边，路人哪会正眼看它？它根本不起眼，或者说，它一文不值。令狐兰自卑，但她始终不愿放弃，她想找回她当年的李大哥。

令狐兰在犹豫。

这些天，她经常悄悄地站在一边，目送着李白一家从她的小客店门口路过。她总抱有希望，期待着李白能注意到她，能发现她就在他的身边。她一直在看着，不知为什么，李白却从来没有任何反应。

许夫人开始注意令狐兰。令狐兰心里并不怕，她反倒有些高兴。她想，兴许那个女人觉得自己很奇怪，会告诉李白，这个小客店里有一个女人总是盯着他们看，不知为了什么。令狐兰想让李白身边的那个女人帮她这个忙。

令狐兰想错了。许夫人不会给她帮这个忙，别的忙可以帮，这个忙，许夫人绝对不会帮。许夫人是一个聪明的女人，更是一个明智的妻子。许夫人心里清楚，小客店里的那个女人与李白之间一定有过什么联系。李白没注意到她，这是最好的事。自己怎么还会多事，将那个女人的一举一动讲给李白听？许夫人希望，事情悄悄地开始，也悄悄地结束，她不想让任何人打扰他们一家的幸福。

后来，许夫人也不再看令狐兰一眼了。从小客店门前经过，许夫人只当那个女人不存在。虽然，她真实地、越来越强烈地感受到了那个女人的存在。她尽量地分散夫君的注意力，和李白讲这讲那，不让他有机会有时间去注意站在小客店门前满怀期盼的那个女人。

感觉到那个女人的威胁越来越大，许夫人不想在洛阳再住下去。

这天晚上，上床后，许夫人小声地对李白说："这两天，我觉得身体有些不对劲，总是乏得厉害，见到油腻的东西就想吐。"

"你病了？"李白关切地说，"明天请郎中看看。"

"不是病。"

"那是什么？"

许夫人瞄了一眼夫君，翻过身去，背对着李白，嗔怪道："亏你早就做了父亲，这还不知道？"

李白想了想，伸手去娘子的小肚子上摸了摸，没觉得有什么变化，他试探着问："莫不是又有了孩子？"

许夫人不吭声。

真的怀上孩子可糟糕了，李白想。他们离开安陆，借住在别人的酒家里，身体好，什么都不怕，身体不好，麻烦就大了。娘子本来体质不强，再怀上孩子，他们的家还不知往哪里安，到时候，生产坐月子可怎么是好？

娘子背对着他不再吭声了，李白心里着急，将娘子一把搂进怀里，两只手一起压在她的小肚子上，说："千万不要再有孩子，千万，千万！"

许夫人不解夫君的意思，她扭转身子，与李白脸对着脸，挨得很近，温存地问道："有孩子是好事，你为何急成这样？"

"孩子我也想要，可你看我们现在，家没个家，若是你生孩子……"

"夫君不用担心，我们这就离开洛阳，你想往哪儿去安家，我们就往哪儿去。半年多的时间，一个家还安不好吗？"

李白听娘子讲得如此有信心，想想也是，长住在洛阳终不是办法。他与娘子商定，几天内离开洛阳，他们沿着黄河再往东行，尽快找一个合适的地方，将家安顿下来。

两天没见李白一家从小客店门口路过了，令狐兰坐卧不安。她猜测着，他们可能就要离开洛阳了。

就此与李白再次分手，令狐兰心里实在舍不得。她左思右想，最后终于下决心，到天津桥大酒家去见李白一面。至于见到李白说些什么，见到李白，他们之间会发生些什么，李白会是什么态度，最后结果怎样，令狐兰什么也没想，她只怕李白突然从她身边消失。

令狐兰来到天津桥大酒家，李白与娘子正在套房内为第二天启程做准备，小平阳上外面玩去了。

见到出现在门口的令狐兰，许夫人先愣住了。她收拾东西的手停了下来，看着门口，半天没有声响。李白背对着门，他先没注意娘子的表情。见娘子愣愣地站着，好一会儿不动，他觉得奇怪。李白不解地看了看娘子，再顺着娘子的目光往门口看去，也愣住了。

令狐兰含着眼泪站在门口。李白一眼就认出了她。可李白不敢贸然上前相认，他怕又看错了人。这些年，他不止一次地错把其他女人认作令狐兰。他怀疑自己的眼睛又在走神。

"李大哥。"令狐兰先开口。

"兰子，真的是你！你怎么在这儿？"李白又听到了这熟悉的时刻萦绕在心间的声音。他快步走向门口，即刻就想把他的兰子揽进怀中。

令狐兰何尝不想偎依在她的李大哥的胸前！这么多年了，她每时每刻都盼着这一刻。但令狐兰看见了仍站在屋子里发愣的许夫人，她本能地向后退了两步，流着泪说："李大哥，是我！我……我总算找到你了！"

许夫人走过来，她平心静气地对李白说："你们上屋里坐下来慢慢说。我去外面找小平阳回来。"说完，她并不看令狐兰，也不管李白是个什么表情，自顾自地走出屋去。

李白让娘子的话说清醒了许多，等许夫人走后，他把令狐兰让进屋里，请她坐下，给她倒了一杯热茶，劝哭啼不止的令狐兰不要再哭了："好不容易重新见面，你只是哭，不说一句话，这可怎么是好？"

"李大哥，我……"

令狐兰想说，她想将李白走后她对他的思念，将她只身在外寻找李白的经历，将她前些日子见到李白后的想法，将她此时的感受，全都讲给李白听。可是，拥挤在心中的话太多了，多得她一句也讲不出来。她只会哭，只会用她的泪水来表达一切的一切。

李白走到令狐兰的身边，轻轻地摸了摸她的头发，又为她擦了擦一直不断线的眼泪。

令狐兰坐着，她猛地伸出双手箍住李白不放，顺势又将脸挤靠在他的腰前。

李白也激动了，他紧紧地搂住他的哭得像泪人一样的兰子，两只手不停地揉搓着她的细软的长发。令狐兰平整的发髻被李白搓揉乱了，他的十指仍在她的长发里来回地搓着揉着，毫无目的，也毫无章法，好像只有这样不停地胡乱地揉着搓着，才能充分地表达他对他的兰子的情和爱。他和令狐兰一样，有很多很多的话要说，却又找不到一句合适的话语。

令狐兰靠在李白身上，号啕大哭了一场后，人渐渐地平静了一些，她松开双手，轻轻地将李白往后推了一步，又把他的手从自己的头发里拿出来，说："李大哥，我们坐下来，慢慢说话。"

李白听话地坐在令狐兰的对面。

"刚才那位是你的夫人？"

李白点头认可。

"她是去找你们的小女儿？"

李白又机械地点了点头。

令狐兰找不到话说了。她看看房子四周，床边的小柜子上放了一个不大的包袱，又问："你们这就准备回家去？"

"我们准备去找地方安家。"李白纠正令狐兰的话，他心里并不糊涂。坐下来后，李白就在想着一个很现实的、眼前马上要解决的问题：令狐兰和他的娘子，两个女人，他怎么办？

"安家？"令狐兰不明白李白的意思。

李白将他们的处境告诉令狐兰，并说："她又怀了孕，我们不赶快去找个地方安家，到时候怕对母子都不利。"

原来李大哥他们正有难在身，令狐兰想。他们没有了固定的家，还要到别处去寻地方。令狐兰不想让李白放弃许夫人，她知道，他们夫妻的感情很好。她也不想就此放弃李白，她好不容易找到了他。她的李大哥并没有忘记她，这一点，令狐兰也很清楚。令狐兰想有一个两全其美的办法，让李白不再离开她，也不至于伤害许夫人。

很久，令狐兰没再说话。

"你在想什么？"

"我在想，"令狐兰犹豫了片刻，终于鼓足勇气说，"我在想，不知李大哥是否愿意……"

"怎么样？"李白有些紧张。

李白很怕令狐兰问他，愿不愿意和她在一起。他何尝不愿意和他的兰子在一起？梦里时常梦见。可是，令狐兰真的出现在他眼前时，他又放不下他的娘子。李白与娘子夫妻十几年，他不能没有他的娘子。李白想，和娘子在一起，难道再让令狐兰从自己身边走开吗？她从川蜀出来寻他，差不多十年时间，李白真不忍心再与令狐兰分离。

"离这儿不远，我有一家小客店，是我自己开的。"令狐兰低着头说，"不知李大哥是否愿意带着夫人和孩子住到我的小客店去。我与夫人姐妹相称，大家在一起，相互间也好有个照应。只是，只是我的小客店太小，房屋简陋，留大哥一家居住，只怕会委屈了……"

"这是最好不过的事，何言委屈？"李白不等令狐兰说完，便兴奋地站了起来。他走到令狐兰身边，拉着她的手，动情地说，"兰子……"

"父亲，我们回来啦！"

门外传来小平阳的声音。令狐兰赶忙推开李白，飞快地整理好自己的头发，端坐在圆桌旁边，像是刚才没发生什么，一切都显得平平静静。

许夫人领着小平阳刚进屋子，李白便将她引进里屋，小声地将令狐兰和令狐兰说的话告诉她。末了，李白道："我以为这是一个好办法，不知娘子意下如何？"

出去外面一趟，许夫人已经想好了。她不愿意让她的夫君受情感的折磨，若李白真爱着这个女人，舍不得与这个女人分开，她只能带小平阳重返安陆。当然，在心底深处，许夫人舍不得李白，她不想夫君离开她们母女和她肚子里的新生命，为了这个突然出现在他们眼前的女人。许夫人希望李白能与这个女人快刀斩乱麻，了结了过去的所有情缘。这是不可能的！进门的那一刻，许夫人想。

许夫人没想到，令狐兰会提出来让他们一起住到她的小客店里去，李白也十分愿意。她抬头看着巴望着她快些答应的夫君，两行委屈的热泪夺眶而出……

"你、你这是……"李白有些急了，他站在娘子面前不知所措，两只手相互搓擦。

好一会儿，许夫人不说话，心酸的泪水只管一个劲儿地往下流。

"坐下，我们坐下来慢慢商量，"李白将娘子扶到床边坐好，又说，"大家住在一起没什么不好的，日子长了，你便会知道，兰子的心很好，人也能干。娘子你也是贤惠之人，我们……"

"夫君，你不必再劝，"许夫人呜咽着，小声地说，"全怪我不是一个贤惠之妻。我、我不想留住在洛阳，还是让我带着小平阳返回安陆去吧。"

"你……"李白气得说不出话来。娘子平日通情达理，十分有理智，今日她为何一反常态！李白实在想不通。

令狐兰在外屋，听不大清楚李白他们在里面说了些什么。不过，本能告诉她，许夫人不愿意接受她的想法。她心里难受，忍不住又落下泪来。

"阿姨，你为什么哭了？"小平阳走到令狐兰身边，小小声地问。

令狐兰背后一震，她收住泪水，看着眼前这个懂事的小姑娘。令狐兰想，他们是一个幸福的家，我坐在这里算什么？我能让这个小姑娘没有父亲吗？令狐兰自己从小就失去了父亲，她一直渴望父爱。令狐兰不忍心夺走小姑娘的父亲，不忍心拆散这个本来幸福的家庭。

看着小平阳，令狐兰强作笑脸，说："阿姨没哭。你听话，再到外面去玩一会儿好吗？不要走远了。"

小平阳看了看令狐兰，又朝里屋看了看，父母亲在里面说悄悄话，一直没出来。她点了点头，自己走出套房，上外面玩去了。

小平阳走后，令狐兰出现在里屋门口，她语气平静地说："李大哥，你们别再说了，都是我不好，我不该来找你。小客店我也不想让你们去住了。反正，以后我们还有见面的机会。"说完，她转身就走。

李白追了出来，拦住她，道："你上哪儿去？你别走。"

令狐兰苦苦地笑了一笑，伸手在李白的眉心摸了一下。她想让李白舒展开他紧皱着的眉头。她和缓地说："李大哥，你还是把兰子放在心里吧，这样最好，对我，对你，更对你们可爱的小姑娘。"

令狐兰走了。李白站在原地没有动。他想着他的女儿小平阳，想着他的还在娘子肚子里没有出生的孩子。他们必须离开洛阳！

这天晚上，许夫人非让李白去小客店与令狐兰道别。许夫人明白夫君的心思。为了李白，也为了她和令狐兰——令狐兰走后，许夫人的心隐隐作痛，她觉得自己有愧于这个女人。

拗不过娘子，李白去了小客店。他何尝不想再见见他的兰子！

李白没在小客店过夜。

第二天一早，李白和娘子带着小平阳离开了洛阳。路过小客店时，他们没看见令狐兰。李白心里难受，他一路低头不语。许夫人也若有所失。

洛阳城门外，董糟丘一直目送着李白一家默默地远去。

第 四 章

1

李白一家沿黄河一直往东走，走走停停，几个月的时间，找不到一处合适的安家之地。

眼见着夏去秋来，秋去冬来。已是初冬时节，许夫人肚子里的孩子一天一天地长大，她走路已经有些困难了，常常走几步停一停，气喘吁吁，一天走不了十几里地。天气凉了，走得快了，许夫人受不了；走得慢了，小平阳又冷得厉害。李白左右为难，他悔不该要往这黄河边上来安家。

许夫人是相门之后，从来没受过这种风寒。兰草出嫁后，为了省钱，家里大大小小的事情全要由她亲自动手。怀着孩子每日走几十里地不算，住下来，还要照顾小平阳和夫君，这让她本来瘦弱的身体难以承受。许夫人明显地感觉到体力不支，但她又强打着精神，绝不肯让李白有所察觉。她想，再苦再累她也要挺下去，他们能找到合适的住地，一家人安安稳稳地过日子。

行至河南道兖州（山东兖州），天下了一场鹅毛大雪，李白一家不得不在任城（山东济宁）的一家小客店里暂时住了下来。

小客店老板是个热心人，听说李白他们想寻个地方住下来安家，便托人四处帮着打听。

几天后，有了消息。

老板高高兴兴地来给李白报喜，他脚还没跨进李白他们的住房，声音早就赶在了前面："客家，客家，好消息，好消息来啦！"

许夫人正在床上休息，听见老板风风火火地进来，赶紧起身，坐靠在床上。李白往门口迎去，他人还没出屋，就与老板撞了个满怀。

"失礼，李白失礼。"李白连忙扶住撞在他身上、踉跄得差点摔倒的老板。

"没事，没事，"老板一边摸着自己撞疼了的脑门子，一边说道，"我是来给你们通报好消息的。夫人运气好啊，刚才我的一个亲戚来告诉说，他打听到有个富商近日要离开任城，城外他的一套小院急着脱手，你们可以最低的价钱把房子买下来。这可是个绝好的机会。"

李白请老板坐下，自己坐在他的对面，有些不相信，犹豫了一下，还是问道："此消息当真？"

"谁还骗你不成？"老板不生气，他认认真真地说，"我开店的，恨不能客家在我的店里多住几日，哪有骗着你们离开的道理。我是看着夫人身子大了，想做件好事，积些阴德，才托人四处替你们打听房子。这不，夫人的命相好，正碰上这笔好生意。你不抓紧它，错过了这个村，不再会有这座庙了。"

李白没了主意，他看了看坐在床上的娘子。许夫人笑了笑，说："多谢老板的好意。明日让我家相公与你同去看看那套小院，再谈价钱如何？"

"当然是这个道理，我陪客家去看房子，满意了，价钱你们自己去和富商谈。三头对六面，与我毫无关系，我是不会从中分钱的。"老板是生意人，对钱的问题十分敏感。他做这件事完全是出自善心，不想从中赚钱。不过，要不要钱，他都要讲清楚。

李白随老板去看了房子，觉得不错。怕娘子不中意，他又专门陪娘子去看了一回。许夫人也挺喜欢这个住处。

小院子单进单出，三间住房，一间堂屋，结构与他们在白兆山的书馆有些相似。院子周围是平展展的田野，一望无际。不远处住有一户农家，家境不富有，人却热情纯朴。相隔不到半里地，有一座不大的村落，住了三十来户人家。

最让许夫人满意的是，兖州地区夹在济水与黄河中间，这个地方的土地，颜色发黑而肥美，连草都长得十分茂盛。村子里地多人少，买下这座小院后，他们可以最少的钱在附近买到几顷好地，保证日后的生活不成问题。

房价很快谈定了。李白一家付了钱，便离开小客店，搬至新家。临走，许夫人非要给老板一笔感谢费。老板不依，只说是客家不要小瞧了他生意人。生意人并不总是眼盯着钱转，请他们一定成全了他的善心。店老板坚决不收一文钱，李白和娘子只得把他的情意记在心里，他们觉着，在这个世界上，烂肠烂肚子的坏人不少，真情实意的好人确实也很多。

搬进新家，买地产谈价钱，安顿家什摆设，家中事无巨细，里里外外全由许夫人张罗，李白只能在一旁帮着敲敲边鼓。他从来不管家，像个外来汉子，边鼓都常常敲错了地方。不过，李白仍在尽力而为，他感到了做丈夫的责任，想多做些什么，让娘子轻松一些。这种责任感，李白很少有过。

新家安顿好以后，许夫人已经累得不行了。本来，产期还有一个多月，可一路奔波，加上安家的过度劳累，许夫人提前临产了。

这天早起，肚子里的小儿突然乱踢乱打，闹了两个白天一个黑夜，他把母亲折腾得死去活来，才在接生婆的劝引下平安地钻出了子宫，来到世间。

生下儿子，许夫人已没了模样。

她躺在床上，披散着的长发被汗水粘连在一起，一缕一缕地紧贴着她的额头和面颊。疼痛让她的牙齿咬破了自己的下唇，嘴唇浮肿着。生过儿子后，下身不停流血，黏黏糊糊地带着浓烈刺鼻的血腥味。

接生婆向李白要了一床蚊帐，将它撕扯成纱布，垫在许夫人的身下。血止不住，厚厚的一层纱布很快被染成了红色。李白在一旁不停地替娘子更换，直到所有的蚊帐纱布全部用完。家里再找不到合适的垫布了。许夫

149

人的下身湿漉漉、冷冰冰的，像是睡在血水中间。这是冬天，她觉得很冷。

许夫人特别地难受。她面色苍白，鼻息微弱，有气无力地躺着，眼见着不久于人世了。

李白顾不得看一眼刚刚出生仍在啼哭不止的儿子，他一直守在娘子身边，抓住她软弱无力的胳膊，说不出一句话来。

接生婆把新生儿收拾干净，用事先准备好的小被子包好。小男孩舒服了，他不再哭啼，顺从着接生婆，安安静静地躺在了母亲的身边。

许夫人感觉到小儿子来了，她微微地侧过头来，想用脸蛋去贴一贴她的儿子。可是，儿子的小包被把她的脸和儿子嫩红嫩红的小脸隔开，许夫人只能轻轻地嗅着包被和小儿子身上的清香。只这一点点清香，便给母亲已经有气无力的脸上增添了几丝生机。

"放心吧，夫人会好起来的。"接生婆站在李白身边，安慰他道，"我去给她熬点米汤，喝下去，人会好的。"

喝下几口稠稠的米汤，许夫人果然像是好了一些，她睁开眼睛，看了看睡在身边的儿子，轻声对李白说："你看这调皮的儿子，长得多像你。"

李白的心好酸、好痛，他勉强着点了点头，不说什么。添了儿子当然是件高兴的事，可是为了这个儿子，如果他要失去娘子，那后果真是……

"母亲，我想抱抱小弟弟。"站在床头一直不说话的小平阳突然说。

许夫人抬眼看了看女儿，轻微地摇了摇头，很小声地说："弟弟还小，等他长大了，你好好带他玩。"

接生婆让许夫人少说话，多休息。许夫人没听。她非让李白和接生婆扶她坐起来，斜靠在硬邦邦的床架上。

接生婆没办法，找来两床棉被给许夫人垫靠在背后，说："只坐一会儿就躺下，坐久了，你刚生了孩子的下身支不起。"

"你给儿子取了名字?"许夫人问李白。

李白没取。这些日子忙得不可开交，他根本顾不上这件事。现在，他又在为娘子担心，哪有心思给儿子取名字。听娘子问，李白说："还是娘子取吧，娘了取得好。"

许夫人头靠着被子，想了想，轻声道："夫君的诗里常用周公典故，我想，我们的儿子会像周公的儿子一样聪明能干，就叫他伯禽，他是伯禽再世，好吗？"

李白想都不想，只是连连点头。

新生的伯禽像是在寻找着什么，他的小嘴不停地嚅动。

许夫人突然觉得下身一阵剧烈的绞痛，大滴大滴的冷汗随即冒出额头，簌簌地滚落下来。她呻吟着闭上了眼睛。

李白神经紧抽，他抓着娘子的胳膊，使劲握着，大叫道："娘子，娘子，你挺住！你挺住！"

剧痛中的许夫人长长地长长地出了一口气，然后，慢慢地重新睁开了眼睛。她看着李白笑了笑，又看了看身边的小儿子，以极其微弱的声音说："他的小嘴在动，是在找吃的。你……你把他抱起来，抱进我怀里，给他吃几口奶。"

李白弯着腰，耳朵快要贴在娘子的嘴边了，才听清她说了些什么。他不肯让娘子喂伯禽，说："你现在身子太弱，等恢复好后，再喂他不迟。"

许夫人不依，她费力地努了努嘴，非让李白把儿子抱给她。

李白无奈，只好抱起包着小包被的伯禽，又掀开盖在娘子身上的被子，将她的上衣撩开，把伯禽的小红嘴凑近娘子。

儿子的小嘴嚅动着，寻觅着，张圆了，一口叼住就在他近旁的奶头，并立即急促地吮吸。

李白看着儿子的小喉管一下一下吞咽着奶水，怜爱和疼惜之情并存于心中。他怜爱自己的小儿子。小儿子吃得有滋有味，全然不知除了母亲的乳汁外，世界上还存在什么。李白更疼惜他的娘子，他担心，小儿子吸出来的咽下去的是娘子最后的一点点精血。

小平阳在一旁看着小弟弟贪吮着母亲的奶水，那样子，让她觉得母亲的奶水一定香极了，甜极了。小平阳咽了几回口水，终于忍不住了，她挤到母亲身边，将头埋进母亲的怀里，害羞地说："母亲，平阳也想吃奶。"

许夫人没有反应。

小平阳埋着头，不好意思再抬起头来。

李白见娘子面部的肌肉极其痛苦地抽动了几下，并开始有些扭曲。他心中忐忑不安，预感到巨大的悲痛即将降临。

伯禽吐出母亲的奶头，嗫了嗫小嘴，又叼住了奶头用力地吸了几下，喉管没咽下去任何东西，他不耐烦地又吐出了奶头。几个动作重复着进行了四五次，小人物失望了，他丢开奶头，哇哇地大声啼哭起来。

小平阳被弟弟的啼哭惊住了，她抬起头来，愣愣地盯着母亲扭曲着的脸看了几秒钟，忽然尖着嗓子大叫道："母亲，母亲，平阳不要你生气！平阳不和弟弟争奶吃了！平阳不要你闭着眼睛！"小平阳叫着、摇着母亲，母亲不再搭理她。小平阳跟着弟弟大声地哭喊起来。

李白知道，他的娘子已经悄悄地告别了他们。李白没有哭。他也不去劝阻两个啼哭不止的孩子。他看着他的娘子。娘子变了，变得不像他的娘子了，李白想。他弯下腰来，用手拢开贴在娘子脸上的几缕黏糊糊的黑发，又将娘子抽紧了的面庞轻轻地舒展开来。李白直起身来，离得远一点，再打量他的娘子。他觉得，这时的娘子才是他的真正的娘子，和新婚时的慧美贤淑的娘子一模一样。

许夫人静静地躺靠在棉被上，她的脸平展自然，再也看不出些许痛苦的表情。

两个孩子仍在痛哭不止，李白却没有一滴眼泪。他的心泉突然枯竭了，他的泪腺突然干枯了，他的眼眶突然瘪凹了，他的整个身心都在悲痛中煎熬。李白觉得，他被压在一个巨大的石磨之中，正在被碾平，被压碎，被碾成粉末……

娶许家小姐为妻时，诗仙李白没有一句诗文，不知为何缘故。许夫人离世时，李白诗仙照旧没有一句诗文，他被痛苦碾成了粉末。

和大诗人李白成亲，许家小姐是幸运的。生前，她不一定知道，夫君身后将名流千古。她和她为李白生的两个孩子，永远成为李白生平中不可磨灭的一部分。谈到李白，人们必定要谈及许家小姐和她生的一双儿女。

许家小姐也有她的不幸。后人只知道她姓许，是宰相之孙女，却不知道她的名字。历史中，她是一个没有名字的女人。她嫁给了李白，照理，按习惯，人们应该称呼她为李夫人。可她从来被人称作许夫人，好像她不是李白的夫人，而永远是宰相家的孙女。

许夫人希望她的儿女能青出于蓝而胜于蓝。可是，史料记载，李白的女儿平阳，三十来岁出嫁，出嫁后不久便离世。李白的儿子伯禽，像李白却远不如李白。长大后，伯禽在嘉兴徐浦做了个小小的盐官。以官职论成败，儿子似乎强过老子。李白一生没做过任何实质性的官，他生性骞傲，任性放浪。与此相应，他的诗歌气势豪放，无人可比。可他的儿子伯禽，却只有父亲的狂放，没有父亲的才气。伯禽狂悖有余，无能无为，死于侮慢庙神。

据郭沫若考证，伯禽有女二人，长大后都嫁给了农民，是普普通通的农妇。当时，有不少李白的崇拜者，哀怜李白的后人做了农民的妻室，出面建议她俩"改适于士族"，也就是说，让她们改嫁，被姐妹俩拒绝了。郭沫若高度评价李白的两个孙女的选择，说她俩"不愧是李白的孙女！"其实，李白一生都在求官，直到去世前还为没做官实现其抱负而抱憾终生。他的两个孙女却与他背道而驰，心甘情愿做了农妇。

伯禽的女儿说，她们有一个兄弟，长大后独自出游，一二十年没有消息，最后不知其所在。如果真有其人的话，倒是与其祖李白十分相像。李白二十五岁上独自出蜀，从此与父母家人断绝音信。他不知父母是否健在，父母亦不知他的下落。从这点上看，伯禽之女所言的兄弟，才真正不愧是李白的孙子！

2

娘子离世，小儿子刚刚出生，李白面对这个刚建起不久、转眼又被弄得混乱不堪的家庭一筹莫展。接生婆同情李白的处境，主动给伯禽找来一个奶娘。

奶娘姓刘，人长得牛高马大，四肢粗壮有力，是典型的东鲁妇人。她丈夫离世差不多一年时间，遗腹之子生下不久也夭折了。接生婆见她奶水未退，身边又无牵挂，便把她请来替李白奶孩子。

李白见过刘氏，除了对她那一脸的大麻子感到不满意外，一时半会儿挑不出其他毛病。李白暗想，给儿子找奶娘，又不是给你自己找娘子，奶水充足就行了，其他问题不必挑剔。

接生婆从李白的眼光中看出他的不满意。她走到李白身边，背对着刘氏，低声对李白说："李相公莫要嫌弃她的麻子，那是小时候得天花落下的，她也没有办法。她也是个苦命人。大家在一起，相互有个照应，总比你一个大男人独自带着两个孩子强。"

李白点头应允了。他请接生婆代他和刘氏谈谈工钱问题。许夫人留下的钱不多，李白想包下奶娘的吃住，年底给她一点过年的钱，平时不再给她钱了。李白觉得，条件有些苛刻，他不便说出口，就请接生婆替他与刘氏商量。

接生婆将刘氏拉到一边，和她咬着耳朵。李白见她们两个人，你一句我一句，来回地协商，刘氏脸上的大深坑麻子由黄转红，最后变成了熟枣色。他猜想，一定是刘氏不愿接受他提出的条件。

刘氏没看李白，她等接生婆再次走到李白身边时，走出了屋子。

不等接生婆开口，李白便问道："她不答应？要多少钱，我们好商量，怎么让她走了？"

"李相公不要着急，她在外面候着，不会走的。"接生婆笑道，"别看她是生过孩子的人，脸皮还薄着呢。"

"工钱之事好商量，我不会有意为难她的。"

"李相公误会了，"接生婆笑道，神情中有些诡秘，"刘氏并不要工钱。"

"不要工钱？"李白没想到。他想了想，又说，"我不能让人家替我白白地奶孩子，这工钱是一定要付的。"

接生婆听李白一口一个工钱，索性把话挑明了说，她道："刘氏不是

154

要工钱。她说相公你一人带两个孩子不容易。她现在无牵无挂，想给自己再找个人家。刘氏的意思是，你们将就着办了事，组成个新家，重新好好地过日子，不知李相公意下如何？"

娶刘氏为妻？李白根本没想到。这怎么可能！许夫人刚刚去世，李白在情感上无法接受。退一步，就算李白情感上可以接受，他要再续，也不会平白无故地娶了这长着满脸麻子的刘氏。

这几日，伯禽从早到晚地哭啼，哭得人心烦意乱。李白看见女儿小小年纪，垫着小木头凳子，在灶台边做饭，圆圆的小脸被烟熏出的眼泪画成了黑花脸，心里十分疼惜。他曾想过，要给家里找一个女人。李白想到了令狐兰，他想回洛阳去找令狐兰。李白相信，令狐兰会当好两个孩子的母亲，承担起所有的家务。可是，李白没这么做。他不愿意在这时候去找令狐兰，他觉得自己对不起令狐兰，不愿再让令狐兰为他受苦。

李白真想返回洛阳，实际情况也不允许。冬季漫天大雪，从任城到洛阳路途遥远，李白一个人抱着刚出生的婴儿，领着十一二岁的小女儿，怎么可能返回洛阳去找令狐兰？

"李相公，不是我多嘴，"接生婆见李白半天没开口，好言相劝道，"你家境并不殷实，拖着两个孩子，人也四十来岁的年纪了，想要再续本不是件容易的事。这刘氏人虽粗了些，配不大上读书人家。可她才三十来岁，身强力壮，奶水又足，自愿上你家里给你奶孩子理家务，这可是难寻的好事，你就别再犹豫了。过日子，人总是要实际些才好。"

停了停，接生婆又说："李相公娶下刘氏，给你奶好孩子，理好家务，过世的夫人在天有灵，才会放心。否则，像你现在的样子，夫人的亡灵怎么安得下身？我寻思着，刘氏愿意进这个家，也顺应了夫人的心愿。是你家夫人前世修下了大德，感动了天地，才会有这样的好事来成全相公呢。"

"不娶她进家，她便不答应奶孩子吗？"李白问。

"话不是这么说的。"接生婆纠正李白的话，说，"人家是觉得，她一个寡妇家的，给相公奶孩子，家里没有娘子当家，你们一男一女住在同一个屋檐下，不大方便。刘氏最怕外人说闲话，有人说三道四的，她想再嫁

155

可就不容易了。李相公应该体谅她的难处。"

伯禽又哇哇地哭叫起来。小平阳守在床前拍了弟弟很久，没能哄住他的啼哭。没办法，她只好连着弟弟尿湿了的包被一起抱了，来找父亲。小平阳瘦小，伯禽围在包被中有好大一围。小姐姐抱着弟弟，拖着散了绳子的包被，摇来晃去的，路都走不稳。

"哎哟哟，哎哟哟，你看看，你看看，这两个没娘的孩子有多可怜哪！"接生婆见到一步几摇走进屋的小平阳，连忙迎过去，边说，边接过仍在哭闹的伯禽。她抱着伯禽，拍拍哄哄，在屋里转了几圈，也没能哄住。

"这孩子怕是肚子饿了，整天靠喝米汤，哪里饱得了肚子。"接生婆说着，将自己的手指头放在伯禽的小嘴边。小家伙立刻停止了哭叫，往手指头上嘬着，要去吮吸。

"我让她先奶一回孩子。"接生婆对李白说。不等李白有什么态度，她已经抱着伯禽出屋，找刘氏去了。

伯禽又哭了。小平阳跟在后面，去看热闹。李白忍不住，也跟到窗口，向外张望。

外面，接生婆抱着伯禽与刘氏说了些什么，刘氏也说了些什么。然后，两个人跟着小平阳走进了偏房。

不久，伯禽的哭声停止了。

李白知道，伯禽已经抱在刘氏的怀里，正在贪吃着她的乳汁。

家里除了两个孩子，再没有别人。李白想，接生婆说得有道理，他单独与一个女人同住一个小院里，即使他们没有男女之间的关系，也难免外人不胡乱地猜疑。更何况，刘氏还是来给他奶孩子的。她成天要撩起内衣，露出白生生的胸脯，让儿子嘬来嘬去。想着这情景，李白真有些保不住自己会没有非分的举动。

接生婆从那边屋里过来，她告诉李白，小伯禽就爱吃刘氏的奶，已经吮完了一边，现在正在吃另一个。她有意说给李白听："啧啧啧啧，那刘氏的奶水足着呢，小家伙是饿得厉害了。没娘的孩子，可怜哪。"

李白叹了口气，勉强道："既然如此，我们草草办个事也行。我不求别的，只求她能把我的儿子奶好。"

"嗳，这就对啦，"接生婆见李白终于答应下来，很是高兴。她开始夸赞李白，"读了书的人就是明白事理，讲礼教，与一般的人不同。这刘氏真是命好，再嫁还能找到李相公这样的好郎君。她跟了李相公，日后一定大富大贵。"

刘氏知道李白答应娶她，心下满意。

这天晚饭，由刘氏下厨，做了三样小菜。李白留接生婆一同吃饭，顺便为他们证婚。接生婆当然愿意，面对简单的家常便饭，接生婆说了几句喜庆话。刘氏好像难为情，她脸上的麻子变成枣红色后，一直没褪色。小平阳很懂事，她知道，从今以后，她和弟弟有了一个新母亲。

婚算是结过了。

饭桌前，李白只管一个人喝闷酒。喝到最后，人有些醉了，他才朝接生婆客气道："你慢慢地吃，吃饱了再走。我倦了，酒也喝得多了，先去睡觉。日后另找机会谢你。"

说完，李白站起身来，歪歪倒倒地朝自己的睡房走，走到门口，他似乎想起了什么。停下来，扭过身子，他伸出握着酒葫芦的手，用葫芦点着刘氏，道："你……你初来乍到，今晚，今晚愿意往哪儿睡，你就往哪儿睡，这个家由你睡。"

刘氏与接生婆对望了一下，没有说话。

"李相公不用操心，安顿好孩子，她自会过来侍候你的。"接生婆朝李白的背影补了一句话。

天还没亮。李白从睡梦中醒来。他翻了一个身，发现挨着他的身边，睡了一个很肉的女人。剩余的酒劲一下全都退光了，李白的大脑紧张地思索。他想了起来，晚饭时，他已由给娘子接生的接生婆证婚，和那个长着麻子的女人结了婚。

我让她随便找个地方去睡，她却睡到我的身后来了，还脱得不剩一件衣服，这成何体统。李白觉得，和这个没有教养的乡下女人睡在一块儿，很不自在。他全身的肌肉不自然地绷紧在一起。

李白的动静已被刘氏察觉了，她也从睡梦中醒了过来。等了许久，刘氏不见李白再有动作，便鼓足了勇气，开口道："我等着你呢。"

黑暗中，李白第一次听到刘氏陌生的声音。这声音，粗粗的，老老的，还有些沙哑。不像是三十来岁的女人，倒像是一个五六十岁的老太婆。也许是刚睡醒的缘故吧？李白不愿把这个已经和他结了婚的刘氏想得那么丑陋。

刘氏没等到李白的动作，心想，读过书的人，就是和我那个死鬼丈夫不同。让他来动，他都不动。刘氏在黑暗中笑了笑，用胳膊去碰李白。

胳膊很粗壮，碰得李白朝里面挪了两下，与刘氏分开了些距离。躲是没地方再躲了，李白以商量的口吻，说："我们刚刚认识，这么睡了不大方便。乘着天黑，你还是先穿了内衣，再来睡下如何？"

"我们这地方的人，从来不习惯穿衣服睡觉。"刘氏的嗓音还是很粗很老，有些沙哑。

她不愿意起来穿衣服，李白不再勉强她。他翻过身去，把背对着刘氏，想以此来表示他对她的距离感。

丈夫去世后，刘氏没接触过男人。她身体好，精力旺盛，睡在新男人面前，欲火是挡不住的。再说，乡下女人大字不识一个，只知道与男人结了婚，同睡在一张床上，就要干那事。要不，还算什么他的女人。你不来，我也会让你来。刘氏想着，伸出两手将李白一下扳了过来，顺势又将他搂上她平躺着的宽大的身体。

开先，他不愿意理刘氏是真的。可当刘氏有力的胳膊扳动他，让他滚进她的热乎乎的怀里，让他挨着柔韧丰满的双乳时，他再也无法控制自己，很自觉地顺从了刘氏……

第二天上午，李白从昏睡中醒来，刘氏早不在他的身边了。

天一亮，刘氏便起了床。这会儿，她已奶完了孩子，正在忙家务。

白天，小伯禽不再啼哭不止了。李白也不需要再为纷繁复杂的家务而烦恼了，他以为，他的这个家又恢复了从前的平静和祥和。李白又开始了先前在家养下的习惯，每天除了吃饭睡觉，只做固定不变的事情：看书、写诗与喝酒。

开始，刘氏对李白每日只喝酒、读书、写诗并没有非议。有学问的人恐怕都是这样，刘氏指望着像接生婆说的那样，有朝一日，她的这个新男人能有个一官半职，她好跟着享福。为此，刘氏做家务、奶孩子都是自觉自愿。可日子长了，刘氏渐渐地发现，李白除了喝酒、看书、写诗外，并不提做官之事。更让刘氏受不住的是，新男人很不将她放在眼里。白天，他不注意她也就算了。夜晚，和他同睡在一张床上，她不动作，他绝不先有动作，且常常是他早已喝得酩酊大醉，倒在床上就呼呼入睡，她怎么动作都无济于事。

强健的刘氏很受不了这类似于活寡妇的生活。不过，她为了以后可能有的福气忍耐着，并未过多地表示不满。

9

初夏，风和日丽。李白喜欢搬张靠椅，坐在院门外面，晒太阳，看外景，再神想些不着边际的事情。至于自家院内刘氏的忙碌，他是不屑一顾的。

对门邻居家没有院墙，几间草屋正对着李白的院门。常坐在院门口的李白，把这家人的活动看得清清楚楚，尤其是左厢房对着李白开着的一扇窗户，时常把他的目光吸引过去。

邻居是个五口之家。二十来岁的夫妇俩，育有两个小儿。家里还有一个十七八岁的小姑子没有出嫁。左厢房正是小姑子的闺房。说这小姑子长得人面桃花，怕有些过奖。但她红扑扑的脸庞极有生气，黑亮亮的、长长的秀发十分诱人，一点也不言过其词。

姑娘喜爱坐在窗前对着铜镜梳头，早上一次，中午一次，太阳下山前，她还要梳一回。

李白注意到了她的这个爱好。他觉得窗户内的女子，就像一幅框在画框中的美丽的画卷。一般的画卷不会动，而这幅画卷十分的生动。画框外，正逢碧绿的石榴树花朵盛开。橙红色的石榴花垂悬在窗沿上，与姑娘的脸蛋交相辉映，给人以美不胜收之感。偶尔，忙于梳妆的姑娘还会有意无意地朝望着她发呆的李白嫣然一笑，撩拨得无聊透顶的李白心花怒放。

这一日，李白为姑娘的笑脸，为红红的石榴花，信手作了一首小诗。诗写下后，正遇姑娘又有情脉脉的眼光送来，坐在靠椅上的李白头脑一发热，失去了自控，他将诗作揉成一团，扬手朝姑娘投去。

不巧，纸团太轻，划出去的弧线没能延伸进窗口，只在窗户台上碰了一下，落在了窗户外面的石榴树下。

李白有些急了，他站起身来，对着窗户里的姑娘比手画脚。他想让姑娘知道，他有一首小诗落在了她的窗外。可是，姑娘朝他笑过后，再没往他这边看，她没看见李白扔过来的纸团，也没看见李白着急的哑语。

正巧，邻居家的主妇走出门来。她瞧见对面留着长胡须的、头发灰白的布衣，正朝她家这边做着奇怪的动作，不解其意：这半老不老的布衣今日怎么了？平日，他总坐在靠椅上看书，神想，一动不动。今日怎的手舞足蹈起来了？

主妇常听刘氏抱怨，自己也亲眼见到，李白与村里不识字的男人不同，和周围的读过书的男人也不同。在刘氏的嘴中，在邻家主妇的眼里，这个外来的男人神神癫癫的，行为多有怪癖。邻家主妇早给李白下过结论：这人做不成官，他只会坐在那张靠背椅子上神想。

这会儿，主妇见李白奇怪的动作，忽有所警惕。顺着李白的目光寻去，主妇发现，李白是朝她家左厢房的窗口张望。此时，左厢房的窗前，小姑子还在一心一意地梳妆打扮。嫂子敏感地意识到，李白的动作与她家小姑子之间有关联。她往小姑子窗下走去，看见了李白刚刚扔过来、掉在石榴树下的纸团。

拾起纸团，主妇将它展平，只见上面花花草草地写着些文字。主妇不识字，认不得上面写了些什么。她抬头再看，对面已经不见了李白的踪影，只有一张空着的靠椅可怜巴巴地留在院墙边。

太阳还没下山，主妇放下手中的活，不等丈夫回来，就往村子里去寻识字的先生，让先生给她念讲这纸团上的文字。

晚上，当家的回来后，主妇二话不说，先把他引进房中，与他嘀嘀咕咕地说了好些的话。夫妻俩当下决定，马上给小姑子找婆家，尽快把她嫁出去。

第二天，主妇又把刘氏叫了过来，她让刘氏和她一起，往村上识字的先生家里走一趟。路上，主妇对刘氏说："我们家小姑子一直没嫁，为的是寻个像样的婆家。现在看来，再等不得了。昨晚，我们商量好了，要赶紧把她嫁出去。"

"这是为何？"刘氏问。

"为了你家男人写的诗。"

"我家男人写的诗？"刘氏越发莫名其妙了。

主妇点着头，从怀里掏出已经揉得很皱的纸，递到刘氏手上，说："到了先生家，你请他念给你听。听不懂，你请他讲给你听。听懂了，你自然会明白我们为何要快些将小姑子嫁出去了。"

刘氏从邻居家里回来，进门便大吵大闹。她朝着李白又哭又叫，全不顾平阳带着伯禽就在身边。李白虽然有些心理准备，却不知刘氏会闹到这步田地。

刘氏指着李白骂道："你是读书人？读书人有你这不要脸面的！守着自家女人不理不睬，闲来无事，大白天去挑逗邻家的黄花闺女！乡间的粗野汉子也没你这么没皮没脸！兔子都知道不吃窝边草，你好，你去馋邻居家里的小姑奶奶！"

李白觉着自己有错，并不回嘴，只坐在桌边一个劲儿地喝酒。他想喝醉了酒，往床上睡去，让事情过去算了。

可刘氏不依。平日，她肚子里憋足了怨气没处泄，现在一股脑儿全都涌了出来。刘氏越骂越气，越气越骂。骂得不解恨，刘氏冲过去，抢下李白正拿在手上的酒壶，高举过头顶，往地上使劲摔去。只听乒乓一声，瓷酒壶落地清脆，壶里的酒向四处溅去，溅得李白满身都是。

李白气愤了，他猛地一拍桌子，站起身来，一手握着剑柄，一手指着刘氏，道："你，再泼……"

刘氏被突然站起来的李白吓了一跳。她停了一下，立即又大哭大叫道："天杀的，你个不要脸的，自家做了亏心事，反倒要来杀我！哎哟哟，老天有眼，快救救我这苦命之人啊！"

哭叫着，刘氏又冲近桌前，双手抓住两只桌脚，往上一翻，将桌子一下翻了个底朝天。然后，她自己坐在地上，拍腿捶胸地哭号起来："哎哟，我的娘哟，这让我的脸往哪里放去哟，哎哟哟，好人没好报哟……"

小平阳抱着伯禽不知发生了什么事情，两个孩子也跟着一起哇哇地哭了起来。整个小院满是哭声。

李白被哭声震得满脑子轰轰直响，他不知道自己应该怎么办才好。打刘氏，他没情绪。哄孩子，他不愿意。不知为什么，看着哇哇大哭的伯禽，李白忽然有了一种说不出来的感觉：全是你，全是因为你的到来，我们这个家才会闹得如此糟糕。要是没有你，我的娘子她……可是，这能归罪于一个不满周岁的孩子吗？当然不能。李白也清楚其中的道理。道理归道理，情感归情感，李白有了这想法，不愿意去理哭得实在可怜的孩子。

李白抓起腰间的酒葫芦，仰着脖子，一口气将满葫芦酒全部倒进肚子。喝醉了酒，李白再也听不见哭骂声。他倒在床上，蒙头大睡，一睡睡了两天两夜。

第三天天没亮，李白便起身，准备离开这个家。

出门前，李白到平阳和伯禽的床前看了一眼，他放了些银两在平阳的枕头旁边。刘氏听到动静，也起身了。发现李白要走，刘氏先是不让，后又让李白留下钱来再走人。李白不和她说话，他拿出事先备下的足够儿女和刘氏一年的生活费，放在桌子上。

李白提上自己的小布包，走出了家门。身后，传来刘氏的哭喊、叫骂声。李白走后不久，邻居家的小姑子也被新找下的婆家抬去了。

李白究竟写了一首什么样的诗作，令邻居家夫妇如此紧张，让刘氏如此大动肝火呢？其实，若论艺术价值，它在李白留给后人的上千首诗中，根本不值一提；若论赞美女人，李白也曾作有许多在其之上的诗作。它不过是李白的小小的随意诗作。它是李白一时激动，借海石榴抒发的一点点对邻家之女的爱慕之情，其中多有旧书生旧文人的无聊酸气。后人将它命题为《咏邻女东窗海石榴》：

　　　　鲁女东窗下，海榴世所稀。
　　　　珊瑚映绿水，未足比光辉。
　　　　清香随风发，落日好鸟归。
　　　　愿为东南枝，低举拂罗衣。
　　　　无由一攀折，引领望金扉。

　　李白也为自己写下的这首小诗而感到羞愧。他想着自己空有文才，不能作为国家栋梁，只能在小女子窗下舞文弄墨，境地已经十分悲惨。再遇上这些大字不识半个的乡下女人，还把他视为招蜂引蝶之人，尽管把那污秽之水往他身上使劲泼洒，令他无地自容，这文人才子的日子实在不好过了。李白真想从此弃文，另辟他径。

　　一路上，李白就这么想着，走着，走走停停，停停走走，来到任城，已是午饭时间。

　　李白早起离家没进一口汤米，岂止是早起没进汤米，这三两日，李白就没正经吃过一餐饭。他的肚子给气得饱饱的，只想让酒水进去。这会儿，离开了家，离开了刘氏，耳边没有了哭喊叫骂之声，肚子感到了饥饿。李白在街边随便找了一家小饭馆，进去坐下，要了一大碗米饭、两碟炒菜，大口大口地吃了起来。饭快吃完的时候，李白无意间听见了邻桌的两个人在小声交谈。

　　这两个人要了一壶酒，挨坐在一起，边喝酒，边轻轻说着。他们说些什么，李白开始听不大清楚。他只觉得，这两人的神情很是神秘，像是怕被旁人听见了一般。你的嘴巴凑近我的耳朵，我的耳朵又凑近你的嘴巴，喊喊喳喳的，你一句，我一句，说得挺热闹。

他们越不想让旁人听见，旁人就越想知道他俩说了些什么。周围三张桌子边坐着的食客都开始注意这两个人的谈话。

李白放慢了吃饭的速度，竖直耳朵，也想听听这两个人到底在说什么。其他桌边的人恐怕竖直了耳朵也听不清他们说些什么，李白正好坐在下首，顺风能听见只言片语：

"……吴道子……"

"你却不知……裴旻与他……"

"……舞剑作画……"

"得饱眼福啊，兄弟……"

后人称唐代三绝，一是张旭的草书，二是裴旻的剑术，三是李白的诗歌。当时，唐代还有一绝，即吴道子的画。李白听这两位老兄在议论吴道子和裴旻，心中一亮：我李白何不弃文习武，找裴旻学剑呢？听说，裴旻就在鲁中，想必眼前这两位老弟知道他的行踪。想到这儿，李白放下手中的饭碗，走近邻桌。

"两位老弟，李白打扰片刻。"

两个人的谈话被打断了，他们一起看着眼前这个风尘仆仆的布衣。

四十岁的李白，头发胡须之间已经掺杂着些许白色，再加上近日情绪不佳，面色有些灰白，可他的双眼却依然炯炯有神。他拱手直立，似玉树临风，长袍宽袖之间透出凛然仙气，明眼人一看便知他不是等闲之辈。

"李白？"其中一人回过神来，问道，"你是诗人李白？"

"正是。"

"哎呀，久仰，久仰，"另一个忙站起身来道，"我们兄弟早拜读过你的大作，不期在这里遇见，请坐，快快请坐。"

李白坐下。

那两个人招呼跑堂的给李白拿酒杯添筷子。

李白谢绝道："我不多打扰二位，只想与你们打听一个人。"

"哪里是打扰。"其中一个说，"我们兄弟最喜欢与名人结交，今日与李兄长不期而遇，真是三生有幸。"

"正是，正是，"另一个应和道，"我们喝酒交朋友，有事慢慢谈。"

自洛阳来到兖州，李白家中一直不顺。先是许夫人去世，后有刘氏进门，李白陷入家事不得自拔，人弄得十分晦气，差点忘记了自己的鲲鹏抱负。今日负气外出，遇上两位素不相识的老弟，从他们惊喜的目光之中，李白的自信才有所恢复。他与他们喝上了酒，又像以前与朋友相聚一样，兴奋地谈天说地。

听李白打听裴旻，两位老弟告诉说，裴旻就住在任城，走出小饭馆向西，不远便是裴将军府邸。

"吴道子也在任城？"李白问。

"他前些日子专程来任城看望裴将军，现在已返回长安。"

"吴道子来任城可让我们大开眼界了。"另一个补充道，"他与裴将军一个作画，一个舞剑，同时进行。剑在空中龙飞凤舞，画笔在墙上任意挥洒，只见风驰电掣，宝剑收入剑鞘，粉壁上也现出栩栩如生各色人物，一个个活灵活现，呼之欲出。我等在一旁观看，无不为裴将军的剑术，为吴道子的笔功所折服。剑术与笔功之间如此相似，竟然同有气贯长虹、傲凌云霞之势，令人不可思议。"

两位老弟对裴旻剑术的倍加赞扬，更坚定了李白拜师学艺的决心。与他们告别后，李白直奔裴旻府邸。

裴旻与李白互不相识，却早知对方大名。听说李白前来拜访，裴将军亲自出迎。两人客套一番后，在厅堂上相对坐下。

"李白兄刚到任城？"见李白满身尘土，手提小布包袱，裴旻问道。

裴旻鹤发童颜，年纪大约六十岁，他称小他近二十岁的李白为兄，让决心拜他为师的李白觉得不安。

李白站起身来，面对裴旻，恭恭敬敬地躬身作揖，答道："晚生是专程前来拜见师长的。"

裴旻被李白的举动惊住了：头发半白的李兄何故自称晚生？我与他一文一武，隔行如隔山，他又何故称我为师长？

裴旻赶忙站起身来，双手扶住李白，道："李白兄弟不要过于客气。

165

我们虽是初次见面，兄弟的大名，裴某早有所闻。"

"晚生并非客套，"李白固执地道，"今日来府上，确实是为拜师而来。"

"你拜我为师？"裴旻还是不明白李白其中的意思。

"晚生意欲弃文习武，跟裴将军操习剑术。"

"你跟我学剑？"裴旻觉得李白的行为有些好笑，他注意到李白腰间佩有一把宝剑，又问道，"为着跟我学剑，你先买下了一把宝剑？"

"并非如此。"李白很认真地答道，"晚生自小随父习剑，后跟赵蕤师长学过几套剑法，只是这些年来很少操练，剑法多有荒疏。知裴将军剑术高超，特意前来拜师学艺。"

裴旻终于哈哈大笑起来，他笑李白年过四十，突然要弃文习武，还一口一个晚生，像是初出茅庐的愣头小伙子。

李白被笑得有些气了，道："我是真心前来拜师求艺，裴将军不相信吗？"

"非也，非也，"裴旻收住笑，自己先往椅子上坐下，说，"我们坐下来慢慢说话。"

李白坐下，裴旻又说："我是性情中人，说话做事喜欢直来直去，李兄不要见怪。我相信李兄是真心前来学艺，只是，裴某觉得，世间之事总有些滑稽可笑：我这里正欲弃武习文，李兄却要弃文习武。两个老大不小的人，都在想着改换生活之路，你说可笑不可笑！"

原来，裴旻对自己一生习武精通剑术早有不同看法。裴旻不仅精于剑术，而且深知兵法，自二十岁上就效力于朝廷，镇守边塞。他从都知兵马使一直升至将军，立过不少战功，英名为天下所知。照理，裴旻本应心满意足了。可是，裴旻仍有他人不知晓的苦恼。他在边塞做将领，主管将帅对他一直怀有戒备心理，总担心他以他的智勇喧宾夺主。裴旻长期屈居于人下，有志难伸。五十岁上，他不愿再为人所忌，主动报请朝廷，解甲归田，搬来任城居住。本想从此可以过自由自在的田园生活了，不想，事与愿违。

来任城后，裴旻的剑术在民间的影响越来越大，地方官吏将他作为地

166

方奇技之人上报朝廷。皇上下诏，命他入朝表演。看过裴旻的剑术，玄宗大加赞赏，亲赐予他许多宫中宝物。以后，少则一年两次，多则隔两三月一次，只要皇上高兴，或是宫中有重要宴请活动，就要宣裴旻进宫表演。五十多岁的裴旻常常奔波于任城与长安、洛阳与任城之间。这还不算，进宫后，他必须竭尽全力舞剑，除了取悦于皇上之外，还得让皇上身边的美女、官吏看得高兴。裴旻觉得自己落入杂耍的境地，就像是一个供人观赏的艺猴。有了这种感觉，裴旻不再领旨进宫。他称自己年老体弱，再不能习剑了。为此，裴旻让宝剑上架，不到万不得已之时，不去碰它。改变多年的习惯，每日不再练剑，裴旻忍受的身心之苦，旁人是很难想象的。

前不久，吴道子远道来看望裴旻。裴旻提出跟吴道子学画。吴道子没有其他条件，只提出一个请求：请裴旻破例，为他表演一次剑术。两个人左推右让地协商，最后商定，当着众人的面，裴旻与吴道子同时表演。吴道子作画，裴旻舞剑，两个人的绝技令观者如醉如痴，无不为之倾倒，喝彩声不绝于耳。吴道子沾沾自喜，裴旻却另有心态。他以为，习剑也好，作画也好，都不过是供他人观赏的玩偶，境地可悲可叹。裴旻不再提和吴道子学画之事。

吴道子走了，李白又前来拜访，进门便口口声声要拜师学艺，你说裴旻哪能不放声大笑？当然，裴旻不便将他的所有想法全都一清二白地讲给李白听。他就是说了，李白也不一定能完全理解。很多事情，只有亲身体验，才能深刻把握其中要领。别人的说教，难比自身一试来得灵验。

裴旻热情地留李白住在府中。他每天与李白下棋闲聊，观赏他养的花鸟虫鱼，还常一起外出游猎，却从不和李白提习剑之事。李白也是聪明人，他见裴旻无心教他剑法，也就再不提及此事。

几个月后，李白告辞。

裴旻为李白重新备下一套行头，里外的衣服都替李白做了新的。临行，他还送给李白不少的盘缠。裴旻反复叮嘱李白说："自家兄弟，千万不要见外，其他事情，我裴某恐怕难尽其力。只有这钱物，我可以大力协助，李兄有困难，只管开口就是。"

裴旻说话算数。

后来，李白家里生活困难，他没少派人去李白家，给李白的两个孩子和刘氏送钱送物。为此，李白十分感激。

4

从任城出来，李白没有回家，他去鲁中各地游历一年有余。这期间，李白不改其性，写了许多诗。

走到沂州，李白痛饮当地的美酒，便有《客中作》，道：

> 兰陵美酒郁金香，玉碗盛来琥珀光。
> 但使主人能醉客，不知何处是他乡。

今日郁金香酒，常以李白这首诗为广告，几乎做到了家喻户晓。古书上说，郁金香九月开花，形状似芙蓉，其色紫碧，香闻数十步，华而不实。古人用郁金香浸酒，酒色金黄。今人介绍说，这种酒具有健胃舒气、活血提神之功效。

行至孔子老家曲阜，李白去拜祭孔庙。他与孔先人的弟子交锋，很瞧不起这些成天守坐于庙中死读书和读死书的儒学后人。李白有诗《嘲鲁儒》。他说：

> 鲁叟谈五经，白发死章句。
> 问以经济策，茫如坠烟雾。
> 足著远游履，首戴方山巾。
> 缓步从直道，未行先起尘。
> 秦家丞相府，不重褒衣人。
> 君非叔孙通，与我本殊伦。
> 时事且未达，归耕汶水滨。

李白一面看不起鄙陋儒生的无能，一面又怜惜自己的"经济之才"和"霸王之略"不为世人所重视。走到黄河边，李白感叹岁月流逝，自己功业未成，他的《黄河走东溟》说：

> 黄河走东溟，白日落西海。
>
> 逝川与流光，飘忽不相待。
>
> 春容舍我去，秋发已衰改。
>
> 人生非寒松，年貌岂长在？
>
> 吾当乘云螭，吸景驻光彩。

痛惜余春不多，悲伤白发滋生，李白还有一绝唱，他说："恨不得挂长绳于青天，系此西飞之白日。"

这时，开元二十九年（741）结束了。下一年，唐玄宗改年号为天宝。皇上想以改变年号来翻开历史的新纪元。可是，江河日下，天宝年号也改变不了大唐王朝的日趋衰落。

天宝元年（742），李白四十二岁，他在泰山闲游。

古往今来，雄伟多姿的泰山被人们誉为"五岳独尊""天下名山第一"。天子来泰山封禅，为的是向上天禀告他们的政绩，祈请天地保佑其江山王位永世不变。李白来到泰山，为这仙山幽境所动，深埋于他骨髓之中的道风仙气又冉冉升起。

行在当年玄宗封禅走过的石板御道上，李白仿佛觉得，自己走进了仙境："天门一长啸，万里清风来。"李白分明看见三五结伴的仙女，自九重天上飘摇而下。她们来到他的面前，伸出细长的素手，含笑召唤他过去与她们同行。李白意欲前往，却觉两足铅重，定在地上动弹不得。他只得稽首拜仙女，自愧非仙才。

仙女们嬉笑道："李白你蹉跎岁月已过半生，朱颜几乎褪尽，怎么才想着来学神仙？"

李白仰面朝天，长叹道："旷然小宇宙，弃世何悠哉。"他真想追随仙

169

女们一同而去。可待他长叹完毕，仙女们早已飘忽得无影无踪。

李白写有《游泰山六首》，字里行间，随处可见他飘飘欲仙的浩然之气。可惜，李白虽然"清晓骑白鹿，直上天门山"，却没能"高飞向蓬瀛"。他在泰山寻仙访道几个月，最后还是下山，返回了尘世。

下山时，李白遇见了五个隐士。这五个隐士和李白一样，也是求功名不得的布衣。他们相约同隐于泰山南麓的徂徕山中有些时日了。这次，五个人一同出来在鲁中地方干谒，不得结果，才来泰山游玩一番，准备再回徂徕山隐居。

五个隐士是：韩准、裴政、张叔明、陶沔和孔巢父。韩、裴、张、陶四人的年龄与李白不相上下，孔巢父当时年纪还轻，仅有二十来岁。《旧唐书》为孔巢父立有传记，说孔巢父字为弱翁，冀州（河北衡水市冀州区）人氏。依族谱，孔巢父是孔子的第三十七世孙。他早年勤攻文史，少时曾与李白等五人隐于徂徕山，史称他们六人为"竹溪六逸"。

安史之乱中，孔巢父比李白明智。永王李璘起兵于江淮一带，大量招募将才贤士，社会上稍有名气且在朝中又未获官位者，永王皆欲网罗于帐下。听说孔巢父善文史，永王派人召他辅政。孔巢父仔细分析了局势，认为永王乘乱在南方起兵，与太子对垒，必不能长久。他巧妙地回绝了永王使者，继续隐遁于山中。由此，孔巢父声名大振。唐代宗广德年间，他入朝做官。唐德宗建中初年，孔巢父官至谏议大夫，曾随德宗皇帝出使奉天。后来，孔巢父不幸被害，朝廷追赠他为尚书左仆射，谥曰忠。而李白，则因上了永王水师的战船，平乱之后，被朝廷视为罪臣，打入大牢。这是后话。

李白与五个隐士一拍即合。他们同样不得志，同样爱作诗，同样以饮酒为乐，同样想以隐居为契机，扬名天下，吸引朝廷的注目。一个人隐居还怕名声不大，五个人同衾于山野云雾之间，李白又加入其中，更有了声势。"竹溪六逸"的雅号果然名留史册。

离家差不多一年了，李白有些放心不下两个年幼的孩子，他与五个隐士商量，自己先回家一转，随后便追寻他们去徂徕山隐居。

"大家既然结为兄弟，为何还要分开，"韩准说，"我们兄弟随你一同回去小住几日，再一同回山，岂不更好？"

裴政他们都十分地赞成。

李白先有些担心刘氏不好对付，但转念一想，家是我的，我为何不能随意？于是，他和五隐士一起回家。

家里突然来了六个男人，刘氏一时不知如何是好。李白走后，刘氏把家操持得还算不错。伯禽已经能在地上跑来跑去了，他见家里来了这么多的陌生男人，吓得直往刘氏怀里躲藏。刘氏拍着伯禽，解开衣襟让他吃奶。伯禽一边含着奶头，一边用眼睛偷偷地看李白，似乎觉出李白与其他陌生人不同。可刘氏没让伯禽叫父亲，她只把孩子紧紧地抱在怀里，好像伯禽根本不是李白亲生，倒是她刘氏的亲生儿子。

李白也不在乎。他拉着亲热地挨在他身边的小平阳，问这问那，又拿出钱来，让女儿去村子里的酒肆为他们打酒来喝。

平阳乖巧地提着酒壶跑出了院门。

刘氏仍搂着伯禽站在一边不动。

"你还站在那儿不动？"李白以大丈夫的口吻对刘氏说，"快去炒几个菜来，好给我们下酒。"

刘氏先是一愣，又露出勉强的笑脸，道："各位叔叔请坐，酒菜马上就来。"说完，她抱着伯禽，摆动着粗壮的腰肢往厨房去了。

"嫂子的身体好极了。"

"人也年轻。"

"难怪李兄不肯与我们直接回徂徕山去。"

"我看李兄这一双儿女长得俊秀。"

"先说好了，只在这家中小住几日。李兄万万不可反悔，自己留下饱享天伦之乐，弃我们兄弟而不顾啊！"

刘氏走开后，大家坐下来玩笑。

李白苦笑了两声，道："这才刚刚进门，住几日，你们便知我这个家的好处了。"

在李白家里，六个人天天喝酒。头两天，他们喝酒，从中午一直喝到日头偏西，第一轮酒才告结束。月亮爬上东山，他们又开始了第二轮酒。这一轮酒，六个人边喝边聊天作诗，直到鸡叫过三遍，酒壶再倒不出一滴酒来才罢休。

刘氏不陪他们，她炒好下酒的菜，给他们端到桌子上，就带着伯禽早早地去睡了。待她第二天起来，李白他们一个一个醉倒在床上地下，鼾声如雷。院子里，酒杯菜碗，筷子酒壶，乱七八糟地摊得满桌子都是，地上还有醉酒后吐出来的已经被泥土吸干了的饭菜残渣。

第一天，刘氏便火冒三丈。不过，她没吭声。在李白他们中午起来之前，她把院子收拾干净了。第二天，又是如此。刘氏气得要命，她恨不得冲进屋里，用棒子把李白他们敲打起来：让老娘伺候你们六个大男人，凭什么！就凭你们认得字？老娘嫁到李家来，不是来做下人的！但刘氏还是忍住了。她想到李白离家近一年，才回来两个晚上三个白天。两个晚上，他只顾喝酒，没与她同床。刘氏想男人了。她想忍住这点气，换来丈夫与她同床。

李白并不懂刘氏的心思。也可能，他明了刘氏想些什么，却故意不去理她。他要刘氏尝尝他做夫君的厉害，还想在兄弟面前显示一下他大丈夫的威风。

这天中午，李白又叫刘氏炒些下酒菜来。叫了几次，刘氏不搭理他。李白提高嗓子说："你听见了吗？兄弟们都在这里等着呢。"

"家里没有菜了。"刘氏不高兴地嘟哝着，还是没有动。

"没菜？没菜你早该去买呀！"

"没钱！没钱，我上哪儿去买？"刘氏没好气地答道，"让我去偷人不成？"

李白见刘氏又要耍泼了，不再和她说话。他唤来小平阳，从衣兜里掏钱，让小平阳去村里买些下酒菜来。他手在衣兜里掏来掏去，仅掏出十几文来，他所有的钱都在这里了。

孔巢父在一旁看见，忙取了些钱出来，递给李白。

小平阳接过钱，跳跳蹦蹦地朝村里去了。不过一个时辰，她领着村里小酒肆中的伙计，端着酒壶，提着装有下酒菜的竹篮来了。李白他们一起动手，又在院子里把桌子铺好，围坐成一圈，喝起酒来。

闲话已聊得够多了，诗也作了不少，陶沔端着酒杯，喝下一口，道："今日我们兄弟喝酒，出点新花样才好。"

"你有甚新花样，说出来，我们大家照办就是。"韩准说。

"喝酒就要说酒，我们以'春'字为题，行酒名春字令，"陶沔心里已经想好，不急不缓地说，"大家依次，说出含有'春'字的酒名，以一、二、三，三下为限，超过三下，说不出者，罚酒三杯。"

"花样是你出的，规矩大家都要遵守。到时候，可别因你自己说不上来，耍赖不认账啊。"裴政知道陶沔平日最善说话不算数，便点着他的弱处说。

陶沔站起来，认真道："我若说不出来，认罚。若不认罚，今日这桌上的酒菜，全由我一人吞下去。"

"好，当着大家的面，我们一言为定。"

"就从我开始。"陶沔说着，随口说出一个酒名，"金陵春。"

陶沔坐在左上首，依次转圈是李白、孔巢父、裴政、韩准和张叔明。张叔明自知，与别人相比，他的脑子来得慢些，行酒令轮至最后，是很吃亏的事情。

"不可，不可，"等陶沔说完，李白还没接上，张叔明反对道，"点子是你出的，头也由你来挑，这不合理。我看还是由右至左，从我起头为是。"

"对，让出点子的人压阵。"孔巢父赞同，李白他们也点头。

"我不计较，"陶沔大度道，"好，就从你开始。"

张叔明一笑，道："金陵春。"

"这算什么？"陶沔不干了，说，"金陵春是我说过了的。你挑头，必须重新说一个，怎么又是金陵春！不行，不行，你先罚酒一杯。"

"你说的不算，我再挑头说，为何不可？"张叔明反驳道，"大家评评

173

这个理，我这金陵春算不算数？"

"算数，当然算数。"裴政站在张叔明一边。

"你……"

陶沔仍不服，还想再说一些什么，被李白打断了："不必再争。再争，这酒令行不成，酒也喝不成了，还是往下行令。韩兄，你来。"

韩准马上接道："瓮头春。"

裴政、孔巢父、李白不断线地说：

"竹叶春。"

"梨花春。"

"松醪春。"

陶沔也没被难住，他点出："宜春酒。"

这一轮没有被罚者，下一轮再起，张叔明早有了："留都春。"

其他人也接得顺畅：

"洞庭春。"

"抛青春。"

"春酒。"

李白想起了他家乡的名酒："剑南烧春！"

陶沔和李白一样，想到了剑南的烧春，可被李白先说了，他一时想不起来。裴政立即开始数数："一，二，三……"

没数到第三，陶沔一合巴掌，道："有啦，杏花村酒。"

孔巢父反应极快，陶沔话音刚落，他即说："杏花村酒，没有'春'字。定规矩者，自破规矩，加倍罚酒！"

"对，罚他六杯。"

"'村'与'春'同韵，有何不可？"陶沔辩解说，"立规矩时并未讲明，不可以同韵字替代。"

张叔明虽然脑子慢，却最善钻空子。他把"村"与"春"字，品了又品，不紧不慢地说道："作诗讲究同韵，这行春字酒令，求的就是一个'春'字，并非求同韵，以'村'字冒充，显然不符规矩。"

裴政拿起酒壶，把六个人的酒杯都酌满，一杯一杯地放在陶沔面前，说："陶兄不要再辩了，这六杯酒，我们大家都不喝，全给你一人喝。"

　　陶沔不肯，反复推让。孔巢父、韩准两人上来压他强饮，李白和张叔明也在一旁大呼小唤地逼他，好不容易让他把这六杯酒全喝了下去，没吃一口菜。

　　"好，陶兄是条汉子。"裴政说，"我们接着往下行令，输者起头。"

　　陶沔喝下六大杯酒，灌得满脸通红。他气还没透过来，又听让他起头令，急着想反驳，却被一个酒嗝冲鼻，讲不出话来。他只得双手抱拳，连连作揖，表示甘拜下风。

　　见陶沔的狼狈状，大家哈哈大笑。笑得高兴，每人又乘兴喝下一大杯酒。

　　喝过酒，韩准为陶沔解难，说："陶兄不肯行头令，我们就改他的规矩，换一个酒令，再行。"

　　"今日大家在一起快乐，我们行快乐酒令，如何？"李白道。

　　大家同意，李白讲明快乐酒令的规矩："快乐酒令即以快乐事为令。所言快乐事，花木鸟兽、时令游玩、天文地理都可涉及，每句令必须以'好快乐也'为结束语。这酒令还有一戒，即令中不可有器用与宫室方面的字眼出现。说不来者，或犯戒者，罚酒一杯。"

　　"行这快乐酒令，让我先来，"陶沔缓过了劲，又来抢头令，道，"柳暗花明，好快乐也。"

　　李白接过来说："群朋高会，好快乐也。"

　　孔巢父看了看天气，道："夏凉如秋，好快乐也。"

　　"日暖风和，好快乐也。"裴政也有了。

　　韩准则说："青山绿水，好快乐也。"

　　"湖光山色，好快乐也。"张叔明接得不慢。

　　酒令越行越快：

　　"隐居山野，好快乐也。"

　　"寻仙访道，好快乐也。"

"寻花问柳，好快乐也。"

"游山玩水，好快乐也。"

"顺风行舟，好快乐也。"

轮到张叔明接，他一时接不上来。裴政替他数数："一，二，三……"

"慢来，慢来，"张叔明道，"韩兄犯了戒，你们都没听出来？他以舟为令，犯了器用之戒，该先罚他的酒。"

"舟也在器用之列？"

"不错，舟不是器用，又是何物？"陶沔说，"韩兄罚酒。"

"罚便罚，我犯了戒，自然认罚。"韩准接过孔巢父斟满的一大杯酒，一饮而尽。

"韩兄痛快，"李白借此行令道，"好快乐也。"

"举杯畅饮，好快乐也。"孔巢父自己喝下一杯酒，接道。

"无忧无虑，好……"裴政的令没行完，只听哗啦一声，圆桌被人掀翻，酒菜碗筷滑落在地上，摔了个粉碎。

刘氏双手叉腰，站在翻倒了的桌子旁边，大骂道："我让你们好快乐也。天天喝酒行乐，不问妻儿饥饿，你们是些什么样的男人！"

众人还愣在那里，刘氏又指着李白的鼻子，毫无顾忌地骂道："你还有什么用处？官做不得官，男人做不得男人，整天在家里当个醉饱汉子，让女人、孩子侍候你和你的这帮没用的酒肉朋友。你不怕人家笑话，我的脸还没地方搁呢！"

"嫂子不要动气，"陶沔开口劝刘氏道，"大哥回来几日，只顾陪我们兄弟玩乐，是我们的不对。今日一定让大哥早些进房陪你。"

"放你娘的狗屁！"刘氏转脸朝着陶沔骂道，"你当老娘发情卖骚，要找男人哪！老娘要找男人，十个八个哪里找不到，稀罕他这没用的东西！"

"你，你把你这张臭嘴给我闭上！"李白实在忍无可忍，他一脚踢翻了身边的凳子，朝刘氏吼道，"你个没教养的泼妇，要要泼，给我滚到外面去！我这家里没你要泼的地方。"

刘氏根本不怕，她冲到李白面前，一手叉腰，一手点着李白，骂道：

"你这没用的男人，没本事在外面发脾气，跑回来踢木头凳子，找娘儿们发气。今天，当着你这些兄弟的面，我们好好评评这理。你在外面一年多，都干了些啥事！这个家，可是老娘我管着。你的儿子，可是吃老娘我的奶长大的！要滚，不是我滚。你留下养人的钱，马上给我从这家里滚出去！"

"啪！啪！"两声清脆的耳光。李白气极了，他抡起巴掌，朝刘氏脸上狠狠地扇了过去，八道手指印应声在刘氏的大脸上浮肿起来。

"哇，哎哟哟，你打老娘，老娘和你拼命……"刘氏捂着脸大哭大叫，她低头朝李白撞过去。

李白往旁边侧了一下身子，刘氏没撞到他，自己摔倒在地。她更加恼羞成怒，躺在地上不停地翻滚、叫骂。大家都对刘氏没有好感，见她摔倒在地，孔巢父和裴政竟差点笑出声来。

刘氏哭喊了许久，张叔明、韩准才打算过去劝她起来，被李白一把拦住，道："由她去闹，我们到屋里坐。"

大家都走了。刘氏一人躺在地上，越哭越没劲。她自己从地上爬起来，拍打着身上的泥土，抬头看见小平阳抱着伯禽，站在侧房门边上望着她。伯禽的脸上有泪痕，小平阳却没什么表情。

一股火气又从刘氏心底冒了出来：老娘给你养孩子，好心不得好报！小的知道哭，是因为想着老娘的奶。长大了，迟早也会被他这没良心的姐姐教坏。老娘在你这家里图什么？刘氏想着，气冲冲地朝孩子冲过去。

"闪开，"跨进门槛的刘氏对着小平阳吼道，"站在这儿看老娘的热闹，老娘不是给你看的！"

小平阳含着眼泪，抱着弟弟，吓得往后退了好几步。伯禽又被刘氏的吼叫给吓哭了。

"嗯，要哭，去哭给你们那没用的爹听！"刘氏在房里一边收拾自己的衣物，一边冷冷地对孩子说。

看着刘氏真的要走，小平阳放下弟弟，自己去堂屋找父亲。

堂屋里，李白气得脸色发青，朋友们陪他坐着。大家的心情都不好，酒全被刘氏打翻了。没有酒喝，要消气是很难的。更何况，隔壁房里又传来了孩子的哭声。李白真恨不能过去，再好好教训教训刘氏那泼妇，亏了有朋友们的竭力劝阻，才坐着没动。

小平阳急急忙忙地跑进堂屋，她感觉到了屋子里的气氛，立刻放慢了脚步。走到父亲身边，小平阳贴在李白的耳朵上，小声地说："她要走了。"

"她走，让她走！"李白突然大声吼道，"我正恨不能让她滚出去呢！"

李白这突如其来的大吼，吓得小平阳一愣，她朝后连连退了几步，早就含在眼里的泪水，哗哗地流了下来。

小平阳可怜地站在一边，伤心地小声抽泣着，大家心里都很难过。陶沔和孔巢父连忙过去，轻声细语地安慰她。李白也想劝女儿不哭。可他还在气头上，一时找不到和缓的语气。他急得朝自己的脑袋上啪啪啪地打了几下，随后双手抱着头，蜷作一团再不动了。

刘氏走后，家里乱成一团糟。

六个男人带着两个孩子，每天三顿饭，吃喝都成问题。特别是伯禽，一岁多的孩子，不能完全和大人吃得一样。刘氏在时，她每天喂他两次奶。现在，刘氏走了，孩子不愿意吃馍馍和米饭，总为了找奶吃哭闹。夜里，没有刘氏在身边，伯禽也很难睡安稳，隔一会儿，就要哭闹一阵。

李白从来没受过这种带孩子的罪，几天下来，已经筋疲力尽了。

朋友们不愿丢下他先去徂徕山，李白也想和他们一起去隐居，留在这样的家里，有何意思！可他又不能丢下两个无人照管的孩子。每当伯禽哭闹，李白便烦躁得心慌意乱！他恨刘氏，迁怒于伯禽，同时又想起他的娘子。要是不生这孩子，要是娘子还在世，这个家哪会弄得如此狼狈！

由着李白的性子，他早写下一纸休书，要将刘氏休了。可朋友们都劝他不能这样。裴政说："李兄，你真要想去隐居，就得想办法安排好这两个孩子。两个孩子不安排好，你哪儿也去不了。"

任城附近，李白不认识几个人。上一年，他与裴旻交了朋友。裴旻曾说过，有难处尽管去找他。可李白总不能把自己的两个孩子放到他府上去寄养，自己却躲进山里去隐居。李白觉得这样不妥。没办法，李白只有再去找为他娘子接生的婆婆。

接生婆的家很差，不但破旧，而且矮小，里面黑咕隆咚的，还有一股刺鼻的异味。

李白弯腰钻进去，只能哈着脊梁说话。

接生婆盘着腿，坐在一个草团上，李白进来，也不起身。明白了李白的来意后，她说："李家相公，不是我向着刘氏说话。你去村子里问一问，你不在家的这一年，刘氏并没亏待你的两个孩子。有些事情，不能全怪人家女人，你们做相公的也有自己的不是。现在，刘氏被你气走了，你也知道难了不是？照我说呀，想什么办法，都不如把刘氏请回家来得便利。"

显然，李白来找接生婆之前，刘氏已经来过了。要不，接生婆不会回答得这么简单这么快。她虽然在帮刘氏说话，话却说得入情入理。这一点，村里人都知道。

"你让我去请她回来？"

"不行吗？"接生婆说，"我这个老妇人都知道大丈夫能屈能伸的道理。你是个识文断字的人，听说还是个名人，应该比我更明白。刘氏她图个啥？她图你是个男人，还想你日后有了官做，好跟着你享些荣华富贵。眼下，你两个孩子没人给带，让她带着，你就可以放心地出去了不是？你要是不出去，在家里，有个女人陪你睡觉，你也很舒服不是？真正的大丈夫，不会在乎向别人低头，不会在乎说两句好话，你说是不是？"

黑屋子里，李白看不清接生婆的说话表情，他只看见两点白光间距很小地不停翻动，那是接生婆眼珠飞转。李白忽然又觉得，她很像传说的瞎眼女巫，眼睛看不见，心里却是异常的明亮。接生婆的话，李白不愿听，可他不能不承认，他只能按照她说的办。

终于还是变通了一下，接生婆答应代表李白去将刘氏请回来。不过，接生婆也代表刘氏和李白讲了条件。她让李白保证允诺，刘氏回来后，一定要同床，千万不能让刘氏看着男人守活寡。

接生婆这么一点拨，李白立即聪明了。他嘴上一边保证承诺，一边在心里对自己说，反正等刘氏一回来，我就和弟兄们走人！她当不当活寡妇，我李白管不了，只要有人给我带好两个孩子就行。

"李相公，你放心，"接生婆送李白出了门，"等会儿我就去找刘氏，保证她今日太阳下山前回去。"

天黑前回来，今天夜里，我还要陪她睡觉不成？李白打心眼里不愿意，忙说："不急，我回去到村子里订下酒菜，明日给她赔礼接风。劳驾你请她明天晌午前后回来就是，回来早了，这准备酒宴之事又该她做了。"

"李相公想得周到，真不愧是读了书的人，"接生婆夸着李白，"就依了你的意思，我让刘氏明日一准回去。"

告别接生婆，李白心里并不轻松。

路上，李白长吁短叹，无可奈何地自嘲道："唉，我有结绿珍，久藏浊水泥。时人弃此物，乃与燕石齐。"

李白假说，这刘氏原本是块"美玉"。就像《史记》中所言："周有砥砨，宋有结绿，梁有悬黎，楚有和璞，此四宝者，土之所生，良工之所失也，而为天下名器。"他李白占有了这块名为结绿的美玉，却不识货，将她当作燕山上的石头，放在污泥浊水之中，还欲甩弃了她。他李白真糊涂，糊涂得有眼不识金镶玉。

李白嘲弄自己没有办法，只能把刘氏当作美玉，扔掉了还要再捡回来。

以假乱真的故事，还有"楚客羞山鸡"。

故事说：有一个担着山鸡的楚人行于路上，路人问他："你担的是什么鸟，如此艳丽？"楚人知问者不识货，便谎他道："这是凤凰。"路人一听，大喜，说："我早听说过凤凰的美名，不想，今日在路上奇遇。"他围着楚人的担子细细观看山鸡，以为这凤凰确实动人，又说："你能卖给我一只吗？"楚人痛快地答应了。路人取出十两黄金给楚人。楚人请他加倍。路人又掏出十两黄金，高兴地买下了一只假凤凰。

此时，李白想起了这个故事。他觉得自己就是那个傻路人，欲求凤凰，错爱于山鸡。值得自慰的是，那路人受骗蒙在鼓里，他李白却是明明

180

白白，出于无奈，只能把山鸡当凤凰。

第二天，李白没有食言，他在村中订了一桌酒席，堂堂皇皇地为刘氏接风。

吃过酒席，刘氏风风光光地重新进了李家小院。可她万万想不到，进屋不过一个时辰，李白便收拾好小布包袱，离开小院，和他的弟兄们一起过隐居生活去了。

刘氏抱着小伯禽，追出院门，望着远去的一群男人，真是有说不出的伤心。李白打在她脸上的八个指印还未全褪。

小平阳挨在刘氏的腿边，抬头看了看刘氏的脸色，迟疑着终于抬起了小手，朝李白的背影不停挥舞。望着父亲和同行者，身影越来越小了，小平阳似乎突然猛醒，将两只小手合成喇叭，放在嘴边，大声喊道："父——亲——你去哪——里——"

听见女儿稚嫩的声音，李白一震，停下脚步，转身，远远地看着女儿。

小平阳站在刘氏身边，简直就是一个小点。李白心里隐隐作痛。

"父——亲——你要去哪——里——"小平阳的小喇叭还在大声地追问，她看见李白停了下来。

李白学着女儿的样子，也将双手合成喇叭，放在嘴边，大声地回答："徂——徕——山，我去徂——徕——山——"

田野间，李白的声音向四周散去。四周没有高山，连低矮的丘陵也没有。空旷的田野将他的声音送得很远，送得很远，远得没有一点回音。

他脚下的田垄伸向远方，既给他希望又使他绝望。

5

天宝元年（742）的第一天。清晨，玄宗醒来，想着天亮前他做的一个离奇的梦。

玄宗皇帝梦见了道教始祖玄元皇帝，也就是说，李姓子孙梦见了他们

181

李家的老祖宗——老子。这之前，始祖老子是个啥模样，谁也没见过。

梦中，老子穿着黑色的道袍，披散着花白的长发，踩着一朵祥云从天而降。他轻轻地飘至酣卧在龙榻上的玄宗面前，开口道："吾有画像在京城西南百余里，汝速遣人求之。"

玄宗想着当时的情景，如同身临其境。他来不及起身，便把高力士唤到跟前，说："城西南盩厔（今陕西周至县）楼观埋有始祖的画像，快快遣人将他请来兴庆宫。"

高力士以为玄宗是在睡梦中说梦话，他伫立在龙榻前没动。

"朕的话你没听见？夜里，朕梦见了玄元皇帝，朕看见了他。"玄宗边往起坐边说，"快些拿衣服来，朕要亲自下旨，迎玄元皇帝画像进宫。"

高力士侍候着玄宗起床穿衣，连连道："是，奴才听清楚了。陛下大喜大吉，见到了玄元皇帝，真乃天下第一人。今日是更改年号的第一天，若是迎来始祖的画像，令天下百姓与陛下同幸，更是可喜可贺之事。"

话虽这么说，高力士心里明白，梦是梦，真实是真实，哪里会有现成的老子画像埋在盩厔楼观。当然，皇上信以为真，普天之下每个人都必须相信，不得有半点质疑。这事，要靠他高力士去具体承办。

乘玄宗进膳，高力士往兴庆宫大殿，迅速而又秘密地调兵遣将，为迎取到老子的画像做好各项前期准备工作。

"玄元皇帝的尊容，不是随便画的，"有大臣献策道，"像要画得与陛下亲眼所见相吻合，又要画得似仙非仙，介乎于神与人之间才好。"

"正是，"另一个大臣赞同道，"若将玄元皇帝画作仙人，与臣民相距过远，没有了亲近之感，便会有失真实；若将圣容画成一般模样，没有了玄元皇帝的威慑之力，又难令臣民崇敬。画这圣容，必须慎之又慎。"

高力士很实际，他说："陛下今日便要遣人前去迎取，我们没有时间讨论圣容的模样。请吴道子马上进宫见我，照陛下梦中所见的画，不会有错。"

早朝过后，皇宫门前立即组成了声势浩大的彩旗车马方队。以宰相李林甫为首，众多文武大臣在前，彩旗方队居中，车马兵士在后，一支数百人的迎取圣像的队伍，往城西南方向出发了。

这边，吴道子在宫中，已将老子的圣像画好了。按高力士的吩咐，圣像被画在一块长方形薄板的蓝田白玉上。宫人用红缎子将它包裹严实，放入一辆专用马车内，与迎取圣像的队伍同行。

掌灯后不久，迎取圣像的队伍返回城中。消息不胫而走，城内百姓闻讯，争先恐后地拥向街头，都想先睹为快。整个京城像过节一般，迎取圣像的队伍浩浩荡荡，所过之处，灯火一片辉煌。

可惜的是，京城百姓空怀有一腔热情。你想，皇上还未亲眼目睹老子的圣像，他们哪能先行瞻仰？百姓们只能站在街道两边，瞧瞧迎取圣像的队伍，看看宫中车马及宦官大臣们的热闹。

玄宗早在大殿上坐着，只待玄元皇帝的尊容一请进宫，立即亲自出殿相迎。

李林甫向皇上禀告迎取圣像的全过程。一个凭空捏造的过程，被他描述得活灵活现，即使造假者听了，也会相信确有其事。

李林甫说："与陛下梦中所见一模一样，始祖的圣像正在鳌屋楼观的正下方埋着。穴开至二尺五寸深，未见任何迹象。臣担心兴师动众，打扰了老祖宗的清静，便命所有人退后。众人距圣像穴三丈之遥，围成圆圈，背对着圣像站好。果然，穴开至三尺五寸深时，圣像显灵，周围一片祥光。陛下，这绘有玄元皇帝的玉板从土穴中请出，圣洁如洗，不沾半点泥星，老祖宗容光焕发，栩栩如生，真乃天地有灵啊。"

玄宗异常兴奋，当下传旨：集中京城内的所有画师，按圣像真像绘制玄元真容，分置于大唐各州，方便百姓顶礼膜拜。

老子的圣像真容被请入长安最大的道教庙堂——玄元庙，置放于含元正殿之中。玄宗觉得，玄元庙名字太一般化，遂下旨，改玄元庙为太上玄元庙。

人们又按皇上的旨意，从太白山采来白玉，雕塑了玄宗真容，恭候在老子圣像右侧，供人礼拜。为此，举国上下同庆三天三夜。

玄宗请来玄元皇帝，给他重新开张的天宝元年凑兴，既是为他李家江山打算，更是为他个人的情感生活谋路子。

开元末年，玄宗事事不顺。

二十四年（736）十月，朝廷迁回长安不久，武惠妃遣人召太子李瑛和李瑶、李琚二王，诡称宫内有贼，请他们立即披铠甲，携兵器，入宫护驾。太子与二兄弟不知有诈，领命入宫。武惠妃翻脸状告皇上，说太子和二王全副武装擅自闯入后宫，欲图谋不轨。玄宗查问，果有此事。这次，他不再犹豫，立书手谕，废了太子，将三个儿子同时贬为庶人。武惠妃还不够，继续在皇上面前搬弄是非，再加上李林甫进言，玄宗索性赐瑛、瑶、琚三王子自尽。

二十五年（737）秋七月，大理寺少卿徐峤上奏皇上道："今年全国判死罪的有五十八人。大理寺监狱庭院，向来因杀气过重，鸟雀都不敢来栖息，如今却有喜鹊在庭院中的大树上建巢了。"全国几千万人，一年仅有五十八人因犯法被处死；皇上有三十个王子，并无违法行为，却有三人被同时赐死。受三王子案牵连，李瑛舅家赵氏，妃家薛氏，薛氏的哥哥，即玄宗女儿唐昌公主的驸马薛锈，李瑶舅家皇甫氏，死的死，流放的流放，共连坐数十人。两相比较，对玄宗真是莫大的嘲讽。可玄宗昏庸了，他不以此为戒，反以此为荣，并加功于宰相，赐李林甫为晋国公，赐牛仙客为幽国公。

上天有眼，加罪于武惠妃。三王子死后，内宫白天黑夜闹鬼，武惠妃惶惶不可终日，染上了大病。睡在床上，武惠妃总说三个王子前来向她索命，满口谵语，弄得内宫的婢娥秀女大惊小怪，进退彷徨。玄宗为她请了镇鬼高手，又令御医精心诊治，皆不见效。进入残冬，武惠妃的死期已近。她挣扎呻吟了好几个夜晚，终在年关的夜里被一阵阴风带走。

二十六年（738）初春，玄宗怀着异常悲痛的心情，以皇后礼仪厚殓他的爱妃。武惠妃被谥为贞顺皇后。李林甫也很伤心，他想完成武惠妃的遗志，一而再，再而三地向皇上进言，立惠妃之子寿王为太子。

武惠妃的真实死因，玄宗有所知晓。父子骨肉，心心相连，玄宗追悔不该把事做过了头。武惠妃已经死了，玄宗也不想再加罪于她。所以，每当提及改立太子之事，玄宗便心情烦躁，食不甘味，寝不安席，他不想让太子之事再与武惠妃有什么关系，不愿立寿王为太子，以免又生不幸。可李林甫步步紧逼，让玄宗觉得简直无退路可走。

高力士见玄宗终日愁闷不乐，不得不开口问皇上原因。

玄宗看了高力士一眼，心想，身边恐怕只有这个老奴靠得住，不妨听听他的意思。于是，皇上说："你随朕多年，难道不知朕的心事？"

"是为立太子之事而犯愁？"高力士试探道。

"正是。"

高力士没有猜错。不过，皇上不再问他，他绝不再多说半句。

玄宗等着听高力士的意思，他却半天不再吭一声，只好又问道："依你的意思，立谁为好？"

"皇上问了，老奴就斗胆说上一句。"高力士弯腰低头，模样十分谦卑地说，"依照祖训，立年长的，谁敢再争呢？"

玄宗认为老奴的话十分在理，点头称是。第二天早朝，玄宗不再与人商量，手谕诏书，立忠王李玙为太子。李玙后改名为亨，即肃宗皇帝。

李林甫立在大殿之上，心中恼怒万分，却不敢有丝毫流露。他看了一眼高力士，高力士手持拂尘，立于皇上身后，一动也不动，像是一尊没有大脑和五脏六肺的陶瓷俑。李林甫暗自骂道："老奴才，装得倒像。你与我作对，等着瞧！"

太子风波就这样过去了。

然而，太子风波刚过，下半年，边塞又起战火。幽州节度使张守珪奉命平叛，大败而归。为此，朝廷加罪于张守珪，使安禄山取而代之，前面已有交代。

这个年，玄宗没有过好。往下的两年，玄宗更是度日如年。

武惠妃死后，玄宗身边没了宠妃，心中空空如也，无所适从。宫中数千佳丽，没有他看得上的，在他眼里，左右众多美女与武惠妃相比皆粉色如土，他不屑一顾。皇帝离不开女人。没有可心的女人，皇帝无法生活。玄宗也是一样，没有女人的日子很让他难熬。

为了排遣皇上的烦闷，奴才们想出许多花样，变着方式逗引他高兴。有传说，玄宗不知选何人陪他睡觉，宫人别出心裁，让粉蝶为皇上代选美女。

夜幕降临之前，数十名秀女排列整齐，每人采摘一朵鲜花，插在发髻间。玄宗坐在亭阁中，将宫人事先为他备下的粉蝶放出，任其在秀女头上旋绕。粉蝶飞累了，落在哪朵花上歇脚，哪个秀女便荣幸地获得陪皇上睡觉的机遇。

开始，玄宗饶有兴趣。试过几次，粉蝶选下的秀女全都令他大失所望。在床上游戏，这些女人都不能使玄宗尽意。美人们好不容易睡在龙榻上陪天子，不是紧张得手脚冰凉，全身肌肉发硬；就是变成玉制玩偶，僵着身子任皇上摆布玩弄；更有胆小的，会吓得从头到脚不停地战栗，像筛糠一样，让玄宗一看就够了。

这些女人哪能与武惠妃相比？玄宗想着武惠妃的媚色，想着她在龙榻上恰到好处的逢迎，想着她给他带来的种种快感，更觉得身边的女人们寡淡无味。

有武惠妃在，玄宗每年冬季必去骊山温泉宫，他与爱妃一起在那里汤沐游玩，住十几二十天不为多。这两年，骊山景色照旧，温泉依然灵验，汤池中还有随从嫔妃尽情取悦，玄宗却总觉得若有所失，再打不起精神，提不起兴趣。二十七年（739）的冬天，玄宗在骊山勉强住了十六天。二十八年（740）正月，架不住宫人力劝，玄宗再去骊山。这次，他只住了八天便扫兴而归。

玄宗情绪消沉，精神空虚，开始出现神思恍惚的异常现象。

二十八年（740）八月初五，千秋节。玄宗五十五岁寿辰，朝廷安排了盛大的庆典。为让皇上彻底摆脱抑郁，高力士更是竭尽全力，把兴庆宫内的庆典操办得特别热闹，京城所有皇亲国戚都被请来，住在宫里参加各项庆典活动。

玄宗众多的儿子儿媳和女儿女婿都到齐了。这些王子、王妃、公主、驸马，一个比一个漂亮，一个比一个风雅。他们游玩于御园之中，争奇斗艳，成为庆典活动中的又一大景观。寿王和他的王妃杨玉环尤其引人注目。

二十二岁的杨玉环已经嫁到皇家四年了。四年间，她出落得更加丰润艳美，正像一朵盛开着的富丽堂皇的牡丹花，让人过目难以忘怀。

玄宗的目光落在了杨玉环的身上。高力士发现，皇上对他的这个儿媳妇，好像有特别的兴趣。很多时候，杨玉环去的地方，皇上随后就会跟去。玄宗恐怕还是无心，高力士却已经处处留意了。

杨玉环出现在马球场上。高力士陪着皇上一同前去观看。

马球场上的杨玉环换了一身装束。她身穿质地柔软、色彩艳丽的胡服：上身是水红色的敞领小袖袍，袖口紧扎，短小精致；腰间系着宽边绢制腰带，这腰带名曰"蹀躞带"，本是胡人男子的专用物，粗犷豪放，束在唐人女子的细腰间，别有一番风味；与紧身小袖袍相对应的是杏黄色的肥腿长裤，上紧下宽，足下还蹬着一双软面长筒靴，靴筒将极富弹性的小腿裹住。这身装束，勾勒出杨玉环丰满多姿的身段与变化弧度极大的曲线。

骑在马上，杨玉环风姿动人；追逐着马球，杨玉环活泼可爱；众人游戏中的杨玉环格外光彩夺目。

好一套得体的胡服，好一个寿王妃，好一个杨玉环，好一杆漂亮的马球。杨玉环在场上，场内场外，喝彩声、赞叹声，不绝于耳。性情文静的寿王，坐在看台上，也禁不住喜形于色。

玄宗把这个儿媳妇看在眼里，柔情悄悄地浮上心间，他似乎觉得，时光在飞速地倒转，自己又回到了那令人难忘的、令人追思不尽的青年时代……

盛大的寿辰庆典活动结束之后，玄宗更加神情恍惚。

高力士心中明白，皇上是为了什么。他想，杨玉环姿质天生，仪态风度称得上是艳绝一代，把她召进内宫，填补武惠妃的空缺，皇上不会不满意。

杨玉环是寿王妃，召她进宫，先要过寿王关。高力士分析，这一关并不难过。虽说子以母为贵，寿王自小就成为皇上的宠儿。但武惠妃去世后，皇上未将对其母的追思转向寿王，反而因改立太子之事，有些迁怒于寿王。寿王是无辜的，皇上立忠王李玙为太子之后，他深感失宠，老老实实地缩在自己的王宫内，很怕再生是非。在这种情况下，召杨玉环进宫，不会有太大的麻烦。

想清楚了，高力士进言道："陛下，老奴有个提议，不知是否可行？"

"你讲。"玄宗爱理不理地说。

"老奴想请陛下再去洗一次温泉。"

这个提议对玄宗根本没有作用，他似乎没听见，不吭一声。

高力士嘴角边浮出一丝旁人难以察觉的微笑，凑近一些，小声道："这次，邀杨玉环一同去洗。"

声音虽小，反响极大，玄宗双眸一亮，转过脸来。

高力士心里笑了。他知道，皇上完全赞同他的这个大胆的提议。向后退了一步，高力士将手中的拂尘往背上一搭，朝皇上躬腰俯首，道："陛下放心，所有事宜全由老奴亲自安排，保证陛下这次去骊山，玩得高高兴兴。"

6

秋十月，玄宗再去骊山。

这边，皇上的御驾才出兴庆宫，那边，高公公领着一队华丽无比的御辇早进了寿王府。寿王与寿王妃慌忙出迎，恭恭敬敬地站在亭园前接旨。

高公公看着寿王，和蔼地笑了笑，庄重地展开圣旨，念道："皇上有旨，宣寿王妃杨玉环进宫，十日后返回。"

寿王心中一惊，单独召王妃一人进宫，这可是破天荒的第一次，就是母亲在世时也从未有过，他悄悄地侧脸去看身边的杨玉环。杨玉环也正不解其中之意，悄悄地侧脸来看寿王。两人的目光相遇，心中同时明白了父皇的旨意。两根心弦同时被拨动。寿王的心隐隐作痛，杨玉环心里则担

188

心、害怕、猜疑、忧虑、喜悦，什么情绪都有，嘈杂得怦怦直跳。

高公公仍然和睦地看着寿王，他等着寿王的答复。

寿王来不及多想，他俯首低头，行九十度的晋见礼，道："儿臣领旨谢恩，父皇万岁，万万岁。"

杨玉环也跟着行晋见礼，曰："玉环领旨谢恩。"

高力士听出杨玉环的语气与寿王有所不同。寿王诚惶诚恐，生怕旁人看出他心中有何不满，竭力做出毕恭毕敬、十分孝顺的样子。高力士正是要他这个态度。寿王妃则怀有一颗跃跃欲试之心，想要单独进宫，一睹天颜。她没称自己是寿王妃，看样子，心里不是没有准备。这个女人聪明极了，高力士想，有了这聪明劲，善识大体，一切事情都好办。

"高公公稍候，"寿王说，"容我陪王妃进去简单收拾一下，立刻成行。"

高力士担心他俩进去商量，事情会有变化，阻止道："宫内样样齐全，寿王妃不必带任何用品，婢女也不必带，宫内要多少，有多少。寿王放心，这十天，保证不会亏待她。"

寿王确是想借此机会，和他的爱妃单独说几句贴心话，被高公公这么一说，他不便坚持，只得违心道："如此更好，爱妃就快快随高公公出行吧。"

杨玉环看着她的瑁郎畏缩可怜的老实样，才有的一点点喜悦之心被四年多的夫妻恩爱之情所淹没，她犹豫着，站着不动，眼眶里有了泪花。

"瑁郎，你……我……"杨玉环想说什么，却说不出来。

"你快快随高公公去吧，我在家中，不会有事。"寿王毕竟是在宫内长大的，善于掩饰自己的真实情感。他人也老实，一切都以保住现有地位为上。对爱妃，他舍不得，也要催着她快快进宫。

听了夫君的话，杨玉环在高公公的引导下，乘御辇而去。

先到骊山宫的玄宗正等得心焦，有宫人来报，高公公一行已进宫门。

玄宗大喜，来得如此之快，高将军有胆有谋，不愧此称。

瑁儿小时候乖巧漂亮的模样，也在玄宗脑子里一闪而过。玄宗几年来对寿王的猜疑和不满也顿时一扫而光。

"到底是我的儿子，不同一般。"玄宗想。

此刻已是黄昏时分，骊山温泉宫，烛影摇红，山泉之上，月光映彩。玄宗往早已摆在庭院中的宴席上首坐下，等着高力士将杨玉环引到身旁。

"玉环觐见陛下，敬祝陛下万寿无疆！"

"平身，快快平身。"玄宗说着，亲自走过去将跪在地上行大礼的杨玉环扶起，又引她坐入席间。

烛光下，月影中，玄宗细看杨玉环。只见她肌态丰艳，骨肉圆滑，眉目清秀，黑发浓密，朱唇粉面，浓妆淡抹。"真有倾国倾城之貌，恰似天仙下凡。"玄宗情不自禁地开口夸赞道。

"陛下过奖了。"杨玉环朝玄宗微微一笑，那笑颜水汪汪的，甜滋滋的，销魂动魄，让玄宗分不清自己是在天上，还是在人间。

"今夜难得的良宵美景，有杨妃作陪，陛下开怀痛饮几杯。"高力士为玄宗斟满酒，又朝旁边的杨玉环使了个眼色，让她主动给皇上敬酒。

杨玉环含笑垂首，像是没看见高公公的眼色，也像是羞涩不已。斟完酒的高力士已经退至几丈远。玄宗被杨玉环的娇媚所吸引，自己挪了挪御座，将玉盏也移了过来，靠近杨玉环。

两个斟满了酒的玉盏几乎紧靠在一起，自上往下看，清醇的白酒中，一边映着洁白如玉的明月，一边映出杨玉环美貌无比的红颜。

玄宗人未饮酒心先醉，他伸手端过杨玉环面前的玉盏，说："来，朕先喝下你这杯美酒，再请美人独饮。"说着，他将一大杯白酒一饮而尽。

"美人请。"

杨玉环抬起头，娇羞地说："玉环不敢动用陛下的玉盏。"

"嗳——"玄宗拉长了声音，不以为然道，"今夜，朕与你饮酒，不分长幼辈分，不分上下尊卑。朕直呼你玉环，你嘛，你爱怎样称呼朕，就怎样称呼，一切以你高兴为好。"

杨玉环喝下玄宗玉盏中的白酒，豁然开朗，她举杯与玄宗连连碰杯，劝着玄宗与她共饮美酒。玄宗饮酒从来没有如此痛快过。

月亮开始偏西，夜已经深了。

玄宗头脑昏沉，两眼迷离，他想让杨玉环与他共眠，心中又存有一点顾虑不安。眼前的这个美女到底是他的儿媳妇，是惠妃和他一起为他们的儿子选中的王妃。玄宗想到武惠妃，心中总有些不安，他未能圆了她想让儿子做太子的美梦，还要占她儿子的心上人不成？想着这些，玄宗苦笑着摇了摇头。

"陛下累了？"杨玉环看见玄宗的苦相，逢迎道，"玉环初晓音律，我给陛下吹一曲玉笛如何？"

这边，高力士听见，早将事先备下的玉笛呈上。杨玉环接过玉笛，放在朱唇上，轻轻吹了几声，试了试音。然后，她微微翘起小嘴，吹出一曲清亮的笛音。

晚风中，笛声悠扬，如风绕梁。玄宗眯缝着双眼，背靠在御椅上，仰面静静地欣赏。他的手在自己的腿上轻击节拍，那很久不见的、悠闲自得的神情，重又浮现在他的脸上。

与美人饮酒，玄宗已醉入十分，又有这柔风美曲相伴，他的心愈加陶醉了。不知不觉，上了年纪的玄宗随着美妙的玉笛声进入了梦乡。

第二天，日上三竿，玄宗才醉醒过来。他发现，杨玉环并不在身边。玄宗想不起来，自己昨天夜里是怎么单独上的床。这个女人，看上去柔顺，骨子里却不那么好治。朕喝醉了，她敢不来陪朕？玄宗有些不高兴，他唤来高力士，问杨玉环现在哪里。

高力士犹豫了一下，委婉地说："回陛下，昨天夜里，陛下入睡后，杨妃一直守候在陛下龙榻前。"

"朕问你她现在何处？"

"回陛下，杨妃她昨晚一夜未合眼。今晨，老奴让她睡一会儿觉，等陛下醒来，再过来侍候。"

"她还在睡觉？"

"陛下……"

"有什么话，你赶快给朕直说出来！吞吞吐吐的，想犯欺君之罪不成？"

"陛下恕罪，"高力士真怕激怒了皇上，他双膝往地上一跪，只好说出了真情，"杨妃她已经在返回京城的路上了。"

"什么！"玄宗简直不敢相信自己的耳朵。杨玉环如此目无国君，敢擅自离去？高力士也吃了豹子胆，敢放她出走？玄宗做了二十七年的皇帝，好像还没遇到过这样的事情。

"陛下，容老奴细细讲来。"高力士仍跪在地上。

玄宗稳了稳神，缓了缓口气，说："你站起来，给朕慢慢讲清楚，杨玉环她是怎么走的。"

"老奴听命。"高力士从地上站起来，轻咳了两声，向玄宗详细禀告，"今晨，杨妃离开陛下榻前不久，宫人就来唤老奴，说是杨妃呕吐不止，病得厉害。老奴赶忙过去，只见杨妃满面病容，坐于床沿。她说，她自己感到大病将至，恐病在骊山宫中，于陛下不利，故请老奴遣车马快些将她送回王府。老奴先是不允，请来御医为她诊治。御医号过脉后，也说杨妃这病来得奇怪，一时诊断不下是何种病症。杨妃听说，更坚持立即离开。她说，自己病了不要紧，染疾于陛下，事则大了。御医也将老奴叫至一边，悄悄告诫老奴，一定要让杨妃远离陛下。老奴一来担心陛下的健康；二来，想这杨妃病在宫中，不能陪伴陛下，故备下御辇将杨妃送走。她去时不久，估计，现仍在路途之中。"

"糊涂，都是一些糊涂奴才！"玄宗生气道，"哪有突然染上重病的道理？朕昨晚与她一同饮酒，身体毫无病痛，她年纪轻轻，怎会无缘无故得下重病？其中分明有诈。快去，把她给朕追回来，朕倒要瞧瞧，她是真病，还是假病。"

不多时，两匹快马飞驰出了骊山宫门。

坐在御辇之中的杨玉环确实没病。

昨天夜里，皇上入睡后，杨玉环守在龙榻前，看着她的老公公，想了很多。单独将她召至骊山，显然为的是要她伴驾，取悦龙颜。被皇上选中，杨玉环心中有骄傲之情、得意之感，可往长远去看，她并不心甘情愿。

杨玉环想，虽然皇上一再说，他俩之间不分长幼，她也不在皇上面前称自己为寿王妃。但已经确定的名分无法改变，儿媳妇陪老公公睡觉，传扬出去，实在有失大体。

杨玉环想到了武则天，则天皇后曾侍奉过父子两代君王。"可是，她是有名分的。"杨玉环对自己说，"我呢，我以儿媳的身份来陪皇上，若皇上又有新欢，我该怎样才好？"

面对五十多岁的皇上，杨玉环想起了自己风华正茂的夫君，她不想以自己年轻美貌之躯委身于上了年纪的公公。可又担心违抗圣意，不但自己有罪，还要殃及寿王。杨玉环暗暗庆幸，第一个夜晚被她巧妙地应付过去了。她想，借口离开骊山，躲过这一次，皇上的一时冲动过后，也许会将她忘记。这样，于她的名声，于她的情感，于她今后的生活，于她的夫君，甚至于皇上，都有好处。于是，便有了早晨她装病的一幕。

高力士安排人去追回杨玉环，快马刚出骊山宫门，皇上的主意变了："高将军，传朕的旨意，备好御辇，朕即刻返回兴庆宫。"

"陛下，这……"

"朕的主意已定，无须你多言。"玄宗没有商量地说，"杨玉环，随她去吧，朕不想她伴驾了。"

话虽这么说，回到兴庆宫的玄宗却一直忘不了杨玉环。他在武惠妃与杨玉环之间摇摆不定。

放杨玉环回去，玄宗为的是慰藉武惠妃的魂灵，他不想爱妃的亡灵怨他，连自己的儿媳都不放过。可要玄宗不想杨玉环，已经绝对不可能了。这个姿色绝代的女人，这个骨子里并不顺服的女人，已经令玄宗神魂颠倒。

得不到杨玉环，占有不了她，玄宗食不甘味，六神无主。这一年余下的日子，皇上过得更不好了。

开元二十九年（741）春正月，许多地方闹粮荒，朝廷不得不开仓放粮。可是，杯水车薪，远水解不了近渴，地方饿死了不少百姓。这是开元以来从未有过的事情。

秋七月，洛水泛滥，淹死一千多人。百姓又遭一次大劫。

玄宗无心顾及这些，他将朝中大事全权委托给宰相李林甫，自己则在宫中寻仙访道，以求精神寄托。即便如此，玄宗对杨玉环仍是念念不忘。

为了让杨玉环主动投入他的怀抱，玄宗频频在宫中宴请儿女和皇亲国戚，他创造各种机会与杨玉环接触，他赐予杨玉环许许多多的宫中宝物。

玄宗所有的良苦用心，似乎全都白费了。杨玉环对皇上，始终恭敬从命，柔顺听话，处处表现出她是一个孝敬的好儿媳妇。

杨玉环让玄宗恨之至极，又爱之至极，看得见得不到，想得到摸不着，真正是无可奈何。皇上受欲火之煎熬，为想要又不能得到的女人而伤神，这恐怕也是破天荒的事情。

开元年号就这么结束了。

7

天宝元年（742）一开始，玄宗立即掀起了新的崇尚道教之风，并将其迅速推向全国。随着玄元皇帝圣像的出现，玄宗命所有画师紧急绘制玄元皇帝的真容，分发至诸州府，置于当地道观，供人礼拜。

对朝廷，地方贪官从来听风就是雨。皇上在京城无意间打了一个喷嚏，贪官们的领地上，便会煞有其事地连打几天的响雷。这次，玄宗有意煽风点火，地方官员岂敢等闲视之？他们迎来老子的真容画像后，立刻效仿朝廷，用玉石雕，用金银铜铁铸，全国上下，雨后春笋般地造出一大批玄元皇帝和玄宗皇帝的真身塑像，很多地方还特别建了富丽堂皇的大寺院，专门将圣像供奉于其中。

人们哪里知道，项庄舞剑，意在沛公。玄宗推崇老子道家，并不仅仅为了让人们崇拜他自己，也不仅仅是为了维护李家王朝。玄宗更直接的目的，是借此安排他和美人杨玉环的个人情感生活。

上一年年底，玉真公主回到京城，在一次皇宫家宴上，她发现，皇兄有意于寿王妃杨玉环，而杨玉环总是回避躲闪。

皇兄萎靡不振，茶饭不思，原来是为着此事，玉真公主想。自张果事件，她与皇兄之间的隔阂一直没能彻底消除。重新维系兄妹感情，这是一个好机会。

玉真公主主动求见玄宗，帮他出谋划策："皇兄想得到杨玉环不难。我有一个好主意，保证宫内宫外风平浪静，就能把李家的这个漂亮儿媳变成皇兄怀中的小尤物。"

"说与朕听听。"玄宗知道玉真公主的厉害，很重视她的主意。

"杨玉环顺利入宫伴驾，一要瑁儿心甘情愿，二要名副其实地改变杨玉环寿王妃的名分。做到这两点，并非难事。"玉真公主胸有成竹地说，"我们可以追福皇太后的名义，让杨玉环先出道，做女道士，再由道观入宫，正式成为皇兄的妃子。如此，一切不就顺理成章了吗？"

此话有理。玄宗心中顿时豁然透亮。

想当初，武则天也是在寺庙里，被祖父高宗皇帝重新接入内宫的，玄宗想。自他追尊母亲窦氏为皇太后，追福之事早该有专人去做。借口为皇太后追福，让杨玉环出道，瑁儿一定情愿（不情愿就是做孙儿的不孝），朕面对惠妃的亡灵也有了好的交代。在杨玉环，追福祖母，是孙儿媳的分内之事，她不能不做。由寿王妃到女道士，改变了名分，到时候，还怕杨玉环不愿做朕的宠妃？想到这儿，玄宗的脸上露出了笑容。

"正月初二，是皇太后的忌辰，"玉真公主见玄宗笑了，知他心下赞同她的主意，便继续往下说，"在此之前，先让杨玉环主动提出来，她要为祖母追福，皇兄只需成全她的美意即可。这样，宫内宫外，人们无话可说，岂不是一件十全十美的好事吗？"

"如此最好。"玄宗说，"朕即将此事拜托给御妹，请御妹为朕多多费心。事成之后，朕一定重重谢你。"

"皇兄不必见外。"玉真公主笑道，"为皇兄效劳，是我求之不得的事情，皇兄不让我做，我心下还会难过呢。"

"朕有你这样的好妹妹，真是福分不浅。"

为着让玉真公主全力以赴地去办此事，玄宗命宫人取出不少宫中宝物，摆在玉真公主面前："御妹喜爱什么，随意挑选。"

玉真公主摇了摇头，说："无功不受禄，事情还未开始，怎能先拿走皇兄宫中的宝贝？这些宝物，我是不敢要的。"

"御妹想要何物？"玄宗马上问道。

玉真公主一笑，心想，不愧是做皇上的哥哥，对我的话中话反应如此之快。

她还没说话，玄宗又说："御妹不必客气，你想要什么，只管说来。朕有的，一定给你；朕没有的，踏破铁蹄寻觅，朕也要使你满意。"

"我要的不是物，"时机已经成熟，玉真公主实话实说了，"我想问皇兄要封赏。"

"御妹想在朝中做官？"玄宗有些奇怪。

"不是我，是我的两个朋友。"玉真公主说。

为元丹丘和李白在朝廷谋职，是玉真公主多年来的想法，只是一直没有好的机会，未能如愿。她告诉玄宗，她的这两个朋友，一个是博学资深的道长，一个是才华横溢的诗人，她要向朝廷举荐他们。

元丹丘，玄宗早就知道，他是玉真公主的情人。李白这个名字，他倒是第一次听说。当下诗人多如牛毛，玄宗想，说不定，他是玉真公主的又一个情人。朕先给元丹丘一些恩惠，待她将我的事情办好，再考虑李白之事。

"朕以什么封赏丹丘道长才合适？"玄宗问，他故意不提李白。

玉真公主明白，同时为他二人谋职并不容易，她不急于求成，只要走出第一步，第二步自然可以跟上。因此，皇上只问元丹丘，玉真公主也就只说元丹丘。她道："京城大昭成观中，威仪之职无人胜任，我想……"

"就这么定下来啦。"玄宗不等玉真公主讲完，立即口传旨意，"封世外高人、河南道嵩山元丹丘道长为京都大昭成观之威仪，即日宣旨进京。"

196

"玉真代元丹丘，谢龙主洪恩。"玉真公主往地上跪下，替元丹丘向皇上行君臣大礼。

特使骑上快马将圣旨送往元丹丘的颍阳山居，玉真公主已进到寿王府，打开窗子说亮话，把皇上的意思讲给寿王李瑁和杨玉环两人听。

与侄儿、侄儿媳相对坐下，玉真公主给他们细细分析遵旨与抗旨的种种利弊，开导他们两人，识时务者为俊杰。最后，她对一直低头不语的李瑁说："道理很清楚，瑁儿你从来是皇上最心爱的孩子，姑姑我相信，这点孝心你不会不敬，你父皇绝不会亏待于你。"

李瑁老老实实地坐在对面。自一年前杨玉环被单独召进宫里，他就有了思想准备，王妃迟早要进宫去陪伴父皇。可亲耳聆听玉真公主这些直来直去的话，他还是受不了。他的心里，酸甜苦辣，各种滋味胡乱地搅和在一起。

玉真公主讲完了，他必须有个态度。李瑁鼓足勇气，抬起头，看了玉真公主一眼。道姑雪亮雪亮的眼睛正盯着他，那眼神告诉他，此事再没有商量的余地。寿王吓得赶紧又把头低了下去。

犹豫了一会儿，寿王终于违心地说道："所有事宜都请姑姑替侄儿做主。王妃她若能以大局为重，出道替我等子孙为祖母皇太后追福，我将感激不尽。"

玉真公主笑着连连点头。

只剩杨玉环的态度了。玉真公主对她说："玉环，你嫁到我们皇家，不长不短，有五个年头了。皇家的规矩你应该知道，唯上，唯君，唯夫，一切唯命是从，这是做臣子的基本要求。更何况，皇上是通情达理之人，是天下少有的情郎才子，古往今来，似他这样的国君也是不多见的。能被皇上相中，是你的造化，是你们杨家前世修下的福分，你要珍惜才好。"

杨玉环脸色白里透红，她一直抬头看着玉真公主，心想，都说玉真公主能说会道，办事点子最多，今日得见，果然名不虚传。让我出道的主意，一定是她替皇上想出来的。

"玉环，你意下如何?"玉真公主追问道。

"侄媳愿为皇上，为夫君，为祖母皇太后献身出道。"

杨玉环说得简明扼要，没有半点拖泥带水，还照顾到了方方面面。玉真公主有些暗自吃惊：难怪皇兄如此着迷，这个女人不但长相漂亮，其他也非同一般。

寿王听了，心里更是一愣。他担心杨玉环不肯，没想到，她却说得这么轻松自如。寿王低着头想，难道她忘记了她曾对我说过的话？忘记了我们两人之间的山盟海誓？女人之心，真是深不可测。

杨玉环怎么会忘记？她什么都忘记不了。只是，在她，已经看得十分透彻：皇上的意志高于一切。在权力与爱情之间，夫君为了自身所有的利益，屈从于父皇。她还能坚持吗？她一个女人，陪寿王，陪皇上，有什么不同？只要有名分与之相符，不至于被后人笑话即可。这是最低的要求，她不像其他女人那样，追求非分的权力，她没有权力欲。

配合杨玉环出道，玄宗在天宝元年的第一天做了一个梦，梦见了太上老君，他还把太上老君请入了皇宫。

正月二日，一大早，玉真公主和皇上特使高力士来到寿王府，庄重宣读圣上亲笔手谕，《度寿王妃为女道士敕》。

敕令曰：

> 至人用心，方悟真宰；妇女勤道，自昔罕闻。寿王瑁妃杨氏，素以端懿，作嫔藩国，虽居荣贵，每在精修。属太后忌辰，永怀追福，以兹求度，雅志难违。用敦弘道之风，特遂由衷之请。宜度为女道士。

敕令称，出道为女道士，是杨玉环的个人雅志。缅怀祖母，追福皇太后，是她发自内心的由衷之情。有如此孝心的淑女，皇上当然要遂其心愿。

皇上希望，朝廷内外，以寿王妃杨氏为楷模，弘扬道家精神。这件隐藏着个人私欲的宫内活动，又被推向历史的高峰，俨然是一次人类精神的

198

大追求。当然，从客观效果上看，道家确实受益匪浅，其地位，在唐代更加巩固了。

道教史记载：

天宝元年（742），玄宗亲临含元殿，为玄元皇帝老子加尊号为"开元天宝圣文神武皇帝"，并亲享玄元皇帝于新庙。以庄子号南华真人，文子号通玄真人，列子号冲虚真人，庚桑子号洞虚真人。长安、洛阳两京崇玄学，各置博士、助教一员，学生一百人。

两京玄元庙改为太上玄元庙，天下准此。颁《分道德经为上下经诏》。

天宝二年（743），追尊老君为大圣祖玄元皇帝，改两京崇玄学为崇玄馆，博士为学士，助教曰直学士，置大学士一人，以宰相为之，领两京玄元宫及道观。

这一年晚些时候，玄宗又亲谒玄元宫，为老子的父母亲册封尊号。制追尊玄元皇帝父为先天太上皇，圣祖母益寿氏号先天太后。下令改西京玄元庙为太清宫，东京为太微宫，天下诸州为紫极宫。

唐代，出道女子必须戴黄色的帽子，曰黄冠。为此，人们称女道士为女冠。又因"冠"字与"官"字同音，"女冠"也被称作"女官"。

杨玉环出道，极为特殊。她不穿道家服饰，不戴黄冠，也不必经法师受箓。她被持盈法师玉真公主和高力士直接带入大明宫，住进了为她专设的宫内道观。

按唐朝规矩，宫内从来不置道观，玄宗为了与杨玉环往来方便，破例在大明宫改建了一座道观。他赐杨玉环道号为太真，由此，宫里的这座道观取名为内太真宫。

想这"太真"道号很有意思。杨玉环以前，太真是道家修炼用语，曰："仙方名金为太真。"杨玉环以后，太真成为她的专有名词，道家从此不再用之。玄宗赐杨玉环太真为号，对外，说是体现了弘道精神；对内，恐怕含有自我讽刺意味——假戏真做，有"太假"，才会有"太真"。

杨玉环由王妃变成了女官，名分变了，侍奉皇上，她无须再有顾虑。

大明宫与玄宗住的兴庆宫之间，有一条供皇上专用的通道。借用这条通道，玄宗每天将他的女官召至身边。

没几日，皇上觉得，通道太长，大明宫与兴庆宫相隔太远。他索性带着他的太真女道士一起，住进了骊山温泉宫。

重新来到骊山宫，杨玉环的感受与先前完全不同。这次，她觉得自己是这里的主人，皇上称她为娘子，这是寻常百姓家中，夫君对妻子的称呼。宫中上上下下也随皇上称她为娘子。杨玉环感到轻松自如，她尽量展示自己的青春魅力，她想用自己的美丽、聪慧、活泼，征服玄宗，征服天子，征服宫中所有的人。作为一个没有权欲只知侍奉好夫君的女人，杨玉环的这个想法，无可非议。

史书上说，不久，玄宗待杨玉环恩礼如惠妃。"太真姿质丰艳，善歌舞，通音律，智算过人。每倩盼承迎，动移上意。宫中呼为'娘子'，礼数实同皇后。"

在骊山，玄宗与杨玉环一住就是二十六天。

二十六天，玄宗守着可心的美女，根本察觉不到星辰变换，日月轮回。他只当是时间停滞，光阴永驻，杨玉环与他没日没夜地沉浸于欲海之中。不是宫中有事必须皇上回去，玄宗是不会舍得离开这温泉仙宫的。

皇上遂了心愿，玉真公主的心事未了。

元丹丘奉旨来到长安，住进大昭观后，玉真公主把她和皇兄所做的交易，讲给元丹丘听。两个人商量，促成举荐李白之事，上策应是让皇上认识李白的才华。

"太白兄弟的诗作极佳。近年来，几乎达到了炉火纯青的程度，"元丹丘说，"我这里有他的几本手抄诗集，若能直接呈给皇上看了，再加上你的举荐，太白兄弟应召入朝不成问题。"

玉真公主也珍藏有一本李白的手抄诗集，她舍不得将它送人，便拿了元丹丘的一本，去找杨玉环。

出道后，杨玉环没再见过玉真公主。再次相见，杨玉环觉得玉真公主对她的态度，与上次在寿王府相比，截然不同。她已经与玉真公主平起平坐，甚至还在玉真公主之上了。

玉真公主把杨玉环当作兄嫂看待，对她十分亲近。她说，她早知道皇兄精力过人，无论哪个方面都是非常人才，她把杨玉环送交给皇兄，不光是为皇兄，也是为杨玉环着想。"人生在世，能遇上我皇兄这样的男人的女人有几个？千千万万的女人想着他，青春流逝，美梦难以成真。现在，这个了不起的男人被你独占了，我看你拿什么来谢我！"

"公主的吩咐，玉环事事照办就是。"杨玉环笑着答道。

两个女人坐在一起，说了一会儿女人间的悄悄话。而后，玉真公主将话题一转，说："我有一个朋友，名叫李白，他的诗作甚好，民间早有极高的声誉。"

玉真公主将李白的诗集拿出来给杨玉环看，又说："你先读读，读得有兴趣，选几首你喜欢的，念给我皇兄听听。我保证，皇兄也会喜欢。"

杨玉环接了玉真公主递过来的诗集。诗集好厚一本，打开翻了翻，里面用小楷正书，密密麻麻地抄了许多首。她不知玉真公主想让她选哪些念给皇上听，为着保险起见，她问道："公主最喜欢哪几首？"

"李白所作诗歌，首首皆佳，篇篇都好，我没有不喜爱的。"玉真公主毫不掩饰她对李白的爱慕。在她，既是情感的自然流露，也是故作姿态，让杨玉环知道，李白的诗她非念给皇上听不可。

"我点几首，你先读读。"玉真公主把李白的诗重新拿到手中，随意翻开一面，指给杨玉环看。

翻开这页，正是李白游庐山时作的两首风景诗，《望庐山瀑布二首》。

"庐山你可曾去过？"玉真公主问。

杨玉环不曾去过。

玉真公主道："庐山瀑布乃天下一绝，你没见过，不妨读读李白的这两首诗。诗言其气势，会使你为之所动，如身临其境一般。"

杨玉环读道：

西登香炉峰，南见瀑布水。

挂流三百丈，喷壑数十里。

欻如飞电来，隐若白虹起。

初惊河汉落，半洒云天里。

仰观势转雄，壮哉造化功。

海风吹不断，江月照还空。

空中乱潈射，左右洗青壁。

飞珠散轻霞，流沫沸穹石。

而我乐名山，对之心益闲。

无论漱琼液，还得洗尘颜。

且谐宿所好，永愿辞人间。

再读下一首，气势更足。杨玉环不觉赞道："诗中瀑布如画，磊落清状。读这诗句，怕是比身临其境还要美三分呢。"

"我最爱'挂流三百丈，喷壑数十里''海风吹不断，江月照还空'这样的句子。"玉真公主说，"有些好诗虽钩深致远，词句却让人读不大懂。李白的诗气象雄杰，语简意永，而又浅显易读，不落俗套，这才是吟诗佳境。"

杨玉环把李白的诗作为她与玄宗娱乐的一项节目，当玄宗兴致正旺时，她拿出李白诗集，请皇上同她一起欣赏。

"你念与朕听听，好吗？"玄宗懒散地坐在风月亭中，他并未将什么诗文放在心上，只是想与他的漂亮的太真妃子调情。

"陛下可要认真地听了。"杨玉环娇嗔地说。

"朕听着，朕全神贯注地听着。"玄宗把杨玉环搂近自己身边，说，"美景佳境，丽人绝唱，朕正求之不得呢！"

"陛下不要取笑，这诗并非玉环所作。"

"虽不是娘子所作，出自娘子之口，糟糠也可变为金玉，不是吗？"

杨玉环偎在玄宗身边，将李白的诗念给他听。读过《望庐山瀑布》其一，又有《望庐山瀑布》其二：

日照香炉生紫烟，遥看瀑布挂前川。

飞流直下三千尺，疑是银河落九天。

玄宗不觉被其诗情画意所动，连连赞道："好诗，好诗！朕往庐山观瀑布，正有此意境。"

他把李白的诗又细细品味一番，道："'日照香炉生紫烟，遥看瀑布挂前川'，远望庐山瀑布，确是一幅绝美的山水之画。庐山香炉峰恰似一座天造之仙炉，日照之中，祥云缭绕，白烟冉冉升腾；山川绝壁之上倒挂瀑布，如天界之白练缥缈于人间，妙哉，仙哉，与朕有同感，有同感。非亲览其景，不足见此诗之妙！"

"玉环没见过庐山瀑布，也为这诗句所动。"杨玉环说，"'飞流直下三千尺，疑是银河落九天。'若是玉环独立于庐山瀑布之前，眼见飞珠散落于云霞之间，流沫沸于石壁之上，气势宏壮的银河至天而落，声震如雷，我还真有些胆怯呢。"说着，杨玉环往玄宗身上靠得更紧，好像瀑布就在眼前，要将她吞没了一般。

"这诗是谁人所作？"把杨玉环搂在怀中，玄宗问道。

"陛下想知道？"杨玉环故意问。

"不但想知道，朕还想结识他才好。"

"李白，一个很有名气的诗人，陛下不会没听说过他的名字。"

李白！玄宗想起来了，玉真公主曾提起过他。玄宗看了一眼倚靠在他怀中的杨玉环，疼爱地想，小女人和我耍心眼，这诗，定是御妹交给她的。

玉真公主替玄宗圆了美人之梦，玄宗也不会对她食言，更何况，他和他的美人都喜欢李白的诗。把李白召进宫中，必有大用，玄宗想。

几天后，一道圣旨被送出京城，皇上手谕，召李白进宫。

8

朝廷特使将皇上的圣旨送到任城。兖州府王长史受宠若惊，他没想到，在他的辖区内还有一个特殊的才子，皇上亲自点名，要召进宫去。

李白住在哪里？兖州府王长史不知道。他记忆中，一两年前，似乎有过一个言称新搬来任城居住的布衣前来求见。王长史还依稀记得，当时，门人递进来的门状上写有"太白"二字。州府长史大事小事都要负责，日理万机，哪有精力接待这些无名鼠辈，王长史拒绝了求见者。记住了"太白"二字，是因为王长史的祖籍正在秦岭山脉的太白山区。

这"太白"恐怕就是李白，王长史想。

他命属下翻查户籍，派人在城中打听李白的下落。终于，从裴旻处打听到了李白的住址。

李白的家离任城有几十里路，属下从裴旻处回来报告时，已是掌灯时分。传达圣旨不能过夜，王长史毫不犹豫，立即亲自陪同朝廷特使前往李白的住处。

州府的官吏衙役前呼后拥着朝廷特使和他们的长史，一行快马，一路灯火，来到李白家的小院门前，夜已经深了。

邻居家养有一条土狗，睡在门口。官人还在半里地以外，土狗就被他们的马蹄声惊醒了。它竖直了背上的黄毛，朝着越来越近的灯火，汪汪汪地叫了起来，叫声传向四面八方，很快，村子里的土狗们也跟着大叫起来。

乡村的夜晚从来寂静无声。土狗声嘶力竭地狂叫，给这静静的大地带来了恐慌和不安。村子里不少人家从睡梦中惊醒了，邻居家的草房中，李白家的小院子里，先后点亮了油灯。

"乱叫什么，不醒事的狗畜生！再叫，老子一棍子劈了你。"一个衙役边骂，边挥舞着手中的木杖，朝土狗抢去。

土狗两只前爪扑卧在地上，直竖着背毛，朝后退了几下，它躲过木杖，叫得更加起劲："汪汪，汪汪汪……"

"不要理它，先把李白家的门叫开。"王长史生气地喝道。他认为这打狗的衙役主次不分，来到李白家门口，不先叫门，反倒先去打狗，给他丢了面子。

院子里，刘氏早被叫醒了。外面灯火通亮，不知出了什么事情，她急急忙忙地穿上衣服，从门缝朝外张望。

"李白，李白快快出来迎接圣旨。"院子外面有人喊道。

刘氏听清了是在唤李白。李白不在家，她不懂得什么叫作"圣旨"，不敢随便开门。

"李白，你听见没有，圣旨到了门口，还不快快出迎！"

"他不在家！"刘氏将嘴凑到门缝上，朝外面喊道。

"开门，你把门打开回话。"院子外面的声音说，"我们是州府的官人，朝廷特使和长史王大人都在这里。"

听说外面是州府官人，刘氏理了理头发，走出屋子，打开了院门。一支火把立即朝她照了过来，照得刘氏满脸通明，眼前一片漆黑。院门外站着些什么人，她一点也看不清楚。

"你是李白的什么人？"王长史问。

凭听力，刘氏断定问话的一定是个不小的官人，她用手遮住火把光，朝问话的方向答道："回大人，我是李白的女人。"

"李白现在哪里？"

"他……"刘氏刚想回答，忽然多出一个心眼：半夜三更的，突然来了这么多的官人，莫不是李白在外面犯了什么案子？毕竟是自己的男人，刘氏不会向着外人。她停顿了一下，又说，"他把我们娘仁丢下，自己走啦。"

"他去了哪里，你快些实话说来！"一个官人上前追问道。

"哎哟，官人哪，我一个女人家，哪里知道他这个野腿子跑去了啥地方！"刘氏像是要开始耍泼了，她拖着哭腔道，"我的命苦啊，官人哪，自打嫁进李家门，三年两头难见他一面，他……"

"你这女人，怎么好歹不识。"王长史打断刘氏的哭腔，"我们是奉皇上旨意，特来召李白入朝做官的。你懂吗？皇上让李白到京城去做官！"

"这——这是真的？"

"没人与你玩笑！"王长史指着身边的朝廷特使道，"皇上的圣旨在此，你快些将李白的去处说了，免得误了皇上的大事，你吃罪不起！"

刘氏已经缓过劲儿来了，她看清了骑在马背上的王长史和朝廷特使。朝廷特使面善，脸上没有凶气。他朝刘氏点了点头，又将手中的圣旨向上抬了抬，示意刘氏，圣旨至高无上，任何人不可违抗。

皇上召男人入朝做官，喜从天降，刘氏高兴得了不得。她马上露出笑脸，合手放在右侧，朝王大人和朝廷特使行过万福礼，道："村妇无知，各位大人休要见怪，刘氏的男人李白，现在徂徕山中隐居。"

"徂徕山。"王长史看了一眼朝廷特使，他知道，徂徕山离这儿不近，路途奔波不要紧，就怕去了徂徕山又找不到李白。

朝廷特使开口问道："他是几时去的？"

"差不多有半年时间了。"

"可有信回来？"

刘氏不知问话的目的，她怕官人知道李白对她不好，便随口编话说："常有信回来，隔上十天半个月的，还回家来看看我们娘儿三个。官人不知，我家的男人，说是隐居于山中，其实，心里放不下我，他……"

"够了，够了，"一个官人打断刘氏的碎语，不耐烦地说，"这里没你的事了，你回去继续睡觉去。"

"慢着，"王长史道，"刘氏，李白若是回来，你转告于他，让他在家等候圣旨，切勿自己误了自己的前程。"

"刘氏记下了。"刘氏斜翻了一眼刚才喝住她说话的那个官人，人已经神气了许多。

好在天黑，那官人并未看清刘氏的白眼。即便如此，他仍在心里骂道："臭婆娘，男人官还没做，她先变了腔调。我要是李白，非休掉她不可，省得留在家中丢人现眼。"

李白和韩、裴、张、陶、孔六人隐居于徂徕山间的一座小道观中。

这小道观，本来是一个上了年纪的道姑的修身养性之处。李白他们六人来后，与老道姑商量，借住在道观中。老道姑先以为，他们住不了几日就会离去，便痛快地答应下来。

没想到，这六人住下来就不想走了。他们整天在观中下棋聊天，作诗唱和，喝酒猜拳。隔些日子，还请老道姑给他们讲些道法。老道姑给他们讲过几回，自觉道学浅显，不足以为他们的师长。以后再请，她便婉言谢绝了。

老道姑的足下收有一双道童，她俩从七八岁上就跟着老道姑在山上修道，这时，已长到十四五岁了。自李白他们六人住进小道观后，老道姑发现，她的两个弟子，水色一天比一天好看，人也比过去活泼了许多。有时间，她俩就和他们混在一起，老老少少，没大没小，说说笑笑。老道姑很是看不顺眼。

虽说道家并无男女授受不亲的清规戒律，可老道姑认为，道门净地不宜过于喧闹，出家之人必须清心寡欲才好。老道姑没有理由请这"竹溪六逸"离去，只好借口外出受箓，自己带着两个徒弟暂时住到别处去了。

老道姑和小道姑走后，小道观中只剩下六个男人。开始，他们并未觉出有什么变化。日子长了，他们渐渐地感觉到周围缺少了色彩。男人和男人之间，虽然志同道合，亲密无间，毕竟色彩单一，很多时候，不像有异性在身边，日子过得那么丰富多彩。

一日早起，六个人坐在小道观外面的溪水边，看着蓝蓝的天空、白白的云朵，听着树林中小山雀叽叽喳喳的清脆的叫声，再看看透明见底、流淌不息的清泉，大家都不吭声，一种莫名的寂寥之感萦回于每个人的心间。

"我们这是怎么啦？"裴政打破沉默，故意用轻松的语气说，"想家啦？想女人啦？真没用处！来，我来讲个笑话，我们大家一笑为乐，忘掉不该有的忧思。"

说完，裴政开始讲他的笑话。

"笑话说的是一个傻子。从前，有一个人出门错穿了靴子。一只靴子底厚，一只靴子底薄，让他走起路来，一脚高一脚低，很不对劲。他诧异道：'今日，足下为何总不听使唤，两条腿一长一短，走起路甚不方便？'

207

他看了看脚下的道路，道路平整。再看了看自己脚上的靴子，才知道是出门匆忙穿错了靴子。他立即命家人替他回去取靴子来换。家人应了，跑着回去，不一会儿，又跑着回来了。他气喘吁吁地告白主人说：'主子，换不成了，家里那两只靴子，同你脚上穿着的一模一样，也是一厚一薄。'"

大家都会心地笑了。

"你等坐在小溪边尽情说笑，好不悠闲自得啊！"

听见有人说话，"竹溪六逸"同时回转头去，只见道观门前来了十几个官人。他们弄不清这些官人的来历，都坐着没动。

一个衙役走上前来，指着他们说："喂，兖州府长史王大人和你们说话，你们还坐着不动?"

兖州府的官人为何突然到徂徕山来？李白他们相互看了看，不明白官人们来的用意，仍坐着不动。

韩准想了想，站起来问道："请问大人有何见教?"

王长史坐在马背上，说："李白在吗？快些过来接旨。"

李白听说让他过去接旨，一下从石头上站了起来。稳了一下神，李白怕是自己的耳朵听错了音，又站在原地没动。

"朝廷特使专程从京城赶来宣旨，李白，你快些过来接旨。"王长史知道，这突然站起来的人，就是李白。

兄弟们都听清楚了，他们催李白快些过去，李白却仍站在原地不动。

朝廷特使性子不错，他见李白站在原地不肯过来，便自己下马，亲自走到小溪边，面对李白，展开手中的圣旨，拉长声调，说："李白接旨——"

皇帝的圣旨在上，臣民自然伏拜在地。李白和他的兄弟们一起跪在了地上。

从跪在地上接旨，到送走朝廷特使和王长史，再到告别兄弟们一人独自下山，整个过程，李白都觉得恍恍惚惚，如坠云烟雾海之中。他不相信，命运会突然改变。十多年来，他苦苦追寻，毫无结果。今日，他坐在小溪边消闲，圣旨竟会追至身旁。

行于泥土道上，李白觉得自己高大了许多。皇上亲自下旨，宣他入宫，受此殊荣之人的确不多。大鹏终归是大鹏，不会久歇于山林小树之间，李白想，从今往后，大鹏展翅，前途无量。

回到家中，刘氏待李白格外亲热。那天夜里，朝廷特使和州府大人来过后，刘氏在乡里的地位也突然变了。村子里的人听说，李白要入朝为官了，还是皇上亲自发的话，纷纷前来贺喜。刘氏感受到了做官人之妻的荣耀。

李白并不理会刘氏的亲热。他在家里小住了两日，去任城拜托裴旻替他关照儿女，然后，起程进京。

这是李白一生中第二次进长安。他有《南陵别儿童入京》一诗记载此事。

> 白酒新熟山中归，黄鸡啄黍秋正肥。
> 呼童烹鸡酌白酒，儿女嬉笑牵人衣。
> 高歌取醉欲自慰，起舞落日争光辉。
> 游说万乘苦不早，著鞭跨马涉远道。
> 会稽愚妇轻买臣，余亦辞家西入秦。
> 仰天大笑出门去，我辈岂是蓬蒿人？

好一个"仰天大笑出门去，我辈岂是蓬蒿人"！《唐宋诗醇》点评："结句以直致见风格，所谓辞意俱尽，如截奔马。"李白当时的心境展露无遗。

第 五 章

1

天宝元年（742）秋，李白应召来到长安。

长安的天还是那片瓦蓝色的天，地还是那方干燥的黄土，城墙还是那么高，城门还是那么大，出出进进的百姓还和以前一样熙熙攘攘、忙忙碌碌，城中的皇帝也还是十二年前即在位的皇帝。

一切都没有变化，可在李白的眼里，这里的一切都和先前大不相同了。

十二年前，三十岁的李白朝气蓬勃，独自昂首挺胸，步行来到长安。站在国都的城门下，他突然觉得自己十分的矮小，犹如沧海中的一粟，不为世人所顾。皇城虽然近在眼前，却好像远在天边。年轻气盛的李白四处干谒碰壁，最终一无所获，不得不拖着疲倦的身子走出了京城。

十二年后，四十二岁的李白再进长安。此时的他，黑发转白，长须拂胸，额头及眼角刻上了岁月的年轮，人也不似青年时期那样挺直了。可他怀揣着皇上的亲笔手谕，心中春风得意，神气十足。

来到京城，李白觉得，夯土城墙不像当年那么威风了，庄严的城门不像当年那么高大了，城中宽敞的大街变小了，笔直幽深的巷子变短了，就连那森严壁垒、可望而不可即的皇城也改变了当年的模样，它像久违了的故里一样，笑眯眯地朝着李白敞开了大门。

双手接过李白呈上的皇上手谕，尚书省吏部员外郎对李白十分客气，他点头哈腰道："李大人远道而来，一路辛苦，请坐，快快请坐。"

这员外郎身穿深绿色官服，腰系银带九銙，表明他是六品官阶。六品朝廷命官对素不相识的一介布衣如此客气，李白从未遇见过。他知道，这全是圣旨的威力。

环顾了一下吏部公堂，李白并不落座，他想："今日，我是远道来客，不出几日，李白也要入主朝廷了。"

员外郎见李白只是站着，又说："李大人坐下来歇歇腿，我让沏茶来喝。"

李白笑了笑，以同样客气的口气说："员外郎有公事在身，李白不便打扰，只烦请员外郎早些替李白将皇上手谕转呈上去就是。"

"此乃分内之事，"员外郎说，"请问李大人现下榻何处？有消息，我好及时通报与你。"

"我今日才到京城，下榻处暂时未定，"李白说，"过一两日，我自己来问消息，你看如何？"

"李大人不用着急，先住下好好休息几天再说。"员外郎道，"朝廷中这些事务，一般要三五日才能办妥，届时，我们去寻李大人的住处也是一样。当然，李大人若是放心不下，亲自前来过问，我们也欢迎。"

"有劳员外郎替我加紧办理。"出门前，李白又叮嘱一遍。

"当然，这是当然。"

员外郎并未食言。送走李白，他转身即将李白带来的皇上手谕，送至尚书省都堂。都堂办事官员也没延误，很快将其转呈至中书省的政事堂。

唐代，政事堂是宰相的办事机构。早期，宰相由朝廷各省的主要长官兼任，宰相们集中于门下省议政，或处理日常公务，这个议政之所，被称作政事堂。高宗末年，政事堂移到中书省。后来，宰相不再由各省的长官兼任，人数减少后，宰相改为上午在政事堂议政，下午回本部门办公，政事堂也转为专门的宰相办事机构。开元年间，政事堂归属于中书门下，列

211

置吏房、枢机房、兵房、户房、刑礼房，对口处理国家中的有关行政事务。

李林甫做宰相，既是吏部尚书，又是中书令。他将大权独揽，每天坐镇于政事堂，成了政事堂上当仁不让的"执政事笔"，也就是首席宰相。李林甫说一，其他人不能说二。

玄宗以后，朝廷接受李林甫、杨国忠专权的教训，曾对政事堂"执政事笔"制度进行了改革。规定：在政事堂中，宰相轮流值班，全权处理日常政务。宰相执笔十日一轮换，或者一日一轮换，以防止大权重新落入某一个人的手中。当然，制度归制度，执行起来，并不一定奏效。皇帝的天下，皇帝自己不想管，或自己管不了，又有人想要专权，有制度没制度，结果都一样。

作为宰相，忌才是李林甫的又一特点。上任后，凡是才学声望功业超过他的人，李林甫一定要千方百计地将其排挤出朝政。对于文学智士，李林甫尤其忌恨，他不允许任何贤人智士在他的手下出头。

这天，李白带来的皇上手谕转呈到政事堂，正落于李林甫之手。

李林甫展开金光灿烂的圣谕，横扫了一眼，冷冷地笑道："哼，陛下是昏了头了，又招来一个山野文人。"说完，他随手将这圣旨丢放在一边，不再去理睬它。

告辞员外郎，李白直接去许辅乾府上。李白想，许辅乾见到他，听说皇上亲自召他入朝，一定会和他一样惊喜万分。

不想，许府已经门庭冷落。

看门人告诉李白，许大人去世已有五六年了。大人膝下无子，女儿出嫁后，老夫人不愿再守着这人员嘈杂的院落。她把许大人的小妾、婢女一一打发出去，自己收拾了金银细软，带着几个贴身的下人，搬回许大人的老家去居住了。这府上，现在只剩下两个门人守着。

世事变迁，难以预测。当日，李白入朝无门，投宿于许府。当时，有许辅乾在宫中任御膳总管，许府气派富豪，不能不令人羡慕。李白想，今日，他被皇上特召进京，前来府上报喜，却不知这许府早已面目全非。李

212

白有些替许辅乾难过。可回过头来再一想，官府大院有兴有衰，人之命运有起有伏，不足为怪。让人遗憾的是，李白经历了许府的兴盛与衰落，许辅乾却只见过李白的穷酸，不知他还有被皇上特召进京扬眉吐气的日子。

离开许府大门，李白去找阿里古朵。谁知，阿里古朵和她的西域饭馆也在城西消失了。李白根本打听不到她的去向，少不了又在心中伤感一番。

李白随意寻了一家客店住下。才过了两天，李白便往朝廷去问回复，他想早些知道，依照皇上的圣旨，朝廷究竟会怎样安排他。

还是上回那个员外郎接待李白。他客气地记下李白的住址，说："这几日朝中政事繁忙，恐宰相大人一时难抽出时间安排，你耐心地等几天，在长安城里到处玩玩，不用着急。有消息，我自会马上派人通报于你。"

李白不甘心。他隔一两日就往吏部去问一回。每次，都是同一个员外郎接待，他每次对李白都同样的客气，可每次都同样没有结果。

员外郎再三向李白道歉、解释，态度好得让李白不能有半点怨言。

一晃一个多月过去了。这天，李白又来吏部打听消息，结果一样，还是只见到了一张笑脸。

李白垂头丧气地走出吏部大门，他觉得，这近在咫尺的朝廷皇宫，好像在渐渐地离他远去。他担心，时间长了，会有什么变故。李白边走边想，走过紫禁宫时，迎面碰上一个人。

这个人，白发银须，满面红光，看上去有八十多岁的年纪，走路却健步如飞。李白看着他，他也上下打量着李白。两人擦肩而过。

走出去几丈远了，这位老者突然收住脚步。他转身唤住李白，道："那位大兄弟，请留步，老夫有话问你。"

李白回头，见这老者是在唤他，便站在原地，等着老者过来。

"大兄弟，请问尊姓大名?"老者走过来，双手合抱，朝李白打一拱手，高声问道。他声音洪亮，底气十足。

李白看着这位面生的老者，不解其意。不过，他还是习惯性地答道："晚生李白，字太白，川蜀人士。"

"啊哈哈哈，"老者随即放声大笑，他高兴得连拍了几下巴掌，说，"老夫的眼力没有错，果真是你，果真是你啊！"

笑过，老者见李白仍用带着疑问的眼光打量着他，便豪爽地问道："难道大兄弟不认识我吗？想想看，京城中有几个我这把年纪的诗人？"

"你是……"

李白似乎想起来了，可他还没来得及说，已被老者洪亮的声音打断道："老夫正是贺知章，李白大兄弟，咱俩有缘，有缘哪，啊哈哈哈……"

贺知章，字季真，这一年已有八十四岁高龄。他是越州永兴（今浙江萧山）人士，年少时即以文词出名。

武则天证圣元年（695），贺知章考中进士，又得其族姑之子陆象先的引荐，被朝廷授予国子四门博士，迁太常博士。开元十年（722），又有宰相张说推荐，贺知章入丽正殿修书，后迁礼部侍郎。李亨被立为太子后，贺知章做了太子宾客、银青光禄大夫兼授秘书监。

贺知章善作诗文。他年轻时写下的《咏柳》一诗，七言四句，形象生动，朗朗上口：

碧玉妆成一树高，万条垂下绿丝绦。

不知细叶谁裁出，二月春风似剪刀。

这首诗不仅当时为世人争相传诵，一千多年后的今天，见到杨柳青丝，沐浴二月春风，人们仍旧喜欢用贺知章这脍炙人口的诗句来抒发自己的情感。

贺知章还善写隶书。当时人们盛传，他"好书大字，或三百言，或五百言，诗笔唯命"。更有神话说，普通人是看菜吃饭，贺知章则是问纸行书法，写诗文。每次，他提笔先问，有纸几张？报十纸，他书十纸，纸尽语亦尽；报二十纸、三十纸，他书二十纸、三十纸，依旧纸尽语亦尽，且每每恰到好处，没有半点做作或人工雕琢之痕，全是天意造化。

与玄宗一样，贺知章笃信道教。天宝三年（744），贺知章上疏玄宗，请求度为道士，归隐镜湖后不久即病逝，时年八十六岁。这一年，贺知章从长安返回离别五十年的故乡，写下《回乡偶书二首》。

其一曰：

少小离家老大回，乡音无改鬓毛衰。
儿童相见不相识，笑问客从何处来。

其二曰：

离别家乡岁月多，近来人事半消磨。
惟有门前镜湖水，春风不改旧时波。

稀疏的白发记载着岁月的沧桑，浓重的乡音融于时光的流水，半个世纪过去了，人事消磨几净，春风水波依旧。物是人非，老人满腹伤感，却被少年童子一句天真好奇的问话化为乌有。

老年贺知章对人事日非的感慨，给人一种沉甸甸的感受，却又让人不得不一笑了之。

贺知章从来就是这样，他的内心世界压抑、痛苦，表露给外人的却是性格旷达、洒脱。古人称，贺知章性放善谑，晚年尤为放诞，嬉戏于里巷之间，自号"四明狂客"。

李白与贺知章见面即结为忘年之交。贺知章去世后，李白悲恸万分，写下不少追忆他们两人友谊的诗歌。在《对酒忆贺监二首》中，李白说：

狂客归四明，山阴道士迎。
敕赐镜湖水，为君台沼荣。
人亡余故宅，空有荷花生。
念此杳如梦，凄然伤我情。

又有《重忆一首》曰：

> 欲向江东去，定将谁举杯？
>
> 稽山无贺老，却棹酒船回。

眼前这老者正是贺知章，李白的情绪也上来了，他朝贺知章连连拱手，说道："久仰，久仰，贺公诗文大名，如雷贯耳，李白早有拜见之意。不期今日在此幸会，甚幸，李白甚幸。"

"老夫也早想见见大兄弟的面哪，"贺知章说着，又问道，"大兄弟这是要往哪里去？"

"我一个闲人，去哪里不是一样？"

听李白这么说，贺知章有些吃惊："你还是闲人？老夫早听人说，陛下亲自下旨召大兄弟进京，怎么，朝廷到现在还未安排？"

"唉，"李白无可奈何地叹气道，"我来京城已有月余，隔三岔五地往吏部来问消息。每次，总被同样的笑脸挡了回来。晦气，实在让人晦气。"

"啊——哈哈哈——"贺知章听李白这么说，复又大笑了起来。他安慰李白道，"大兄弟不用着急，陛下要用你，谁敢阻拦？他此时不安排，彼时定要有个交代。你我今日无事，正好同去喝酒，烦事少想，烦事少想。"

李白与贺知章一同走进附近的一家酒肆。

进门，贺知章即大声吆喝道："掌柜的，拿酒来，拿好酒来喝！"

这是一家小酒肆，贺知章虽未穿官服，掌柜的也认得他。京城的大小酒家，没有几家认不得贺知章的。他常常走到哪儿喝到哪儿，遇见酒家即进去喝酒，喝完酒，抹抹嘴巴就走，酒钱让酒家记在账上。许多酒家的账簿子上都记有贺知章的一串长长的欠账。他不是没钱付酒账，而是想不起来该去哪里付账，要付多少酒账。到后来，贺知章进酒肆喝酒，只好先付老账，后记新账。他与酒家总有结不清的账。

这家小酒肆，贺知章同样欠有一串账单。掌柜的见贺知章进来，赶忙抓起账本走到他身边，恭敬地说："贺大人，多日不见尊容，今日复又临幸小店，下人万分荣幸。请大人就座，请大人就座。"

贺知章坐下，他指着坐在身边的李白，对掌柜的说："我们兄弟初次见面，今天要在你这儿好好地庆贺一番，你拣好酒好菜，快些上来。"

"大人放心，进了我的店，保证二位满意。"掌柜的说着，将手中的账本放在贺知章的面前，"大人，这是……"

贺知章不用看就知道，掌柜的是让他先付了以前欠下的酒钱。他伸手往衣兜里去摸，摸了许久，什么也没摸到。

手停在衣兜里，贺知章眼珠子一转，说："今天的酒钱，你一并记在这账本子上。明日，老夫派专人送钱给你，新账老账，我们一起结清。"

"这……"

掌柜的不情愿。因为，贺老头子说这样的话并非一次两次，他的明日靠不住。你想，他们今天在这里喝得烂醉，明日，酒醉鬼醒来，哪里会记住这算账的事情？掌柜的不去动那放在贺知章面前的账本。

"你怕我明日不付这笔酒钱？"贺知章明白掌柜的意思，他爽朗地哈哈大笑，"对，你做得对。人老了，记性不好，老夫的信誉度是越来越低喽！"

掌柜的赔着笑脸："贵人多忘事，贵人多忘事。"

"不瞒你说，老夫今日口袋里没装着钱。"贺知章说，"不过，这酒我们是喝定了。你把这个拿去，看看我们能喝多少酒。"

说着，贺知章从腰间解下一物，递给掌柜的。

掌柜的接住，定眼一瞧，吓了一大跳：这是贺老头子的随身佩物——金龟子！金龟子闪闪发亮，生动如活物。佩在腰间，它象征着福禄长寿，是宝中之宝。

"小人不敢，小人不敢收贺大人的金贵之物，"掌柜的边说，边把金龟子还给贺知章，"小人想通了，还是记账的好，记账的好。"说着，掌柜的拿起账本子想要离开。

"你先不要走，"贺知章留住掌柜的，他把金龟子放在手中，玩赏了一下，又说，"掌柜的，这只金龟子你拿去。老夫今天心甘情愿用它换酒来喝，与你记账不记账毫无关系。"

掌柜的仍不敢接这金龟子。

"拿去！"贺知章大喝一声，道，"按它的价值，拣最好的酒菜，快些给我们上来，我和大兄弟要痛痛快快地喝它一场！"

掌柜的捧着金龟子，唯唯诺诺地退了下去。

李白坐在旁边一直笑而不语。

酒菜上来后，李白起身为贺知章和自己斟满了酒，他将酒杯高举，道："贺公之气魄令人佩服！来，为我们的结识连干五杯！"

贺知章笑呵呵的，也把酒杯高举，说："老夫喝酒，开口总是三连杯。大兄弟这连干五杯，有何说道？"

"你我各干五杯，合为十杯。我取这'十'字的音，一来通'识'：结识了贺公，李白三生有幸；二来通'实'：以年龄资历，与贺公称兄道弟，李白实不敢当。承蒙贺公看得起，视晚辈为兄弟，我李白终身不忘贺公之情义，非与贺公同饮十杯不行！"

贺知章听得连连点头，他与李白相对而立，举杯，连碰连饮，共同喝下十杯烈酒。

坐下来，贺知章一抹银须，道："你说不敢与我称兄道弟，其实，恰恰相反，胆大妄为的是我贺知章，而不是你李白！"

"何以见得？"

"你说，刚才老夫为何一眼便认出你是李白？"贺知章反问道。

不等李白说话，贺知章又说："老夫早闻大兄弟有诗仙之名，刚才见你袖袍间合有仙气，凛然从我身边掠过，其气质非凡人能比。不过，你眉宇锁紧，心事重重，老夫以为，这是受罚降来人间的仙人之神情。谪仙人正是李白，李白正是谪仙人，老夫的判断一点不错，一点不错啊！"

贺知章为自己的眼力而振奋，他兴致勃勃，与李白又对饮了两轮。酒兴正酣，李白拿出他的诗集，请贺知章指教。

诗集开篇是李白的得意之作《蜀道难》。贺知章人老眼不花，他细细品读李白的诗句，思想情感很快为诗句所激动，为诗句所控制。他禁不住读两行，赞三声，一首诗未读完，贺知章已赞有数十句。

"《蜀道难》似有些过于幽愤，"李白说，"贺公请看这首《乌栖曲》，是我新近之作。"

曲牌考证：《乌栖曲》，乃《乐府诗集·清商曲辞》名，列于西曲歌《乌夜啼》之后。南朝时，梁简文帝、梁元帝、萧子显、徐陵等人都有此题之作，所言多为男女夜来相亲之事。比如，徐陵说男女欢娱："一夜千年犹不足。"

贺知章读李白的《乌栖曲》，曲曰：

> 姑苏台上乌栖时，吴王宫里醉西施。
> 吴歌楚舞欢未毕，青山欲衔半边日。
> 银箭金壶漏水多，起看秋月坠江波。
> 东方渐高奈乐何？

读过，贺知章问李白："此诗真是你的新近之作？"

"进京后闲来无事，练练笔头，贺公见笑了。"

贺知章自斟上满满一杯酒，将它一口饮尽，又把《乌栖曲》读了一遍。读罢，他若有所思，半天不语。

李白为贺知章斟酒，斟满一杯，他喝一杯。一连几大杯，看着贺知章脸色渐渐由红转白，他还欲再喝，李白压住酒杯劝道："贺公，酒不可不喝，亦不可喝得过猛。"

贺知章似醉非醉，抬眼看着李白，好一阵，终于自心底叹赏苦吟道："呜呼，此诗寓意高远，点铁成金，可以泣鬼神矣！"

贺知章为何如此赞誉李白的《乌栖曲》，恐怕李白自己也弄不明白。对此，后人大有说道。

就艺术价值而言，《乌栖曲》属李白诗歌的上乘之作。

其一，此诗七言七句，四十九个字，以日落月起，月坠而日将升，东方渐明的时间过渡，反衬吴王与西施通宵达旦纵乐淫逸的帝王生活。诗中，人物形象逼真，景色描述如画。尤其是"青山欲衔半边日"一句，勾勒出一幅夕阳即将归隐青山的自然美景，堪称李白之绝唱。

读李白这诗句，自然又让人想起王维的诗："大漠孤烟直，长河落日圆。"同样以夕阳落日为题，两个诗人绘出两幅完全不同的自然景观。诗之意境，令人回味无穷。

其二，此诗七言七句，李白缀一单句收尾，有不尽之妙，格体亦令人称奇，这又是李白的独创。

还有人逐字逐句地分析李白诗中的韵律，说太白《乌栖曲》层次插韵，此最迷人。

当然，让贺知章叹为观止的并不仅仅是这首诗的艺术价值，或者说，读罢《乌栖曲》，贺知章之所以叹赏苦吟，称"可以泣鬼神矣"，全由贺知章在字里行间读到的寓意而出。

《乌栖曲》看似一首艳诗，贺知章想，其实，它是一首政治寓意极强的诗作。李白是在借吴宫之事暗讽当朝之腐败。

从昔日的吴王与西施，人们不难想到玄宗与杨玉环。自杨玉环进宫度为女道士后，皇上疏懒朝政，白日与美人游戏歌舞，月下同佳丽长夜饮酒。对此，朝中有识之士无不忧心忡忡，长此以往，大唐王朝还能有几日兴盛？

更令贺知章不可思议的是，李白身在朝廷之外，却能一语道破朝中忌讳至深的疮疤。贺知章暗想，这首诗若是被皇上知道，哪里还会召他进宫！

评论家总比作者来得高明。

或许是贺知章触景生情，或许是李白的意外收获，诗歌本身的内在容量极为深厚，懂诗歌的也好，不懂诗歌的也好，读者常常随其想象，自由发挥。许多的内在含义、外在效应，是作者本身始料不及的。

美酒不如诗意浓。贺知章觉得，他用金龟换来的美酒，比不上李白无偿送他的诗集。他把李白的诗集小心翼翼地放入怀中，说："老夫年过八旬，结识你这样的兄弟，才不枉为一生啊。"

"贺公过谦！"李白道，"此次，我虽奉旨进京，却深感一人势单力薄，在京城没有说话之处。贺公身为太子宾客，朝中威望极高，李白欲求贺公指点。"

贺知章想了想，说："你的事老夫一定放在心上，有机会我便会为你四处呼吁。只靠朝中有人还不行，要在京城内营造一种氛围，所谓众人拾柴火焰高，更何况你李白确实人才难得。"

"如此，李白先谢过贺公之美意了。"李白说着，站起来给贺知章行躬身大礼。

贺知章急忙起身，扶住李白，口中连声道："哦嘀嘀嘀，老夫不敢当，自家兄弟，不必客气，不必这样客气。"

俗话说，一个篱笆要有三个桩，一个好汉要有三个帮。社会底层的流氓地痞，讲哥们儿义气，为朋友不惜两肋插刀；社会上层人物、政治名流，无论搞阴谋还是弄阳谋，也少不了拉帮结派、互相利用。

唐代文人学士最善结三两知己，分送诗集，往来唱和，相互激扬，其中多有自我吹嘘和互相吹捧的味道。借此，他们的社会知名度迅速提高。当然，李白和他们不一样。在诗歌领域，李白是名副其实的大师。

贺知章出资为李白翻印诗集。拿着这些诗集，老头子四处奔走，大造舆论。

贺知章逢人就说，见人便夸：谪仙人李白进了长安，你看看，诗如其人。他人品气质飘逸，诗亦清虚缥缈。李太白的诗，一语一字皆有高华气象。

他还说：李白了不起，他是风骨神仙品，文章浩荡人。你读读，他的五言古、七言行多出于汉魏六朝，但前人定下的法度，在谪仙人的笔下皆化而无迹。李太白的诗，从容于法度之中，又不归顺于法度，他的歌行天纵绝世，错综无定，合于天成。这叫作：从心所欲，又不逾规矩。

京城文人中间，很快有了一次小小的"李白热"。

为尽快促成李白入朝，贺知章又去找玉真公主。

221

性子粗放的贺知章，为人处世另有十分精细的一面。他早知道，皇上钦点李白进京，出自玉真公主的举荐。怕伤了李白的自尊，贺知章没把事情的真相告诉李白。来到玉真公主住处，贺知章也假装不知其内幕。

玉真公主坐着，老头子站着十分恭敬地说："老臣来见公主，有一事相求，盼望公主多多关照。"

玉真公主笑了，说："贺监今日为何如此客气，只要是我能为之事，一定鼎力相助。"

"老臣有一朋友，名叫李白，是当今了不起的诗人，才气甚高，"贺知章有意回避玉真公主也认识李白的事实，说，"陛下亲自下旨召他进京。可如今李白入京已一月有余，仍住在外面客店里，无法面见陛下。公主通天，老夫想求公主，为李白入朝之事，助上一臂之力。"

玉真公主住在大昭成观，不知李白早已进京。听贺知章这么一说，她表面不动声色，心中却暗想：难怪一直听不见李白的确切音信，原来，他早在京城了。皇兄何故迟迟不召见李白，何人敢从中作梗？我倒要去好好地查他一查。

见玉真公主无动于衷，贺知章又强调说："以前，老臣并不认识李白，只是听人说过他是人中之杰。昨日，老臣与他一起喝酒赏诗，才知李白的才华果然出众。似李白这样的人才，朝廷不用，实在可惜了。公主从来有胆有识，老臣拜请公主多多费心。"

"贺监视朝廷之事为己任，精神可喜可嘉，"玉真公主说，"我本不愿过问朝中之事，现在，受贺监之托，看样子，这事我还非要过问一下才好。"

"有公主出面，没有解决不了的事情。"贺知章顺水推舟。

"那好，你先回去，这事待我打听清楚，自会派人去府上相告。"临了，玉真公主又补上一句，说，"也请贺监转告李白，让他少安毋躁，静候佳音。"

2

送走贺知章，玉真公主独自返回房中。

222

想到和李白同住在京城，玉真公主内心极为冲动，她想马上去见李白。一别十余年了，他们再未相遇过。

玉真公主以为，李白十多年前的模样，藏在她心里一直清晰可见，经得起岁月的考验。可是，当她把他放在眼前细细想过时，才吃惊地发现李白的形象在她心中已经模糊不清了，他时隐时现，让人捉摸不定，只有那洒脱、超世的神情仿佛依旧历历在目。

玉真公主坐到梳妆台前，对着铜镜打量自己。

镜子里的玉真公主，清丽淡雅，肤色仍然白皙。可仔细观察，她两鬓飘柔的青丝中也悄然出现了几丝白发，眼角旁，额头上，甚至圆润的脖颈下，也随着面部的左右转动，露出了不少细细的皱褶。

玉真公主小心地拿起镊子去挑白发，把它们一根根请出鬓角，摆放在梳妆台上。白发很粗，很硬，很有光泽，看样子，比她的满头青丝更有生命力。玉真公主摇摇头，无可奈何地笑了笑，将它们全部扫落在地。

白发挑去了，过几日还会长出来，还会长出更多的白发。玉真公主叹口气，不无遗憾地这么想。她若有所思地走到窗前，定睛看着院子里那棵高大的梧桐树。

秋风扫落叶。浓密葱郁的梧桐树几天内变得面目全非。绿叶纷纷转黄，随风飘零而去。树枝上仅存的几片黄叶，孤零零挂在秋风之中，眼见着就要纷纷落地。

树叶黄了，还会有绿的时候。玉真公主想，自然外物，送走了秋天，还会迎来春天，而人走进了秋季，便再也等不来自己的春天了。生命中，秋天里没有春天，过去的季节只会越走越远，美好的记忆只能永远存放在心中。想着这些，玉真公主不打算再见李白，她想让自己在李白的心中永远保持着原来的样子，她不愿意李白看见她的白发，看见她脸上的皱褶，看见和体验她的秋天。

元丹丘听说李白到了长安，同样激动，他马上就要去找李白。

"他的事情还没办好，等办好后，你再去不迟。"玉真公主说。

"我想，兄弟见面，与入朝为官并无关系。"元丹丘说，"为何一定要等事情办好后再见?"

玉真公主犹豫了一下,说:"因为我在这儿,我不想再见李白。过几日,等事情办好后,我离开长安,愿意怎样,你随意。"说完,玉真公主转身走了。

元丹丘有些憋气,他觉得,玉真公主是有意为难他。他从不反对玉真公主与李白见面,可每次,只要说到这事,玉真公主就和他作对,坚决不肯再见李白。

我都不担心,她担心什么?元丹丘想不通。大家朋友一场,四十多岁近五十岁的人了,在一起,还能有几次?她偏偏要躲避!元丹丘知道,李白很想再见玉真公主,可她不愿意,元丹丘也毫无办法。

玉真公主从来就是这样,她要做的事情,千方百计,非做到不可。她不愿意做的事情,任何人都毫无办法,就是她的皇上哥哥也拿她没办法。

崔宗之听说李白在长安,赶紧来看他。两人自洛阳分手,也有十年未谋面了。能在京城相遇,他们都很高兴。

坐下来,李白和崔宗之讲到进京后,入朝搁浅之事。

李白问道:"多年不见,崔郎中可有长进?"

"长进?"崔宗之笑着摇了摇头,说,"李兄指哪方面的长进?年纪老了十岁,官职还在原位。我早说过,再要长进,我就要告老还乡,回去做自由自在的平民百姓了。"

"这么说,崔郎中仍在礼部为官?"

"在那儿干了七八年,前年春上好不容易换了个地方,现在右司做事,职务还是郎中。"

崔宗之不知李白打听他的官职有何目的,只当是朋友见面,关心对方的近况如何。所以,李白问什么,他便答什么,不去多想。

李白想的是,崔宗之在礼部任职多年,礼部与吏部同在尚书省,相互间人缘关系熟,请他帮忙促成入朝之事,可能比贺知章更方便一些。听崔宗之说离开礼部有两年多了,而且,崔宗之的口气还和以前一样,并不关

224

心他入朝为官之事，李白不便再说。

冷了一下场，崔宗之好像明白过来。他想了想，说："十年前我就说过，似李兄这等人才，不一定非要入朝听别人的使唤，自己写诗作赋，会更有发展。何况，眼下朝廷……"讲到这儿，崔宗之觉得有些话不便讲明，收住了话音。

"我这十年很少干谒，"李白说，"此次，不是皇上亲自下旨召我入京，恐怕，我李白今生今世再不会来长安。"

崔宗之见李白有了情绪，想把话说得更清楚一些，道："李兄不要误会，有些话，朋友之间才可以说。你的心情我完全理解，我又何尝不愿朋友人生得意？只是，宗之一直以为，人各有所长，你还是不入朝的好。"

"这话怎么讲？"李白早想问明崔宗之的意思，十年前，他没问出口。

"听人说，陛下是为欣赏李兄的诗作才下旨召你进京的。"崔宗之说，"李兄可知道，你的诗作是谁向陛下推荐的？"

李白当然不知道。

"听说，是陛下新近偏宠的宫中女道士——杨玉环。李兄的诗作是玉真公主给她的。"崔宗之继续说，"这些女人，懂得什么诗？她们无非是以李兄的大作为观赏玩物，献给陛下，在陛下面前献媚买好罢了。"

提到玉真公主，李白心中一愣。他万万没有想到，皇上召他进京，原来有玉真公主在背后起作用。这条路，李白不是没想过，但他绝不会走。李白不相信，凭他的绝世英才，凭他的能力，走不出自己的路。李白从来就瞧不起走女人路的男人。

李白心里十分懊恼。

懊恼谁？他一时分不清楚。是他自己，是玉真公主，还是崔宗之？恐怕兼而有之。

崔宗之是聪明一世，糊涂一时。

有些话，对外人可以说，对朋友不能说。说得再透一点，正因为相互间是朋友，有些话才不能说。话说出来，朋友能接受才好；朋友接受不了，对朋友没好处，甚至起反作用，这样的话，你为何要说？

尽管崔宗之说话打了几分折扣，他没直接说出他对李白的看法：你的素质本身，决定了你不能像我一样在官场中混饭吃。但他的话还是深深地刺伤了李白。李白不再说话。

这天上午，崔宗之从李白处怏怏不乐地走了。下午，贺知章派人告诉崔宗之，晚间他们有一文人聚会，让他叫李白一同前去。

崔宗之早早地来到客店，见到李白，他避开上午的不快，直接说："今晚有一个聚会，京城很多文人朋友都来参加，我们一起去热闹热闹，你也好多认识几个朋友。"

李白心里不痛快，婉言谢绝。

"贺公特意让我来叫你，昌龄兄也会去。"崔宗之说，"还有王维、李颀他们，你与他们还不认识吧？"

不说王维，李白可能还有商量的余地，提到王维，他坚决不去了。李白早听人说过，王维是先敲开公主的大门，后进士及第。如今，他李白进京也与公主有关，这叫李白觉得十分没面子。

崔宗之没想到这一层，他又说了一句错话。

分手后，李白和崔宗之心中多有不畅。

李白几天没出门，他一个人躲在客店里喝闷酒。

崔宗之并不怪李白，他反省自己，后悔说话不慎，给朋友带来了不必要的精神痛苦。

为着修复朋友关系，崔宗之主动去礼部打听李白的事到底卡在哪个环节上。结果，一直追到政事堂，李林甫把皇上的圣旨给压了下来。崔宗之想，这事若不等皇上再次亲自开口，怕是不会有转机了。

崔宗之又专程来找李白。他安慰李白，说："你呈交的圣谕，早已送到了政事堂。迟迟没有回复，依我之见，与朝廷近日的大事有关。"

看了一眼李白，崔宗之又说："左相牛仙客去世不久，政事堂中空虚，大大小小的事情全由李林甫一人处理，我想，他们正忙于物色左相人选，其他事情只好往后让一让了。"

李白的情绪有所恢复，他感谢崔宗之替他费心。对崔宗之的分析，李白也深信不疑，他说："我进京那天，正赶上左相出殡，场面极大，看得出来，那是国家的栋梁之材。"

崔宗之笑了笑，未敢苟同。

这是李白的天真，他以为只有栋梁之材，才配得上如此盛大的出殡场面。其实，牛仙客之所以能做李林甫的左相，死后之所以够得上这样的丧葬标准，正因为他是一个十足的庸才。历史上，牛仙客是有名的庸相之一。

在崔宗之前面，贺知章也来过了。他对李白说的话与崔宗之所言大同小异，无外乎是让李白再静候一段时间。朝廷办事，总要一步一步来，一口吃不成个胖子。不过，贺知章说得比崔宗之有把握，他让李白放心，有他贺知章在，事情一定能办好。

李林甫确实在忙于重大的人事安排。

牛仙客病逝后，玄宗让李林甫考虑左相人选。

李林甫向皇上推荐了几个心腹，玄宗不是说这个年老多病，就是嫌那个无甚政绩，不得首肯。后来，玄宗自己想到了一个人，他问李林甫："严挺之现在哪里？"

选宰相，玄宗总忘不了以张九龄为标准。当年，严挺之是张九龄的得力助手，因为王元琰坐赃之罪，有李林甫挑唆，玄宗同时罢免张九龄、裴耀卿二相，并将严挺之贬为洺州刺史。事后，玄宗即有后悔之意。

张九龄已死，严挺之还在。玄宗想，严挺之在朝为官，不失为忠臣。先帝时，胡人婆陀请求在延喜门、安福门燃灯数千盏，昼夜不息。先帝率嫔妃前去游玩，一个多月不理朝政。严挺之大胆上书，劝国君"五不可为"。先帝纳其言，给予赏赐。老臣严挺之有宰相之才。

"严挺之可用。"玄宗不管李林甫是否有异议，直接表态说，"你尽快把他给朕召回朝中。"

"臣下明白。"李林甫一点也不犹豫，立即接旨。

退朝后，李林甫好伤了一番脑子。他是绝对不会让严挺之重新回朝任

227

相的。同时，对皇上又要有个说得过去的交代。熬了一个通宵，李林甫想出一个瞒天过海的计谋。

当时，严挺之正在绛州任刺史，他的弟弟严损之在京城为官。李林甫把严损之召至府中，对他说："当初，尊兄受王元琰案子牵连，被贬出京，我爱莫能助，一直把这事放在心上。我想，过了六年时间，陛下的气也该消得差不多了，要想法子让尊兄返回京城才好。"

严损之初听抱有怀疑，他不相信李林甫会突然为他兄长着想。但观李林甫的神情，看李林甫对他的态度，真挚、诚恳，没有半点虚假。严损之又不能不怀疑他对李林甫的认识。

"我知道，尊兄，包括你也在内，对我有成见，都以为是我在陛下面前坏了他的事。其实，陛下要那样处理，我一个下臣，能有什么办法？"李林甫用伤感的口吻，一字一句地说，"这些年来，我日日都在省视自己，指责自己当时不能鼓起勇气，站出来为他们说两句话。说实话，帮尊兄返回京城，并非完全为尊兄着想，也是为我个人着想，我要寻找心灵的解脱机会。"

"陛下能宽恕我兄长，让他回来吗？"

"这就要动脑筋了，"李林甫说，"找个理由，让陛下同意。"

严损之想不出什么理由。

李林甫说："尊兄已年过六旬了吧？"

"长我四岁，今年六十三了。"

"年纪大了，容易生病。我想就以身体有病为由，上书陛下，要求回京与家人同聚，以便疗养。"李林甫装作边想边说的样子，停顿了一下，又说，"这病不能说得过重，也不能说得过轻。我看，你告诉尊兄，让他上书陛下，称他年前突患风疾，卧病在床，现虽基本恢复，但留有一点后遗症，须回京继续疗养。陛下一定会念他年老体弱，准奏，让他返回京城的。到时候，我再从中斡旋，给尊兄重新安排职位好了。"

不久，严挺之的上书送到了京城。

李林甫看后，故意让人直接送往兴庆殿，请玄宗亲阅。

228

玄宗召李林甫来商量："朕有意让严挺之回朝任左相，正巧，他从绛州有上书来，说他身体不佳，要求回京城养病。这可怎么是好？"

李林甫把严挺之的上书又看了一遍，说："陛下爱才用才之心人人皆晓。可惜，严挺之年老体病，不能再为朝廷效力。臣想，封他一个闲散的官职，让他回京养病，最能体现陛下对他的关心爱护。"

玄宗叹息了很久，只好授严挺之为正三品员外詹事。

严挺之高高兴兴地回到长安，他虽在位却没有任何职权。尽管如此，不知内情的严挺之对李林甫还是感恩戴德，以前的积怨一扫而光，他差点把李林甫当作再生父母看待。

再选左相，李林甫物色了一个他认为比较好掌握，在皇上那里又能过关的折中人物。玄宗果然认可了。

牛仙客秋七月去世，两个多月后，李适之被任命为左相，接任兵部尚书。

李适之，也是皇室家族的后裔。他与玄宗同辈，是太宗长子李承乾的孙子。这长房一系，本是正宗的龙脉，享有合法的王位继承权。

八岁时，李承乾被立为太子，至十七岁，他受诏处理政事。随后，李承乾逐渐放任自己，过多地沉湎于酒色之中。太宗对他大失所望，渐渐地移爱于次子李泰。察觉太子的地位将被弟弟取代，李承乾记恨于父王，并与李泰结下仇恨。贞观十七年（643），太宗以谋反罪废李承乾为庶人，流放于黔州。两年后，李承乾死于流放之地。李泰也因图谋夺嫡之罪受到发落。五年后，太宗最老实也最无能的儿子、玄宗的祖父李治继位。

李适之的父亲李象，一生中做得最大的官是怀州别驾。神龙初年，即中宗李显第二次在位时，李适之开始步入官场，任左卫郎将。玄宗即位后，他历任通州刺史、泰州都督、陕州刺史、河南尹等职。

李适之最显赫的政绩，是他于开元二十七年（739）接任幽州节度使，继安禄山、张守珪两次败于叛乱的契丹、奚之后，打败了契丹、奚，使北部边疆暂时获得了平静。为了嘉奖，朝廷于二十九年（741）召李适之回长安。拜相之前，他已是刑部尚书。

玄宗对李适之一直较为器重。借此，李适之曾上书玄宗，请求将他祖父、父亲之墓从黔州迁回长安，陪葬于太宗的昭陵墓地。玄宗不但允诺之，还下诏追赠李承乾为恒山愍王，李象为越州都督、郇国公，连李适之过世的伯父和哥哥都有追赠。让这皇室一族重新风光起来。

　　李林甫选中李适之为副手，看中的是在自己与张九龄的斗争中，李适之没有支持张九龄。当初，张、裴二人被罢宰相，李林甫再次举荐牛仙客出任左相，监察御史周子谅上书弹劾，措辞锋利，被玄宗杖杀。这其中也有李适之的一份"功劳"。

　　原来，周子谅上书前，曾到李适之府上，请李适之将牛仙客的无能、李林甫的卑鄙面奏皇上，他说："大人是皇室宗族，怎能坐视奸臣当道，小人为虎作伥，败坏李家江山呢？还望大人一定为张、裴二相伸张正义。"

　　李适之虽然在思想上认同张、裴，但知道他们二人大势已去，李林甫掌握了朝廷的权力。再者，他认为周子谅私下串联朝臣，同时发难，必有张九龄为后台，他们也不全是为了朝廷大业。李适之想，他们更多的是为个人得失而争斗，这中间，没有什么正义可言。如此你争我斗，朝廷损失将会更大。

　　李适之表面应承了周子谅的请求，实际上另有主意。他面奏皇上，说："周子谅欲弹劾李、牛二相，臣担心，朝廷重臣之间你来我去，明争暗斗，将不利于政局的稳定。"

　　玄宗厌倦了张九龄的逆耳忠言，他早不想有人在他面前说三道四，告诉他：陛下应该这么做，陛下不应该那么做。罢了张九龄，小小的周子谅还敢出面指责陛下，当然要受到严惩。为此，周子谅付出了生命，张九龄被贬出京城。

　　李适之的做法无异于火上加油，落井下石。从这点出发，李林甫选中了他。李林甫认为，只要他大权在握，李适之就会依附于他，不敢有出格的行为。

　　朝中人事安排已定，皇上又可以放心地享乐一段时间了。玄宗带上他的太真妃子，于初冬时节到骊山温泉宫度假。

这天傍晚，杨玉环与玄宗在龙池温汤中沐浴。嬉戏完毕，太真妃子内裹轻纱，外披一件奶黄色的软缎薄棉袍，前胸丰乳多半袒露在外，陪伴着玄宗一同登上逍遥亭，极目远望。

斜阳西下，彩霞满天，将这苍翠秀雅的骊山点染得花容粉妆，妩媚万千。"骊山晚照"，从来让人看不够，爱不尽。

夜幕渐渐落下，山间有了寒气，刚从温汤中沐浴出来的玄宗和杨玉环却丝毫没有感觉到凉意。杨玉环的雪质肌肤早被温汤浸泡成粉色，寒气逼来，淡淡的白雾在她身旁飘绕，更显出太真妃子的婀娜动人。

玄宗看得入神，柔声赞道："朕的小娘子真乃天仙下凡，立于这骊山美景之中，世间无人可比。"

杨玉环嫣然一笑，说："陛下……"

"嗳——"玄宗打断她，道，"朕已说过多次，从今往后，娘子不要再称朕为陛下。"

"那该如何称呼陛下？"杨玉环娇声问道。

"嗳——又是陛下，"玄宗做出不高兴的样子，"朕早说过，除去'陛下'二字，娘子随意。"

"我就愿意称你为陛下。"杨玉环说完，忍不住自己先笑出声来。

玄宗又被杨玉环撩拨得性起，他将他的美人拉坐在膝上，搂抱于怀中，用手去摸她裸露在外的前胸，粉色肌肤，清凉酥滑。玄宗疼爱地赶紧替杨玉环将棉袍裹紧，伏在她耳边说："外面寒冷，朕带你回宫去吧。"

杨玉环偎依在皇上的怀里，眼瞅着晚霞似火，又故意与玄宗作对，说："我不，我就喜欢与陛下坐在这良辰美景之中。"

"嗳，娘子这回可是大错特错了，"玄宗道，"朕分明是你的三郎，你偏偏要呼朕为陛下。此刻明明是黄昏时分，娘子却颠倒为良好的早晨。"

"我才没错呢，"杨玉环笑着说，"陛下让我直呼你为三郎，意思是说，你我永做恩爱夫妻。恩爱夫妻没有老少，不分上下，对吗？"

玄宗连连点头。

"那么，三郎，我再问你，你我恩爱夫妻，没有黄昏晚唱，永远生活在清晨美景之中，你说，有何不好？"

"好，当然好！娘子聪慧机敏，是朕错了，又是朕错了。"玄宗说着，哈哈大笑起来。

笑声传进山林，一群业已归巢的小鸟重又拍着翅膀，朝着天边的红霞彩云飞去，幽静的"骊山晚照"又新添了勃勃生机，玄宗沉浸在美人美景之中。

玄宗想，西周时期，周幽王千金难买美妃褒姒一笑，只能在这骊山烽火台上燃起烽火，以戏弄诸侯，换得褒姒一笑。买这美人一笑，代价实在过高，它令周幽王丧命，西周国灭亡，褒姒自己也被西戎掳去。玄宗自然拿杨玉环与褒姒相比：那女人虽是金贵，却难比朕怀中的这小尤物贤淑聪颖。周幽王没有朕的福分。玄宗好不得意。

由周幽王，玄宗又想到始皇帝。登基前，玄宗曾陪同父皇来骊山沐浴温泉。父皇告诉他，秦始皇也偏爱这骊山温汤。

相传，秦始皇在骊山修建了历史上最豪华的离宫，同时，他还命人将温泉砌成池子，取名为"骊山汤"。一次，始皇帝正于"骊山汤"中沐浴，忽见一位美貌异常的神女从池边走过，他抑制不住心中的欲火，上前调戏神女。神女恼怒了，朝始皇帝的脸上吐了一口唾沫，转身即消失在山林之中。始皇帝的脸上生出脓疮，他招来各路名医医治，均不见效果，脓疮反而越治越大。再遇神女，始皇帝不得不跪在神女面前，请求宽恕。神女掬了一捧泉水，让他擦洗，脓疮很快便痊愈了。以后，"骊山汤"即改名叫"神女汤"。

始皇帝叱咤风云，统一中国，改写历史，却没有消受神女的艳遇。玄宗想，与秦始皇相比，朕该知足了。

良久，杨玉环没有说话。她见玄宗看着晚霞出神，忽然记起前几天玉真公主交代她的话：找时机提醒皇上，亲自召见李白。此时，正是绝好的机会。

杨玉环说："三郎，如此美景，若有人赋诗一首，该有多好。"

"娘子乘兴，自作一首。"

232

"我的诗作，登不得大雅之堂。三郎还记得李白的诗吗？你说，此时，他若在此，能作出怎样的诗文？"

杨玉环的话，果然点醒了玄宗，他随口问道："朕已召他进京，为何迟迟不见来人？"

杨玉环睁大眼睛，朝玄宗轻轻地摇了摇头，做出一无所知的样子，又加补一句，道："三郎召一个人进京，也要这么长的时间？"

"高将军，"玄宗扭头将站在亭子外面的高力士唤到身旁，道，"替朕过问一下，李白到底来没来长安？"

"老奴明日一早就去查清。"

李白多日没去吏部，吏部员外郎却亲自找上门来。见面，他便满脸堆笑，给李白道喜："恭喜李大人，贺喜李大人，有宫人传话来了，明日，皇上要在骊山宫亲自召见李大人。"

"此话当真？"

"我为公务而来，哪敢开这种玩笑！"员外郎说，"请李大人做好准备，明日天亮前，宫里有车马专程来接你。"

李白内心高兴，他请员外郎同他一起去喝上一杯，员外郎推辞道："我还有公务在身，不得久候，改日一定奉陪。"

此时还不到晌午，李白兴奋得不知如何打发余下的近一天的时间。他想有人与他分享快乐。这个时候，怕是找不到闲人。他新近结识的朋友，又大多有一官半职，事先不约，白天不便去找。

李白想到了元丹丘。

崔宗之早告诉过他，元丹丘来大昭成观任威仪，也与玉真公主有关。为着避嫌，还因想不通自己入朝为官为何只能走女人之门，李白一直未去见元丹丘和玉真公主。

其实，李白心里何尝不想见玉真公主？他十分矛盾，想见玉真公主出自心底，碍着面子，他又强做出男子汉的傲慢。

明日即可面见皇上，还是先去见过玉真公主为好。到了这时，李白想通了，别人爱怎么说，就让他怎么说去。玉真公主的好意，他不能不领。再说，与元丹丘兄弟一场，同在京城不去相见，也实在说不过去。

来到大昭成观，李白才知道，见不见玉真公主根本由不得他。玉真公主已不在这里，元丹丘也不在。

观内一青年道士告诉李白，威仪送持盈法师去华山，还未返回。

"他们几时去的？"李白问。

"昨日启程。"

"几时能归？"

"威仪说，他送持盈法师上山后，即日返回。"

"玉真公主不和元丹丘一同回来？"李白着急地问，"她独自在华山，要住多长时间？还会返回长安吗？"

青年道士也生出疑问，他不知此人打听威仪和持盈法师的行踪有何目的，不肯再往下细说。

李白扫兴而归。

余下的时间，他只能独自与酒为伴。喝下去的是喜庆还是愁闷，李白弄不清楚，只是一个劲儿地往下倒。

第二天，天还没亮，已有宫人来接李白。他们没用宫中车马，而是牵来一匹高头大马。这马金黄色的鬃毛，配有白玉鞍桥，是养在飞龙厩中的天马驹。通常，进士及第，或钦点大学士才有资格骑乘这御马厩的宝马。

头脑发涨的李白，没换新装，他一身布衣打扮，随随便便，跨坐在飞龙马上。

四个宫人，两前两后，将李白带往骊山温泉宫。

后来，李白在给一个友人的诗中描述了这天清晨，他去骊山温泉宫陪驾时的心情。在《驾去温泉后赠杨山人》一诗中，李白写道：

少年落魄楚汉间，风尘萧瑟多苦颜。

自言管葛竟谁许？长吁莫错还闭关。

李白说，他年轻志壮之时，游历、落魄于楚汉之间，风尘萧瑟而面有苦相。那时候的他，没人看得上眼，可他自有抱负在心中，敢与管仲、诸葛亮相比。直到四处碰壁，才不得不长叹生不逢时，在寂寞中将自己关闭于家中，藏身自守。

> 一朝君王垂拂拭，剖心输丹雪胸臆。
> 忽蒙白日回景光，直上青云生羽翼。
> 幸陪鸾辇出鸿都，身骑飞龙天马驹。
> 王公大人借颜色，金璋紫绶来相趋。

一日之间，身价骤变。承蒙君王宠召，垂青于落魄之人，李白感恩戴德，他要尽心竭力，以输其报国报君之耿耿忠心。

身骑飞龙天马驹，行于都城，走出长安城门，往骊山温泉宫陪驾，李白有高高在上八面威风之感。一路上，李白看见王公大臣们无不对他肃然起敬，笑容可掬。李白以为，这些佩金璋服紫绶之官人，一反常态，相趋向前，媚眼于他，都是想借他的颜色。

李白没想到，后人评他这诗句，反倒说他一时气焰过盛，得意忘形，难免露出世俗之态。

> 当时结交何纷纷，片言道合唯有君。
> 待吾尽节报明主，然后相携卧白云。

别看李白头天喝多了酒，坐在马上，他恍恍惚惚头脑发昏，心中却是十分明了。他对杨山人说：遇宠之时，王公大臣纷纷与我结交，可真心相合者，唯君而已。你是隐者，我在仕途未归，看起来，你我二人背道而驰。其实，就终身志向而言，你我无异。待报答明主恩典，为国尽忠，功成名就后，我李白亦将隐退于山林，与君同卧白云之中，做隐者而悠然忘世。

这天，玄宗比平日起得早。用过膳，他突然心血来潮，让高力士马上召梨园弟子到长生殿前等候："朕马上要去操演新曲。"

高力士应声退下，赶紧准备去了。

"三郎今日不去赏花了？"杨玉环问。

"赏花什么时候去皆可，这支新曲必须先记下来。"

"三郎何时又作有新曲？"

玄宗笑道："刚才，在御榻上，和娘子一同睡觉时。"

皇上见杨玉环大惑不解，又笑道："天亮时，朕睁开眼睛，做了一个白日梦。梦见一容貌秀丽的女子，头梳交心髻，身穿大袖宽衣，翩翩来到朕的床前。"

"我为何没有看见？"

"朕想唤醒娘子，可那女子悄悄摆手，示意朕不要惊醒你。"玄宗说得十分神秘，"她下拜于朕的床前。朕问她：你是何方女子？她道：我是陛下凌波池中的龙女。"

"凌波池？"杨玉环想不起来这凌波池在哪个宫中。

"凌波池在洛阳的上阳宫。"玄宗说，"朕多年不去，给朕卫宫护驾的龙女想念，所以追来骊山。"

"她就为见三郎一面？"

"朕问她为何而来，她说：如今陛下通晓钧天乐曲，小女子想乞赐一曲，每天演奏，如同陛下近在身旁。朕推辞不得，在心中默诵一支新曲。曲终，龙女再次跪拜，说她已牢记心间。不等朕再说话，她早已翩翩离去。"

"三郎还记得这支新曲？"

"刚才用膳时，朕在心中重新默诵了一遍，前后音节，没有忘记。"玄宗高兴地说，"你我这就去将它演奏出来。"

杨玉环随玄宗一起来到东花园，梨园弟子中的十几名演奏高手早在那里等候。

　　玄宗不管他们，自己先拿了玉笛，音也不试，竟行云流水般奏出了全曲。那曲调清越婉转，悠扬动听，那音律从来没有人听过，就连梨园弟子的演奏高手们也闻所未闻，众人都被皇上的这支新曲陶醉了。

　　曲终，大唐第一歌者李龟年走近玄宗身旁，跪下行大礼，道："请教陛下，这回肠荡气之乐曲，可有曲名？"

　　玄宗想了想，说："此曲是朕为凌波池龙女所作，就叫它《凌波曲》吧。"

　　"听三郎的《凌波曲》，如见池水粼粼碧波，紫荷迎风开放，"杨玉环说，"若能编排一段软舞与此曲相配，更会令人心旷神怡。"

　　"娘子所言极是，"玄宗说，"快去把谢阿蛮叫来。"

　　谢阿蛮是玄宗收进宫中的著名舞女。据说，她身轻如燕，体柔如水，跳出的软舞异常柔美。

　　初进宫时，玄宗曾怀疑这个舞女周身没长一根硬骨，观她跳软舞很是诧异。没等谢阿蛮舞完一曲，玄宗便命她过来，立于他腿前。皇上把这精致的小女子前后左右，上上下下，摸了一遍，叹道："如此柔韧滑美之肌体，天下无双。"

　　谢阿蛮叫来了，玄宗指挥着乐工操演新曲，杨玉环则与谢阿蛮一同切磋、编排舞姿动作。主子和弟子们反反复复地练，来来回回地排，好一阵忙乎，总算基本就绪。

　　玄宗有些累了，他往御椅上坐下，道："朕歇息一会儿，你等按刚才的排练，舞与曲乐合演一次，给朕瞧瞧。"

　　乐工们不敢怠慢，在长生殿前的空地上，依月牙形排坐开来。只见玄宗一个手势，乐曲悠悠扬起，由远至近，清风习习，真如来自天上一般。

　　谢阿蛮立于正中，在舒缓的乐曲声中翩翩起舞。她身穿粉红色纱裙，色彩由浅至深，舞动中宛若池中盛开的荷花。再加之她又腰柔体软，长袖舒展，足下莲步轻盈，活脱脱就是仙宫龙女在清波荡漾的花池中飞舞。

237

玄宗赏心悦目，脱口吟出曹植描述洛神的一句诗："凌波微步，罗袜生尘。美哉，妙哉！"

李白早到了骊山宫。

本来，玄宗今日要与杨玉环一同赏花，他命人宣李白来写诗助兴。宫人早早地把李白接来，他们安排李白在骊山宫门的侧殿内等候，自己便先回去了。

李白坐等在侧殿，久久不见有圣旨来宣。太阳都老高了，他还饿着肚子，早饭没吃，昨晚吃下的酒菜已经消化光了。有些着急，李白去问站在侧殿门边上的小宫人：陛下何时早朝？

小宫人笑笑，并不与他搭话。

再等了一会儿，李白实在等不及了，又走到门口去问小宫人："请问小公公，你可知陛下何时才能下旨，宣我进去？"

小宫人见李白客气，他也客气道："大人休要着急，陛下这会儿正忙着呢。闲下来，必会宣你进去。"

"陛下还在早朝？"

"大人出来听听，便知陛下正在做些什么了。"

李白听小宫人的话，走到侧殿门外，侧耳倾听。

右前方的山脚下，古木松柏中掩映着一片宫廷建筑，从那儿，时隐时现地传来清扬的乐曲声，曲调优雅，时缓时舒，李白听着，觉得那边的宫殿就是仙宫。

"大人听见乐曲声了吗？陛下肯定是在指挥乐工排演乐曲呢。"

李白早听说，玄宗酷爱音乐，沉浸于音乐歌舞之中，常常废寝忘食。这可怎么是好，李白心下暗暗叫苦，难道我今天要饿着肚子，在这儿等一天不成？

想了想，李白对小宫人说："小公公，刚才那几位公公送我来，是否已禀报陛下了？"

"他们从兴庆宫来，只管送人，其他事，不会多管。"

"这么说，陛下还不知我已在此久候？"

"不一定。"

"烦请小公公替我通报一声，如何？"

小宫人又笑而不语。他想，这位还未穿上官服的大人，初来乍到，不知天高地厚，将皇宫与一般的官府等同。在皇上这里，让你等着，你就得老老实实地等着，哪有进去通报催皇上的道理？

李白话讲出口，自己也觉得有些不妥。他不怪小宫人不理他。

又想了想，李白请小宫人给他找来笔墨，提笔写下一首诗，送到小宫人面前，说："小公公，我听那边传来的乐曲动人，写诗一首与之相和。不知小公公是否能替我呈上去，献给陛下，以了我心愿。"

接过李白的诗，小宫人答应道："我去试试。"

小宫人的背影消失在长廊中。李白翘首等待。

小宫人来得正是时候。

《凌波曲》与谢阿蛮的软舞和过一遍，玄宗满意，他命乐工和舞女原地休息一会儿，他与杨玉环进殿喝茶，等一下，再出来合演。

皇上进了长生殿。小宫人找到一个熟悉的宫人，把李白的诗递给他，又在他耳边说了两句悄悄话。那宫人点头答应下来。小宫人退至大殿远处的长廊里，他在那儿等着回音。

高力士侍候皇上和太真妃喝过茶，等他们坐着休息时，从长生殿中走出来。

宫人赶紧迎上前去，躬身禀报道："侧殿有一应诏的大人，作诗一首，说是献给陛下助兴。"

高力士知道，等在侧殿的人是李白。接李白来骊山宫，是他早两天安排好的。今早，皇上突然改变了主意，他也只能让李白在侧殿里等着了。高力士接过李白的诗，随便看了一眼。诗写得不错，高力士想，这时候呈上去，皇上也许高兴。

"谁送来的？"高力士问。

"侧殿小宫人。"

"让他先回去。"高力士说，"告诉李白，等在那里。"

高力士再进长生殿，玄宗正在与杨玉环说笑。

走到皇上身边，高力士将李白的诗呈上，说："陛下，老臣让人把李白给接来了，现在侧殿候旨。这是李白刚写的诗文，呈上给陛下助兴。"

玄宗的兴趣全在他的《凌波曲》上，根本不想看什么诗文，他像没听见高力士说话一样，不理他的茬儿。

杨玉环听说是李白作的诗，从高力士手中接过来，饶有兴趣地说："三郎，我读给你听。"

李白的这首诗，后来被收入《子夜吴歌四首》，诗曰：

镜湖三百里，菡萏发荷花。

五月西施采，人看隘若耶。

回舟不待月，归去越王家。

五言六句诗虽然与荷花湖水有关，却没有绝句。玄宗听了，认为难与他的《凌波曲》相提并论。这种诗也拿来给朕助兴？玄宗有些不快，他朝高力士说："朕今日没空，你让他回去好啦。"

高力士领了皇上的意思，转身就准备出去传话，被杨玉环唤住，道："高公公请稍候。"

杨玉环想的是，就这么把李白打发走了，日后，她见了玉真公主不好交代。于是，她朝玄宗娇声说道："三郎，把李白留在宫里，需要时，再让他来作诗，你说好吗？"

"也好。"玄宗马上说，"高将军，传朕的旨意，封李白为翰林院学士，留在宫中待诏。"

对《凌波曲》，玄宗余兴未尽，他不等高力士代李白领旨谢恩，就站起身来，牵着杨玉环的衣袖，朝大殿外走去。边走，玄宗边说："娘子，这回我击羯鼓，你弹琵琶，与乐手们一起演奏，让阿蛮跳舞，管保比刚才

240

的效果还要好。"

玄宗精通多种乐器，而笛子和羯鼓是他最喜欢演奏的两种乐器。

羯鼓的形状很像一只油漆桶，演奏时，用两根小杖在鼓面上敲击。它声音焦杀，敲击出的乐曲铿锵有力，很能激奋人心。玄宗曾说："羯鼓，八音之领袖，诸乐不可方也。"不少人分析说，玄宗喜欢羯鼓，与他雄豪的性格有关。还说，高昂雄壮的羯鼓声，恰好与盛唐气象相吻合，所以，玄宗总是让羯鼓在乐队中坐第一把交椅，充当八音领袖，如同交响乐中首席小提琴的作用。

中国北方曾有一支部落名为"羯"。有人说，羯鼓的起源与羯人部落有关。也有人考证，羯鼓是西域乐器，早在南北朝时，它就随龟兹（古龟兹国在今新疆库车县一带）音乐一起传入我国。如今，印度等国还可见到羯鼓。据此，羯鼓是由西域传入中国的说法更为可信。

唐代，在所有的外来乐器中，羯鼓最为流行。开元初，宰相宋璟很会击羯鼓，他说，击羯鼓时，头要像青山峰一样，巍峨不动，手要像急雨点一般，碎急猛烈。据说，曾有一个叫作吕元真的教坊艺人击鼓最绝。击鼓时，他头顶满满的一碗水，乐曲演奏完毕，人热得汗流浃背，而一碗水平静如初。做皇上以前，李隆基听说吕元真击鼓技艺高超，曾多次派人请他来表演。可吕元真自恃才高过人，每次都拒绝了邀请。作为报复，登基后，玄宗下令吕元真终身不得受封，而与他同行的艺人，全都授予了爵位。

玄宗是演奏羯鼓的高手，也是吹奏笛子的行家，作曲时，他常以笛度曲。羯鼓和笛子，两种乐器，同时为大唐皇帝所喜爱。

杨玉环也是一个多才多艺的艺术家。她能歌善舞，会玩各种乐器，尤其擅长弹拨琵琶。玄宗的父亲睿宗也喜欢演奏琵琶，他有一把心爱的琵琶，叫"玉环琵琶"，后来一直由玄宗珍藏。杨玉环与"玉环琵琶"同名，不知是纯属巧合，还是命里姻缘。

长生殿前，《凌波曲》又起。玄宗高挽袖筒，兴致勃勃地敲击羯鼓，杨玉环怀抱琵琶，拨得音韵清丽，还有玉笛、筚篥、方响、觱篥等乐器一

241

同演奏。谢阿蛮则把这《凌波曲》舞跳了一遍又一遍，力求至善至美。

整整排练了一天，直到天黑，玄宗方才满意。

此后，《凌波曲》和它的舞蹈成了皇宫里盛大宴会中的保留节目。古书记载，其乐队阵容是：玄宗击羯鼓，杨贵妃弹琵琶，宁王吹玉笛，张野狐弹箜篌，李龟年吹觱篥，马仙期击方响，贺怀智拍板。个个都是演奏高手，乐队水平当然是超一流的。

高力士领了皇上的旨意，亲自去向李白宣读。他不进侧殿，而是选了一个离侧殿不远的高坡站了，让宫人传呼：李白接旨——

听了这激动人心的传呼，小宫人把李白引至侧殿门口，李白垂首躬腰九十度，洗耳恭听。他站着的地方离高力士有八九丈远，高力士宣旨，中间有一宫人转达。一字一句李白都听得清清楚楚，皇上封他为翰林院学士，待诏。

领旨谢恩，李白平身。他看见站在坡上的高公公，身躯高大，脸宽嘴阔，一双眼睛细长，由于隔的距离远，看上去是用刀片在大脸盘子上刻出来的两条细缝。高力士的表情庄重，很像是立于供台上的泥菩萨，或是从天宫中下凡的大将。李白心想，见不到皇上，与高公公面谈几句也好。他朝高力士走过去。

坡上，高力士见李白朝他走了过来，将手中的拂尘向前连甩了两下，意在阻止李白走近他的身旁。内宫的总管，朝廷中的大将军，轻易不与下臣打交道。

李白不知规矩，他没理拂尘的甩动，还往前走。中间的宫人将他拦住，道："李翰林止步。有话，小人替大人转述。"

"我有话要和高公公说。"

高力士听见了李白的话，他将已搭在左臂上的拂尘拿起来，又朝李白甩了一下，转身走了。

李白愣住了。

早听说，高力士在禁中很有权势。四方奏表，必须通过他呈报给皇上。他还可以部分地代皇上行事，单独处理一些小事。在宫里，玄宗不直呼高力士的名字，而称他将军。皇太子叫他为"二兄"，诸王公主都称他为"阿翁"，驸马们则要称高力士为"爷"。可李白想不到，高力士的架子如此之大，竟不肯与翰林学士对一句话。李白觉得自己受了莫大的羞辱。立于侧殿门口，李白又没有其他办法，他只能咽下这口窝囊气。

4

翰林院设在大明宫右银台门以北的西夹城内，其建筑是城中套院，院中又套院，大院小院，差不多占去了西夹城的一半面积。

宫廷内置翰林学士是唐朝的首创。

唐制规定：乘舆所在，上至文辞经学之士，下至占卜医学各类奇技淫巧，凡有一技之长的人，皆置于别院，以备皇上召见。可见，翰林院是直属皇上的一个专门的宫廷机构。最初，翰林院由大批的文人、风水专家、占卜者、佛道僧侣、歌舞艺人、大画师、书法大师，甚至棋师组成，他们都是使皇上生活更加充实愉快的翰林待诏。开元二十六年（738），玄宗在翰林院内新设了一个学士院。学士院的职责，是与集贤院分掌制诏书敕，为皇上处理国务和起草公文。不久，学士院的重要作用很快超过了集贤院，凡赦书、德音、立后、建储、行大诛讨、拜免三公宰相、命将制书等朝廷重要文献，一律由翰林院的学士负责起草。

进入翰林学士院，李白再次与张垍相见。说得更准确一些，是李白归属于张垍手下，受这位驸马爷的领导。李白不情愿，张垍也不愿意。

此时，张垍在中书省做舍人，官职正五品上。他以中书舍人的身份负责翰林学士院事务，职责虽然重要，官位却较清贵。因此，张垍又兼领了兵部侍郎，做了兵部的实际长官。张垍在朝中的影响和职权，比十二年前李白见他时要大得多了。

接到政事堂公文，皇上封李白为翰林学士，张垍心中好不恼火。他没想到，转来转去，转了十多年，李白还是钻进了朝廷。给他什么小职务不

243

好，还偏偏让他来翰林院做学士。张垍嫉妒李白的才华，也讨厌李白的锋芒。他没有忘记李白写给他的连讽带骂的两封信。信中，李白曾说，有朝一日，他时来运转，绝不会像张垍待他那样，以势利眼看人。张垍想，你不用势利眼看人，我却要以权势压人。李白这种人，不会老老实实地听人调教，我还要好好整治整治他的傲气才行。

"大兄弟，久违了。"张垍笑容可掬地朝李白迎了过来。

李白见这张垍已不是当年的王孙子弟的派势。他蓄起了长须，眉间现出两道深深的儿字皱眉纹，一副官场老派的架势。不过，张垍的笑脸还和以前一样，显得和蔼可亲。李白想，我也不是当年的李白了，还想用笑脸骗我，没那么容易。

李白满面严肃朝张垍拱手，道："张侍郎客气，李白奉旨前来翰林院供职，不敢与张大人称兄道弟。"

"哈哈哈哈……"张垍听了李白的话，一阵大笑，说，"大兄弟说得对，还是大兄弟有见识。在内，我们互为兄弟；在外，你我还是公事公办的好。"

说着，张垍故意四下张望了一圈，小声道："此时旁边没有外人，你我称称兄弟，也不妨事。"

张垍的话，分明是在戏弄李白。李白哪里会不知道？他想着不与张垍一般计较。日后，在他手下做事，还要以忍字为上才好。这是李白来翰林院前早想好的。

见李白并不表示与他亲近，张垍换了口气，说："李学士，今日你初入翰林，我事先已做了安排，让属下带你四处走走，熟悉熟悉环境。以后，你可是每日都要在这里上班了。"

李白没听出张垍的话中之话，只当是张垍对他表示友善，便说："谢谢张侍郎想得周到。"

随着日子的流逝，李白渐渐体会到张垍的意思。他在翰林院上班，一天比一天难熬，那日子与关入牢房差不了多少。

翰林学士每天处理公文、草拟诏书的事务甚多，张垍从来不分配李白去做。他给李白另外安排了一个单进小院，说："李学士是皇上的御用待诏，只能听候皇上的诏令使用。"

小院有两棵参天古树，有花有草，环境幽雅。可屋内除了台案、座椅等必不可少的办公用具外，其余空空如也。书架上虽摆放着一些线装古书，却都是李白早已熟读过的。

待诏必须一天二十四小时都在院子里待着，因此，李白吃住都在这座小院子。初来乍到，他还能从小院子里找出些新奇事物。日子长了，可以看的都反复看够了，可以写的也写够了，李白又是一个爱四处游历的野腿，自然很不习惯这种生活。

白天，李白极少等到皇上的亲召。等到了，也只是令他写一二首抒情小诗，或是填写汉魏乐府，李白毫不费力，挥笔而就，很快即可交差。晚上，学士院内一片漆黑，同僚们个个打道回府，余下李白一人面对青灯壁影，更是难受。

这天上午，李白坐着无事，到邻院去找人聊天。

翰林院有规定，平日上班时间，学士之间不得相互串访聊天。李白已经清闲得顾不上什么规定不规定了。他想，这时不去找人聊天，下班后，剩他与几个小吏为伴，说来说去也只有几句废话。他必须要找同僚沟通沟通，否则，身在朝中却对朝中之事一无所知，算得上什么翰林学士。

邻院，宋学士与胡学士正在忙公文。

见李白走了进来，宋学士抬头和他打了个招呼，继续埋头做他的文章。胡学士为人比较热情，他站起身来，请李白就座。

李白坐下，道："二位大人正忙呢?"

"没什么大事，"胡学士说，"他要草拟一份罢免诏令，我将去年岁末各地送来的贡品清单整理出来，好送内宫宝库核实。"顿了顿，胡学士又补上一句，"每天都有这忙不完的事情。"

"有事才好，"李白说，"我每日坐着无事，人都要闲出病了。"

"李大人刚来不久，过些时候，忙起来，你就知还是闲着的好。"

"我来翰林三个多月，中间过了一个年，算起来，应是两个年头，时日不算短了。"

胡学士嘿嘿嘿地笑着，没什么话可说了。

李白见宋学士坐在书案前，深皱着眉头，手握笔杆，笔尖不停地在砚台里舔过来舔过去，便说："宋大人正在决定官人的生死命运，我还是不打扰的好。"说着，做出要告辞的样子。

"不打紧，不打紧。"宋学士不好意思道，"你坐会儿再走。我是一个词揩不上来，在自寻烦恼。"

"为一个白卷先生，你何苦伤这许多脑子？"胡学士说。

宋学士苦笑道："白卷先生好说，可宋、苗、张三人不好对付。他们朝中有人，日后卷土重来，知道这罢免诏令出自我的笔下，你叫我这翰林学士还做不做啦？"

李白不知他二人说些什么，便问："你们说的白卷先生是指何人？"

"年后，朝廷上刚出的一桩大笑话，李大人没有听说？"胡学士见李白真的不知，便将这笑话讲给他听。

原来，去年春上，李林甫将宋遥、苗晋卿二人提升为礼部侍郎，科举考试由他们两个人全权负责。宋遥和苗晋卿最大的特长不在识别贤士，而在溜须拍马。他俩见御史中丞张倚近年来深得皇上的宠信，便从上万的应考生中，选出张倚的儿子张奭占据头榜。

此事过了差不多一年时间，要是皇上想不起来过问，也就蒙混过去了。谁知，年后，皇上在早朝上突然想起张倚的儿子中了进士，便召他上朝，令张奭当朝写一诏书。

张奭肚子里没有几滴墨汁，自然心虚得害怕。当着皇上的面，他写不出一个字来。皇上宽恕他，退朝后让他留在大殿之上，独自做文章。可是这张奭整整一天，仍旧没写出一个字来。皇上知道后，大怒，斥张奭为"曳白"，并当即下旨贬宋遥、苗晋卿和张倚的官职。

"以溜须拍马之人充当伯乐，害国害民，"李白说，"这事，宰相大人李林甫也应……"

"李大人，"李白的话未说完，就被胡学士急忙打断，他说，"我们只就事论事，其他人事不可涉及。"

正说到此，张垍从外面走了进来。

他见李白坐在这里，脸上立即露出不快，说："政事堂等着要罢免诏书，你们却在这里闲坐着聊天，误了皇上的大事，谁负得起责！"

宋学士自觉理亏，低着头，一声不吭。

胡学士赔笑说："草稿马上出来，张侍郎坐等即有。"

"有李大学士坐在这里还不够，你让我也来凑份热闹？"张垍似笑非笑地说，"可惜我没有这份闲心。"

李白听得生气，站起来，转身就走。张垍还在后面补上一句："翰林院不是外面的茶楼酒馆，愿意往哪儿坐就往哪儿坐。这里是有规矩的地方。"

张垍说得没有错，你身在朝中，吃朝廷的俸禄，做皇上的御用文人，当然必须遵守朝中的规矩。

李白被张垍抢白得无话可说，回到自己的小院，写下《翰林读书言怀呈集贤院内诸学士》诗一首：

晨趋紫禁中，夕待金门诏。

观书散遗帙，探古穷至妙。

片言苟会心，掩卷忽而笑。

青蝇易相点，白雪难同调。

本是疏散人，屡贻褊促诮。

云天属清朗，林壑忆游眺。

或时清风来，闲倚栏下啸。

严光桐庐溪，谢客临海峤。

功成谢人间，从此一投钓。

李白在诗中说：

我晨夕待诏于紫禁宫中，以观书讨古，探究其中至理名言为乐趣，偶得一句契合我心之妙语，便要掩卷会心一笑，欣然若有所得。

读书虽然高雅，但翰林院内不无青蝇小人，阳春白雪难与之同调。想我李白从来是疏散之人，如今在这小小院落之内，屡受权贵小人的狭隘讥讽，真不愿与他同流合污。

我身于翰林，心在林壑。闲倚在长栏之下，清风徐徐吹来，闭目静听，犹如山风从耳边呼啸而过。胸怀大志之人未能成愿，这愤懑之气无处可出。

严光可以在桐庐溪上垂钓，谢灵运能隐居于临海的山顶之上，皆因他们轻富贵，薄功名，才得以逍遥自适。我李白若有功成之日，亦将永弃人间之事，往江边垂钓，飘然长往，遂我疏散之愿望。

李白一生抱有出世的想法，但他的出世总要以入世——创一番惊天动地的大事业为前提。功名成就不了，他的出世亦成为幻想。现在，他已进入了紫禁宫中，眼见功成名就，对于一点点寂寞，对于一两个张垍之类的小人，当然是要暂时忍一忍的。李白相信，在这皇宫大院里，总有他大显身手的时候。

无巧不成书。不久，果然有了一个机会，让李白在大朝之上尽领风流。

5

从开元末年至天宝年间，大唐王朝周边的少数民族多有骚扰边境等事件发生。尤其是北部契丹、奚的叛乱虽暂时被镇压，小打小闹却一直没有间断。东北部的渤海国也乘机向唐王朝发难。

一日，渤海国特使带着国书来到长安。朝廷将这番使作为上宾接待。

早朝上，礼部侍郎向玄宗奏本道："陛下，昨日有番使带来渤海国国书一封在此。"

"拆开，念与朕听。"玄宗稳坐在金銮宝座上说。

礼部侍郎立于大殿正中，遵命，将他手中的国书拆开。不看不要紧，一看，这礼部侍郎大吃一惊：整封国书，他一字不识。定了定神，礼部侍郎壮着胆子说："回禀陛下，此书以蛮族文字书写，与鸟兽之足迹没有差别，臣无法阅读。"

玄宗并没怪罪这位礼部侍郎，他命即刻宣翰林学士上殿，翻译此国书。

张垍领着两个最有学问的翰林学士匆匆赶来。接过这渤海国书，两位学士也傻了眼，他们同样一字不识。

见张垍捧着那封国书也在发愣，玄宗问道："张爱卿，你是饱学之士，也不认得这蛮族文字？你的翰林中可有认得这种文字的学者？"

张垍哑口无言。

玄宗又道："朕这满朝文武，难道就没有一识得这番邦文字的学士？"

"陛下，"李林甫站出来说，"翰林学士不能为，朝中必有能人可为。只是在这大殿之上，一时半会儿恐难以解决。"

玄宗觉得李林甫说得有些道理，便说："给你一天时间，退朝后立刻找人将此番书译出，明日早朝带来见朕。"

平日，李林甫与张垍多有不和。张垍看不起李林甫的不学无术，而李林甫要打击朝中文人气势，总想先从张垍开刀。可是，张垍又是皇上的乘龙快婿，且深得玄宗的信赖，李林甫一时拿他也没有办法。今日，张垍在大殿之上现丑，李林甫当然想从其中捞得一些好处。

拿了这番邦的国书，李林甫命属下抓紧找人翻译。可谁知，朝廷内外竟找不到一个懂得这种文字的人。第二天早朝，李林甫只得硬着头皮来见皇上。

玄宗听完李林甫的开脱之词，不无担忧地说："泱泱大唐王国，无一人识得番书，被番邦耻笑不说，此国书所含凶吉无法知道，若番邦入侵，我朝措手不及，事便大啦。"

想了想，玄宗又道："太子监贺知章可在？"

贺知章因上了年纪，年前被特许免上早朝。玄宗突然想起了这位博学者，立即命人将他请来。

贺知章也不通晓番文，不过，拿了这封国书，他胸有成竹地说："陛下不用着急，老臣知道，有一人识得这番邦文字。"

"是谁？"玄宗问道。

"翰林学士李白。"

"李白？"玄宗将信将疑道。

"正是，"贺知章说，"老臣与他一同喝酒时，曾说起过番邦文化，他识得好几个国家的文字。"

"既然如此，宣李白上殿。"

宫人领旨，小跑着出了大殿。殿外，宫人们一个接一个地利用声波此起彼伏地传递着一句话：皇上有旨——宣李白上殿——

翰林学士院内，张垍接到圣旨，忙亲自去请李白。

李白听明了皇上宣他上殿的缘由，说："我李白无才无识，只会串门聊天，哪能到大殿之上去卖弄文化。张侍郎不怕我在皇上面前丢翰林学士的脸吗？"

皇上宣李白上殿，已火烧眉毛了，张垍没工夫与李白斗嘴，他赔笑道："李学士的博学还要人说吗？这不，皇上亲自下旨来请，我陪李学士前往就是。"

李白不再多说，他不无神气地和张垍一同来到大殿之上。满朝文武立于两旁，自然给气度不凡的李白让出一条路来。

李白走到前边，双膝跪下，口称："下臣李白叩见陛下，吾皇万岁，万岁，万万岁！"

玄宗虽已读过不少李白的诗作，却从未面见过李白。这时，他心里急着番邦国书之事，也来不及细细地观察李白，即开金口道："爱卿平身。"

待李白从地上站起来，玄宗又说："今有番邦渤海国特使送来国书一封，朝廷内外无人通晓，朕特意宣李爱卿来此，为朕分忧。"

"蒙陛下错爱，下臣李白不胜荣幸。"李白没有受宠若惊，反而故作谦虚道，"只怕下臣学识浅薄，不能解陛下之忧。"

"朕早知爱卿博学多能，识得多种番文，爱卿切勿推辞。"玄宗嘴上客气地说，心里却想：这个李白架子不小，没有些许真才实学，恐不敢在这关键的时候拿我皇上一把。

宫人将国书送至李白手上。李白打开来，快速浏览了一遍。看罢，他情不自禁地在鼻子里哼了一声。

"渤海国说些什么？"玄宗从李白的表情中看出了不祥，忙问。

李白手拿国书，回话说："陛下，渤海国有反叛之意。"

"你快译给朕听。"

"下臣遵旨。"

李白挺直了胸脯，在大殿之上高声朗读开来，他译读得字字清楚，句句流畅，如同宣读汉文一般。

国书云：

> 渤海国大可毒达唐朝官家：自你占了高丽，向我国逼近，边兵屡屡犯我边境，想此举动并非偶然，其中定有你朝之意图。今特差使者前去下书，若你朝将高丽一百七十六城让与我国，我必有好物好事与你相送：太白山之菟，南海之昆布，栅城之鼓，扶余之鹿，郑颉之豕，率宾之马，沃州之绵，湄沱河之鲫，九都之李，乐游之梨，你官家都可分享。若你朝以上述条件，仍不肯让出高丽一百七十六城，我必起兵前来与你厮杀，一决雌雄。且看你我哪家胜败！

玄宗听了，忧虑交加。他沉吟了许久，向大殿上的文武官员问道："渤海国试图兴兵抢占高丽，你等有何良策可以制之？"

众人面面相觑，一时无人对答。

"启禀陛下，高丽之城不可让。"贺知章站出来说，"想我大唐自太宗皇上三征高丽，不知有多少生灵丧命，国库也几乎为之耗尽，仍不得取胜。庆幸天助于我，高丽内乱，高宗皇上遣老将李勣、薛仁贵统雄兵百万再次出征，历经大小数百战役，方才将其降服，归顺于我。不过，如今天下太平已久，我朝兵力未必强壮，倘若再动干戈，难保速战速胜，如此连年兵祸，不知何时终止，于国于民皆为不幸。渤海国挑战，我朝是战是和，万望陛下三思而后行，以免遗留后患。"

玄宗道："贺监话说得有理，但并未解决问题。朕问你等如何处置此事，你却让朕三思而后行，如此，朕要你等大臣有何用处？"

受到皇上的抢白，贺知章脸上无光，其他文武大臣更不敢轻易开口。大殿上好一阵鸦雀无声。

良久，玄宗又问李白："渤海国书中，大可毒为何人？"

"回陛下，"李白立于殿前道，"渤海人称其王为可毒，正如回纥称可汗，吐蕃称赞普，六诏称诏，诃陵称悉莫威，各从其俗而已。"

"李爱卿熟知番人习俗，对付他们可有良方？"玄宗进而问道。

久立于殿前，李白等的就是皇上的这句问话。他信心十足地说："此事陛下不必过虑，对付小小的渤海国，只需下臣写一封回书，令他国使带去，保证其大可毒拱手来降，再不敢有挑战之心。"

谁都想不到李白会说出这样的大话，有的人心里好笑，等着看他的笑话；有的人虽然佩服，也暗暗地为他捏一把冷汗。

玄宗高兴了，他下令即刻传番使到堂。

圣旨还未传出，贺知章又站出来，说："陛下，此事不可过急。依老臣之见，先以好酒好饭，盛情款待番国使者二日，待他酒足饭饱，心归我朝之后，再下书请他带回，更为保险。"

玄宗点头认可。他让贺知章亲自出面去陪番国使者，同时吩咐高力士，在翰林学士院为李白专设酒宴，并从内宫选派美女相伴，以奖励李白的雄才胆略。

李白谢恩之后，玄宗亲切地对他说："你为朕分忧，理应受到褒扬。爱卿尽管开怀畅饮，切勿拘于礼节。"

贺知章的提议，是为李白着想。他想下朝之后，与李白共商回渤海国书，以免草率行事，万一措辞不当，让皇上不满意，害了自己的前程事小，误了国家大事则不是闹着玩的。但皇上令他出陪番国使者，他没有更多的时间与李白商量。散朝后，他匆匆赶到李白的住处，急急忙忙地叮嘱了几句。可李白正在兴头上，虽然领了他的好意，却未把他的话放进心里去。贺知章只得忧心忡忡地走了。

高力士替李白在翰林学士院内设了专门的酒宴，照例，应按皇上的旨意，选派内宫的美女前来陪同，可高力士并没这么做。摆在学士院中的酒席，只有宫廷的美酒美食，并没有什么美女相陪。

李白心中又给高力士记上了一笔账：他胆子不小，皇上说的话，也敢从中打折扣。李白很想有机会，让高力士知道他不是那么好欺负的。

与学士院的同僚们一同喝酒，大家纷纷奉承李白，都说入宫多年，没有哪一个人受过如此特殊的待遇，皇上对李白实在是另眼相看。大家沾了李白的光，才得以喝上这为皇上专门酿制的宫中美酒。李白心中越发得意，毫无节制地尽情畅饮宫中琼浆，不知不觉中，酒喝了一天一夜，直到第二天三更后，大家喝得又醉又累了，方才散了宴席。

李白自然也烂醉如泥。回到房中，他衣帽不解，鞋袜未脱，往床上一倒，便鼾声大作，睡得不省人事。

第三日，五鼓刚过，百官开始徐徐入朝。

唐代，百官早朝的制度十分严格。每日晨鼓敲响之时，鸡还未鸣，尤其在冬季，天色漆黑一片，大小官员就必须整队入朝。玄宗还规定，文武官员入朝时，若不穿指定的朝服，夺一月的俸禄；无故不到者，夺一个季度的俸禄。到天宝十三年（754），玄宗采纳御史中丞吉温的建议，更规定，朝见时除仪卫官员外，每司来朝不到两人以上者，未到的官员及本司官长各夺一个季度的俸禄，未到五人以上者，要报告皇上，请示处分。可见，玄宗为皇帝，对早朝特别重视。

平日无事早朝，规定尚且如此严格，遇到有事，这早朝更不可忽视。这一天，玄宗要处理渤海国使者的大事，文武百官没有一个人敢怠慢的，他们整整齐齐地身着官服，早早地候于朝堂，只等五鼓一响，便整队进入宣政殿。

这天，玄宗也起得很早，百官入朝之时，他也由西门起驾，落座于金銮宝座之上。

李林甫先站出队列，禀告皇上道："遵陛下圣旨，臣已让渤海国使者在殿外静候，太子监贺知章在外陪同。"

玄宗满意地点了点头，问："李白李爱卿可在大殿之上？"

李林甫转身，面对百官队伍，道："兵部侍郎张垍，请带翰林学士李白上殿。"

百官队伍中无人回应，李林甫重复一遍，仍不见回音。

"怎么，张侍郎没来早朝？"玄宗发问了。

张垍果然不在，李林甫心中暗喜。昨日晚间，他派人通知张垍，告诉他，皇上明日早朝要处理渤海国使者之事，让他做好准备，带李白一同前来早朝。可刚才五鼓敲响之前，张垍急急忙忙地前来报告，说是李白人还未到，他已遣人去催了，开朝之时，请宰相缓一步禀告渤海国之事。

李林甫不管李白到没到，一切照章行事。他想的是，李白没到，皇上怪罪下来，是张垍和李白的责任，与他无关。李白的能力无形之中让李林甫难堪，李林甫正急着让他出丑呢！

知道今日早朝要让李白上殿，昨晚，张垍也连夜派人通知了李白。派去的人回来报告说，李白他们仍在喝酒。当时，张垍心中好笑，他想，似这等酒醉狂徒，也敢在皇上面前说大话，明日只等着看他出洋相好了。可刚才，张垍发现李白没到，派人去催，仍迟迟没见人影。张垍急了，他怕误了大事，皇上不怪李白，反倒会加罪于他，于是，他亲自前往学士院，去叫李白。

李白还倒在床上，鼾声不断。

张垍跨进门，便大声唤左右："快把他给我拖起来，架着他——上朝去。"

跟着来的两个家丁，不管三七二十一，一左一右将李白从床上架起，拖着就往屋外走。

屋外，空气清凉。

酣睡中的李白被冷风一吹，清醒了许多，他看了看周围，口齿不清地说："黢黑黢黑的一片，哪里就到了早朝时间？"

走在李白身边，张垍无可奈何，他又急又恨，说："哎呀呀，我的大兄弟啊，你有两个脑袋，我张垍可只有一个。皇上早在大殿之上坐等多时了，你还不快些清醒过来。难道要等脑袋搬了家，你才得清醒不成！"

大殿上，玄宗问张垍可在，无人作答，他正要发火，忽有宫人匆匆进来禀报："兵部侍郎张垍携翰林学士李白，在外候旨。"

玄宗出了一口气，朝高力士使了一个眼色。立于身旁的高力士立即向前跨出一步，大声宣旨道："皇上有旨——宣张垍、李白上殿——"

张垍在前，李白在后，李白仍让人架着，一同来到殿前。跪拜皇上后，张垍说："启奏陛下，李白昨日饮酒，至今未醒，臣前去催他，未能及时赶到，万望陛下宽恕。"

玄宗看这李白，由两人架着，跪下去便站不起来，身上的官服皱皱巴巴，两眼惺忪，似乎蒙蒙眬眬还在梦中一般。玄宗想，此人天生一副穷酸相，要委以重任着实不可。但此时，玄宗急于用李白，他不得不容下李白的穷酸。

大殿上的文武百官，见李白在皇上面前显出醉态，都以为大事不好。想不到，玄宗竟开金口，和气地说："高将军，李爱卿酒醉未醒，你快去嘱御膳房送酸鱼羹来，给他醒酒。"

不一会儿，宫人用金盘托着一碗刚做好的酸鱼羹上殿来。玄宗见酸鱼羹热气腾腾，亲自取象牙筷子将鱼羹搅拌吹凉，再命宫人端送到李白身边，让他快喝。

李白跪在地上将鱼羹喝完，头脑顿时爽快了许多。他从地上站起身来，谢皇上恩典。

百官见皇上如此恩幸李白，皆诧异万分，议论不止。有的说，皇上宽容大度，是朝廷百姓的万幸；有的说，皇上过分抬举酒醉小人，于朝廷政局不利；还有人说，这李白福大命大，竟受到皇上的如此恩宠，大唐开国以来，怕是绝无仅有的事情。凡是出格，或是异常，皆属非正常情况。非正常情况，是好是坏，一时难以下定论。因此，还有不少的人默不作声，等着看下面的好戏。

"李爱卿，"玄宗道，"你能否在大殿之上给渤海国回书？"

李白整了整衣帽，飘飘然神仙凌云之态重新回到身上，说："陛下放心，李白这就写来。"

于是，玄宗命宣番邦使者进殿，又命宫人摆设书案。

番邦使者在贺知章的陪同下，神气十足地走进大殿。他朝玄宗行过君臣大礼，往旁边站了，露出志骄意满的神态。他想着，堂堂大唐国没有人能看得懂他们渤海国最土的文字，看你们拿这封国书怎么办。

李白看穿了番邦使者的心理，他手持番书，面对使者，高声道："你带来的这封国书，我已全文译出，你仔细听着，是否有错。"接着，李白用渤海国语言朗朗地宣读了一遍。

番邦使者听着一字不差，心中大惊，志骄意满的神态也去了大半。

李白又道："小邦下此国书，有失大礼。我大唐陛下洪度如天，不与你等一般计较，现有圣诏批答，你在此静候。"

番邦使者口中应答着，点头如捣蒜，所有的威风都已丧尽。

宫人领皇上之命，已在御座旁边设好了七宝床与龙头案。案上白玉砚台、象管兔毫笔、独草龙香墨、五色金花笺，整整齐齐。

玄宗赐李白近御榻，坐锦墩，草诏国书。

李白领命，向前走了几步，突然驻足。他想了想，面对高居在上的玄宗说："陛下，下臣靴底不净，恐有污前席，恳请赐下臣脱靴结袜而登。"

玄宗点头认可，并随口命一小宫人，替李学士脱靴。

李白以手势止住小宫人行动，又对玄宗说："下臣还有一言，恳请陛下赦下臣狂妄，方敢奏明。"

"爱卿有话，尽管说来，朕绝无怪罪之意。"

"下臣欲委屈高公公亲自为臣脱靴，以在番邦使者面前显出下臣的神气，于此，才好举笔代陛下草诏国书。"

此时，玄宗的第一件大事，就是让李白写出草诏。李白的任何请求，他都会无条件地答应。李白也正是冲着皇上的这一心理，专门要乘机杀杀高力士的威风。

高力士听李白提出来让他给脱靴子，心中十分恼怒。可这个时候，他又不得不做。他做奴才，忍气吞声的时候多了，这点气还是忍得住的。因此，玄宗只看了他一眼，高力士便马上领会了皇上的意思，露出奴婢的笑脸，迎上去替李白脱下靴子。

李白足蹬布袜，一步一步踏上阶梯，在锦墩上坐好。宫人又替他铺开五色金花笺，磨好了浓墨，李白将了将垂在胸前的胡须，手握兔毫笔，笔走龙蛇，不一会儿，写出满满一面《吓蛮书》，其字迹工整，无一差错改动。

放下兔毫笔，李白将墨迹轻轻吹干，然后，双手捧着，献至皇上面前。

玄宗接过来一看，又是一惊。这满纸《吓蛮书》，全是番邦文字，他一个大字不识。玄宗笑了笑，道："李爱卿，你念与朕听听，也让满朝文武长长见识。"

李白领命，清了清喉音，在御座前高声朗读起来：

> 大唐开元皇帝，诏谕渤海可毒：自昔石卵不敌，蛇龙不斗。本朝应运开天，抚有四海，将勇卒精，甲坚兵锐。颉利背明而被擒，弄赞铸鹅而纳誓。新罗奏织锦之颂，天竺致能言之鸟，波斯献捕鼠之蛇，拂菻进曳马之狗，白鹦鹉来自诃陵，夜光珠贡于林邑，骨利幹有名马之纳，泥波罗有良酢之献。无非畏威怀德，买静求安。高丽拒命，天讨再加，传世九百，一朝殄灭：岂非逆天之咎征，衡大之明鉴与！况你海外小邦，高丽附国，比之中国，不过一郡，士马刍粮，万分不及。若螳怒是逞，鹅骄不逊，天兵一下，千里流血，君同颉利之俘，国为高丽之续。方今圣度汪洋，恕你狂悖，急宜悔祸，勤修岁事，毋取诛僇，为四夷笑，劝你三思！故谕。

玄宗边听边满意地点头，心想，怪不得这李白狂得可以，他是有些才华。李白读完，玄宗又令他用渤海国语言，向番邦使者宣读了一遍。

番使听过，面如土色，双膝跪于大殿之上，连声说道："大唐皇帝陛下大人大量，小人一定将此国书转呈吾国大可毒，小人一定将亲眼所见贵国之强盛如实转告吾国大可毒。"

"贺监代朕送客。"玄宗稳坐于金銮宝殿之上，不急不慢地微笑道，"番邦使者，一路好走。"说完，皇上朝可怜巴巴的仍跪拜在地上的番邦使者挥了挥手，像是轰他出大殿一样。

贺知章将番邦使者送出都门。临分手，番邦使者说："贺大人，小人有一句话，不知当问不当问。"

"使者请说。"

"请问大殿之上草诏者，姓甚名谁？"

"姓李名白，字太白，是我大唐翰林院学士。"

"翰林学士官有多大？"

贺知章笑了笑，答道："天子之下，最大莫过于宰相大人，官阶三品；老夫做太子监，也是三品官阶。然这官阶再高，不过是人间之极贵，李学士则是天上神仙下降。谪仙人下凡赞助我朝，哪有人可以与之相比？"

番使听了这话，心里暗想，难怪他如此神气，难怪有高将军给他脱靴子，也难怪他出语不凡。

回到渤海国，使者将带回的《吓蛮书》呈上，如此这般地将他此趟经历、所见所闻，好好地渲染了一番，其中特别提道："大唐王朝有神仙下凡相助，我国敌他不住。"

渤海国大可毒果真被这《吓蛮书》震住，更慑于下凡神仙的威力，忙写下降表，心甘情愿每年向大唐进贡，从此俯首称臣。

李白为朝廷立了大功，皇上欲赐他宫内美女二人、金银千两、绢帛百匹，作为奖赏。

众人皆羡慕不已，李白则跪拜谢恩，婉言拒之。

"李爱卿想要何物？"玄宗宽容地问道。

"陛下，李白只求两件事，"李白恳切地说，"一是允许李白平日自由走动，二是特许李白在城内畅饮美酒。"

原来，李白在翰林学士院中供职，久受限制，深感行动不自由。他向往着以往自由自在的生活，不分白天黑夜，只要自己想进酒家，便可以进去痛饮一番。乘此机会，他向皇上提出请求。

玄宗满口应承，当下特许道："朕赐李学士两块御牌，可随时自由出入大明宫，在京城内大小酒家饮酒，一律免费。"

李白腰佩两块御牌，获得了解放。张垍再不能把他困陷在小院子里待诏了。每日，李白想往哪里去快乐，拔腿便走。他走进任何一家酒店，晃一下皇上的御牌，店主殷勤周到得自然难以描述。好一段时间，李白称心如意。

第 六 章

1

李适之从幽州调回长安后，幽州节度使的职务由裴宽接任。

这时，安禄山在隶属于幽州的平卢任军使。对于裴宽，安禄山极力巴结，只要能买得裴宽高兴，安禄山什么事情都愿意为他效劳。

一日，安禄山陪同裴宽往边境哨所视察，夜里临时驻扎在哨所帐篷中。

裴宽有个习惯，入睡前必须洗脚。安禄山抓住这个机会，大献殷勤，待军士打来热水后，他亲自蹲到洗脚盆前，为裴宽洗脚。

裴宽不以为然，他躺在睡椅上，把双脚泡入洗脚盆中，任安禄山仔细地为他擦洗。洗着洗着，裴宽突然觉得安禄山愣在他的脚前不动了。等了一会儿，安禄山仍没有动静。裴宽微微地抬起头来，见安禄山正死死地盯着他的左脚看。他会意地一笑，道：

"你是在看我脚心上的那粒黑痣？"

"它生在脚心正中位置，是大富大贵之相。"

"嘿嘿嘿，"裴宽笑道，"我娘从小便给我算过命了。道学先生说，足下有黑痣者，二千石禄。按当朝官吏俸禄，从正一品官阶，年仅七百石粟，我这足下黑痣的价值可是大大超过喽，嘿嘿嘿嘿嘿……"

安禄山跟着赔笑，说："裴节度使官位还会节节高升，到时，千万不要忘记提携下官一把啊。"

裴宽看着安禄山，收住笑，转为一脸的认真，说："我没有提升，也不会忘记提携你。告诉你吧，近日朝廷要对幽州属县进行调整，准备将平卢独立出去，单独设镇。我已向朝廷推荐，由你出任平卢节度使。两位宰相，适之兄那里不会有问题，只看李林甫那一关你是否能通过。若他不提出异议，你不也成了节度使，与我平起平坐了吗？"

"禄山永远是裴大人的忠实奴仆。"安禄山兴奋得满脸通红，从脚盆边立起身来，面对裴宽行了一个鞠躬九十度的拱手大礼，"大人的再造之恩我终生不忘，真不知如何谢大人才好。"

"这八字才有一撇，你急着谢我作甚？等朝廷的正式批复下来，你再重重地谢我吧。"裴宽说着，又躺回到睡椅上。

"禄山愿倾其所有，报答大人恩典。"

"用不着，用不着，"裴宽说，"我只求你我结为朋友，在朝中做官，彼此多多照应，便足矣。"

安禄山为裴宽洗完脚，亲自替他把脚擦干，倒掉洗脚水，又照顾着他睡下，才回到隔壁自己的帐篷内。

走进帐篷，安禄山坐下来就忙着脱鞋脱袜。他将鞋袜甩在一边，抱起自己赤裸着的左足看了一眼，又翻过右脚掌看了看，两只手左右开弓，往脚掌心上啪啪啪地用力拍了几下，随即哈哈大笑不止。

你说安禄山为何抱着自己的两只脚板高兴？

原来，裴宽只在左脚上长了一粒黑痣，而安禄山一左一右，两只脚掌心上，各生有一颗又黑又大的肉痣。在裴宽面前，他强忍着不露半点得意，回到自己的帐篷里，才原形毕露，自我欣赏，自我兴奋起来："一颗黑痣算得什么，我安禄山有两颗，两颗都比你长得大，生得正。凭此领取俸禄，我要比你多领一倍，啊哈哈哈……"

安禄山的兴奋不无道理。相书上论黑痣，说是黑痣生于两脚掌心，谓之宝藏，主封侯伯。后来，安禄山果然起兵造反，占领了东都洛阳，自封为皇帝，比侯伯更加显赫。这是后话。

天宝元年（742）春正月，安禄山被正式委任为平卢节度使。

为继续实现自己的政治野心，安禄山受命之后，花了差不多一年的时间，给玄宗准备贡品。第二年正月，安禄山携带着浩浩荡荡的贡品队伍，从平卢启程，二进长安。

安禄山这次进长安，与先前大不相同。上次，他是死刑犯，被困于囚笼，押解来长安受审，幸亏皇上赦免了他。这回，他是守卫北方门户的节度使，朝廷的边关重臣，特意来给皇上敬贡，当然受到皇上的青睐。

知道安禄山来到京城，玄宗破例，于午后专门会见他。

安禄山给皇上献上成箱成箱的宝物，宫人抬进来一箱，他就打开一箱，向皇上详细介绍箱中宝物的出处及其用途。

最后，宫人搬进来一个不大的梓木箱子，安禄山露出神秘的笑容，向玄宗禀告说："请允许下臣将这小小的梓木箱子，放在陛下身旁。"

"这是为何？"玄宗问。

"陛下马上便会明了。"

玄宗点头应允。

安禄山亲自抱着这个小小的梓木箱子，走到玄宗身边，又小心翼翼地把它放在玄宗的脚下，猛地一下揭开箱盖：箱子里装的全是赤红色的大小如粳米的香料。

顿时，整个大殿，满堂飘香。

玄宗连翕动了几下鼻翼，兴奋地问道："这是何物，奇香诱人？"

安禄山从箱子里取出一张纸条，献到玄宗面前。

白纸黑字写道："此物乃助情花香料。每当寝睡之际，助情发兴，百战不衰，筋力不倦。"

看了这一行小字，玄宗真是由衷地高兴。他知道，安禄山献上的这箱香料，有特殊的功能，正是他的及时雨。

自度杨玉环进宫之后，玄宗对美人迷恋至极，却又常感精神不足，力不从心。他命御医配制药物，以期恢复年轻之力，药效又总是不合心意。

他知道是药力不够，为此还发过几次脾气，御医只好大胆禀告，药力之所以不足，皆因其中缺少一味助情花香料。而此种香料，内地又几乎不见，非去胡人居住地寻求不可。于是，他立即发出圣旨，遣人出寻。专人虽然已经派出，却是一直没有回音。现在，安禄山送来了这种香料，他如何能不高兴呢？玄宗暗想，这安禄山确是朕的心腹之臣。

收下宝物，玄宗对安禄山赞不绝口。隔了一会儿，他似乎又想起了什么，用不大放心的口气问道："边关百姓生活怎样？"

"回陛下，营州平卢的百姓，人人安居乐业，生活美满。"安禄山道，"去年秋上，大批的蝗虫从塞外飞来营州，疯狂地吞吃庄稼。我即刻烧香祈祷上天。我对上天说，如果安禄山用心不公正，侍奉国君不忠诚，请上天让蝗虫来吃我的心；如果安禄山没有辜负天地神灵，为人做事公正无误，赤诚之心只为国君跳动，则请上天帮助我安禄山，让蝗虫从我的领地上散去。说来也灵验，我的话音刚落，便有一群鸟儿从北方飞来，不出一个时辰，它们就把地里的蝗虫啄食得一干二净。年底，获得了一个丰收。"

"这是你政绩突出，得以感动上天。"玄宗说，"朕做皇帝以来，还没听说过这等奇事。每次蝗祸出现，必然使许多百姓颗粒无收。你却让蝗害顷刻之间消失一尽，真乃人间奇迹。"

听皇上称奇，安禄山顺着杆子往上爬，道："臣请求陛下将此事宣告给朝中百官，并请史官将此事记录于史册，这是臣的光荣，更是陛下的神威。"

玄宗点头称是，他唤来史官，让安禄山将此事再自述一遍，由史官把它记录在案，作为历史流传给后世。

过了几天，玄宗要去骊山行宫，他特邀安禄山一同前往。

"请陛下缓行几日。"安禄山说，"对这骊山的温汤浴池，臣正有想法禀告陛下。"

"怎么？"

玄宗猜不透安禄山究竟想向他禀告什么。近来，已有一些大臣就他与太真妃常游戏于行宫，振振有词，奏本劝谏。玄宗以为，安禄山也要借此机会向他耿直地进言几句，以显他对朝廷的忠心。对此，玄宗的脸上已经露出不屑一顾的神情。

"臣入京之前，有一女仙托梦于臣，她说……"

安禄山说着，看见皇上的脸色有变，他吃不准皇上是为了什么，先将下面的话收住了。

"她让你劝朕勤政？"玄宗冷言问道。

"陛下的勤政，世人有目皆睹，何需女仙多言。"安禄山弄清了皇上的意思，松了一口气，继续说，"女仙嘱下臣来京之后，为陛下重修骊山汤池。她说陛下严于律己，温汤沐浴，条件过于简陋，长此以往，对陛下龙体不利。臣遵女仙嘱托，研究了各处温汤建筑的妙处，带来了一流的工匠，正欲奏请陛下，让臣替陛下重修骊山温汤。"

能似安禄山这样体贴入微的臣子真是少有！玄宗听了，龙颜放光，心中大喜，道："难得女仙挂牵，更难得爱卿想得周到，朕绝不会亏待于你。"

安禄山带了他的工匠，先到骊山行宫去修整皇上的温汤池。知道皇上重视，安禄山格外地卖力，他日夜监守在现场，施工方案及每道工序，他都亲自进行审定。施工中，若有一点稍不合意，他都坚决拆除返工。他要求所有的工匠都拿出巧夺天工的手艺，精益求精，不得有一丝一毫马虎。

半个月后，装饰一新的温汤浴池竣工剪彩。安禄山请玄宗为其命名，称之为"莲花汤"。

"莲花汤"之所以得其名，因浴池正中立有一对用白玉雕成的精美的莲花，清澄温馨的泉水从莲花头上喷出，似碎琼乱玉散落池中。池的四壁用玛瑙珠宝镶嵌，水波也放出奇光异彩。池底，有白玉精雕的鱼、龙、凫、雁，皆一动一闪，栩栩如生。

装修所用的优质材料，全是安禄山从东北运来，精选之后，方才采用。由于安禄山这一片苦心，"莲花汤"的富丽辉煌，确实令骊山皇宫锦上添花。

不过，事情又往往适得其反。

263

后人传说，对这"莲花汤"，安禄山用心良苦，唐玄宗见了，爱之过胜，急于下到池中好好享用一番。谁想，皇上刚刚脱去衣裤，赤足走到池边，四壁的珠宝玛瑙一齐放出光彩，池底的鱼龙凫雁一齐奋鳞举翼，真正活了一般，在温汤池子里显灵。见此情景，玄宗惊恐万状，马上退缩回去，不敢再向前一步。事后，玄宗命人将"莲花汤"中所有活灵活现的石雕全部撤走，只留下两朵白莲花。经过这般再次修复，玄宗才敢脱去衣裤，光身下到池子里洗澡。

当然，玄宗并没有因此而怪罪安禄山。相反，他对安禄山更加宠爱了。

玄宗认为，安禄山将才难得，忠心更难得，有这样效忠于他的边关将领，他的大唐江山不怕坐不稳。

玄宗特许安禄山自由出入皇宫，随时可以觐见，并让安禄山随他和杨玉环一起，在骊山行宫游玩享乐。

2

第一眼见到杨玉环，安禄山目瞪口呆：世间竟有如此美貌的女人！

他怀疑自己是在梦中。

费了极大的抑制力，安禄山才使自己由于见到杨玉环而突然亢奋的肌体稍稍平静下来。

安禄山心律不齐地勉强在玄宗与杨玉环的下首坐了下来。

安禄山的相貌和气质也令杨玉环为之一震。

这时的安禄山年整四十，是个高高大大的中年汉子。他不再像年轻时那么白皙，也不再像年轻时那样胖得均匀。安禄山早已发福得厉害，他的脖子上已堆有多层下巴，肚子也大得挺不起来了，软塌塌地垂落在双膝之上。由此，安禄山系裤子的方式也与众不同，胡人汉子大多用蹀躞带将裤腰系在腰间，他却以一条大红缎子把裤腰捆绑在丹田之下。

安禄山的脸面胖得油亮亮的，不停地闪放着红光。他的面部皮肤被草原上的劲风吹得粗糙坚硬，上边覆盖着一层半长不短的青白色胡楂，再加上他的阔鼻大嘴和那一双虽然不大却很聚光的小豆眼，看上去，总是令人一下想起凶猛的成年东北虎。

兴许，他就是一只东北虎，只不过是在外面裹了一张人皮而已。杨玉环心下想：在此之前，她接触过的、见到过的男人，大多是朝廷官员。这些男人，不说相貌可人，至少也是文质彬彬、面部修饰得体的文明人。杨玉环从来没见过像安禄山这么粗蛮的汉子，更不要说他还穿着官服，是皇上宠爱的重臣。

对安禄山，杨玉环既觉得好笑又有很多的好奇。如此粗野的边关将领，唯唯诺诺地坐在她和三郎的下首，杨玉环极想探明这是一个什么样的男人。他与她的三郎，与她原来的瑁郎，有什么不同。这是杨玉环作为女人的下意识冲动。

此时，杨玉环对自己的这种冲动还没有意识到。她只是好奇，完全出于好奇。她居高临下，含着微笑，盯着安禄山看。

安禄山被杨玉环看得一个劲儿地往下低头。猛然，他抬起头来，回敬杨玉环一个大胆的目光。这两道虎视眈眈的目光，又把杨玉环吓了一跳。她的微笑没有了，坐在玄宗的身边，也觉得有些不自然了。

玄宗好像感觉到了杨玉环的变化，他和蔼地说："娘子不必担心。看上去，安禄山粗陋不懂礼貌，其实，他除了勇猛过人外，对朕还有一片忠心。"

"是吗?"杨玉环张开娇口，小声反问。

"娘子不信，听朕问他。"玄宗说着，转向安禄山问道，"安爱卿，你这肚子如此巨大，里面都装了些什么?"

听皇上发问，安禄山赶忙站起身来，露出憨态可掬的样子，双手托住下坠的大肚皮，往前送了送，道："启奏陛下，安禄山这肚子里没有其他，只装着一颗又红又大、无限忠于陛下的赤诚之心!"

"哈哈哈哈……"玄宗开怀大笑起来。他没想到，安禄山对答得如此形象鲜明，如此令他满意。

杨玉环也笑了，立于两边的宫人也忍不住跟着笑了起来。

玄宗笑罢，又开口说："安爱卿，朕看你的点子不少，今日玩些什么才能让朕痛快，你出个主意吧。"

安禄山坐回到座位上，用手连拍自己的头部，让它发出木鱼般的声响，说："只要娘娘不笑我这个木鱼脑袋瓜子笨，我情愿把它想破，也要想出个让娘娘高兴的主意来，大家乐一乐。"

"三郎，叫他一个人想，"杨玉环笑道，"我们先到园子里去走走，等回来，他想不出来，你再整治他。"

"朕听命于娘子。"玄宗起身，挽着太真妃子伸过来的手臂，两人一同往后花园去了。

躬身送走皇上和太真妃，安禄山转身，一屁股坐在杨玉环刚刚坐过的椅子上，他看着杨玉环丰满、美丽的倩影，狡猾地笑了。安禄山知道，他可以把皇上身边这个绝顶美人搞到手，好好地玩她一玩。只是，事情不宜操之过急，他要一步一步慢慢地来。

不等玄宗和杨玉环回来，安禄山便急匆匆地跑进后花园，边跑边禀报道："陛下，陛下，臣想出来一个好点子!"

玄宗和杨玉环漫步于花丛之中，听见安禄山的喊声，停下来等他。

待安禄山下跪在身边，玄宗说："爱卿平身，游玩中间，不必过于拘泥礼节，起来说说你的好点子。"

"不知娘娘是否喜欢。"安禄山仍跪在地上说。

杨玉环扑哧一笑，道："你说也没说，我怎么知道喜不喜欢?"

"臣这点子与吃有关，"安禄山边说边站起来，用小豆眼快速地在杨玉环身上仔细扫过，"只担心娘娘为保持身段，不吃油腻之食。"

玄宗娇宠地看着他的娘子，也想先征得杨玉环的同意。

"让他先说。"

"是，娘娘，"安禄山不待皇上指令，俯身低头一拱手，接过杨玉环的话说，"臣想让陛下和娘娘换个口味，尝尝我们胡人的美食。这可不是京城街上卖的变了种的胡食，而是地地道道的胡食野味，由臣亲手制作，不

266

知陛下和娘娘是否喜欢。"

玄宗最好胡食。

不仅是玄宗，盛唐时期，从皇帝到百姓，胡服、胡乐、胡舞、胡食，胡人文化在内地十分盛行，这是众所周知的事情。安禄山想出这个点子，又是投其所好，他还明知故问。

"你倒要做些什么给我们吃？"杨玉环回问，"说了半天，你并未将这点子全说出来，让我们怎样答复？"

"是啊，你快说给朕听听。"玄宗附和道。

安禄山嘿嘿一笑，说："臣欲为陛下和娘娘做一顿'胡炮肉'，尝尝鲜。"

见玄宗与杨玉环都赞同他的想法，安禄山又说："'炮'是我们胡人祖上传下来的烹饪肉食的方法，最好以鲜嫩、肥美的羊肉为料。"

"朕与你一起，猎它一只肥羊来。"捕猎更是玄宗所好，他兴致勃勃地说。

换上猎服，玄宗和安禄山一道，去离骊山不远的皇家猎场捕猎。

杨玉环也换了一身胡服，骑在马上跟着前去观战。

战鼓擂响，旌旗飞扬，皇家猎场上热闹非凡。

猎场中猎物成群，没费多少功夫，他们就猎得一大堆肥山羊。安禄山从中挑出一只刚满一岁的嫩羊，就地制作"胡炮肉"。旁边，玄宗命人搭好篷子，摆下酒宴，和杨玉环一同坐下来，等着美餐一顿胡食。

"胡炮肉"的制作方法十分简易便捷，它不需要锅铲，只要有火灰和羊肚便可开始制作。这种生活手段，特别适应长年生活于草原上的游牧民族，对于过惯了宫廷生活的玄宗和杨玉环，当然也是最好的生活调剂。

安禄山动嘴，属下动手。

他们飞快地洗净肥羊，掏出羊肚，又好好地抓洗了两遍，翻过来待用。再割下大块肥白的羊肉和羊脂，以细刀切成透亮的薄片。然后，拿出带来的各色调味香料——研成碎末的豆豉、切成米粒状的葱白、盐、姜、辣椒、胡椒和荜拨，与切好的羊肉羊脂混调在一起，装入羊肚。羊肚被填得满满的，撑得鼓鼓的，再用线将它的入口缝好。

草地上，已有人挖下了烧火坑。

这种烧火坑不同于一般的烧火坑，它中间部位向下凹陷，四周稍稍凸起。先放入干草，将火坑烧得通红，待干草成灰，趁热掏出灰，放入羊肚，再将热灰覆盖在上面，再在热灰之上点燃明火。这样，火烧灰，灰烤羊肚，用不了一会儿工夫，羊肚中间的肥美肉脂便烧烤成熟。

"胡炮肉"上了桌，阵阵烧烤的香味诱得人食欲大增。

安禄山不慌不忙地抽出靴筒边的匕首，一刀将焦黄油亮的羊肚，切成两半，割下一块，无比恭敬地献给玄宗，再割下一块，献给太真妃子，说："娘娘、陛下，尝尝我们胡人的野味，比宫中食品如何？"

玄宗高挽着袖口，做出要大吃特吃的架势。他用玉筷稳稳地夹起献上的"胡炮肉"，咬下一大口，在嘴中胡乱地咀嚼了两下，便囫囵吞了下去，边往下吞，边说："酥软鲜嫩，美味可口，是下酒的好菜！"

杨玉环也尝了一块，只觉得这"胡炮肉"油而不腻，麻辣辣的，还有一种特殊的香味，她问道："我见你们往羊肚中放了许多的香料，是何种香料让这羊肉如此鲜美？"

"回娘娘，"安禄山说，"胡食中香料最为重要。在我们家乡，吃饭做菜都离不开胡椒和荜拨两种香料，而这两种香料，内地恰恰少有。"

杨玉环点头赞许，说这胡椒、荜拨上菜，味道极美。

"娘娘喜欢，臣子回去后，立即派人送它几大箱来，献给娘娘。"安禄山抓住时机讨好道。

杨玉环被他逗笑了，说："一点下菜的香料，哪里需要几大箱？你尽管把你们胡人的各种香料全献来就是，皇上喜欢着呢。"说完，杨玉环先看了一眼安禄山，又给玄宗送去秋波。

玄宗自然明白杨玉环的话中话，安禄山更是清楚，大家一起哈哈大笑起来。

笑罢，安禄山说："今日禄山献丑献到底，臣再献上一段胡旋舞，给陛下、娘娘助兴。"

玄宗不相信安禄山几百斤的大胖子竟能跳胡旋舞，他连连摇头，笑道："你也能跳胡旋舞？算啦，算啦，朕不强人所难。"

"陛下不要小看了臣，是胡人，谁不会几段胡舞。"安禄山说着，起身紧了紧系在丹田上的缎带。他挺着肚子走到草地上，自己吹起口哨，双手的拇指与中指一捏，啪的一声，打起响指，很有节奏地跳了起来。

胡旋舞集中在一个"旋"字。白居易曾经形容它："左旋右转不知疲，千匝万周无已时。人间物类无可比，奔车轮缓旋风迟。"

安禄山打着响指，节奏愈来愈快，口哨吹得愈来愈紧促，双腿的旋转也愈来愈急。猛烈的旋转中，他肥胖的躯体似乎化作幻影，垂落的腹部也变得轻巧欲飞。

只见飘飘的草尖之上，一个彪悍的胡人汉子，足部肌腱有力，双腿灵巧万分，把个胡旋舞跳得完美至极，玄宗不由得拍手叫好。

一阵狂旋之后，安禄山渐渐放慢了节奏，他有意旋到杨玉环身边，稍作停顿，来了一个前倾躬身的舞姿，道："请娘娘赏脸，与臣同跳一段。"

安禄山的这个舞姿实在又丑又笨。你想，他肥壮的身子，巨大的肚皮，哪能做出优雅的舞姿？可是，此时的杨玉环正被他雄风似的旋舞所吸引，竟然一点也未觉出安禄山的丑陋笨拙，她很愿意与安禄山一同舞上一段。

杨玉环看了看玄宗，征求他的同意。

玄宗道："娘子的胡旋舞跳得更好，你和安禄山比比高低。"

有了皇上的认可，安禄山伸手，一把将杨玉环从座椅上拽起。杨玉环正好就势，和着安禄山哨子的节奏，往草地上旋去。

杨太真舞胡旋，史书中有详细记载。她与安禄山善舞胡旋，后世白居易也写有诗句："中有太真外禄山，二人最道能胡旋。"这两个人，一个粗壮丑陋，一个丰满秀美，相对旋转如飞，倒也有珠联璧合的效果，这又让玄宗大开了眼界。

安禄山在长安哄骗了玄宗近三个月。这一次，他不仅再次给玄宗留下了深刻的印象，也让杨玉环对他产生了兴趣。

春天即将过去的时候，安禄山肩披着皇上的信任，踌躇满志地离开了长安。

3

人的命运是完全不同的。

春正月，安禄山来到长安，为皇上百般宠爱。而在他之前、与他同时，各地前来应试的举人也纷纷来到长安。他们云集于长安街头，其中绝大多数，不要梦想朝见皇上，就是朝中官员，想见也是见不到的。

唐代，由学馆推举的生徒，通过乡、县、州考试的贡生，以及各路举人，每年都要赶往京城参加科举会考。考试的科目主要有六种：秀才科、进士科、明经科、明法科、明算科和明书科，常设的只有进士和明经两科。

明经科设三场考试，主考儒家经典。进士科设四场考试，除儒家经典外，还要加试诗赋。因此，进士科较明经科更难，也更为人们所重视，自识高人一等的有才之士大多以进士科为奋取目标。通常，若有三千举人入京会考，有两千来人报考明经，每年录取不过一二百人，另有一千人左右报考进士，百人中录取者不过二三。然而，这些佼佼者所通过的，还只是京城科举的第一步：礼部考试。

礼部应试常在正月开场，据说，当时长安的考场大多设在室外。礼部以荆棘做篱笆，围出长廊，作为试院。

正月里，京城天气寒冷，遇上雨雪，各地精英也不得不席地而坐。每场考试，从早晨六时考到傍晚六时，到时做不完的，可以延长时间，所延时间以三支蜡烛燃完为限。天寒地冻，连续三天，或者四天，每天十多个钟头伏案疾书，等到全部科目考完，体力精力不支者要病倒许多。

二月张榜，绝大多数人又要垂头丧气，自叹命运不佳。就是榜上有名者，也不能高兴得过早，哪怕你是头名状元。因为，及第的幸运者还仅仅是前进士（或前明经），也就是说，他们获得的仅是进士出身。唐制规定，

270

不论录取者等第高下、名次先后，及第只是取得出身。想要加入士族，想要真正做官，还必须通过更严格的考试：吏部试。

吏部考试有身、言、书、判四大项目，皆为面试。身，即主考官考核其形貌是否端正丰伟；言，即听其表达是否有条有理，口齿是否清晰流利；书，则是让考生当堂书写文章诗赋，观其书法是否遒美；第四项，最为重要，它考的是前进士的判案文词和吏治能力。

考试数日后，四项考试全合格者被集中在一起，由主考官当众唱名分配官职。到此，白衫布衣终于得以换上官服，唐代称此为"释褐"。因此，吏部试又被称作释褐试。

金榜题名，科举登第实在不易，一旦成功，人们必然大庆特庆。每年春末夏初，围绕着进士及第，长安城里要举行一系列的庆祝活动。新科进士，历届中榜者，城中的名人学者、达官贵人，以及平头百姓，众人欢聚。

这天，正是张榜之日，崔宗之到翰林学士院邀李白前去凑兴。他让李白同他一起，去参加"曲江宴会"。

"只我们二人同去？"李白问。

"贺公早订下了游船，"崔宗之说，"讲好大家在游船上见面。"

这些日子，李白常与贺知章、崔宗之一起饮酒，通过他俩，李白又结识了左相李适之，书法大师张旭，以及李琎、苏晋、焦遂等人。

李琎是玄宗的亲内侄，其父李宪是玄宗的大哥，排行第一。当初，若李宪不让贤于李隆基，李宪理所当然可以做皇上，李琎也必然要继承王位。李宪主动退让，玄宗十分感激，他对他的这位长兄特别尊崇，封他为宁王，去世后谥为让皇帝。对宁王之子，玄宗也另眼相看，宁王府十子，或封王，或封公，各人都授有终身爵禄。李琎封为汝阳郡王，在朝中任太仆卿，他的工作主要是尽情玩乐。其人也极具玩乐之术，打羯鼓他是一把好手，喝酒嫖妓也有独到之处，由此，玄宗特赏他一个小名，作花奴。李白进京之前，李琎与贺知章等人早已是多年的酒友。

苏晋在高宗开耀年间曾是轰动一时的神童，小小年纪便进士登第，后来做过中书舍人，兼崇文馆学士，又在户部、吏部任过侍郎，此时，他是太子左庶子，也是贺知章的酒兄弟。

李白入翰林后，贺知章、李适之、李琎、崔宗之、苏晋、张旭，再加上焦遂，八个人常在一起狂饮狂醉，相互结为酒友，后人称他们是"饮中八仙"。八个人中，只有焦遂一人，一无背景二无功名，是个不起眼的布衣。后来，杜甫作有著名的《饮中八仙歌》，他用精练的诗句，为八位喝酒的"神仙"每人画了一幅栩栩如生的肖像图。《饮中八仙歌》道：

> 知章骑马似乘船，眼花落井水底眠。
> 汝阳三斗始朝天，道逢麹车口流涎，恨不移封向酒泉。
> 左相日兴费万钱，饮如长鲸吸百川，衔杯乐圣称避贤。
> 宗之潇洒美少年，举觞白眼望青天，皎如玉树临风前。
> 苏晋长斋绣佛前，醉中往往爱逃禅。
> 李白一斗诗百篇，长安市上酒家眠，
> 天子呼来不上船，自称臣是酒中仙。
> 张旭三杯草圣传，脱帽露顶王公前，挥毫落纸如云烟。
> 焦遂五斗方卓然，高谈雄辩惊四筵。

李白本来对庆祝进士登科没有兴趣，但听说酒友们都去，便也欣然前往。

曲江池位于长安城南，是城中著名的风景区。

与一般的城里人工湖不同，曲江池是一个曲曲弯弯的南北长而东西窄的大湖池，池水由终南山义谷口的黄渠引来，水质明澈如镜。乘船在曲江池中游玩，水面荷花成片，池畔景色如画。追求享乐的唐人在曲江池两岸修建了许多豪华风雅的宫殿楼阁，沿岸还有芙蓉苑、杏园、慈恩寺、乐游园、青龙寺等游玩胜地。每年，新科进士的庆祝大典都由曲江宴开始。

李白和崔宗之来到曲江池，岸上举行的庆典刚刚结束，新科进士、名人学者、达官贵人已经上到游船，开始了曲江流饮。五彩缤纷的游船缓缓离开岸边，划向池湖中心。

贺知章立于游船的尾部，正在焦急地东张西望。

看到李白和崔宗之，贺老头子立即朝他们大声地招呼道："你二人怎么这会儿才来，我们早已等不及啦!"说着，贺知章又吆喝着船老大快些靠岸，接李白和崔宗之上船。李适之等人早在船上坐着，虽为左相，朋友们在一起游玩，不分官职高低，大家都以兄弟相称。

上到船上，崔宗之连连道歉："对不起，对不起，我们二人晚到，让弟兄们久等了。"

"来得早不如赶得巧，"李适之说，"你们是赶着来喝酒的，这不，曲江流饮正要开始，你们便出现在船头，看样子是要抢头杯酒喝了。"

大家说笑着落座。游船重新启动。

这条游船准确地说是一座游亭。它没有船舱，船板平整宽大，建有亭阁遮阳避雨。船沿两边围有雕花木栏，顺着木栏，摆放着两排舒适的八仙靠椅，方便游客们观赏池湖风景。

游亭的正中央，放有一张专供宴饮的矮脚长桌。长桌以紫檀木制成，结构简单明畅，板是板，方是方，没有任何雕镂，亦不加半点漆饰，特显出紫檀木的自然纹理。桌面是一整块紫檀，板面之纹路，忽隐忽现，变化无常，细细观看，会呈现出羽毛兽面等飞禽走兽的朦胧形象，令人萌生各种各样的奇思妙想。这张貌似简朴的长桌乃家具之精品。与长桌配套，两边放着两条长度相当的短腿长凳，十几个人围坐宴饮，宽敞舒适。

今日，游亭上坐的，除了"饮中八仙"外，还有八位相貌姣好的歌女，这是贺知章从自家的私妓中专门挑选出来，带上陪酒助兴的。

船划到湖池中间，水面上星星点点，已浮有杯杯美酒。

原来，这曲江流饮与一般酒宴不同，它是一种众人游戏。游人分乘各自的游船，划到湖池中间，将盛满美酒的杯子放入水面，让酒杯随流水漫泛，酒杯从他人的游船边漂过，游客若是有意，从流水中捞出酒杯，喝下美酒，便要为对方作诗献赋，或献上一技之长。由此，大家在湖面上游戏玩耍。

一个女子先走到船头，她见顺水漂过来不少的酒杯，招呼道："各位姐妹，快来为大人献酒。"

　　听见召唤，女子们纷纷从自己陪伴的官人身边站起，嬉笑着拥向船头。船身较高，想要捞取漂浮在水面上的酒杯，必须伏身在船板上，伸长胳膊去抓。她们年纪都在十六七岁上下，身材娇小，胳膊也不长，她们伏在船板上，伸手尽力去够，可总是够不着。

　　想够酒杯，又怕掉进水里，一群女子叽叽喳喳地尖叫着，她们一手抓住船沿，一手伸向湖水，屁股撅得老高，那样子看了，既让人动情又让人发笑。

　　李白他们全过来，站在这群女子身后，为她们鼓掌叫好。

　　崔宗之与焦遂，一人找来一支船篙，伸进水中，想帮着她们将漂浮的酒杯扒得靠近一些。不想，竹篙又粗又长，两个人都不会使用，竹篙伸过去即将酒杯撞翻。弄翻了两次，崔宗之知道不行，收回了竹篙。焦遂不甘心，继续小心地扒弄着。可他越小心，竹篙越不听话，酒杯接二连三地被翻了过去。不一会儿工夫，那些漂过来的靠得稍近一点的酒杯，差不多全让他的竹篙给翻了个身。

　　一个女子急了，扭头对着焦遂尖声叫道："大人，请您不要再帮倒忙了好吗？您这么帮忙，我们姐妹哪里还能捞上一杯酒来！"

　　众人哈哈大笑。

　　焦遂并不理会，他握住竹篙还往水中乱扒，边扒，他边说："我就不相信，这竹篙帮不上忙。"

　　又忙了一阵，一个胳膊稍长一点的女子总算在焦遂的竹篙帮助下，捞上来一杯酒。

　　大家都松了一口气。

　　站起身来，女子将这杯酒献给焦遂，说："捞上这杯酒，是大人的功劳，请大人赏脸，将它一口饮尽。"

　　"我哪里有功劳！"焦遂谦虚地说，"为了这一杯酒，前面让我牺牲了十杯美酒，若不是我帮忙，你们姐妹怕早有捞到酒杯的。这第一杯酒，我不敢喝，还是请宰相大人，适之兄先喝。"

那女子将酒献至李适之面前，说："宰相大人请。"

李适之连连摇手，道："半天工夫，我一无功二无劳，不该我喝，不该我喝。"

"你是宰相大人，你不喝，谁还敢喝？"李琎说。

"此时不排职位，要排，也只能依年龄排序，"李适之说，"贺公年长，还是贺公先请。"

贺知章道："你说我年长，我还不服老呢。来，来，来，我们排排年龄，看看谁最年轻。"

八个人，贺知章年过八十，排在第一；苏晋、张旭年过花甲，并列第二；李适之、李琎是五十多岁的人，排在第三；崔宗之与李白年龄相仿，四十出头，排为第四；只有焦遂三十八九，年纪算是最轻的。

"倒着数，我最年轻，"贺知章说，"正着算，焦老弟年纪最小，我们两头的都不喝，崔老弟和李白大兄弟，你俩也算是年轻的，你们推一人喝了这酒。"

酒送到了崔宗之面前。

崔宗之说："酒喝下去就要作诗。李白兄弟的诗作得又快又好，近日，他的《大鹏赋》，长安城内几乎家藏一册，可谓洛阳为之纸贵。还是请李白兄弟先喝，喝了这酒，再作诗一首，震惊曲江，我等也好跟着风光风光。"

"今日是庆祝进士及第，我李白乃布衣出身，哪能在此献丑，"李白也谦虚道，"崔兄不肯先饮，则应该由苏兄先喝。苏兄曾弱冠及进士，一举扬名天下，素为后继者敬仰。这酒，理所当然应苏兄先请。"

苏晋笑道："好汉不提当年勇。当年之勇，想提也提不得喽，比起后辈，老夫自愧不如，自愧不如啊。"

见张旭独自坐回到八仙椅上，没来凑热闹，苏晋从李白手中接过来酒杯，送至张旭身边，又说："张兄从来嗜酒如命，这酒，张兄先请。喝下去，你给他们来一笔好字，让新科进士们开开眼界。"

275

张旭有些幽默，他用迷迷糊糊的眼睛乜了苏晋一眼，道："苏老兄请我喝这一杯酒？你看，我这手中提的是何物？"

张旭将放在八仙椅下面的手举过头顶，手上提着一个大酒葫芦，摇了摇，里面的酒已经所剩无几。大家让酒时，张旭早已忍不住摘下了自己腰间的酒葫芦，坐在一边自顾自地痛饮开来。这会儿，他已有了七分醉意。

"大人，大人，这里又捞上来三杯！"一个女子在船头兴奋地叫道。

"好，这先上来的四杯酒，由我说了算，不可再有人推让。"苏晋正好就势道，"论官位，先请适之兄一杯；按年龄，贺公也要喝一杯；再以嗜酒程度，张旭、李白，两人腰间常挂着酒葫芦，这两杯美酒，归他们二人一人一杯。"

见贺知章还想发表异议，苏晋又说："我这么分配最为合理，就是按你所说，排出年龄顺序，除焦老弟外，八十、六十、五十、四十，每个年龄段各有代表，你说，这合不合理？"

众人无话可说，在美女们的嬉闹、助兴下，李适之、贺知章、李白和张旭将四杯美酒喝下。亮过酒杯底，大家又吆喝着，让张旭作草书，李白作诗，回敬其他游船上的新科进士及游客。

张旭从来以癫狂著称。他的特点是：狂饮大醉，每大醉，即呼叫狂走。届时，若有人向他讨字，有笔，他以笔书；无笔，他则以头濡墨而书。所书之字，神之又神，常常自己酒醒后，竟也惊得不敢相认。

此时，张旭又已醉酒，他大呼道："拿纸来，研墨来，我为汝等献字。"

游船上有墨，没有供书写大字所用的笔和纸。

贺知章买下船家的一块白色桌布，焦遂将它铺放在船板上，又磨好浓墨，说："纸墨皆已备下，张公，请。"

张旭歪歪倒倒地走近白桌布，看了一眼又黑又浓的大桶墨汁，伸手将自己的长发解散，垂头，长发甩向前方，泡蘸了浓墨，又低头，将长发送至白桌布上方，他头颅一摆带动长发自然流畅地旋转了两圈，稍往上提，再运长发下行，行至尾部，长发提起，再猛力一甩，发尖朝白色桌布的左上方飞去，按下，收住。整个过程，连贯，娴熟。他以发代笔，动如流星，观者还未运过神来，一个奔放有力的"神"字，便草书完成。只见"神"之一竖，运足了劲儿，伸出足有一丈来长；左边旁的示之一点，浓重丰厚，有精有神，更令众人叫绝不止。

狂草张旭，果然名不虚传。

张旭这边书写完毕，李白的诗也已经作成，他写的是《飞龙引二首》。

《飞龙引》取自古乐府鱼龙六曲。李白借古乐府曲作游仙诗，吟咏黄帝服仙丹升天，巡游天界仙境之中的所见所闻。两首游仙诗恰与张旭的一个"神"字暗合。贺知章接过来高声读了，众人也是连连叫好。

请船家帮忙，崔宗之和焦遂将张旭写的巨大的"神"字挂在船外的亭柱之上，歌女们也调好了琴弦，准备开始弹唱李白的《飞龙引》。

下人在长桌上摆好酒宴，由美女们陪着，大家坐上酒席。

贺知章朝坐在船头的歌女们摆了摆手："开始吧。"

琵琶奏响，笛声清扬，歌女们唱道：

黄帝铸鼎于荆山，炼丹砂。
丹砂成黄金，骑龙飞上太清家，云愁海思令人嗟。
宫中彩女颜如花，飘然挥手凌紫霞，从风纵体登鸾车。
登鸾车，侍轩辕，
遨游青天中，其乐不可言。

鼎湖流水清且闲，轩辕去时有弓剑，古人传道留其间。
后宫婵娟多花颜，乘鸾飞烟亦不还，骑龙攀天造天关。
造天关，闻天语。
屯云河车载玉女。
载玉女，过紫皇，
紫皇乃赐白兔所捣之药方，后天而老凋三光。
下视瑶池见王母，蛾眉萧飒如秋霜。

277

歌声飘荡，天上仙境降临曲江池畔，游人们陶醉于这人间天堂之中。

歌声从挂着"神"字的游船上飞出，作者肯定就在船上。各条游船上的文人学士、新科进士以及达官贵人，放出许多杯美酒，漂向"神"船，表示他们的钦佩和羡慕。

唐代，曲江池常有各种游宴，诗人们在曲江赋得一首好诗，第二天便会传遍京城，老少皆知。李白的《飞龙引》也不例外，当天下午，便在城内传开，许多人传诵唱吟。

曲江流饮之后，新科进士们特邀李白、张旭等一行六人同往杏园相聚。

李适之是在位宰相，李琎是皇上内侄，玩乐中二人虽也随和，但毕竟是高官与皇亲贵族，不便过于平民化，只得先行打道回府。

4

杏园正是花开时节。园内，树树洁白，朵朵飘香。进士及第后，在此摆宴赏花，史称杏园"探花宴"。后来，及第进士的前三名被称为状元、榜眼和探花。探花之称与探花宴有些联系。

在杏园中摆宴，新科进士总要选出两位年纪较轻的俊秀者作为代表，让他俩骑马遍游曲江和长安各处的花园，采摘名花。这两个佼佼者中的幸运者被叫作两街探花者，或称作探花郎。为使探花郎采花方便，当日，长安城中的所有园林一齐开放，任由探花使者遍赏名园，随意采摘名花。

采花回来，探花郎醉意浓浓，全身花香四溢，多年的寒窗之苦统统被甩至九霄云外。贞元十二年（796）进士及第的孟郊，时年已有四十六岁，仍作为年纪较轻的俊少者选为当年的探花郎。沉醉于深紫浓香的百花之中，孟郊以《登科后》为题，作诗一首。他吟道："昔日龌龊不足夸，今朝放荡思无涯。春风得意马蹄疾，一日看尽长安花。"探花郎神动色飞的得意劲儿跃然纸上。

极乐一时的探花宴结束，新科进士还要往曲江池畔的慈恩寺去题名留念。

慈恩寺曾是唐玄奘从印度取经回来后译经讲学的地方，高宗李治为保存玄奘带回来的大批佛经，命人在寺内建造了大雁塔。自中宗李显神龙年间开始，历届新科进士宴庆之后，都要聚集在大雁塔下题名，史称"雁塔题名"。为此，慈恩寺专建题名屋，保存历届进士的题名石碑。

李白一行人随新科进士来到大雁塔下。新科进士们忙着题名，贺知章、苏晋、崔宗之也异常兴奋。他们是前科进士，大名早留在石碑之上，找到刻有自己名字的石碑，是人总有些飘飘然的。

焦遂则是陡自生悲。他曾多次科举不中，决心不再走进考场，可面对石碑题名的荣耀，焦遂顿时也觉得，为人一世，名字上不得这石碑，乃是一种极大的耻辱。焦遂想，人生一世，官可以不做，名不可以不要。百年之后，官位于人毫无用处，而名却能让人永存于世间。为了这"雁塔题名"，焦遂重又鼓起了再试科举的念头。

喝得烂醉如泥的张旭，顾不得什么"雁塔题名"，他只想伏在马鞍上昏睡。不过，张旭心里明白，一旦他远离人世，张旭之大名，必然与他狂草于世间的墨迹一起流芳百世。正如他刚才写下的那个巨大的"神"字一样，游客去了，船家仍任它高悬在游亭的柱子上，迎风招展。

李白从来不屑于科举。看着这些考场"名将"一个劲儿围在石碑前兴奋，他心下不由得暗自发笑。回想第一次来长安时，若是见到这一幕，他兴许会羡慕不已。但此时此刻，他李白正走为官的上坡之路，新科进士在他之下，石碑上题过名的进士也大多在往坡下滑行，他李白又怎么会为这石碑题名所动？李白想，下一步要奏明圣上，请求授一实职官位，这样才好参与朝政，以展自己的政治宏图。

由庆典活动返回之时，张旭已经大醉不醒。贺知章只好让下人先将张旭送回府上。他还要与李白他们一起再去左相府聚会，那里还有更好的宴席，在通宵达旦地等着他们。

一行人骑着高头大马，从东市大街向皇城行进，边走边高声谈笑着，引来不少路人的目光。

看着到了平康坊，李白拉住缰绳说："各位，对不起，请先行一步。我去方便一下，随后赶上。"

贺知章骑在马上，戏说道："大兄弟是要轻装上阵，好去左相府大干一场吧？"

说着，笑着，众人先往前去了。

李白小解后，跳上马，刚刚转出平康坊，就看见迎面过来一乘私家的八抬大轿。轿子四周用黑布围紧，轿窗封着双层黑纱，由里朝外看，一清二楚，从外向里看，却是漆黑一片。轿子的前后左右，簇拥着十几个下人，个个都是打手模样。看得出来，轿主人既不是官家，也不是普通的商家，他的来头很不小。

东市大街，正南正北，十分宽敞。车马南来北往，靠右行驶，两下互不相干，完全可以各行各的路。

在这京城里，除去皇亲国戚和宰相大人，贺知章是一显赫人物。他骑马行于街头，无人胆敢挡道。前面，八抬大轿一行人与贺知章他们相错时，自然小心地向右靠行，尽可能地让宽道路。

可是，当轿子与李白相错时，轿子侧面竟突然蹿出一条大汉。这汉子冲过来，不容分说，一把抓住李白的缰绳，大叫道："老子总算抓到你啦！"

马被拽住，李白一愣，定睛一看，心下顿时明白过来：这汉子抓住缰绳的双手，只有可怜的六个指头！而且虎着一张带有文身脸！真是俗话说的那样：不是冤家不碰头！

李白还没来得及动作，汉子又掉转那张带有文身脸，朝向轿子大喊道："侯爷，侯爷，你看，你看，我抓住的是谁？这个狗杂种，休想再从我手中跑掉了！"

轿子停了下来，里面没有动静。

侯德从轿窗里往外看，他也认出了李白。十来年前，李白一剑在他手臂上留下的伤疤马上又隐隐作痛了！他真恨不能跳出轿子，立即置李白于死地！但他又看见眼前的李白已经穿着一身官服。他的本能告诉他，李白与前面的贺知章，一定有着密切的联系！阳关大道之上，他可不能妄动官家！但多年的仇人就在眼前，他又不愿轻易放过！

就在这一犹豫之间，文脸汉子等不及了，他伸出丢了四指的手，使尽全力，抢出一掌，想把李白打落马下。

李白也两腿一夹坐骑，想借马力摆脱纠缠。

文脸汉子却憋足了劲儿，单手揪住缰绳不放。被勒住的马儿抬不起前蹄，自然猛蹬两条后腿，一瞬间，已经围着文脸汉子迅速地转了几个大圈。李白也险些被甩到马下。

马儿昂首长啸一声，无可奈何地停了下来。

李白将手伸向腰间，想拔出他的水心剑，抓到的却是一块佩玉！

文脸汉子又举起了右手！

"住手！"

这时，轿子里发出了声音，声音虽不大，却极具威慑力。

"侯爷，他——"

"算啦！"侯德仍不露面，又是一声，"起轿！"

轿夫们连忙弯腰起肩，抬着漆黑的轿子前行。轿杠吱吱呀呀地响着，似在一个劲儿咬牙切齿。

前面，贺知章他们听见喧闹，也勒住马来回头观望。

文脸汉子也意识到，这大街上不是复仇的地方。侯爷的轿子抬起后，他强行压住满腔怒火，朝李白使劲地挥舞着仅有一只拇指的手掌，恨恨地说："老子再让你多活几天，下回碰上，定要结果了你的狗命！"

临走，他又回过头来，对着马头，呸的一声，狠狠地吐了一口唾沫。如果退回到十来年前，李白绝不能轻饶了这个胆大包天的无赖。可今天，他已是翰林大学士，而且还穿着一身官服，绝对不能再莽撞行事！但从今天的事情来看，宝剑不能不带在身边！

侯德也已经不一样了。如今，他是西市大街鼎鼎有名的商会会长，上通官府，下管商家，呼风唤雨，称霸一方，再不用挥拳横行于街头。坐在轿子里，侯德想，有官家身份的人，你索他的性命，不如革他的身份。索

281

了他的命，很可能还会伤及自己；革去他现有的身份，既可保住自己，又等于是挖掉了他的命根子。侯德当然选择后者，他现在什么做不到！

轿杠那吱吱呀呀的声音，正是他此时此刻的心声。

李白虽然听出了凶狠，却看不穿侯德阴险的用心。

李白策马赶了上去，对贺知章他们淡淡一笑。

贺知章他们也一笑带过，以为是路遇的小小误会。

5

春分过后，长安天气转暖，满城春意盎然。

这天，上过早朝，玄宗返回寝宫，又睡了一个回头觉，醒来精神十足。

杨玉环坐在窗台前，说："三郎，早朝回来，你又睡了一个时辰了。这会儿醒来，陪我上外面去走走？"

玄宗欣然答应。

皇上与太真妃一同前往兴庆宫的龙池游玩。

龙池是一个大湖泊，占地约十八万平方米。当年，它是由一眼泉水突然冒出而成大池。大池地处隆庆坊，故称为隆庆池。李隆基五兄弟随武则天从洛阳迁回长安，他们兄弟的五王宅便是伴着隆庆池修建。玄宗登基后，五王宅改建为兴庆宫，隆庆池也改名为龙池。

据说，隆庆池早被一风水先生看出有"龙气"。"隆"与"龙"同音，又有"庆"字相跟随，风水先生说，这池中的龙气日后必成气候。时值中宗景龙四年（710），五月中宗李显即被韦后毒死，当然，中宗本人并不知道，自己命里已经注定要在这一年归赴黄泉。听说隆庆池有龙气上升，中宗很不高兴，他恼怒地亲自率领百官到隆庆池去践踏龙气。中宗让人将许多船只连成一条巨型楼船，牵来一头特大的大象立于船的正中央，遍游隆庆池。同时，他还命兵部、吏部、户部各司在池水上操百舸竞渡。他简单地想用这个方法，压住隆庆池升出的龙气。

然而，隆庆池最终还是成了龙池。

李隆基感恩于龙池气象，做了皇帝后，命人在这龙池边专门建了一座龙祠。龙祠的神龛中供着一条小玉龙。先前，关于这条小玉龙，还有不少历史传闻。

相传，武则天做皇上时，有一天高兴，将诸皇孙召集于殿上，观看这些皇孙们玩耍。看着看着，她突然想测测皇孙们各自的前程。于是，她命人去取出西竺国送来的贡品，一一放在皇孙们面前，叫他们任意选取一样。皇孙们都选大的拿，玉环、玉钏、玉碗、玉盘、玉杯成了他们的争抢之物。小隆基站在一旁不动，等众兄妹挑完以后，他从地上拾起了一条被遗弃的小玉龙。武则天见了十分赏识。她抚摸着小隆基，疼爱地说："这孩子将来能当太平天子。"

小玉龙果然很有神通。

开元年间，每逢天旱，玄宗即率文武百官来龙祠小玉龙神龛前求雨。每次，祈祷一结束，小玉龙总会鳞甲微张，显出腾空飞跃之势。于是，天空阴云密布，声声雷鸣由远至近，一般不出半个时辰，便有甜美的甘霖普降。

有一年，北方又大旱，玄宗照例率文武百官到龙祠来求雨。但这年情况很特殊，一连祭祀了十多天，小玉龙仍然纹丝不变。玄宗急了，待到第十八天头上，祭祀过后，他亲自把小玉龙取下神龛，双手捧着，将它放入龙池中。小玉龙一入池，龙池上空就风云突变，长安地区方圆百里下了一场滂沱大雨。这一年，农家获得了丰收，小玉龙却沉入龙池，再也无法找到了。

后来，安史之乱时，玄宗在逃往四川的路上，由宝鸡渡渭水，有侍从在渭河边洗手，见积有浅水的河滩上露出一龙尾，便好奇地将它扒了出来，一看竟是小玉龙。侍从将小玉龙献给玄宗，玄宗真是惊喜万状，他双手接过，泪流满面，一字一句地说："这是朕最心爱的小玉龙，大难关头，它归来护驾，此去川蜀，朕一路无有担忧矣！"此后，玄宗把小玉龙常带在身边，每到夜晚，小玉龙便会放出光彩，辉映皇室。

再后来，做了太上皇的玄宗，返回长安，小玉龙却被他身边的一个太监偷了去，献给当时大权在握的宦官首领李辅国。李辅国投靠张皇后，借着张皇后的势力，在肃宗朝中做了宰相。此后，他一直把这条小玉龙紧锁在卧室的宝柜中。太上皇玄宗和儿子肃宗相继离世后，代宗李豫即位，宰相李辅国也跟着大权旁落。不久，李辅国身染重病，在他临死的那个晚上，卧室中的宝柜突然发出奇异的声响，属下打开宝柜观看，小玉龙已经不知去向。

从此，小玉龙只留下传说，再也不见半点踪影，大唐社稷也江河日下。

玄宗领着杨玉环先来到龙祠。神龛上已经没有了小玉龙，替代它的是玄宗命少府监冯绍正在四壁上画的四条异龙。自小玉龙入池后，玄宗有了一个习惯，每次到龙池来游玩，都要先进龙祠烧香，而且每次四炷香，都要亲自插入香炉，以示他的追思之情，同时祈请小玉龙在龙池中保佑他万事如意。杨玉环是女道士，与玄宗一同来到龙祠，这份点香祭坛之事，自然由她来完成了。

四炷香点燃，白色香烟袅袅上升。玄宗从杨玉环手中接了，双手举着香柱，面向四壁，分别拜过四条异龙，再把香递还给杨玉环，让她将香柱插入香炉。

由龙祠出来，玄宗与杨玉环登上了停在龙池边的御舫。十多名梨园弟子早在御舫中静候多时。皇上驾到，御舫缓缓摇向池心，清新悠扬的乐曲也随着桨声飞起了。

灿烂的阳光下，龙池两岸杨柳成荫，水面荷叶青翠，间或有银白色的鱼儿跃出水面，还有野雁、鸬鹚出没于芦苇丛中，龙池上有采不尽的春光，看不完的瑰丽景色。玄宗与杨玉环坐在御舫中悠闲着，一边欣赏梨园弟子们演奏的古乐曲，一边饱览湖光春色，不知不觉日近中午。

在御舫中用过御膳，稍事休息，杨玉环又拉玄宗同她一起上岸，去龙池边的沉香亭游玩。

沉香亭掩映在绿树丛中，周围是一片开阔的牡丹花园。春季，正值牡丹花开的时节，园内万朵牡丹怒放，沉香亭里浓香四溢。

杨玉环被这美景所激动，她把玄宗丢在了后头，先跑进园中，一个人在牡丹花中穿行，又绕着沉香亭转圈，待玄宗兴致盎然地来到她的身边时，杨玉环停住脚步说："你闻闻，三郎，这园中的香气不像是牡丹花香。"

玄宗嗅了嗅，道："嗯，奇香无比，是沉香木散出的香味。朕从未在午后来过沉香亭，想不到一经阳光照耀，这沉香木竟散出如此的香气。"

停下来，玄宗连做深呼吸，让香气浸润于肺腑之中，又无限感慨道："祖上以沉香木建亭，恩泽子孙后辈啊！"

"听说先帝时，曾有贪官用沉香木建下一座大住宅，"杨玉环说，"太平公主都为之震惊，我一直想去看看。"

杨玉环说的贪官，是中宗和韦后时期的宗楚客。他擅自挪用波斯人给朝廷带来的贡品——沉香木，为自己建了一座新宅。韦后被诛，宗楚客一同遭殃。据说，太平公主曾专门去这所沉香木新宅观看。打开房门，香气弥漫，几乎让人透不过气来。于是，太平公主感叹道："看这宠臣的房子，公主我觉得，今生今世简直是白活了一场！"太平公主的这句话，在朝廷内外广泛传扬，杨玉环进宫前就已听人说过了。

玄宗虽然尽量事事顺着他的小娘子，但对朝政之弊端却是忌讳非常之深。宗楚客的那所府邸早被朝廷封存了，玄宗仍然强烈地觉得那是大唐的耻辱！这样的耻辱，他如何愿提？这样的疮疤，他怎么愿揭？他装作继续嗅着香气，似乎根本没听见杨玉环的这个要求。

玄宗回避了这个要求，但后来的杨国忠则满足了杨玉环的欲望。

杨国忠做了宰相之后，立即在自家的后花园中飞快地建起一座新阁。新阁以沉香木为梁柱，以檀香木为栏杆，还在粉墙壁的泥土中掺入大量的麝香和乳香，因此，得名为四香阁。每到春季牡丹花开，杨国忠便邀集朝野权贵登上四香阁赏花，皇上的贵妃杨玉环当然是少不了的贵客。杨玉环称赞这四香阁是天上的瑶台，月里的琼室，兴庆宫中的沉香亭也远远不及它美观，远远不及它芳香。

岔开了杨玉环的话,玄宗又连连唤她过来观赏朝阳盛开的牡丹。

亭前恰有一株异样:一枝细细的花茎上开着两朵硕大的奇花,一朵红,一朵绿,令人惊讶。这么两朵硕大的奇花,开在明媚的阳光之下,香气袭人,芬芳艳丽,还有一只黑白蝴蝶围着它们上下飞舞。

园内的小太监凑过来,媚笑道:"启奏陛下、娘娘,这株牡丹是园中之瑰宝。它不仅二花并蒂开放,而且二花的颜色,随时辰不同,间或转换。左边那朵,上午是深红色,这会儿呈碧绿色,到傍晚它会变为黄色;右边这朵,上午为黄色,中午为深红色,傍晚呈碧绿色。等到夜晚,两朵花一齐转为粉白,并蒂在月色中吐艳,亭亭玉立,袅娜可人。"

"真有这等奇事?"玄宗对小太监的话将信将疑,他看着杨玉环说,"果真如此,娘子,你说它们不是花中之妖,又是何物?"

杨玉环很有兴趣,说:"我想这是一对花木夫妻,恩爱得白日换穿衣裳,晚间又要合穿一件。三郎,我们坐在这沉香亭里等着,看看花木夫妻的恩爱生活,也好仿效。"

"好主意,"玄宗附和道,"朕正想在这亭子里歇歇。"

两人依依,凭栏而坐。

宫人及时端来了用银具盛放的燕窝甜汤与小豆糕饼。这燕窝甜汤玉白清亮,几粒红枸杞点缀其间,喝下去爽口滋润,是皇家常用的午后点心。

杨玉环小心托起一碗,掀开碗盖,甜汤不冷不热,正好食用,但她还是用玲珑的银勺稍带弧线地拌了几下,再放近唇边以微风吹拂,然后,再送到玄宗手上。

玄宗笑吟吟接过来,抿上一小口,满意地说:"美人,香亭,争奇斗艳的牡丹花,朕身边还缺少什么?"

杨玉环应声接道:"色香味俱在,仅少檀板一副。"

"娘子真乃朕的知音,"玄宗为杨玉环深知他的心思而高兴,"朕以为,在这牡丹园里,沉香亭下,再有轻歌曼舞与才子佳人助兴,怕是瑶池仙境也难以相比。"

高力士在一旁听了,赶紧打发小太监去停泊在龙池边上的御舫,召唤梨园弟子们前来。

很快，梨园弟子们便在亭侧排坐下来。手捧檀板的李龟年接到高力士的暗示，奏起清平调。李龟年正欲开口唱歌，玄宗站起来，朝着他一个劲儿地挥手："停下，停下，给朕停下来。"

清平调遏止。李龟年与弟子们面面相觑，不知皇上为何缘故。

"对娘子赏名花，新花安用旧乐词？"玄宗说道，"快去翰林学士院，将李白唤来，让他填写新词。"

李龟年领旨，同两个宫人一起，赶忙去了。这里，玄宗与杨玉环继续在沉香亭凭栏而坐，赏花观景。

自南北朝以来，历代君王皆喜好牡丹。

隋炀帝爱花成癖，曾下令在洛阳开地二百里，号为西苑，诏天下进各色花卉。当时，有易州官吏进贡二十箱牡丹，有赤红、紫红、飞来红、袁家红、醉颜红、云红、天外红、一拂黄、软条黄、延安黄、先春红、颤凤娇等名品。隋炀帝喜出望外，让人大量培植，皇宫园内，寝宫四周，只种牡丹。

武则天与牡丹花也有一段故事。

据说，一年初春，做了皇帝的武则天与女儿太平公主，还有武承嗣、武三思，一同到大明宫后苑游玩。长安的初春，余寒尚未退尽，园中草木虽已转绿，但不见鲜花盛开，四周没有更多的美景供人欣赏。

武则天边走边看，不无遗憾："这些日子天气晴暖，朕以为春意早至，可这苑中花朵为何仍不开放？"

"陛下想要'春意早至'，苑中花卉并不知晓，"武三思拍马道，"若陛下降旨，命花仙催蕾，各色花朵定会唯命是从。"

武则天不以为然，嘴角边现出一丝笑意。

武承嗣觉得武三思说得有些过分，他摆出实事求是的架势，说："降旨未必灵验。天子统领世人，节气则由天道规范，时尚未至，诸仙子岂敢擅自行动？"

"母亲陛下圣德过天，玉皇王母都要另眼相待，"太平公主盛气凌人，

"你怎么知道皇苑中的花仙会不服陛下圣旨？说不定，陛下降有圣旨，真有花仙催蕾之事呢！"

武则天本来就性情强悍，听女儿这么一说，真动了试他一试的念头。她当即命人取来笔墨，由她口述，太平公主笔录，以四句五言诗作为制敕。诗云："明早游上苑，火速报春知。花须连夜发，莫待晓风吹。"

拿着这诗体圣旨，太平公主领着侍从找到苑中花蕊最多的地方，将圣旨高悬于向阳的树梢之上，心里暗自对花仙语："花仙显灵，明晨催开几朵花蕾，我皇母一定不会亏待于你。"

夜来，太平公主睡不安稳，天一亮，即遣贴身侍女去后苑查看是否有花开放。侍女带来的是好消息：后苑已是满园春色，百花争相开放。高兴得太平公主顾不上仔细梳妆打扮，匆匆往武则天寝宫去报喜讯。

也有人说，那天晚上，太平公主一夜未眠，她组织宫人，在后苑里挑灯夜战，想方设法为已经含苞欲放的花蕊加温，直到催开了几朵早开的桃花为止。

听到喜讯，武则天心花怒放，立刻传出圣旨："今日免上早朝。三品以上大臣与所有皇亲国戚皆往后苑，皇上赐宴。"

后苑中，桃树下，武三思、太平公主及众大臣王公簇拥着武则天，争相献媚，将女皇制敕催开花蕾之事吹得神乎其神。有的说，陛下合天意，顺民心，恩德感动天地，才有此功力；有的说，女皇乃是上天派来人间拯救大唐子民的天仙，入世前，在天界统领众花仙，命其催蕾开花，哪敢不依？

武则天被众人捧得格外开心，欢欣之余，命宫人在后苑点清顺从她意及时开花的品类，一一报来。

宫人先报了五六种花名，武则天即兴为花赐授封号，并赏给宫人银两。随后，前来参报花名的宫人接二连三，已报来的不下数十个品种，武则天最喜欢的牡丹花却一直不见报来。

"牡丹花还没开吗？"武则天问。

宫人们站在一旁摇头。

太平公主对宫人说："牡丹花喜阳，晨起未开，这会儿也应该有所表示了，快快前去查看。"

牡丹花是花中之王，它没给女皇脸面，连蓓蕾都不肯长出来。为了领赏，宫人报上的花名，许多并未开放，但至少要有初生的花苞，他们才好夸大为开花。仔细查找，碧绿的牡丹园中，不要说有一枝含苞欲放的花蕾，就是绿色的小花骨朵也寻找不见。为此，宫人不敢谎报花情，他怕女皇亲自去观赏，看不到有牡丹开花，自己的脑袋反倒会被打开花来。

宫人返回，立于一旁，讷口无言。

武则天问："牡丹一朵未开吗？"

"是。"宫人小声答道。

听见这小小的一声"是"，武则天立即勃然大怒，道："不识抬举的东西，朕平素偏爱于它，它竟敢违抗上命。皇苑之中不能容它！传朕的旨意，将牡丹移出后苑，贬谪洛阳。"

花王流放于洛阳，将洛阳装扮成牡丹花城，千年不衰。如今，洛阳城郊植有牡丹六十多万株，达三百多个品种。每年四月中下旬，都有牡丹花会在洛阳举行，届时，前往游玩的观赏者总有十几二十万人，盛况空前。

武则天退位之后，牡丹花很快被平反，又在长安城恢复了花王地位。尤其是开元年间，牡丹花色品种剧增，许多奇异种类，如"双头牡丹""重台牡丹"和"千叶牡丹"都是那时培植出来的。

6

再说李龟年带着两个宫人，骑马奔到大明宫翰林学士院，宣召李白。

李白哪里会在僻静的小院中坐等？

小吏回复李龟年道："李翰林上外面喝酒去了，几时返回，从来不给准信。"

"上哪里能寻到他？"李龟年问。

"皇上特准李翰林可在城内免费喝酒，"小吏说，"他去哪里喝酒，小的说不上。”

“平日他常说起什么酒家？”一个宫人问。

小吏想了想，道：“说不准。”

“没有时间在此耽搁！”李龟年说，“我们快去城里找寻！”说罢，三个人快马加鞭，奔出皇宫。

李白一早出来喝酒，午后醉倒在一家小酒店的屏风后面。李龟年他们曾进到这小酒店的店堂里看过一遍，没见到人，转身便走。等他们将城中大小酒家一一看过，没找到李白，再重新挨个进酒家询问时，这家小酒店的老板才带他们到屏风后面去看：李白正伏卧在酒桌上酣睡，唇角边还流淌着残余在口中的酒液。

“李翰林，你醒醒！醒一醒！”李龟年上前摇着李白的肩膀，“皇上宣召你，他和娘娘正等在沉香亭呢！”

李白费力地睁着眼睛，一只眼睛半开了，另一只眼睛继续闭着，他看不清站在眼前叫他醒酒的是何方人士：“你，你，你是谁？”

李龟年叹了口气，说：“你就别管我是谁了，皇上宣你，你快些起来跟我们走吧！”

“皇上？哪个皇上？”李白胡言乱语道，“到处都有皇上，你没名没姓的，说的是哪个皇上？皇上又怎么样？他能不让我李太白喝酒？”

出寻李白总有一两个时辰了，两个宫人心里十分焦急。他们不让李龟年再与李白多说，上去一边一个，架了李白便往外走。带回去一个醉人，他们也好在皇上面前交差。

李白开始想要挣扎，他痛斥他们对翰林大学士的无理行为，他嚷着让他们看他腰间的金牌，诉说他喝酒是皇上特许的，谁也无权不让他喝酒。

李龟年和宫人根本不听李白的醉话，他们七手八脚，把软弱无力的李白拖出小酒店，往马背上一搭，就像一个布袋子。李白已经不再说话，他横卧于马背，脑袋耷拉在马肚子上，又呼呼地睡着了。

李龟年和一个宫人上马，奔回兴庆宫禀报。另一个宫人牵着那匹驮有李白的大马，跟在后面紧赶慢赶。

好在玄宗和杨玉环并未等李白。他们坐在沉香亭里，有看的，有喝的，有玩的，还有说不尽的情话。

每隔一会儿，杨玉环就去细细观察那株并蒂牡丹的颜色。她蹲在牡丹花前，饶有兴趣地向玄宗汇报最新的变化情况。

玄宗看着杨玉环，觉得她真是天真可爱，觉得他的这个美人与牡丹花一样雍容华贵，他疼爱地禁不住戏说道："娘子与牡丹是同胞姐妹，你蹲在这株牡丹面前，朕不知是看娘子好，还是看牡丹好。"

"三郎爱牡丹，玉环也变作牡丹好了。"

"行不得，万万行不得！"玄宗说，"变作牡丹只能花好一时，娘子的容颜却是一年比一年更好。如今，朕不能一天没有娘子的陪伴。娘子快些回朕身边，要是花仙过来，错认娘子为牡丹，收了你回去，让朕到哪里去寻！"

两人情调得正高兴，李龟年回来了。他脸上汗如雨下，立于亭阶前，等着向皇上禀报。

玄宗回头看见了李龟年，有些奇怪，问道："这半天，你去了哪里，弄得如此大汗淋漓。莫非你进龙池中寻李白去了？"

"回陛下，"李龟年赶紧用袖口抹了一把脸上的汗水，说，"龙池里我们没去，李翰林是下臣从酒池子里捞出来的。"

"他现在何处？"

"酒醉难醒，下臣用马将他驮来了，随后就到。"

李龟年和一个宫人先回兴庆宫，到离沉香亭不远处，他下马，便打发同行的宫人牵了他的马，回头再去接李白他们。这会儿，两个宫人已经牵着驮有李白的大马来到了亭前。高力士见了，忙命人在与沉香亭相连的长廊下铺了一块草席，将李白扶睡在上面。

"陛下，李白应召前来，"高力士过来禀奏，"现醉卧于长廊之下。"

从刺眼的阳光里进到长廊荫处，李白睡在凉凉的草席之上，酒意一下醒了不少。他半睁着迷糊的双眼，朝不远处的沉香亭望去。

亭子里有许多富丽华贵之人。

眼睛再睁大一点，李白吓出了一身冷汗。刚才李龟年的话，重在他耳边响起："皇上宣召你，他和娘娘正等在沉香亭呢。"李白有些清醒了，他知道，皇上和太真妃正在那边的亭子里游玩，他们宣他来作诗助兴。

李白觉得头涨疼得厉害，全身酥软无力，肚子里翻江倒海，有许多东西想往外吐。他的官服前襟已经很不干净，上面有道道酒痕和斑斑点点的油腥、菜渍。

这个模样挣扎着站在皇上面前，皇上岂有不怪罪之理？李白想。可人已经被拖来皇上面前，没有其他办法，只好将错就错，装作一直酒醉未醒。喝酒是皇上特许的，喝醉了不省人事，总不能扣上非礼之罪的帽子吧。于是，李白重又合闭双眼，躺在草席子上呼呼大睡。

玄宗与杨玉环玩得高兴，没对酒醉不醒的李白发脾气，他问高力士："有何办法能让李白早些醒酒？"

"回陛下，"高力士说，"奴才已派人去割'醉醒草'了。这种草，喝醉的人，只要闻上一闻，很快便可醒酒。"

龙池边有一块茂盛的草坪，草坪的一角长着"醉醒草"。这是一种紫颜色的草，草心呈殷红色，长在一片绿草之中，很是特别。据说，很久很久以前，有一个喝醉了酒的人，摇摇晃晃地往家走，他抄近道，从长着这种草的草丛间穿行，闻到草丛中散发出的特殊的气味，顿觉头脑清爽，精神焕发，所有的醉意顷刻间荡然无存。从此，这种草就有了"醉醒草"的名字。这名字一传十，十传百，一代一代地传了下来，"醉醒草"也就成了专门的醒酒草。

宫人割来五大筐"醉醒草"，抛撒在李白的身上和脸上。

李白差点被埋进了草堆。

睡梦中，李白觉得，一片片清凉的雪花扑面而来，奇怪的是，这雪花为何如此清新凉爽，没有一点寒意？

李白将这清新之气深深地吸进去，又长长地吐出集结在胸间的酒气。几次深呼吸过后，李白醒了。

高力士知道李白已经醒酒，他立在亭阶之上，大声地传呼道："陛下宣召——翰林学士——李——白——"

李白从草堆里爬出来，双手扫了扫官服，整了整官帽，朝沉香亭走去。他脑子已经清醒，只是脚下还有轻飘飘的感觉。

跪拜于亭阶之下，李白道："臣李白不知陛下宣召，酒喝得多了，醉意初醒，万望陛下宽恕。"

"李爱卿平身，酒醉之事不必挂在心上，"天子不与小人一般计较，玄宗大度地说，"朕今日与太真妃子出游龙池，有意请爱卿为朕写诗助兴。立时即要，李爱卿能否为之？"

"李白有幸从命。"

从地上站起来，李白走到已为他准备好的案台前，提笔即书，瞬间完成。高力士呈于玄宗面前。玄宗阅览，诗题为《侍从宜春苑奉诏赋龙池柳色初青听新莺百啭歌》。诗曰：

> 东风已绿瀛洲草，紫殿红楼觉春好。
> 池南柳色半青青，萦烟袅娜拂绮城。
> 垂丝百尺挂雕楹，上有好鸟相和鸣，间关早得春风情。
> 春风卷入碧云去，千门万户皆春声。
> 是时君王在镐京，五云垂晖耀紫清。
> 伏出金宫随日转，天回玉辇绕花行。
> 始向蓬莱看舞鹤，还过茝若听新莺。
> 新莺飞绕上林苑，愿入箫韶杂凤笙。

看过，玄宗夸赞道："李爱卿未随朕一同游龙池，却将朕在御舫中所见情景写得如此传神，诗句又清圆流丽，才气过人，才气过人。"

杨玉环也看了，说："诗是作得好，只是与清平调不合，三郎旧曲仍不可得新词啊。"

"噢，嘀嘀嘀嘀，你看，你看朕这记性，"玄宗轻拍了拍自己的头颅，乐哈哈道，"不是娘子提醒，朕一时高兴，将正事也忘了。"

293

说着，玄宗又转向仍坐在亭阶下案台旁的李白，道："朕对妃子，赏名花，有名曲无新词，李爱卿为朕填来，让李龟年歌之。"

"臣下这就作来。"

李白领过皇上的旨意，略微观赏了一下沉香亭四周的景色。只见牡丹花国色天姿娇艳无比，各色鲜花争相怒放烂漫似锦，太真妃倚靠亭栏，更有羞花闭月之容貌，宛若瑶台仙娥下凡。春风拂过，李白将杨玉环的天然绝色与牡丹花的浓艳妩媚融为一体，迅速草成《清平调》三首。

墨迹未干，李龟年即从李白手中接过，呈上，请玄宗过目。

"好，写得好，美人玉色，花团锦簇，正合朕之心意。"玄宗赞不绝口，递还给李龟年道，"快些熟悉了，为朕与太真妃演唱。"

李龟年领命，捧着新词，过去与梨园弟子们小声唱和了一遍，随之以檀板击节，和着清越的曲调，一展优美的歌喉：

> 云想衣裳花想容，春风拂槛露华浓。
> 若非群玉山头见，会向瑶台月下逢。

> 一枝红艳露凝香，云雨巫山枉断肠。
> 借问汉宫谁得似，可怜飞燕倚新妆。

> 名花倾国两相欢，长得君王带笑看。
> 解释春风无限恨，沉香亭北倚阑干。

听过一遍，杨玉环也连声赞美，她代替皇上，命高公公以凉州葡萄酒作为御酒，赏给李白。

御赐美酒盛在两个荷花状的玻璃大碗之中，酒液紫红，玻璃器皿晶莹透亮，如琼浆玉液摆在了李白面前的案台上。

李白早忘记了刚才醉酒的难受，他站起身来，朝玄宗、杨玉环跪拜，道："臣下拜谢陛下、太真妃恩典。敬请陛下、太真妃恕李白失礼，于亭阶之下自饮御赐葡萄美酒。"

"李爱卿只管放心大胆饮酒，朕绝无怪罪之意。"玄宗对李白十分宽容。

有了皇上的特许，李白把这两大碗葡萄酒当作可口饮料，端起来，咕嘟咕嘟咕嘟地倒进了肚子里。葡萄酒喝起来清甜温和，没有多少刺激，喝得过猛，却有十足的后劲。李白酒醉初醒，又一连灌下两大碗，足有二斗半（古时候，一斗约为十升），不一会儿，便觉飘飘然似神仙，伏在案台前昏昏睡去。

沉香亭里，杨玉环用西域进贡来的玻璃七宝杯，为玄宗和自己各斟一杯凉州葡萄酒，道："小娘子欲请三郎喝下这酒，亲自为我演奏一曲这新词清平调，不知郎君是否愿意？"

玄宗正在兴头上，听杨玉环请他为她演奏，连连点头应承，他一口喝下葡萄美酒，高声道："取玉笛来，朕特为娘子吹奏一曲。"

玉笛取来，玄宗命李龟年主唱，他为伴奏，再加梨园弟子丝竹和之。

杨玉环仍倚靠着亭前的栏杆，她边听优美动人的歌曲，边品味葡萄美酒，真有"一枝红艳露凝香"的姿容。

杨玉环红艳含笑地给玄宗频频送去秋波。玄宗为娘子的眉目传情所动，心中柔情似水。他手执玉笛，将柔情融于乐曲。每到变换音韵时，玄宗便有意迟其声，拖长最后的音节，让它化作深情悠远的旋音，以媚美人。

亭阶上，玄宗与杨玉环以《清平调》新词为媒，你来我往，将绵绵情丝连为一体。亭阶下，李白昏睡至深，情不自禁地发出一起一伏的鼾声。

高力士本因李白让他脱靴之事记恨李白，又见李白露出如此不雅之态，生怕坏了皇上的情绪，皇上怪罪他当奴才的不会办事，便命宫人快些将李白抬走。

与来的时候一样，李白被耷拉在马鞍子上，送走了。

这一天，玄宗与杨玉环在沉香亭一直玩到明月初照，才返回寝宫歇息。至于李白是什么时候不见的，皇上和太真妃都没注意。

用过了不再需要，当然没必要再去理睬，像李白这样的待诏翰林，随叫随到，用完后更没必要分精力去注意他了。

第 七 章

1

很快，李白的《清平调》诗三首从皇宫传出，长安城里又一次兴起了"李白热"。大人小孩争相传诵李白的诗歌。

由李白的诗歌，人们又开始注意李白的性情、嗜好。

李白好酒不用说，人人皆知。京城里有的小酒肆借用李白的名气，将自家店牌改为"斗酒诗百篇""太白酒家""谪仙酒家""醉圣之家"等名。李白的诗名与好酒连在一起，人称他是"诗仙"，又是"醉圣"。所以为"醉圣"，是说李白每大醉，为文从来不会有差错，所作诗赋言辞犀利，倍胜清醒之人。借了李白之名，酒家的生意好过以往。

人们还盛传，李白曾是神童。"五岁诵六甲，十岁观百家"；"白以弱植，早饮香名"；"十五好剑术，遍干诸侯"。这些对幼年和青年时期李白的赞词，大多是人们从附在李白诗集之后，由李白自己写下的赋与上书中得知的。更有李白的崇拜者，顺蔓摸瓜，深入到川蜀，挖掘出少年李白用功读书的故事：说是少年李白与所有孩童一样，十分贪玩，幸有一白发老婆婆日复一日地在山间小溪边磨铁棒，李白从中悟出道理——"只要功夫深，铁杵磨成针"，从此发愤读书，才有日后的成功。

李白的诗歌，还有其他一些副产品。比如说，从《清平调》诗三首，

296

人们证实了传言中关于天子与太真妃的艳情。

有善于评诗的人，像说书一样，分析李白的《清平调》，给众人讲解皇上对太真妃之迷恋。他说："且看'云想衣裳花想容，春风拂槛露华浓'一句，皇上见云即想到太真妃之衣裳，见花则想到太真妃之容貌。'春风拂槛'与'云'相应，云若有风，且为春风，愈见之轻扬。太真妃衣着轻纱缥缈，沐浴春风，拂槛而立，风姿摇曳，哪有让皇上不动情之理？'露华浓'与'花'相承，花得露则愈觉其鲜艳，太真妃夜夜承蒙天子临幸，恩洒华露，当然芳艳无比！如今，皇上宠爱太真妃子，自觉无处不是妃子。云是妃子，花是妃子，风是妃子，露也是妃子，皇上眼里只有一个太真妃子。"

还有忧国忧民之士，从李白的《清平调》中看到了赞美之情，也读出了寓讽之意。他们议论说：

"天子为宫中浓艳之花所动，只图露华凝之，这国中大事由何人顾及？"

"笑那楚怀王，在梦中与巫山神女朝云暮雨，费尽心思。我看如今这太真妃子朝朝暮暮陪伴君王，皇上不分昼夜与她儿女情长，沉迷于云雨欢情，大唐社稷亦将枉断肠矣！"

"名花倾国，美人误国。舞女赵飞燕色迷汉成帝，她做了皇后，汉成帝这个皇上又做了几天？昭阳宫之祸水，害君害国害民，此乃古训。说太真妃的容貌比赵飞燕更娇艳润泽，无须浓妆艳抹，自有雍容华贵，'长得君王带笑看'。这怎么能不令人担忧啊！"

这些忧国忧民之言论，人们不敢公开议论，害怕传扬出去，自遭灭顶之灾。

两年前，即开元二十九年（741），玄宗曾惩治了一批造谣惑众的朝廷官员。

当时，社会上讹传：大唐气数不旺，周边蛮族即将联合兴兵，国将大乱。调回京兆府任府尹的韩朝宗信以为真，率先提出辞官去职，欲归隐终南山。许多大小朝官也纷纷效仿，闹得朝廷上下人心惶惶。玄宗大怒，命将稍有动摇之心的官员全部送交刑部审讯。

韩朝宗想归隐终南山，不愿再做官，被认定为有蛊惑人心之嫌疑。作为惩罚，他被贬出京城，发派到岭南去做一小吏。其他中小官员，受到的惩治更为严厉，许多人仅因参与了议论，便被弄得家破人亡。

有了两年前的这次教训，京城里的人议论政事愈加小心谨慎，尽量避免在公开场合谈及朝政的弊端。至于上述对皇上的看法，只是几个关系铁且胆子又大的有识之士，聚在一起时的私聊罢了。

由此，又可见李白的胆子有多大，他酒后吐真言，一语双关，既买得了玄宗的高兴，又将如今皇上的昏庸暴露于世。

能在京城造就如此的轰动效应，李白很是得意。李白想，朝廷应该注意到民众的呼声，皇上应该给他一个实质性的官职做做。可是，玄宗除了继续召李白写些艳诗或游仙诗外，对他并没有新的意向。

在翰林学士院，译番书、草拟制敕之类与朝政有些关系的事情，李白仍旧极少介入。偶尔有一两次，也是因为诏书公文过多，其他学士一时难以应付，张垍迫不得已才让李白做一下。

李白草拟过几次诏令公文，是朝中近期的人事变动问题。照理，正式宣布之前，其内容必须严格保密。喝醉了酒的李白根本不管那一套，他借着酒劲，将内部消息作为口头新闻，不分场合，不分地点，四下传播。

有人将李白传出的消息，转告给张垍。张垍气得不得了。他怕朝廷追究，自己推脱不了应负的罪责，便愈加有意将李白晾在一边，让李白靠边站了。

好在李白有不少的酒友，每天的日子并不难过。

史称，"酒中八仙"中的李适之、李琎、贺知章酷爱在自家府中宴请宾客，结交酒友。左相李适之雅好宾客，常常是昼决公务，夜则宴赏，相府大门长开不闭，每日总要兴费百钱。

这一日，早朝过后，李适之大白天即在府中摆设了酒宴，请来贺知章、李琎、李白、崔宗之、张旭、焦遂等人，只有苏晋因身体不适，没有前来。

大家相见，坐下后，焦遂隔着宴席桌子对李白说："李兄的诗作近日在京城影响很大啊，有人私下说，你的《清平调》有暗讽之意……"

"各位兄弟，"焦遂的话未说完，已被李适之打断，"今日破例于白天设酒宴，皆因昨日我喜获一酒家之宝，忍不住早些请众位兄弟来与我一同分享快乐。"

李适之好酒，好宾宴，同时也好收藏各种酒器。他有蓬莱盏，是由群山组成的岛屿形状的酒器，注酒以山为限。酒注入其中，再流出，似饮山泉，甘甜可口。他有舞仙瓟，酒注满后，会有小仙人出来舞蹈。此外，他还有海川螺、子卮、慢卷荷、金焦叶、玉蟾儿、醉刘伶、东溟样等奇特的盛酒容器，合称为酒器九品。每当宴请宾客时，李适之总要拿出来向众人炫耀。

"左相总有意外之喜，"崔宗之道，"让我们大家也跟着沾光。"

"快些将这宝物请出来，也好让我们早些开开眼界。"贺知章说。他知道，在酒器方面，李适之的眼光极高，一般之物他根本看不上眼。让李适之称作宝物，且喜形于色，这酒器肯定非同一般。

"将宝物抬来。"

李适之说着，就有下人抬出一大型酒器。酒器被一幅宽大的红缎布从上至下遮盖得严严实实，摆放在圆桌上几乎占去整个桌面。

"好，让我的兄弟们看看它的真面目。"

两个打扮得十分漂亮的婢女听从主人之命，各持缎布的一角，将宝物的红盖头轻轻地揭开。

展露在众人眼前的，是一构思绝妙、工艺精巧的大型酒器——

一只木制千年龟背驮着一个大平盘。大平盘直径约有四尺五寸，盘中立有石山。这石山看似石头制成，其实也是木制。石山、千年龟和大平盘皆用漆饰，漆色彩画，使得这只千年老龟貌似活物，大平盘精美绝伦，石山则峰峦殊妙。

一座山峰耸立于盘中，有三尺多高，它外实内空，山中可盛酒三斗。绕着山峰，是一圈酒池。池内盛满了酒，池下有一漏，若是中间山峰的酒被喝空了，千年龟的肚子里设有机关，自动从酒池里往山峰中吸酒。

酒池外圈有一围山丘。酒池边，装饰有碧绿的荷叶、粉红色的荷花。花开叶舒酷似真物，却是以铁锻造而成的，专供盛放佐酒食物的碗碟，里面已经摆着干肉、肉酱和各色各样的干鲜珍果。

山峰的腰间缠有一条白龙，龙身多半藏于山中，只将龙头伸出，开口吐酒，一片舒展的大荷叶托着四只酒杯，已在龙头下接个正着。

大家面对这大型酒器，赞不绝口。

"这才是名副其实的'酒山'，"李适之说，"昨日我初次见过，一见便爱不释手，花重金将它买下。"

见到酒即嘴馋的张旭，盯着接满酒的酒杯，说："酒山虽好，可惜仅有四杯美酒，让谁先饮？"

"张兄不必操心，"李适之说着，伸出手去，在千年龟的左眼上一按，盘中山峰开始转动。当龙头转至一百八十度的时候，自动停止。龙头下方正好又有一片大荷叶，婢女放入四只酒杯，龙头马上开口吐酒。"这不，一次一人一杯，我们今日只有七人，还多出一杯，每次请张兄多饮一杯就是。"

"这不可行！"李琎说，"我们兄弟个个爱酒，每次想多喝一杯，非另有条件不行。"

"你说个条件。"李白道。

李琎还没说话，焦遂插话说："行酒令如何？"

"不妥，不妥。"贺知章第一个反对。他年纪大了，行酒令没有赢过。

张旭也不同意。与这些兄弟相比，行酒令他算不得行家。

"奇特的酒器，要有奇特的条件，"崔宗之说，"我看，今日来点新鲜花样，大家吹牛。谁想象最奇特，谁一次享有喝两杯的殊荣。"

"也好，"李适之说，"就依崔兄的建议，想多喝酒者，吹牛给大家听。大家听得高兴，他便多喝一杯。"

李白作诗，惯用夸张手法。夸张一点说，夸张就是吹牛。要吹牛，正中李白下怀。不等别人开口，李白就说："观这酒山，如入蓬莱仙境，我有一突发奇想，讲给兄弟们听听。"

说着，李白吹道："我李白实乃海上钓鳌之客。一日，游至蓬莱，遇天界判官。他迎上前来问曰：'李翰林不在朝中做清客，来蓬莱作甚？'我答曰：'来钓大鳌。'判官上下打量我一番，奇怪道：'你手中空无一物，如何钓大鳌？'我笑道：'夫以海中风浪逸其情，乾坤纵其志，以虹霓为丝，明月为钩。'判官又问：'以何物为饵？'我曰：'钓大鳌需用特殊诱饵，夫惯以天下无义丈夫为饵。'"

吹过这牛，李白自顾自地哈哈大笑起来。

"好，有气魄。"贺知章赞道，"大兄弟从来气魄宏大，理应先喝两杯。"他一手端了一杯酒送给李白，再请大家合饮。

焦遂也顺着贺知章的话，称李白吹牛极有水平。崔宗之在一旁笑了笑，露出半赞同半回避的态度，没有说话。张旭不大理会什么朝中之事，他只管喝酒，对李白吹出的牛，没有评价。李适之更是不以为然，脸上没有半点表情，他不喜欢李白在酒宴上谈及政事。

平日，朝廷里钩心斗角，相互倾轧，李适之身为左相，不能不处于旋涡之中。散朝后，他在自家府里大摆酒宴，所请宾客分为两类：一类纯系政客，宴请他们，李适之为的是联络感情，私下商量对策，日后也好在朝政中互相支持。这种酒宴范围不大，宴请的对象也是清一色的有利害关系的朝廷重臣，或是相关的下属官员。另一类纯属酒友，以文人智士居多，杂以朝中关系密切的朋友。和他们在一起，李适之不愿议论朝中之事，而且特别忌讳议论朝中之事，他的目的只有一个：放松自己。"酒中八仙"好就好在一个"仙"字，而李白吹的是政治牛皮，李适之当然不去附和。

这一点，李琎和李适之完全相通，喝过第一轮酒，他说："下面这牛由我来吹。"

李适之给他补上一句，道："若与喝酒无关，罚你禁酒三轮。"

"那是自然。"李琎笑着说，"我要说的正是我的一段饮酒的故事，与'酒'字无关，我甘心受罚。"

接着，李琎吹道："我饮酒结交，最爱交海量者，名声传出，隔日总

301

有一海量者前来与我比试。去年夏季，我在府中摆宴，门人突然前来通报，说是有一进士，自称名叫常持满，急于求见。我请他进来，一看，是个侏儒，身高不过二尺半。侏儒得中进士，想他有些能耐。我便天南地北地向他提问，他对答如流，无所不通。说得高兴，我请他入宴，与他对饮。谁知，这常持满是个喝不满，有多少酒，他喝多少酒。喝到近天光时，我令人抬来一坛老酒，足有五斗，置于他面前，请他继续喝。常持满毫不客气，抱起老酒坛子便喝。一坛老酒喝空，你们猜，他怎么样了？"说到这里，李琎故意卖了一个关子。

"那还用说，"焦遂道，"醉如烂泥。"

"我说他一点不醉，"张旭道，"醉了，还有什么牛皮可吹？"

"常持满醉了，还是没醉，我不能知道。"李琎说，"只见眨眼之间，侏儒现出原形。我瞪大眼睛一看，简直不敢相信：眼前哪里是什么进士，明明是一个矮粗矮粗的圆肚酒瓮，我那五斗老酒倒在里面，仅占半瓮。"

"好一个海量酒瓮，"贺知章说，"幸亏你没将他带来，否则，他来到这里，我等今日还有什么酒好喝啊！"

众人随着贺知章哈哈大笑，又喝过一轮酒。接着，崔宗之、焦遂、张旭等人，一个一个不停地吹，所吹之事皆与饮酒有关，一个吹得比一个悬，把大家的酒兴不断推向高潮。

傍晚时分，龙嘴里再吐不出酒来了，大家也都有了醉意，这才摇头晃脑地拱手告辞，分别打道回府。李白走在最后，他走出相府大门，又折了回来。

相府的一个门人见李白走出去，又走回来，以为他喝多了酒，走转向，便跟在他后面大喊道："大人走错了方向，往里又回相府了。"

李白不理睬他，还是一个劲儿地往里走。

"大人，大人，"门人追上来，抓住李白的衣袖，拦在他前面，说，"这里是相府，不是大人府上，小的送您回去吧。"

"相府怎样！我就不能进去吗？"李白用醉眼狠狠地盯着这个门人。朦胧中，李白觉得，这个门人与以前他干谒百官时所遇见的那些门人没有两样，他们都是同类，是属狗的。

李白火了，朝门人大喝道："闪开！我才是这里的座上宾，你敢不让我进去？"

门人吓了一跳，赶紧让开了道。

李白进去。李适之正独自坐在厅堂里喝茶醒酒，见李白又返了回来，不知他为了什么，加上自己也有些醉意，故没有起身相迎，也没主动招呼他。

李白见李适之仰靠在坐椅上斜瞟了他一眼，并不理他，心里有些不快。只是前后脚的工夫，刚才一起喝酒还互相称兄道弟，这会儿竟摆足了宰相架子，将自家兄弟拒之千里之外，人之性情真是变化多端，李白心想。

想归想，实际归实际，此时李白与李适之的关系确实与刚才喝酒不同。李白返回来，是要拜托左相在朝廷上为他说话，请皇上赐予他实职。求人办事，总要矮人一头，更何况李白求的是左相大人。

"左相大人，"站在李适之坐椅的下首，李白逆着性子，低人一等地说，"李白有一事相求，不知此时当讲不当讲。"

"我们兄弟之间，讲话用不着回避，什么时候讲都行。"李适之在坐椅上欠了欠身说，"你弄得如此神秘，倒让我不知如何是好了。"

"李白以为此事纯属私下之愿望，不便……"

"噢，"李适之打断了李白的解释，说，"我没有责怪你的意思，你想单独与我说些心里话，说明我们兄弟关系非同一般，有话，你尽管直说就是。"

"我身边带有一首近作……"李白说着，从怀里掏出早已准备好的诗作，递给李适之，下面的话，他有意没说。

这首诗是李白早两天专门抄好，放在身上，想找机会交给李适之的。

有话不直说，绕着弯表达意思，这与李白的性格完全不符。可李白又不得不这么做。李白觉得，虽然他与李适之关系挺好，在一起喝酒交往密切，两人之间却有一层看不见也冲不破的屏障，很多话不能直说。

好多次喝酒，李白想趁机向李适之提出来，请他在皇上面前替自己说句话，赐予自己一实职官位。话到嘴边多次，终没能说出声来。想来想去，李白只好借诗来表达意思，且要避开众位好酒兄弟。

李白递给李适之的这首诗，题为《温泉侍从归逢故人》，是他半年前侍从皇上于骊山，回归京城遇一故人，有感而发。诗曰：

> 汉帝长杨苑，夸胡羽猎归。
> 子云叨侍从，献赋有光辉。
> 激赏摇天笔，承恩赐御衣。
> 逢君奏明主，他日共翻飞。

李适之读罢，已经明白了李白的意思。

他心中暗想，李白才气不小，自视极高，口气也很大。侍从皇上，得专宠荣极一时仍觉不够，还想授予官职一展所谓政治抱负。这些皆可体谅，好笑的是"他日共翻飞"一句。你李白对其他朋友可说"共翻飞"，对宰相岂能出此狂言？好在我对你有所了解，不至于产生误会。

李白见李适之看过他的诗作，久久没有话说，脸上还露出难以捉摸的笑意，心里很不痛快。他想，朋友之间相托帮忙乃家常便饭，我如此郑重其事地向他请求，他倒拿出官架子，摆给我看。不愿帮忙也行，摆出架子谁也招架不起。李白想着，欲拂袖而去。可转念他又想，这么走了，两人今后再见面未免尴尬。走与不走，正在犹豫之间，李适之开口说话了：

"性急吃不了热豆腐，你的事情我放在心上就是。等遇到合适的机会，我自会相助。今日你我都喝得不少，还是早些回去歇息着吧。"

"多谢左相关心。"李白谢过李适之，大步走出厅堂。

李适之没有起身相送，他知道李白并不满意他的答复。可他认为，他的答复只能到此为止，满意不满意只好随李白去了。

对于李白，李适之一直与崔宗之有相同的看法：李白做自由诗人比做翰林学士好，做翰林学士又比任实职要好。可李白偏偏以为自己是难得的官场高手，是国家的栋梁之材，不入仕途正轨誓不罢休。双方认识差距极大，一时无法沟通。

当然，李白出任实职，对李适之是好事，不是坏事。为左相一年多来，李适之与李林甫的矛盾越来越大，双方都在尽量扩充自己的朝中势力。从这点出发，李适之哪里会不愿意让自己的朋友手中握有实权？

李白欲求，李适之则是求之不得。只是，李适之考虑着，暂时没有机会。遇有机会，他肯定会替李白谋一职位。对此，李白一时难以理解，李适之并不在意。李适之想，到时候，他自然体谅得到我做朋友的用心良苦。

2

再说杨玉环从沉香亭游玩回来，心情舒畅，嘴上总是情不自禁地反复哼唱着李白醉填的新词《清平调》。

这天，退朝后不久，李林甫又召集尚书省六大部的尚书、侍郎，约十名大臣一起，到内宫求见皇上。

玄宗在内殿接见他们。

皇上暂时不在，杨玉环独自游到寝宫外的长廊里，逗着白鹦鹉，逗着逗着，她又不知不觉地哼起了李白的《清平调》。

高力士听见，四下望望，周围的宫人都靠得住，便走到杨玉环身边，假意说笑道："娘娘，您打心眼里喜欢李白为您填的新词？"

"高公公只说对了一半，"杨玉环语气平缓，很随便地说，"李白诗词，词美意新，皇上和我都很喜欢。"

"词是很美，只是……"高力士讲了一半，故意停住，这是他做奴才惯用的手法。

"怎么？"高力士这神秘的态度弄得杨玉环有些奇怪，她放下指尖捏着的挑逗鹦鹉的食物，转身看着高力士，"有话，高公公尽管直说。"

"老奴学识甚浅，不懂得诗赋，但对宫中的历史故事，倒是略知一二——"高力士看了杨玉环一眼，又马上垂下眼帘说，"汉成帝虽立赵飞燕为后，可在后人的眼里，飞燕不过是一舞女，况且，她……"说着，高力士又故意止住。

杨玉环听出了高力士的弦外之音，却不愿意往坏里去想，她问道："高公公到底想说什么？"

话说到这个份儿上，高力士索性一指头点穿。他小声又稍带不平地说："老奴以为，李白将飞燕与娘娘相比，作践了娘娘的品格与身价。"

高力士的这一指头，正点在杨玉环心尖子上。她只觉得自己的心口猛地被人刺了一下，脸色也有些难看了。

想了想，杨玉环说："我与李白并没有仇恨，他为何要辱我人格？"

"老奴以为，翰林学士不是有意而为，至少也是他酒醉胡言。"

杨玉环的整个情绪顿时被彻底破坏了。她抬头看了一眼天空，默默地转身进了寝宫。

高力士站在原地没动，心里却浮起了几丝得意："李翰林，下次再见时，看我俩谁给谁脱靴子！"

内殿里，玄宗正在与众位大臣商讨礼部侍郎的人选。

当时，尚书省吏、户、礼、兵、刑、工六大部的尚书，有五部之职由宰相兼任。李林甫一人兼了三部——吏部、礼部和户部。李适之则兼任了兵部与刑部的尚书之职。尚书既然为宰相兼任，部里实际负责的长官自然就是侍郎了。

年初，礼部侍郎——宋遥、苗晋卿，因为上一年主试科举，营私舞弊，被罢官免职。在这桩飞扬的丑闻之中，朝廷只得临时选用已做了幕宾的两位老臣，出马压阵，充当主考，才勉强把今年的科举考试极为尴尬地对付了过去。而眼下，明年的科举准备又将开始，礼部侍郎的人选任命自然是迫在眉睫的事情。

由于宋遥、苗晋卿曾经是李林甫保举的，这次，李林甫为着避嫌，不再自己出面保举。他一反过去的"一言堂"，在政事堂召开会议，让尚书和各部的众位侍郎积极举荐合适的人选。

李适之当然非常明白，欲要化解李林甫权势，将自己的亲信插入礼部，这可是一个最好时机。他看准了这个机会，提出了两名自认为最为合适的人选。而与李适之针锋相对，附会李林甫的一方，也提出了他们心中的人选。会议开了几次，双方态度都很强硬，人选始终定不下来。

于是，李林甫只好把政事堂的会议转移到了玄宗的内宫。由皇上最终定夺，看你们还有何话可说。李林甫非常自信，玄宗是绝对不会做出不利于他的决断的。

在皇上面前，双方仍互不相让，又展开了一轮激烈的争辩。

玄宗听着众位爱卿，仁者见仁，智者见智，各方都有各方的道理。

玄宗想，四位人选各有所长，各有所短，都不重要。重要的是，他们分属于不同的势力。他这做皇上的，砝码应该不偏不倚，放在中间，还是偏向其中的一方？玄宗一时也无法将这利弊权衡清楚。

李适之担心玄宗会偏袒李林甫一方。看看还是相持不下，他亮出了他事先埋好的底牌。

"陛下，"李适之站出来说，"为这四个人选，下臣议论了多次，意见一直无法统一。臣以为，不如重新举荐新人，也好避开矛盾。"

"说得不错，"玄宗道，"朕也想，众爱卿是否还有其他人选？"

这一招，李林甫他们事先不曾料到。新的人选，他们一时提不上来。

"臣保荐翰林学士——李白。"李适之则胸有成竹地说。

李白才气颇高，虽有穷酸之相，做科举主考官理当胜任。玄宗微微点了点头，有些赞同，可他没有马上表态，还想听一听其他爱卿的意见。

好一会儿，大臣们都没说话。

李适之出其不意，保荐李白，张垍也感到十分突然，他将眉头皱在一起，暗自寻思：李适之为何改变主意？他事先为何不与我商量？

驸马爷张垍，作为兵部侍郎是李适之的直接下属。作为文人学士的官方首领，从来与李林甫不合。出于利害关系，当左右宰相发生分歧时，张垍大多倒向李适之一边。同样，李适之也十分重视张垍对他的支持。这次礼部侍郎之争，张垍一直与李适之保持一致，使得双方势均力敌。

昨晚，李适之肯定又和李白他们灌了黄汤！张垍想。黄汤把他给灌糊涂了！李白这等酒醉狂徒，待在翰林学士院，已经叫人忍无可忍，怎么还能出任礼部侍郎？李适之——你居然如此糊涂，那就休怪我张垍临时反水拆台了。

"下臣以为，举李白为礼部侍郎有欠考虑。"张垍打破沉默，站出来说，"礼部担负重任，日常事务繁杂，选任实际的负责长官，非有极强的务实能力不可。李白入翰林学士院半年有余，据下臣观察，他属浮夸文士一类，作花柳诗赋算是好手，行政事务难以胜任。"

本来，李适之以为，他保荐李白，是给李林甫他们出了一道难题，让对方没有反对的理由。可没想到，他却把张垍这重要的一票推出了自己的阵营。李适之心中暗暗恼怒，张垍不以大局为重，仅凭个人喜好行事。这样的人，关键的时候依靠不得。

"作诗赋李白实属一流，"李适之反驳道，"经济治国才略李白也非同一般，大殿之上，他挥毫即成致渤海国书，足以证明他的政务能力。"

玄宗听了，又微微地点了点头。他对李白当时的超凡表现还记忆犹新。

张垍笑了笑，说："左相大人以才为重，令人钦佩。可对李白，恕我直言，你是只知其一，不知其他啊。"

有张垍出来和李适之作对，李林甫求之不得。不给文人学士就任要职的机会，这是李林甫为相的基本原则。况且，前不久，西市商会负责人侯德还特意登门拜访，给他李林甫送了几十箱厚礼，所托之事只有一件：请宰相大人帮忙，断了李白的官路。由此，不要说是礼部侍郎如此重要的官职，就是一般性的实职，李林甫也绝不肯授予李白。

"听张大人所言，李白还有什么不为人知的'其他'之事？"李林甫有意让张垍继续往下说。

"这个……"张垍犹豫了。他要阻止李白出任礼部侍郎，又不情愿帮李林甫说话。

"张爱卿，有话尽管说来，"玄宗道，"朕相信，为大唐选拔人才，你等皆出以公心，不会计较个人恩怨。"

"回陛下，"张垍说，"下臣的态度已经表明，礼部侍郎还是在现有的四位人选中选择为好，李白不可用之。"

李适之马上接过去，说："陛下，臣亦以为，已有的四位人选争论多次，没有定论。李白德才兼备，更应考虑选他才好。"

玄宗再次点了点头，他环视一圈，若其他大臣再无异议，就要做出最后的决定了。

李林甫还想有人出头反对。他眯着眼睛扫视附会自己的大臣，心里骂道："全是蠢货，事先不准备，这时连个屁都放不出来！"他又斜视李适之那边，李林甫清楚，除去张垍，对李白，他们的意见基本一致。"还是要顶出张垍才行。"李林甫想着，目光已经给张垍送去了十二分的轻视。

李适之寸步不让，李林甫又幸灾乐祸，张垍觉得，此刻，他不能不说了。他向前跨出两步，面对玄宗，行过君臣大礼，郑重其事道："陛下，下臣对朝廷对国家，一片丹心，对天可表。并非我张垍一人有意和李白过不去，李白之品性，确实难以承担如此之重任。早有人反映，李白经常酒后失言，将朝中机密散布于市井之中，影响极为恶劣。下臣以爱心为上，多次提醒于他，可他却继续我行我素，不把忠良之言放在心上。出于无奈，如今下臣只当学士院里没有此人，草拟制敕等涉及朝廷机密的公务再不敢交由他办。下臣恳请陛下，万万不得将礼部侍郎之职授予李白！"

对张垍的一番肺腑之言，玄宗将信将疑。李白醉酒，现出各种丑态，玄宗多次见过。可李白酒醉之后，思维清晰敏捷，写下的文章诗作只字不乱，精湛妙语迭出，也是事实。为此，玄宗曾经不止一次夸赞李白的神奇。说他酒醉坏事，玄宗有些不信。

究竟以何人为礼部侍郎，玄宗又犹豫不决了，他看着李林甫。

这可是李林甫说话的时候了。他调动丹田之气，用极为深沉老练的音色，一字一句地慢慢说道："陛下，在臣看来，礼部侍郎人选虽暂时未定，政事堂之会议仍很有成效。先提出的四名人选，大家充分地议过，后提出的李白，臣等亦有了新的认识。为慎重起见，最终人选不急于确认。会后，待臣进一步地组织调查核实，更广泛地吸取各方意见，再拟奏本禀报陛下。届时，再敬请陛下钦定。"

"爱卿言之有理，"玄宗说，"只是，此事必须尽早决断，不选出合适的人选，礼部事务无法正常开展。朕全权拜托于你，切记不可拖延。"

"陛下放心。"

回到寝宫，玄宗自觉身体疲乏，他想杨玉环过来给他散心，却见杨玉环独坐在窗前，心情似乎不很愉快。

"朕离开只一两个时辰，娘子便不高兴啦？"玄宗躺靠在龙榻上，脸朝向杨玉环问道。

"三郎说笑，"杨玉环强作笑脸，走到玄宗榻前说，"贱妾哪敢不高兴陛下？"

"高兴就好。朕有些累了，娘子给朕弹唱一曲，让朕好好轻松轻松。"

"三郎想听哪支曲子？"

玄宗想也不想，随口说道："就弹唱你近日常哼起的《清平调》。朕听着，娘子比李龟年唱得还要动听。"

谁知杨玉环噘起小嘴，粉脸露出愠色，说："贱妾再不哼那《清平调》了。"

玄宗这才注意，杨玉环突然自称"贱妾"："朕的娘子怎么成了'贱妾'？难道，为朕弹唱作践了娘子？"

"玉环今生今世只为三郎弹唱。"杨玉环说，"只是，我不再想唱那新填词的《清平调》了。"

"这又是为何？"

"唱那新填词的《清平调》，玉环便自认是一贱妾。"

玄宗仍旧不解其意。

杨玉环娇声道："三郎，你说心里话，玉环能与飞燕相比吗？"

"玉环与飞燕，"玄宗品玩着两个美人的名字，说，"两人都是绝色美女，能比，能比，我的娘子比飞燕更美!"

"哎呀，三郎，你怎么和我一样，聪明一世，糊涂一时呢!"

"怎么，朕说娘子比飞燕更美，难道不对吗?"

杨玉环将身子一扭，道："我是说，李白拿舞女赵飞燕与我相比，看轻了我杨玉环的人品、身价。传了出去，有损于我，更有损于三郎。以后，我再不唱李白填写的《清平调》了。"

又是李白! 玄宗想。刚才在内殿里议李白，回到寝宫，想休息一下，娘子也说李白。玄宗认为，杨玉环嗔怪李白，毫无道理。可是，李白的填词让杨玉环生气，杨玉环生气又破坏了玄宗的情绪，由不得玄宗不迁怒于他。

"好，好，好，朕即刻下旨，从此宫内宫外，再不许任何人演唱李白填写的《清平调》。"玄宗的声调中带有怨气。

"妾并没让三郎这么做，"杨玉环却露出笑脸，推了一把仍躺在龙榻上的玄宗，撒着娇说，"只我一人不唱，还不行吗?"

玄宗迷恋杨玉环，无论在何时何地，只要看见杨玉环甜美的笑脸，所有的烦恼忧愁，瞬间烟消云散。他顺手将重新欢笑的美人搂入怀抱……

几天后，李林甫就礼部侍郎人选写好奏章，呈献给玄宗。

李林甫做宰相已近十年，对玄宗的脾气，他摸得很准。这些年，朝中的大事小事，能不管的，玄宗都不想管，除非迫不得已，他才亲自过问。可一旦玄宗发现，有些事情，哪怕是鸡毛蒜皮的小事，做得不合自己的意愿，他会大发雷霆。弄得不好，当事人还要被撤职查办。对每日上报的奏章，小事，玄宗看都不看，由高力士代他过目。必须皇上钦定的大事，玄宗也只是草草翻看一下，画个红圈，交宰相全权处理。

据此，李林甫在奏章的书写格式上做了一些技术性处理。他让属下按他的意思将所推选的人选写在前页，将李适之他们所推举的排在后边，李白放在第五。李林甫交代，写在前页的两个人，简单介绍即可。后面的三个人，则写得越详细越好，他们各自的长处短处，都要写足写充分，并旁征博引各方材料，文字上也可适当烦琐拖沓一些。这样，玄宗看着看着，便会不耐烦了。

不耐烦才好。

李林甫特嘱，在奏章的开篇设计一排大字：钦定者，恭请陛下在其名字上圈定。李林甫想让玄宗看得不耐烦了，自然圈定照他的意思选定的两个候选人。而李适之他们拿了这本奏章，又无话可说。

果然，那天早朝过后，玄宗坐在内殿，拿了李林甫呈上的奏章，没看几页，便有了困倦之意。他连打了四五个呵欠，想是该回寝宫睡回头觉的时候了。

玄宗不再往下看了，他将奏章一合，那排大字再现于眼前。李林甫真是朕的心腹之臣！玄宗想着，朱笔一挥，前页的两个名字上，画上了两个鲜红鲜红的大圈圈。

钦定礼部侍郎就此产生。

李白的官路也就此止步。

♪

至天宝二年（743），玄宗已做了整整三十年的皇帝。三十年里，唐朝内地基本无战事。但是，玄宗并不是一个完全的"太平天子"，他治理下人民安定，四邻边界却不太平。

史学家们说，这一时期的边境战争，主要是由玄宗自恃强盛，改用主动的、干预性的对外政策而引起的。与此同时，唐朝的周边，如奚、契丹、吐蕃、突厥等部族也正处于最强大、最富侵略性的时期，它们与大唐王朝争霸称雄，战争亦难以避免。

天宝初年，唐朝置重兵于边境，其布兵设防情况大体如下。

正北方向，面对突厥。初唐时，东、西突厥曾降于大唐，但高宗永淳元年（682）又反唐，成立了后突厥。它是唐朝两大劲敌之一。与突厥争斗，朝廷设有两处重镇：

312

朔方节度使，治所在灵州（宁夏回族自治区灵武市西南），统兵六万四千七百。

河东节度使，治所在太原府（山西太原），统兵五万五千。

东北方向，主要面对奚、契丹等部族。开元末年，奚、契丹部族反叛，朝廷多次出兵平乱，常有败绩。进入天宝年间后，安禄山怀有野心，一面极力扩充实力，一面有意挑衅于奚、契丹，好向玄宗冒领边功。由此，在这个方向朝廷设置的两个重镇，所辖兵力相当强盛：

范阳节度使，治所在幽州（北京），统兵九万一千四百。

平卢节度使，治所在营州（辽宁锦州），统兵三万七千五百。

正南方向，面对的是当时比较弱小的绥靖境内的各少数民族。朝廷仅设一经略使：

岭南五府经略使，治所在广州（广东广州），统兵一万五千四百。

西域天山方向，面对的是西域，以及北方的突骑施和坚昆。朝廷亦设有两处重镇，把守住天山南北两路：

安西节度使，治所在龟兹城（新疆维吾尔自治区库车市），统兵二万四千，主要管理西域。

北庭节度使，治所在北庭都护府（新疆维吾尔自治区吐鲁番市东南），统兵二万，管理和防御着游牧在北方的突骑施、坚昆等部族。

西南方向，面对的是唐朝另一大劲敌吐蕃。开元、天宝年间，朝廷与吐蕃之间的冲突最多，亦有大量的兵力集结在这个方向：

河西节度使，治所在凉州（甘肃武威市），统兵七万三千。这个位置是唐朝内地与西部陇右道相连的咽喉地带，也是吐蕃与唐朝几千里边境线的中心区域。在这一中心区域，吐蕃与北方突厥相距很近。如若切断了这一咽喉，唐朝的两大敌人将连成一片，而唐朝则将被分为东、西两个部分。因此，河西节度使责任重大，它要守护河西走廊的畅通无阻。

陇右节度使，地处河西走廊以西，治所在鄯州（青海海东市乐都区），统兵七万五千，职责当然是对付吐蕃。

剑南节度使，地处河西走廊之东南，治所在益州（四川成都），统兵三万九百。它的职责，一是对付西面的吐蕃，二是安抚南面的各少数民族。

唐与吐蕃之间战争频繁，边境少有安宁。唐太宗贞观十五年（641），文成公主嫁给吐蕃赞普松赞干布，这以后的三十多年时间里，双方的关系十分融洽。文成公主去世，战争又起。唐中宗景龙三年（709），又以金城公主出嫁吐蕃赞普。可是，这次，金城公主虽然与文成公主一样，做了吐蕃的王后，却没起到平息战争的作用。

开元二年（714）秋，玄宗即位刚一年，吐蕃出兵十余万人，在洮州（甘肃临潭）一带大肆抢掠牧马。雄心勃勃的玄宗准备亲自挂帅出征，被姚崇劝阻后，又点拨战马四万余匹，发兵十万，出击吐蕃入侵军队。结果一战，吐蕃军队伤亡万人；二战吐蕃又败，被唐军一次斩首一万七千多人；三战吐蕃全军覆灭，被歼人数达数万之多。

战后，吐蕃赞普派出使官在边境请求议和。玄宗因吐蕃和书用词狂悖，十分气愤，不许讲和。于是，双方继续敌视，相互侵夺。

开元四年（716）二月，松州（四川松潘）之战，唐军大破吐蕃军队的围困。

开元十年（722）九月，唐军援助被吐蕃侵略的西域小国小勃律，消灭吐蕃数万军队，小勃律失地尽复，重新向唐朝称臣。

开元十五年（727），唐军与吐蕃军队进行了三次大的交锋。正月，青海之战，唐军大获全胜。九月，吐蕃军队攻克瓜州（甘肃安西西南），占领玉门（甘肃玉门），再打长乐（甘肃安西西北）。长乐唐朝守军顽强抵抗，吐蕃久攻不下，只好退兵。十月，唐军在瓜州破敌，吐蕃则联合突骑施出兵围攻安西城，杀唐朝河西节度使。乘士气正盛，吐蕃回头又组织大军再围瓜州，但终被唐军击败。

开元十六年（728）七月，唐军于渴波谷（青海湖西南）之战大获全胜。八月，又在祁连城（甘肃张掖西南）歼吐蕃入侵军队五千余人，俘获其领兵大将。

开元十七年（729）三月，唐军主动出击，夺回已被吐蕃占领的边境军事重镇石堡城（青海西宁市西南），并突然袭击吐蕃大同军。吐蕃再次大败。

几年内，吐蕃连战连败，境内舆论大哗，赞普只得出面请求议和，又有金城公主从中斡旋。玄宗终于被劝解说服，应承了吐蕃的请求。

开元十八年（730），双方商定和约，吐蕃赞普保证不再侵袭边境。

开元二十一年（733），赤岭（青海日月山）上竖起了一块和约石碑，双方和好无战事。

边境宁静后，当时的河西节度使崔希逸派人出使吐蕃，对吐蕃守将说，如今双方通好，亲如一家，何必再置兵守备边境，重兵压境，妨害了耕种放牧，请各自撤去守备军队。吐蕃守将在崔希逸的力请下，果真撤兵。至此，近四年的时间里，边境上，汉人耕种，吐蕃人畜牧，大家安居乐业。

开元二十五年（737），玄宗正因上一年吐蕃攻破了小勃律而怒不可遏，崔希逸派使者孙诲到京城奏事。孙诲欲自求边功，上奏说，乘吐蕃不备，以大军掩袭，定能取胜。玄宗即令宦官赵惠琮与孙诲一同回河西审视情形。

赵惠琮也欲贪边功。他到了河西后假传圣旨，诏令崔希逸率军偷袭吐蕃。崔希逸被迫弃信背义，进入吐蕃境内二千里，大破吐蕃守军。吐蕃受骗失败，自此拒绝向唐朝纳贡，双方的关系再度恶化。

孙诲、赵惠琮献计用计有功，受到玄宗的重赏。崔希逸也调回洛阳就任河南尹，但他终因自愧失信，日日内心自责，不久竟染病身亡。

开元二十六年（738），双方战事骤起。三月，唐军主动出击，攻下吐蕃新城（青海门源），并改名为威戎军，屯兵千人守护。七月，唐军又在盐泉城（甘肃临夏西）与吐蕃交战，再次获胜。九月，唐军与吐蕃争夺边境军事重镇安戎城，损失数万人，丢失两座城池，大败而归。

开元二十七年（739），吐蕃在安人军、白水军（青海地区）一带向唐守军大举进攻，被击退。

开元二十八年（740）三月至十月，唐军再次围攻安戎城。剑南团练副使率兵围在城下，暗自买通了吐蕃安戎城内的守将，里应外合，冲入城内，尽杀吐蕃将卒。吐蕃随即集结大量兵马重新围城，终因地形险恶，未能攻下。

开元二十九年（741）春，金城公主病故，吐蕃赞普遣使者进长安告丧并请和，玄宗不允。六月，吐蕃大将军率四十万人马从河源军（青海西宁）至安人军，对唐朝发动进攻。唐安人军骑将臧希液以五千精兵攻其不备，使得吐蕃军全线崩溃。吐蕃不甘心，又调集重兵于十二月大举进攻石堡城。唐守军丢失城池，石堡城再次落入吐蕃手中。

天宝元年（742），唐军在陇右、河西一带与吐蕃大规模交战。十二月，一次战役，斩获吐蕃三万人，并缴获大批羊马。

天宝二年（743）四月，唐军奔袭吐蕃边境的前哨阵地洪济城（青海贵德西），以兵马速行千余里，出其不意攻下城池。

唐朝与吐蕃之间战争不断的同时，在西域天山与突骑施族，在东北与奚、契丹部族，也常有冲突。

连年征战，唐朝胜多负少，玄宗为之振奋。每当边塞有战绩传来，玄宗即重赏边帅，以功封授高官。因此，唐军营中许多将领好边功，喜战事，边境频传告捷。可是，为此付出的财力不计其数，人民负担愈加沉重。

古代战争主要采用人海战术。一次战役，动辄发兵数十万人。作战双方，败者损失惨重不论，胜者也必须以士卒的生命为代价，其数目常常是数以百计，数以千计，甚至数万。连年的战争，无疑又使众多的贫苦百姓，蒙受失去儿子、失去丈夫、失去父兄的巨大痛苦。

李白身在朝廷，亲身感受到了喜好边功的朝中将领以及富家子弟们对边塞战争的狂热，也亲眼见到过孺子思父少妇思夫的愁苦面容，他写下了许多寄寓边塞情怀的诗歌。

如《送外甥郑灌从军》，他就写有七言诗三首：

> 六博争雄好彩来，金盘一掷万人开。
> 丈夫赌命报天子，当斩胡头衣锦回。

丈八蛇矛出陇西，弯弧拂箭白猿啼。

破胡必用龙韬策，积甲应将熊耳齐。

月蚀西方破敌时，及瓜归日未应迟。

斩胡血变黄河水，枭首当悬白鹊旗。

再如《送白利从金吾董将军西征》，他即兴作有五言诗一首：

西羌延国讨，白起佐军威。

剑决浮云气，弓弯明月辉。

马行边草绿，旌卷曙霜飞。

抗手凛相顾，寒风生铁衣。

李白说，战争好比是六博游戏，六博是好彩，开盘即掷出了胜局。"丈夫赌命报天子"，立志要斩胡头，立边功，回来领取官爵封赏。

有了这些骁勇之士，边境战事可想而知：

陇西边境，一列列整齐的军阵整装待发，军士们手握丈八蛇矛，刀枪林立；弓箭手们弯弧拂箭，便有白猿声声哀啼。

当月偏西方，太白入月之时，战鼓擂起，将帅宝剑出鞘，其气上决浮云，下绝地纪；勇士张弓如满月，其势与皎月同辉；战马在绿色的大草原上奔驰，旌旗扫过，飞卷晨霜满天。

血雨腥风过去，迎来曙光初露。再看茫茫草原，战场上丢盔弃甲，胡人小卒被斩千千万万，鲜血流作黄河水。唐军将士把敌人的头颅高悬于旗杆之上，满怀胜利的喜悦凯旋。

这时候，远征的勇士，你可曾记得，我们相别于长安城外的情景：你与我挥手告别，凛冽的寒风阵阵袭来，好像从你的甲衣上生出。那时，望着远去的你，看着远去的他，目送着所有和你们一样远征的将士，凯歌已在我的耳边响起。

送走远征的将士，李白回到长安市井，他觉得，往日热闹非凡的京城，如今只剩下孤苦伶仃、无依无靠的老妪少妇。没有了青壮年男子汉支撑门面，幽深的巷道笼罩在一片阴霾之中。

长安城里，征妇们思夫、思子、思父兄之情，李白体会得尤其深刻。

他在《子夜吴歌》中写道：

　　长安一片月，万户捣衣声。
　　秋风吹不尽，总是玉关情。
　　何日平胡虏，良人罢远征。

　　明朝驿使发，一夜絮征袍。
　　素手抽针冷，那堪把剪刀。
　　裁缝寄远道，几日到临洮。

秋风既起，千家万户捣布浣纱，为远征的亲人缝制寒衣。少妇们熬长夜，絮征袍，忍苦寒，理针剪，心中怀有多少《秋思》：

　　燕支黄叶落，妾望白登台。
　　海上碧云断，单于秋色来。
　　胡兵沙塞合，汉使玉关回。
　　征客无归日，空悲蕙草摧。

"独宿空床泪如雨"，征妇挨过严冬，《秋思》未尽，《春思》继起：

　　燕草如碧丝，秦桑低绿枝。
　　当君怀归日，是妾断肠时。
　　春风不相识，何事入罗帏？

李白写下的这些情意切切的诗句，在长安广为流传。不仅征妇们在心中反复吟唱，爱赶时兴的歌女们也把它们写在曲牌的最前面，常在酒楼饭馆里弹唱。

4

夏日，王昌龄为一桩公事，从江宁来长安。

进城，他先到酒楼里喝杯水酒，歇一歇脚。邻桌，正有酒客叫了歌女来，点唱李白《子夜吴歌》之春夏秋冬，另加一首《春怨》。王昌龄借光，边独自饮酒，边欣赏歌词。听着，听着，他为李白的情绪所动，心中生出许多感慨。

通过孟浩然，王昌龄认识了李白。

当年，王昌龄因与张九龄关系密切，从京城贬放岭南，路过襄阳，去看望病中的孟浩然。谈起朋友，孟浩然告诉王昌龄，李白刚刚离开襄阳。孟浩然直说这李白是个值得一交的天才。

孟浩然说，李白作诗提笔即成，想象丰富，诗句与情感奔放至极，不是亲眼所见，常人很难相信。有人传，李白少年时曾梦见他所用的笔，笔尖生花。其实，李白岂止是"梦笔生花"，笔只要握在他的手上，落笔即生花。他的诗作常令人惊叹不已。

王昌龄作诗也很有独到之处，曾有后人将他与李白并称。

三十七岁上，王昌龄进士及第，在朝中做了几年校书郎。开元二十二年（734），他又应博学宏词试登第。当时，进士及第已被比作跳跃龙门，通过博学宏词的考试，更被看作比登天还难。王昌龄居然一举登第，足以见出他的才华能力确实非同一般。

有心相交，总有机会。

离开襄阳，王昌龄在岳州（湖南岳阳）遇上了李白。李白往各地游历，正巧来到岳州。两人一见如故，在一起好好叙了三天三夜。李白说，他人生不得志，满腹经济之策无处可言。王昌龄对自己官运不佳也大发牢骚，他说，他又何尝不想报效国家，可生不逢时，即使在朝中做了小官也无法实现宏愿。面对前程，李白和王昌龄都有隐居深山的想法，他们共同羡慕"抱子弄白云，琴歌发清声"的超世生活。志趣相投，话便说不完，不是与王昌龄一路同行的京官三番五次催着上路，两个人不知还要说上多少天。临分手，李白为王昌龄写了一首长诗。他在诗中说，他与王昌龄"相知同一己，岂惟弟与兄?"又说，"我愿执尔手，尔方达我情"，"临别意难尽，各希存令名"。王昌龄也作诗《赠李十二》。

岳州一别，王昌龄再没有李白的音信。

孟浩然离开世间已经三年有余。

三年前，王昌龄由襄阳返回长安，从年初等到年底，好不容易，李林甫才答应重新任用他。开元二十八年（740）冬，王昌龄再次离京，赴淮南道江宁（江苏南京）做了一个小小的江宁丞。

歌女唱罢，王昌龄朝邻桌的酒客拱手问道："请问这几位兄弟，你们所点歌词的作者，可在京城?"

王昌龄没穿官服，从江宁到长安，路上走了十来天，他风尘仆仆，看上去像是个乡下老汉。

"老哥是刚从下面来京城的吧？难怪连大名鼎鼎的李白都不知道。"一个酒客对他的问话好笑，回答说，"他是朝廷里的翰林，常为皇上填写新歌词。在这条街上，你也经常可以见到他，他喜欢来这里喝酒。时下，京城几乎没有不知道李白的人，很多人都认识他。"

没想到，这几年，李白的生活变化如此之大！

他已经是京城的大名人了！

王昌龄想，这次来长安，一定要和李白好好地聚一聚。

付过酒钱，王昌龄打算马上就去见李白。可是，从酒店里出来，他看见的却是另一位好朋友——王维。

王维骑着白马，正穿街而过。

王维目不斜视，没看见站在酒店门口、打扮得土头土脑的王昌龄。

王昌龄迎上前去，兴奋地招呼道："王兄，王兄，王维兄弟!"

王维和李白的年龄大体相当，小王昌龄近十岁。他在朝中做官虽也有跌宕，人却保养得不错，四十出头了，仍是细皮嫩肉的，没有一根白发。

"王大，原来是你！"认出了王昌龄，王维也很高兴，他边说边下马，"来了京城，怎么不先去我家找我？"

"我这才进城门，"王昌龄乐呵呵地说，"你稍等，我牵了马来，与你一路同行。"

"一别三年，老兄去了江宁再不想着回来。"王维与王昌龄并排骑着马，边走边说，"这次回来，有公事在身？"

"一点小事，主要是想回来看看朋友。"

"就住在我的家里。"

"只要老弟不嫌弃。"

"哪里的话，"王维说，"我盼都盼不来你，哪会有'嫌弃'二字。"

停了停，王维又说："你来得正是时候，今晚我们有一次聚会，送一个朋友赴边塞。我们一起去，为你接风，给元兄送行，大家好好热闹热闹。"

晚上，王昌龄随王维一同去赴宴。

做东的就是王维。

王维包下了一家大酒店，请来许多宾客，京城中稍有名气的文人学士，如贺知章、张垍兄弟、苏晋、崔宗之、岑参兄弟、李颀、王之涣等人都在座，还有即将去边塞做节度判官的元二。见到王昌龄，大家十分热情，给他让出上座。

王昌龄心里奇怪，李白为何没来？他想问身边的贺知章，话到嘴边又咽了回去。

张垍兄弟正坐在他的右侧，王昌龄记得，李白曾说过，他第一次来京城干谒时，被张垍兄弟害得不浅。王昌龄存了一个心眼，他不想让张垍兄弟知道他和李白的关系。

宴席间，朋友们频频送诗祝酒。

一帮文人聚在一起，闲话可以说成河，诗作佳句也像泉水一般不断地往外涌。

大家的兴致越来越高，直到午夜，还没有散去的意思。

看看天色将明，王维站起来说："天亮后，元兄便要启程离京，路途遥远，人马辛劳。我们的饯行只能到此，元兄回去，还可休息一两个时辰。"

"各位兄弟的盛情，我终生难忘，"元二手执酒壶，为每个人斟满一杯酒，说，"元某不善言辞，也不敢在各位面前班门弄斧，作诗献丑，只借这一壶美酒，略表我的谢意。请各位赏脸，喝下这杯酒。"元二边说，边端起自己面前的酒杯，仰头一口饮尽。

一夜，大家以闲聊、作诗为主，喝酒为辅，人没有醉，肚子也早变成了酒坛子，满满的，装的全是酒。尽管如此，元二斟满的酒，还要往下喝。众人皆随元二，将酒一饮而尽。

喝过这杯酒，王维又说："照例，送行要送至渭城。我这里以诗代步，以酒送行，请元兄再干一杯。"说着，王维为元二再斟一杯，并有七绝四句脱口而出：

渭城朝雨浥轻尘，客舍青青柳色青。

劝君更尽一杯酒，西出阳关无故人。

和着王维的劝酒辞，大家又连饮数杯，直到酒壶空空，方才作罢。

王昌龄年过五十，一路奔波，又极度兴奋了一夜，回到王维府上，他觉得人已十分疲倦，打不起精神，好像马上就要大病一场似的。王维让他好好休息，又特意安排人替王昌龄外出跑腿，完成他要办的公事。

一晃十天过去，王昌龄精力体力渐渐恢复。

这天，他与王维闲话，说："那日送元二，王兄作的劝酒辞，很有边塞诗情，我最喜欢兄弟的'西出阳关无故人'一句，道尽西出阳关，长途跋涉独行穷荒的艰辛寂寞。"

"我这是学作几句，与你们专作边塞诗的高手相比，差得很远。"王维谦虚地说。

"京城里爱作边塞诗的朋友不少。我想，筹办一次诗酒宴，请大家来，专以边塞为题，尽抒情怀。你看如何？"

"那当然好，"王维道，"我来做东，老兄点将，请谁全由你定，我们明日就办。"

"李颀、王之涣，还有岑参兄弟都要请来，"王昌龄想着平日作边塞诗较多的人，一个一个点着说，"可惜高适不在，他若能来，阵容就齐了。把李白也请上，怎么样？听说，他作了不少这方面的诗歌。"

前面点到的人，王维都一一应承，只是讲到李白，他不吭声了。

王昌龄察觉出王维态度的变化，问道："独不请李白？"

"并非有意不请他，"王维说，"我想，他对边塞诗未必感兴趣。"

"我那日进城，在酒店里听到歌女弹唱他的歌词，写得极好。"

王维不直接与王昌龄争执，停了一下，他说："要不这样，准备由我做，人由你请。明天我正巧另有事要办，这次的诗酒会我就不参加了，反正我对边塞诗也不在行。"

"这是为了什么？"王昌龄知道王维是有意回避李白，但不知他为何要回避李白。为人，王昌龄喜欢直截了当，他顶着王维，要问个明白，"难道王兄与李白之间有何过节不成？"

躲不过王昌龄的追问，王维索性讲出根本。他笑了笑，说："其实，我从未和李白谋过面，哪有什么过节可言。我这人，你也知道，心眼不大，讲求小节。从小处着眼，我以为李白与我们不属于同类。"

"怎么讲？"王昌龄觉得王维说得蹊跷。

"文人学士最讲求的是一个'雅'字，而李白——"王维顿了一下，又说，"你说他算得上是我们同类的文人雅士吗？"

王维不提这个"雅"字，王昌龄并没有感觉。可经王维这么一问，他马上意识到，李白与"雅士"之间确实存有距离。

"说得好听一点，李白属于文人侠客，"王维又说，"说得不好听，我以为，他身上带有市侩流氓气息，与文人之高雅格格不入。这样的人，我不想交往。"

王维说得不错，王昌龄想。就文人气质看，李白与王维完全不同，他们两人恰好是两个极端，李白侠肝义胆，为朋友仗义疏财；王维则温文尔雅，对朋友细心体贴。不过，气质上差别很大的人，按说也可以合得来。他们都有共同的朋友，有这些朋友牵线，他俩完全可以成为朋友。

王昌龄不知道，王维对李白的看法，大多来自张垍兄弟。

王维与张垍兄弟关系极为密切，尤其是张垍，自李白进了翰林学士院后，说到李白，张垍没有一句好话，总是把李白贬得一无是处。

王维自己也在大殿之上，见过李白醉酒后的丑态。虽然皇上没当回事，还亲自为李白调酸鱼羹，那是皇上急着用他。在王维看来，国家大事当前，一个有教养的文人学士哪会如亡命之徒一般地喝酒，以致醉成烂泥，让人架着拖进大殿。李白丢尽了文人学士的脸面。站在大殿之上，王维当时就想，张垍说得对，似这样的人，绝不能相交。

诗酒会没开成，王昌龄自己去找李白。

不巧，李白没在京城。

自上次沉香亭赏花后，皇上不再召李白入内宫陪驾作诗。李白一个人闲着无聊，遇上这年夏天，长安的天气又异常闷热。李白觉得，住在他那套翰林学士院封闭的小院子里，日子特别难熬。正好几个同样闲来无事的朋友说，要去终南山消暑，李白便和他们一起去了终南山。什么时候回来，谁也说不准。

一时等不回来李白，该办的公事，王维已吩咐属下全替他办好了，几天后，王昌龄返回江宁。

5

王昌龄提到的高适，是后世公认的著名的边塞诗人，开元、天宝年间，他也是一个很有影响的人物。

据闻一多先生考证，高适生于武则天长安二年（702），按这一说法，他小李白一岁。

早年，高适生活在岭南地区。他的父亲曾做韶州（广东韶关市曲江区）长史。岭南距长安五千多里，是朝廷被贬官员的流放地。据此推测，高适的父亲也可能是被贬去岭南任职的京官。高适未成年，父亲即去世。生在岭南，早年丧父，所以，高适后来常自称为"野人"，或是"田野贱品"。

二十岁上，高适自认学业有成，雄心勃勃地独自进长安求官。他耻于一般的科举考试，走的是地方官员举荐非常人才之路。可是，来到长安，恃才自负的年轻人才初悟道理：布衣不得干明主。想要受到皇上的赏识，一举由布衣变为卿相，只是个人天真的梦想。和李白一样，碰了满鼻子灰的高适离开长安前，愤愤不平地写下诗作二首——《行路难》。失意东归，年轻气盛的高适同样不再归家，"许国不成名，还家有惭色"。高适独自一人客居宋城（河南商丘），先过田园生活，后往东北边塞，想走入幕从戎再登仕途的道路。涉足边塞，高适投笔从戎，做幕府小吏的愿望没能实现，却目睹了边塞官兵的生活情景，写下了不少有关边塞情怀的诗作，这是他成为盛唐时期著名的边塞诗人所迈出的第一步。

高适三十三岁，正逢玄宗诏谕五品以上的官吏为朝廷举荐天下人才，各方有志之士皆为之所动。李白前往襄阳，干谒韩朝宗请求举荐，未得结果。高适却幸运地被地方官吏推举给朝廷。

第二次进长安，高适又未能如愿。可作为地方的举荐之才，他结识了不少文人志士，在长安好好地潇洒了一番。后人记述开元逸事，有高适和王昌龄、王之涣旗亭赌唱的故事——

那年春上，三人相约旗亭饮酒。刚坐下，十几个梨园伶官便带着一群歌妓聚拢过来，她们如燕雀一般叽叽喳喳地围着这三个才子，争相献媚，请他们点唱。

王昌龄戏道："你们这许多人，齐声喧嚷，不说我们三个消受不起，就是这旗亭顶怕也会掀了去喽。"

"大人选可心的点。"一个歌妓说。

"是啊，大人只管挑您想要的，"另一个接着说，"我们姐妹歌舞弹唱，陪酒说笑，样样在行。"

"会唱我们写的诗歌吗？"王之涣问。

"新派诗歌我们大多能演唱。"

"那好，"王之涣说，"二位兄弟，我们留下几个，只让她们弹唱我们所作的诗歌，看看谁的诗作更让人喜欢。"

高适说："是个好主意。不让她们知道我们姓甚名谁，只要她们自选词曲弹唱就是。"

"好，由我来选。"王昌龄说着，在歌妓中挑选。高的，矮的，胖的，瘦的，他全不要，选了四位个头大体相当、长相接近的歌妓，"留下这四个，你们其他另找地方去吧。"

待旗亭重新安静下来后，王昌龄让留下的四个歌女开始演唱。

"请大人点曲。"一名歌妓按习惯呈上曲牌。

王之涣接过曲牌，将它翻压在桌子上，说："你们尽管选自己平日喜欢唱的词曲唱来，一人唱一曲，不用曲牌。"

歌妓们知道，三才子是要通过她们的弹唱，分出他们彼此间的甲乙高低。可她们并不知这三位才子的大名，担心唱岔了曲子，得罪了他们，四名歌妓面面相觑，谁也不肯先唱。

"用不着担心，"高适给歌妓们宽心道，"这是我们兄弟间赌唱，与你们唱些什么没有关系。"

"没人先唱，我们一人点一个唱。"王昌龄说着，先点了一个。

"大人多多包涵。"被王昌龄点到的歌妓走了出来，坐下自弹琵琶，开口唱的正是王昌龄的绝句："寒雨连江夜入吴，平明送客楚山孤。洛阳亲友如相问，一片冰心在玉壶。"

歌声一落，三才子不禁拍手叫好。王之涣兴奋道："王大一点即中，下一个由我来点。"说着，他也随手点了一个。

被点的歌女嫣然一笑，她怀抱月琴，坐在原处，自弹自唱道："奉帚平明金殿开，且将团扇共徘徊。玉颜不及寒鸦色，犹带昭阳日影来。"

这又是王昌龄的绝句。王之涣有些沮丧，他听了头一句，便摇头不止。王昌龄与高适笑出声来。

"第三个由我来点，"高适从余下的两名歌女中选出了一个，对她说道，"你唱的应该与她们两人有些区别才好。"

歌妓想了想，点头应承说："公子放心，小女子一定让您满意。"接着，她请前面的两个姐妹为她伴奏，果真唱出了高适的绝句，"开箧泪沾臆，见君前日书。夜台今寂寞，犹是子云居。"

"好，唱得好！"王昌龄带头鼓掌道。

高适说："我们三个一人点过一次，王大占二，我占一。王兄，你可输定了。"

王之涣不服，他看了一眼最后一个粉面歌妓，说："这位姐姐所唱，必定是我所作。若不然，我甘拜下风，终身不再与二位兄弟争衡。"

"好，我们一言为定。"王昌龄说。看得出来，他想着这最后一名歌女也会以他的诗为歌词。

"我看还是不再赌为好，"高适道，"王兄今日输给了我们，以后还有翻身之日，否则……"

"你二人不要得意得太早，"王之涣越发不服气了，他加上一个条件，问道，"若这位姐姐唱的是我之所作，你们愿意一同拜在我面前吗？"

"一言为定。"王昌龄想也不想，就答应了下来。见高适有些犹豫，他又给高适鼓劲说，"他赢不了，这我早知道。"

"请姐姐多多照顾，唱得好，我有重赏。"王之涣被王昌龄说得内心有些虚了，表面上还装出十分自信的样子。

歌女做出富家小姐的姿势，慢步走到三才子面前，说："小女子不偏不倚，只选心中喜爱的唱出，请官人、公子多多原谅。"

"你只管唱，你只管唱。"王之涣与王昌龄紧张得异口同声。

歌女朝准备伴奏的两个姐妹眨了眨眼睛，不用言语，对方已心领神会。曲乐响起，她开口唱道："黄河远上白云间，一片孤城万仞山。羌笛何须怨杨柳，春风不度玉门关。"

只听了第一句，二王的表情已有天壤之别。王昌龄长叹一声，挂出一脸苦相。王之涣则扬扬自得，忍不住跟着歌声哼哼起来。

歌女唱完，高适满满地斟上一杯酒，送到王之涣的面前，连声赞道："王兄好手笔，这《凉州词》可说是神思飞跃，气象开阔。我读过数次，听过多遍，然而，常读常新，百听不厌。好手笔，王兄好手笔。"

"兄弟夸奖了，"王之涣说，"我也只这一首拿得出手的诗作，不比二位兄弟，笔下诗作，尽是绝句。"

"哪里的话，"高适马上反驳道，"王兄笔下才是绝句倍出。人说崔颢的《黄鹤楼》作得好，我却觉得王兄《登鹳雀楼》吟得更绝：'白日依山尽，黄河入海流。欲穷千里目，更上一层楼。'如此气势雄浑的景观描述，如此高瞻远瞩的诗人胸襟，有谁能比？"

王之涣让高适夸得连连摆手，越发谦虚起来："不敢当，不敢当，王某确实不敢当。"

"王兄不要谦虚，我和高老弟本应拜在你的足下。"王昌龄说着，拉了高适并排站在王之涣面前，做出即要下跪的样子。

"不敢，不敢，兄弟千万不敢。"王之涣急了，上前一把扶住他俩，连声说，"一句玩笑，不可算数。二位兄弟若真在我面前跪下，传了出去，今后，我还有何脸面见人。"

"果真不要我们下跪了？"王昌龄又问。

"当然不要，当然不要。"王之涣认真地回复。

看着他们，四名歌女在一旁嗏嗏直笑。

直到这时，王之涣才如梦初醒，他伸出拳头，往高适和王昌龄的肩膀上，一人给了重重的一拳，说："好你们两个兄弟，合着一起赖账。吃我这一拳，算是抵你二人的响头！"

三才子哈哈大笑了一场。

再次离开长安，高适复回宋州居住。这时，他已经是一个成熟的诗人，在社会中小有名气。开元二十六年（738），高适有感于安禄山、张守珪兵败奚、契丹，写下千古传诵的边塞诗歌《燕歌行》。

《燕歌行》全诗二十八句，浓缩了一次边塞战役的全过程。它入木三分地描绘了塞外战场的荒凉肃杀："山川萧条极边土，胡骑凭陵杂风雨"，"大漠穷秋塞草腓，孤城落日斗兵稀"；它概述了激烈残酷的战争场面："杀气三时作阵云，寒声一夜传刁斗"，"相看白刃血纷纷，死节从来岂顾勋"；它饱含深情地述说着亲人之间的离别之苦："少妇城南欲断肠，征人蓟北空回首"；它还以强烈的对比手法，歌颂边塞士卒效命死节的忠贞，鞭答其将帅不负责任的寻欢作乐："战士军前半死生，美人帐下犹歌舞"。

诗歌创作的成功，并没有给高适带来功名，天宝二年（743），他已经年过四十，仍是一介布衣，独居在宋城。

这年夏天，高适到东都洛阳游玩。

洛阳与宋城之间相互通航，交通方便，距离又近，是高适常去的游玩之地。以往，他去洛阳都是邀伴同行，几个朋友在一起，专找洛阳的风景区观光游览，喝酒聊天作诗，并不注意洛阳的城区街貌。这次，高适没约朋友，他想独自在洛阳住上一段时间，体察东都的市井风情。

来到洛阳，高适找了一家不大的小客店住下。这家小客店，门面临街，却不是洛阳的主要街道，周围环境不太嘈杂，出门去城中心也很方便。高适白天外出，在城里的街头巷尾转悠，看孩童们玩木马过家家，观老头们在巷子边上摆棋阵，再到茶房里坐上一会儿，听瞎子说一段古书，日子过得很逍遥。天黑后，他便回到客店的二楼房间，独自在油灯下读书。

夏日的夜晚，暑热渐渐散去，当银白色的月光斜映在小客店的木窗台上时，晚风总会携着美妙的琴声随之而来。

开始几日，高适专心读书，并未注意。这天晚上，他一本书正好读完，琴声又随晚风飘入。被这婉转的琴声吸引，高适掩卷聆听，不禁为之心动，他自言自语道："风清月朗，曲乐抑扬，定是美人抚琴，令我销魂。"

高适走到窗前，循声望去，琴声来自对面的小木楼，它是一家兼卖杂货的小客店。找住宿，高适初选的本来是它，进去后，他嫌店里喝茶的、买东西的、住店的，出出进进，人多杂乱，才放弃了，又找到街对面的这家比它稍大一点的客店。

没想到，夜晚上了门板，这小木楼显得如此幽静，还有如此悦耳动听的琴声，高适看着这幢罩在月光下的小木楼想。一曲音落，高适仍站在窗前不愿离去，他的心里还有琴声之余韵在不断地缭绕。

"时间尚早，美人再来一曲。"

像是听见了高适的邀请，小木楼里真的又扬起了琴声，还有一清秀柔婉的女声和着琴曲唱道：

> 洛阳城东路，桃李生路旁；
> 花花自相对，叶叶自相当。
> 春风东北起，花叶正低昂。
> 不知谁家子，提笼行采桑；
> 纤手折其枝，花落何飘扬！
> 请谢彼姝子，何为见损伤？
> 高秋八九月，白露变为霜；
> 终年会飘堕，安得久馨香？
> 秋时自零落，春月复芬芳。
> 何如盛年去，欢爱永相忘。
> 吾欲竟此曲，此曲愁人肠。
> 归来酌美酒，挟瑟上高堂。

一连几个晚上，高适立于木窗前，聆听小木楼里传来的歌曲琴声。他发现，抚琴人极有规律，每当月儿挂上树梢，琴声便轻轻扬起，二曲过后，必有女声的三首乐府诗歌。歌唱者以两汉时期的《乐府诗集》为词，几天内没有重复，《东门行》《妇病行》《艳歌何尝行》《羽林郎》《孤儿行》，还有《定情诗》《燕歌行》等，一些著名的乐府曲牌，她都唱得十分娴熟，歌喉清越甜美，略带丝丝悲切。

330

后人称，高适是天宝年间的乐府词坛之怪杰。对先朝的《乐府诗集》他很有研究，自己作诗也以乐府诗歌见长。在高适的笔下，常作有苍凉悲壮、奔放恣纵的诗句，当时，"每吟一篇，已为好事者传诵"。所以，人们说，唐代的乐府新词，得高适，增色不少。

听音色，歌唱者是一个十七八岁的年轻女子，也许是她自弹自唱。高适很想见见这个多才多艺的女子。几个白天，他注意观察街对面的杂货客店，却总没看见小木楼里有这样的年轻女子出现。

忍不住了，高适找他住的这家客店里的伙计打听："小哥知道，附近可有善弹唱的女子？"

"歌妓上我们这儿来的不多，客家要请的话，我可以替你叫几个来。"

"我打听的，好像不是歌妓，"高适说，"这几晚，我常听有女子弹唱，不知这弹唱之人……"

"噢，客家也是打听她啊，"伙计明白过来后说，"她就住在对面，是对面那家小客店的主家。"

听口气，有不少人打听过她。高适想，这个女子确实引人注意。可他再想，又觉得有些不对，他记得对面那家小客店的主家是一个三十多岁的女人。那女人模样长得挺不错，曲眉秀色，腰肢苗条。一个女人独自开店，高适曾在心里暗自佩服她的能干。可他没把她与那个善弹唱的想象中的年轻女子联系在一起。

"这年轻女子……"

"按年龄，她并不年轻了，"伙计打断高适的话，说，"已有三十多岁了。不过，她还是一个单身女人，没结过婚。"

这更是奇了。出自好奇，高适常在白天到对面的小客店买些杂物，坐一会儿，喝两杯清茶，他想了解它的女主家。

女老板很忙，她只请了一个小帮工打杂，迎送顾客，称货包装，端茶泡水，为住客准备饭菜，店里的事情大多由她自己来做。她干事利落，待客殷勤周到，对每个顾客都是笑脸相迎，笑脸相送。有了她的热情和妩媚的笑脸，白天，杂货客店的生意做得很旺。

高适连来了好多天，他想找机会和女老板搭腔，与她聊聊乐府诗歌。可是，她对他只以一般顾客相待。见面像老熟人似的，客气地迎进店里，笑着为他沏好一壶清茶，端上两碟花生豆、葵花子，请他多坐一会儿。然后，转身忙她的去了。高适有意问话，她大多一笑带过，看得出来，这是她对顾客常用的敷衍方式。

　　女老板不是别人，正是令狐兰。

　　自几年前再见李白，令狐兰的开店生活有了很大的改变。以前，她相信母亲的话，单身女人开店，不以色相相陪是维持不下去的。从川蜀来到洛阳后，独自开店，卖唱、陪酒，除去生孩子，所有女人能干的事情，令狐兰全干过。作为报偿，命运让她再一次见到了李白。可她没能留下李白，哪怕她心甘情愿做小妾，照顾李白和许夫人的生活，她只想能天天看见李白，这也无法做到。

　　令狐兰伤心极了。

　　李白带着他的妻子女儿走后，令狐兰的眼前常常闪过许夫人看她时那种毫无内容的、平平淡淡的神情。她觉得，与这个清雅秀美的夫人站在一起，她的娇美的姿容自然而然地被贬了下去。令狐兰过于美艳，过于世俗，与相门之后，与李白之妻无法相比。

　　李白有了许夫人，当然很难再瞧得起她这个开客店的小女人。令狐兰想，李白走了，不可能再回到她的身边。极度的失望，把令狐兰存在心间的仅有的一点点自信全都冲了个一干二净。好在，令狐兰并没有因此倒下。失望中，有一种力量在支撑着她。这力量，不完全来自她对李白的永远不变的恋情，更多的是来自许夫人，来自许夫人的那种眼神——许夫人看着她，不动声色。

　　令狐兰继续开着她的小杂货客店，她坚持不再当歌妓，不再陪酒。单身女人这样开店，比先前要困难得多。她一步步渡过了难关，客店的生意冷清了一段时间后，又渐渐地转好。令狐兰觉得，自己在一步一步地走近李白，更准确地说，是她努力以自己的气质，一步一步地靠近许夫人。

　　受李白之托，董糟丘经常照顾令狐兰。他出钱请人，替令狐兰把她的小木楼重新装饰了一遍。有常住的客户，董糟丘主动介绍给令狐兰。平日，酒店里进货，董糟丘总想着让伙计给令狐兰带上一份。对此，令狐兰感激不尽。

一年多以前，董糟丘的妻子因病突然去世。操办丧事，令狐兰过去帮忙，她忙里忙外，许多董糟丘没想到的事情，都让令狐兰悄悄地做了。董糟丘觉得，令狐兰实在是他难得的好帮手。

丧事过后，有朋友给董糟丘提亲，说的正是令狐兰。朋友们都说，把令狐兰这么能干的女人娶过来，天津桥大酒店的生意肯定会蒸蒸日上，况且，似令狐兰如此秀外慧中的女人并不多见。他们劝董糟丘不要再犹豫。

董糟丘又何尝不钟情于令狐兰？不止一次，与令狐兰单独在一起，他情不自禁地为她怦然心动。娘子去世后，又有朋友们多次说合，董糟丘真的动了心。绕着圈子，董糟丘含蓄地向令狐兰表示过几次他的想法。令狐兰当时没有回应，过后，他觉察到，令狐兰在有意与他疏远。

令狐兰心里只有李白。董糟丘不愿意勉强她。他更不愿意让令狐兰觉得，帮助她，他另有所图。不久，董糟丘随便娶了一个女人做妻子，他与令狐兰恢复了先前的朋友关系。

这天，高适怀着晚上听琴曲弹唱的激动，一大早就来令狐兰的小客店，他想好好和令狐兰聊聊乐府诗歌。可喝过一杯清茶，他见令狐兰又在忙着招待其他客人，他根本无法与她搭话。高适有些遗憾，心想，上午怕是没机会与她聊天了，只好改时再来。于是，他掏出茶点钱，放在桌子上，起身便往外走。

"嗳，这位大……哎，那位公……喂，你等等……"令狐兰拿了高适放在桌子上的钱，追了出来。匆忙中，她不知如何称呼高适为好。

这些天，高适天天早起来她的店里小坐。令狐兰总像待老主顾一样，热情地招呼他："你来了，快里边请。"

高适坐在店里喝茶，以不同的眼光看着她，还主动找她说话。令狐兰只把他当一般客人看待。上她这里来的，常有这样的男客，他们不是为了喝茶小坐而来。令狐兰只当不知道，客气地迎送，其他一概不去理会。高适来过好多次了，令狐兰没打听过他的姓氏。

刚才，高适坐下，令狐兰过来给他沏茶，他又准备和她说话："昨晚……"

"您先润润嗓子，小二就给您送茶点过来。"令狐兰打断了他的话，笑着为他沏好茶，自己再没到高适这边来。

等令狐兰招待了其他客人，转头再看高适，他已经走出了店门。摆在桌子上的茶点，他一点没动。留在桌子上的钱，比应该付的多。令狐兰从来不多收客人的钱，她还觉得，自己是不是过于冷淡了这位客人。

拿了高适放在桌子上的钱，令狐兰追出店门。她想叫住高适，叫他大哥，令狐兰觉得过于亲热，她收住了嘴；称他为公子，他四十多岁的人，这样称呼像是不够稳重，令狐兰又打住了。没办法，令狐兰只能在后面大声地唤道："喂，你等等……你等一下……等一下……"

已经横过街道的高适，回头见是令狐兰在后面叫他，有些意外。他稍停片刻，马上转身朝令狐兰走过来。

令狐兰站在原地，稳了稳神。等高适走回到她身边后，说："你的钱，你的钱给多了。"令狐兰把手里拿着的钱，递给高适。

原来是为了这钱。高适笑了，说："多的存放在你那儿，改日我还会来你这儿喝茶的。"他并不伸手接钱。

令狐兰拿着钱的手，不知如何是好。她不想与客人有钱上的瓜葛，可高适不接钱，她又没办法。

"今天你没坐多久，茶点也没动，急着去办事？"

"我来洛阳游玩，没什么大事。"高适看着令狐兰清澈见底的瞳仁，从这明亮的眸子里，高适找到了纯真，他仿佛又听见了夜晚那美妙动人的琴曲歌声。总算找到了她！高适心尖一动，柔情地说，"白天你太忙，月光下，我常站在窗户边上，欣赏你的歌声，你唱的乐府诗歌，我很喜欢。"

闪现在令狐兰眼中的清纯，瞬间即逝，她的脸上又浮出平日常有的微笑，说："也好，钱暂时放在我这儿，下次你来，我一定好好招待。"

高适还想说些什么，可眼见令狐兰拒他于千里之外的表情，又只好点

334

了点头，转身走了。

知道高适心里有失落感，令狐兰站在原地没走，她目送着高适横过街道。猛然间，令狐兰周身为之一震：眼前的背影，她似曾相识！

令狐兰觉得，时间在飞速倒转，此时此刻，她又回到了几年前的那个难忘的黄昏：

她同样站在自己的小客店门口，同样无意间看到了一个背影，那是她日夜寻找的人的身影。尽管岁月流逝，那背影已不再像先前那样挺直，看上去，他已经有些老态。可是，令狐兰一眼就认定，他是她的李大哥，他肯定是李白。

这个人的背影，神似李白。令狐兰被她的发现激动得微微战栗着，泪水即刻挤满了眼眶。她知道，他并不是李白，可她为了这背影的神似，简直无法控制自己，她真想冲过去，扑进他的怀里……

高适穿过街道，他感觉到令狐兰一直站在原地目送着他。不知为了什么，高适的心也开始微微地战栗。想着令狐兰刚才给他的客套似的微笑，高适强制着自己不要停下来，更不能回头。

临进客店门，高适假借侧身，用余光迅速地朝令狐兰站的地方扫过。对面空空如也，令狐兰早不在那里了。高适完全转过身来，看着阳光下空无一人的街道，看着对面热闹的小木楼，心中若有所失，惆怅万分。

四十多岁的高适没娶过妻子，也很少对女人动真情。

对于家，对于未来的娘子，高适看得很重。他认为，娶过来的娘子，他必须给她幸福。年轻的时候，高适暗自立誓：先取功名，后娶娘子。否则，自己为功名漂泊不定，娘子只能去守空房。可高适没有想到，这许多年，他一直功名无望，成家娶亲之事也因此耽搁下来。

大男人不会不需要女人。对于需要，高适很随便，他随时随地可以找到女人，他可以与她们任意玩乐。玩乐过，他让自己不往心里去。偶尔，有过几回，与玩乐的女人分手后，他又想起了她。高适马上告诫自己：和这种女人何必认真。

当天晚上，明月再次爬上树梢，恍惚不安的高适站在窗前，等待着对

335

面的小木楼里传来那动人情怀的琴声。

天气异常闷热。

清凉的晚风全都蹿到远郊自行游戏去了，城区的热气凝固着，像是结成了板块。大树和它们的绿叶呆立在银白色的月光下，纹丝不动，让人根本无法想象它们是生命的存在。那些专门爱在夏日的夜晚，出来欢唱的各种各样的小小的昆虫，早被热得口干舌燥发不出一丝音来。

四周一片死寂。

高适一直等到月儿偏西，小木楼始终静静无声。第二天，他没去令狐兰的杂货客店。整整一个白天，高适待在客房里，除去睡觉，就是胡思乱想。等到吃过晚饭，他以为可以照旧在油灯下读书了。

读书是高适的兴趣所在，读进去了，他很难出来。可这天晚上，手中的书卷只是他的自我装饰，盯着书卷，高适心神不宁，每隔一会儿，他一定去窗户旁边，朝外探望一次，像是屋外有什么在等待着他。其实，是他在急切地盼望着本应按时扬起的琴声。

忘掉她，不再想她的歌曲琴声，躺在床上的高适强制着自己。连着三个相同的夜晚，他一直没有等到这心中所盼，心里又总是念念不忘。

一夜辗转不眠。天亮，高适出去，给自己买回来一支竹笛。高适的竹笛吹得很好。明月高照时，他等不来琴声，便以笛子自我消遣。

沉闷的夏夜，清脆的笛声在城区的上空缭绕，它有幽思郁悒的绵延序曲，有铿锵有力的跳跃音符，还有突如其来的怅惘和空阔的休止。一曲接着一曲，高适每个夜晚都要尽情地吹奏。

一天晚上，高适正吹着竹笛，忽觉耳边响起了琴声，他不敢相信自己的耳朵，赶紧放下竹笛，仔细地辨认，琴声确实出自对面的小木楼，而且，与他吹的是同一支曲子。

听到这琴声，高适畅快极了，像是冰山突然化解。他两步跨至窗前，面对月光下的小木楼，憋足了劲，将竹笛吹得山响，任它什么旋律，他都顾不上了。

曲终，稍作停顿，高适再吹一曲，琴声又和之。一来一往，笛声与琴声交汇在一起。这些天来，积聚在高适心里的莫名其妙的忧思烦恼，全都随着乐曲飞入九霄云天。

坐在小木楼里，令狐兰抚琴与笛声相和，激动得泪流满面。

自李白带着家人走后，令狐兰大病了一场。病愈，她把对李白的思念深埋于心底。她常常想着李白，却不能有人再提起李白。任何涉及李白的人和事，都会触及她伤痛的心灵。

许夫人去世、李白再娶刘氏等情况，董糟丘从来往的朋友那里早就知道，出于好意，他全都瞒着令狐兰，只将李白入朝做翰林学士的消息告诉了她。想不到，令狐兰听了这个好消息，也整整病了十天。

那天，令狐兰无意间从高适的背影中读到了李白，跑回自己的小客店，她又病了两天。病中，令狐兰想着李白，脑海里还不断地浮现那个与李白神似的陌生人，她想着他送给她的柔情似水的目光。

很久很久了，还是成都老家，在她十五六岁的时候，李白送给她那一束美丽兜兰花时，这样看着她；她为她的李大哥弹琴唱曲，他这样看着她。可再见李白，他看着她，更多的是怜悯、疼惜和追悔。在李白满是伤感的眼神中，令狐兰寻觅不到她向往已久的深深怀念的含情脉脉的温存。

为了他的背影与李白神似，为了他那温情的眼神，令狐兰很想在病好后，专门为他弹奏一曲。

令狐兰把高适留下来的钱交给店里的小二，叮嘱他，若是那位布衣再来喝茶，把该找的钱找还给他。三天内，小二没见高适再来。令狐兰病好后，小二原封不动地把钱交还给了令狐兰。

他离开了洛阳，还是有意不再来了？令狐兰猜不准。这天晚上，她没有弹琴。不知为什么，令狐兰突然觉得，很久了，她弹琴歌唱都是为了这个知音。

后来，令狐兰听到了笛声。悠扬的笛声，一曲一曲，与令狐兰的心声相和，每天晚上，令狐兰都独坐在小木楼中仔细地聆听，她断定，吹笛人正是她的知音。鼓起勇气，令狐兰真的与他和了一曲。

这一夜，他们相和到很晚很晚，直到月儿西去，直到启明星再现东方。

在洛阳，高适娶令狐兰为妻。

婚后，高适恍然大悟：年过四十，他一直不言婚嫁，等的正是这个姿颜姝丽、娇娆妩媚的美娘子。高适感激上天将令狐兰许配给了他，他说，令狐兰是上天对他的特别恩宠。

在高适看来，他的娘子简直就是素女再世。传闻，素女先是一个音乐之神。杨雄的《太玄赋》说："听素女之清声兮，观宓妃之妙曲。"令狐兰弹唱俱佳，她和高适一样偏爱乐府诗歌，一样了解乐府歌词，尽管她一字不识，高适仍以她为最好的挚友、最难得的知音。

素女又是性爱女神。高适惊喜地发现，他的娘子体贴柔顺，激情似火。她和他在清泉小溪边游戏玩耍，又引他出入幽谷，在温暖湿润、奥妙神秘的人间仙境中，畅快地尽情地遨游。高适觉得，其间的幽渺，其时的体验，任何言语诗句都无法表述。他只在心里连连感叹：娘子就是娘子，真正的男欢女乐、儿女之情，全由娘子而来。今生今世，我高适若没娶得娘子，岂不枉来世间一游？

新婚蜜月，高适从早到晚守着令狐兰，他总觉得时间过得太快，日子突然变得太短。由此，他对上天又有所抱怨：为何不早将令狐兰婚配于我？等到这年过四十，不知与我的娘子还有多少时日相厮守。

高适特别珍惜他与令狐兰的共同生活。

和高适成婚，令狐兰同样感到无比的幸福，她像是一只长期在大海中漂浮的小白帆，终于找到了自己的舵主，服服帖帖地跟着他驶回了港湾。结婚前，令狐兰讲过自己的身世，高适并不把她过去的生活放在心上，依旧对她温情备至。与高适在一起，令狐兰恢复了自信，恢复了活泼纯真的本性。

和高适一样，令狐兰十分珍惜他们的夫妻情分。这不再是因为高适某些地方与李白神似，令狐兰暗想，与高适相比，李白恐怕永远只能是她的大哥，或者是一个需要人照顾的小弟弟，而高适，才是她的真正的夫君。令狐兰把她对李白的情感封存于心底，对夫君，她从没提起过李白。直觉告诉她，这样做，对她自己，对高适，对李白都有好处。

令狐兰关闭了她的杂货客店，她把小木楼托交给董糟丘，跟着高适离开了洛阳。夫妻俩在宋城营造了一个幸福的新家。

6

令狐兰与高适结婚的那天晚上，李白在终南山玉真观做了一个梦——

一只可爱的银白色的小狐狸围着他的腿边转悠，他走到哪里，小白狐狸跟到哪里。他蹲下来，伸手想抱住这只乖巧的小动物。可才触到它身上的滑软的绒毛，小狐狸突然对他龇露着两颗尖尖的小虎牙，做出顽皮的怪脸，嗖的一下窜开了。

小白狐站在一棵大树的底下，瞪着圆溜溜的眼珠看着他。他还想过去抱它，小白狐不让。它逗着他从这棵树下，追到那棵树下，不停地在树林子里追逐。

他累得满头大汗，气喘吁吁。他不再去追这只看似乖巧又顽皮透顶的小家伙了。他对它摆了摆手，自己走自己的路。

小白狐又回到他的身边，它在他的腿边转悠，跟着他走。他假装没看见它，心里却对它爱之至极。

走出树林，对面的山坡上站着一只好大好大的棕红色的大火狐。他没看见，小白狐看见了，朝它蹿了过去。他愣住了。没等他做出任何反应，银白色的小狐狸已经伏在了那只大火狐的背脊上，大火狐驮着它飞奔，很快翻过了山岗，脱离了他的视线。

李白若有所失，他的心像是被人抓住，猛地从悬崖上掷入峡谷，巨大的落差感让他无法承受。醒来，他大汗淋漓，身下的草席子也汗湿了一片。

翻身下床，吱呀一声，李白拉开了木门。

外面，天才蒙蒙亮。月亮已经去了，太阳还没出来，苍穹灰暗，只有一颗亮晶晶的启明星独自在东方闪烁。它是太白金星，每当看到它，李白总有一种超世的归宿之感，他紊乱的心绪渐渐平静了下来。

李白朝观外走去。

道观门外，晨风阵阵，凉爽怡人。李白望着远处的黑幽幽的山岗，想着梦中的银色的小白狐狸。

它是谁？李白想。是逝去的娘子托梦于我？不像。真是玉真公主回道观来与我在梦中相见？她能知道我的心愿吗？来终南山玉真观居住，已有一个多月了，梦中从没见到过她。小狐狸的银白与玉真公主有些相像，可又不完全相像。李白不相信它就是玉真公主。

是令狐兰？是，很像是她，李白想。兰子在梦里告诉我，她走了，她跟别人去了。她跟的人是谁？那只火红火红的大狐狸，它把兰子带去了哪里？想着这些，李白说不出自己心里的感觉。他只想马上去洛阳看看，看看令狐兰的小客店，他希望，她还住在那里。

人有时候很自私，特别是对男女之情。一份情感在，人们不去占有它，却知道这份情感属于自己，也就知足了。日子长了，也许还会渐渐地淡忘了它。可一旦这份情感移情别恋，分枝出去，不完全属于自己了，人心便会受到极大的刺激，激发出对那份被搁置已久的情感的追思。他们很想重新追回那份情感，尽管他们知道，那份漂泊不定的情感已经找到了理想的归宿，而自己永远不可能给对方以幸福。

想想还好，怕就怕的是付之于行动。

为了那只梦中的小银狐，这一年余下的日子，李白时不时地想起令狐兰，他作有《长相思》，尽述自己对她的眷恋之情。

长相思，在长安。

络纬秋啼金井阑，微霜凄凄簟色寒。

孤灯不明思欲绝，卷帷望月空长叹。

美人如花隔云端。

上有青冥之高天，下有渌水之波澜。

天长路远魂飞苦，梦魂不到关山难。

长相思，摧心肝。

340

几天后，李白和朋友一起下山，返回长安。

"大人，您可回来啦！"守院子的小吏笑迎刚刚跨进门的李白，"这些日子，好多人来找您呢。"

"都有些什么人？"李白边朝屋里走，边问。

小吏跟着李白进屋，说："我请他们给您留下了条子，全放在书案上了。有个道长来过三次，他说，请您回来，一定给他个音信。"

书案上放着十多张纸条。小吏抓起最上面的一张，递给李白："这是他昨日来给您留下的。"

纸条字迹清秀，语气亲切，写道："太白弟，久违了！你我兄弟同在京城，互访多次，均以事不凑巧，未曾谋面。兄近日恐要离京归山，万望返回后，能来大昭成观与我相见，为盼。"

纸条没有落名，李白一读便知，这是元丹丘和他说话。他放下手中的布包，转身就往外走。

"大人，您刚进门，不歇歇脚，这又要上哪儿去？"小吏跟在后面大声问道。

李白没有答话，他已经走出了院门。

大昭成观威仪元丹丘，正盘腿端坐在大殿中央的蒲团子上，慢条斯理地讲解戒律，近百名信奉道教、准备受戒的善男子和善女人，围跪在威仪的四周，如痴如醉地洗耳恭听。

急匆匆赶来的李白被拦在了道观的大殿门外。小道长请他在这里稍候片刻，他双手合抱，客气地说："传戒活动很快就会结束，烦请大人合作。"

"有劳小道长，一会儿及时替我通报。"李白说。

小道长再次双手合抱，回应道："小道不敢怠误大人的时间，传戒结束，立即进去通报。"

站在大殿门口，李白远远地观察他的兄弟。威仪道服衬得元丹丘高大了许多，人也老态了不少。他半闭着双眼，面部没有表情，长长的胡须将他的双唇遮掩得严严实实，所言戒律好像全都出自他这一大把灰白色的胡须之间。

"兄弟，你可真成了老道啦，"李白看着元丹丘，如同面对镜子仔细观看自己一样，他在心里自我解嘲，"该是你我求道升天的时候了。"

"我正求此道，"兄弟见面后，李白又笑元丹丘快成老神仙了，元丹丘说，"主持大昭成观近两年了，成天做些观中事务，我自觉已不是超俗之人，很想早日摆脱才好。"

坐在威仪室中，李白问："你说要离开长安，是想辞去威仪之职？"

元丹丘点头，道："我已奏明皇上，请求以其他道长来任此职。奏本呈上去快一个月了，想必近日会有答复。"

"我看兄弟端坐于殿中，给众人传授道法，讲解戒律，于道门，于众人都大有益处，"李白说，"似这种有意义的事情，兄弟应该为之。"

"初来时，我也和你的想法相同，"元丹丘露出无可奈何的神情说，"时日长了，发现我任此职，正好与我所传授的教戒相悖。求道为的是修身养性，按教戒须少思、少念、少欲、少事、少语、少笑、少愁、少悲、少乐、少喜、少怒、少好。我天天对善男善女讲，多思则神殆，多念则志散，多欲则志损，多事则形疲，多语则气争。可是，我自己不正是整天在多思、多念、多欲、多事和多语吗？多是丧生之本，求得十二少，才可成真人。我已是朝五十岁走的人了，再在此地多事，何时才能遂我出家成仙之心愿！"

"有道理，"李白点头称是，接着又问，"辞去此职，兄弟准备去哪里修仙？是去华山吗？"

李白的问话很明显，除了关心元丹丘以外，他还想打听玉真公主现在的去向。他在元丹丘的案台上看到了一只银手镯，那是玉真公主的随身饰物，李白记得很清楚。

元丹丘心细，他注意到李白往案台上玉真公主的银手镯看了一眼。本来，玉真公主反复说过，不许元丹丘把她的近况告诉李白。可见到李白，元丹丘知道，不能不和他说起玉真公主。

"我把玉真公主送去了华山，"元丹丘说，"她年纪大了，身体总是不好，更需要静养修炼。皇上准奏后，我也要去华山。"

岁月不饶人，三十五岁以后，李白常发出类似的感叹。在元丹丘这里，他又强烈地感受到生命易逝。他与元丹丘相识时，两人刚刚二十出头，如今，他们都有了花白的胡子和两鬓白发。印象中，玉真公主青春美貌，面容姣好如玉，可元丹丘说"她年纪大了，身体总是不好"。算一算，她也五十多岁了，李白不敢想象，年过五十，身体不好的玉真公主是个什么模样。

元丹丘留李白在大昭成观住几天，说等奏本批转下来，再让李白回去。果然，不出三日，宫里的宦官带来了圣谕：皇上准奏，威仪元丹丘可以还山。元丹丘很高兴，他把观内之事交代完毕，准备第二天就离开长安上华山。

"我和你同去。"李白说。

"去华山?"元丹丘有些诧异，"那怎么行，你仍是待诏的翰林学士。"

"我送你到华山，马上返回。"李白说得很坚决，没有商量的余地。

尊重玉真公主的意志，元丹丘不同意李白与他同去，他找理由劝李白说："你是待诏，说不定皇上什么时候要宣你入宫。我看，还是不去为好。送到哪儿都是分手，自家兄弟，随便些好。"

"我这个待诏翰林越来越没用了，"李白说，"皇上现在基本不召我进宫，学士院里我也没事，想去哪里，我都可以去，不会有麻烦。"

李白说的是实际情况。自礼部侍郎人选由皇上圈定以后，玄宗再没召李白进宫。李白觉得反常，曾专门问过贺知章，贺知章不清楚其内幕，他又去问李适之。

李适之是以做官为本的人，他将朋友与自己政治圈子里的搭档严格地区分开来，对朋友他从不随便透露官场内幕。他只告诉李白，为李白谋取实职，他已尽了全力，无奈李白没有官运，怨不得别人。见李白不服，他又提醒李白，让他今后喝酒说话要看场合，以免墙外有耳，传到皇上那里，他的日子不会好过。

李白并不傻，听李适之这么说，心里已经明白了七八分。一气之下，他和朋友一起去了终南山。

给自己留面子，这些话，李白没和元丹丘说，他执意要与元丹丘一同去华山。元丹丘不得不答应。

一路上，元丹丘心里七上八下，他担心到了华山，在他们三个人中间出现尴尬的局面。玉真公主横了心，不再见李白，李白却非想见玉真公主不可，元丹丘觉得他夹在中间，很难做人。有个什么突发事件，谁都不受伤害，又能阻止他们见面，那就好了，元丹丘想。

情人之间，心心相通。

李白想着玉真公主，元丹丘也想着玉真公主，住在华山云台（北峰）道观中的玉真公主，早就坐卧不安了。她不知是为了什么。

正好，前些日子她打发去长安办事的一个小道士回来了。玉真公主问长安有什么消息，小道士说东说西，讲了不少此去长安的见闻。最后他才说，在大昭成观听他师兄弟讲，丹丘道长已向皇上奏本，要求辞去威仪之职。

事先，元丹丘没和玉真公主商量，他也不想让玉真公主先知道，只准备木已成舟之后，再将心里的想法讲给玉真公主听。

玉真公主能体谅元丹丘的心思，她想，不做威仪也好，他又能上山来陪我了。想到这儿，玉真公主突然明白了她心态异常的原因：元丹丘从来是个自作主张的人，他看重兄弟情谊，从长安来华山，一定有李白与他同行。玉真公主相信她的判断没有错。

不愿意破坏自己已经逝去却永远留在了李白心中的形象，玉真公主重新坚定了她不再见李白的决心。她当下给元丹丘写了一张便条，让徒弟等元丹丘来后，在没有其他人的时候，转交给元丹丘。随后，玉真公主又摘下自己的银手镯。她的一对银手镯，是出家时父皇送给她的纪念，一个她已给了元丹丘，这一个她要送给李白。用绢巾将手镯包好，玉真公主叮嘱徒弟，等李白来后，把它转交给李白。

玉真公主又一次离开了道观，在李白到来之前。

李白不得不再次品尝恋人生就的公主脾气。他从衣襟里掏出一个小小的布包，里面有一缕青丝、一只手镯和两节摔断了的木簪。青丝是许夫人的遗物，手镯是令狐兰的信物，木簪则是玉真公主在终南山给他留下的纪念。现在，小小的布包里又多了一只银手镯。李白心里十分难过，逝去的人再也见不到了，为什么活着的人也不愿再与他见面？无论如何，李白也不明白。

元丹丘把玉真公主留给他的便条拿给李白看，他想以此来安慰李白。

玉真公主在便条上写道：丹丘，我走了。过一段时间再来找我，如果你找得到的话。

李白不想回长安了，他想和元丹丘一起在华山修道。元丹丘留李白在山上住了十多天，等他的情绪平复之后，才劝他下山。

元丹丘说："我看兄弟还是回长安的好。记得兄弟说过，你我是殊途同归。我以入道求仙为本，你却要以经世救国为己任，待成就了功名，再走出世之路。如今，兄弟虽步入朝廷，宏愿尚未实现，就此隐退，在我看来实在可惜。"

李白不回话。

元丹丘又说："我虽是入道之人，却不认为只有入道，才能成仙为圣。世人只要求得一绝技，众所不及，便可以此绝技为圣，身后即可成仙。有道是：善围棋之无比者，谓之棋圣；善史书之绝时者，谓之书圣；善图画之过人者，谓之画圣；善刻削之尤者，谓之木圣。我的话说得直，兄弟不要见怪，我一直认为，兄弟的成仙为圣之路，不在道门，而在世俗社会。你想想看，是不是这个道理。想通了，还是下山去吧。"

元丹丘以大法师、老道长的口气说了这段话，真的说动了李白。他答应独自返回长安。

兄弟离别，李白为元丹丘作诗一首，《西岳云台歌送丹丘子》，算是他送给元丹丘的去朝留念。这首诗写得很有神仙气。诗曰：

西岳峥嵘何壮哉，黄河如丝天际来。
黄河万里触山动，盘涡毂转秦地雷。

荣光休气纷五彩，千年一清圣人在。

巨灵咆哮擘两山，洪波喷流射东海。

三峰却立如欲摧，翠崖丹谷高掌开。

白帝金精运元气，石作莲花云作台。

云台阁道连窈冥，中有不死丹丘生。

明星玉女备洒扫，麻姑搔背指爪轻。

我皇手把天地户，丹丘谈天与天语。

九重出入生光辉，东求蓬莱复西归。

玉浆傥惠故人饮，骑二茅龙上天飞。

7

这天一大早，贺知章来找李白。

李白还疏懒地靠在床头看书，没起床。见贺知章进来，他急忙起身穿衣服，套袜子，有些手忙脚乱。

贺知章不讲客套，进门便往茶桌边上一坐，自己给自己倒了一杯凉茶，端起来咕嘟咕嘟两口喝了下去，又出了一口大气，然后说："大兄弟，我有一个重大的决定，先来告诉你。"

"什么好消息，贺公如此兴奋？"

"好消息？"贺知章瞪大眼睛反问了一句，马上又点头道，"也可以说是个好消息。昨晚，老夫做了一个梦，三更天后再未能入睡，天亮前，已拿定了主意。我要上奏皇上，请他免去我这一身虚职，许我告老还乡。"

李白穿戴完毕，在贺知章的对面坐下来，不大相信地问："贺公因何故，突然有此想法？"

"我没告诉你吗，昨晚，我做了一个梦，很不吉利。"贺知章长长地叹了一口气，说，"老夫来日不多啦。"

李白听了，心中一惊，表面上却做出无所谓的样子，说："梦中所言，不可当真。贺公红光满面，一年到头没有灾病，何以断言来日不多了呢？

再说，上半夜的梦，常与实际相反。这梦告诉你，将有新的福禄降临，也是很可能的。"

贺知章又叹了一口气，道："说实话，仅这一个梦，让老夫离开居住了大半辈子的京城，告老还乡，恐理由不足。这个想法，我早有之，只是没有最后下决心而已。昨晚这一梦，才让我彻底想清楚了。"

李白若有所思，没有说话。

"如今这个朝廷，没什么好留恋的了。"贺知章像是对李白说，又像是在自言自语，"在位时日长了，不思图治，下臣可以体谅。偏偏选的宰相，又是一个不学无术的权势小人。国力日衰，边境长久不得安宁。这些话，老夫本不愿讲，可明眼人哪个不看在眼里，急在心上？我已年过八旬，不但不能再为君为国分忧，每年还受用许多的俸禄，无形间加快了国力的削弱。想来想去，我还是告老还乡为好。一来，眼不见为净。二来，减轻一点负担，算是为臣的对皇上以往恩典的报答。三来，老夫告老还乡，以八十高龄步入道门，也是想为自己谋一条永生之路。"

贺知章说着说着，激动得热泪盈眶。李白受他情绪的感染，也逐渐激动起来，他不住地点头称是，恨不能马上随贺知章一同去面见皇上，辞去翰林之职，离开京城。

其实，从华山回来后的这些日子，李白一直在思索这同一个问题。他佩服元丹丘的超脱，羡慕元丹丘、玉真公主他们的道门生活。住在翰林学士院中，整天无所事事，李白早腻透了。但想想元丹丘对他说的话，又觉得不无道理。自己费尽周折，饱尝辛酸，好不容易才混到今天的地位，轻易放弃，确实可惜。

犹豫之中，来了贺知章的重大决定，正好是一个关键性的砝码摆上了天平，李白当然赞同贺知章的选择，并说他要与贺知章一同去朝。

"大兄弟差矣，"平静下来，贺知章说，"你不能和老朽相比。我要还是你现在的年纪，哪会想着去朝？朝廷里贪官污吏日渐嚣张，更需要你等有识之士留在朝中与之抗争。虽说当下你在朝中不得志，他们也保不准什么时候就会失宠。老夫在朝廷里混得久了，这些事情看得很清楚。有时候，谁年轻，谁活得时间长，谁就是最后的胜利者。这是上天为人安排好的命运，也要靠人自己去努力。你坚持不下去，早早地打了退堂鼓，还说什么报效君王，报效国家？大兄弟，千万不可在逆境中引退。"

贺知章一席肺腑之言，暂时打消了李白去朝的念头。说服了朋友，坚定了自己，贺知章满意地站起身来，拍拍屁股，和李白告辞。

李白留他再坐一会儿，贺知章说："时候不早了，我回去写好奏章，赶在今天呈交上去，也好尽快有个结果。"

贺知章走后，李白奇怪，这些日子，他怎么没了自己的主意。听别人的道理，这么说有理，那么说也有理，轮到自己选择，全不知如何是好。怪来怪去，李白怪到这座学士院中的小小的庭院的头上。这个封闭无聊的地方，将人的个性都变异了，再住下去，还不知会有什么事情发生呢，李白想。

玄宗很快批准了贺知章的奏本。他特意御制诗一首，并亲自加序，高度赞扬贺知章的举动。

唐代，朝廷对重臣没有退休的制度。老臣不触怒皇帝，便可在朝中为官，直到他自然结束生命为止。由此，朝中不得不虚设了许多的闲散官职，供那些思维已经迟钝了的老臣睡在上面吃俸禄。

贺知章以年过八十，无能为朝廷效力为由，主动提出入道还乡，很受玄宗的赞赏。皇上想以贺知章为榜样，号召所有的老臣都向他学习，以减轻朝廷日益严重的财政负担。

再者，晚年的贺知章恃才傲物，狂得近乎装疯卖傻，玄宗早在心里有了看法。玄宗认为，不管贺知章有意无意，他的这种玩世不恭都说明他对君主不满，也有损于朝廷官员的形象。好在他还有自知之明，选了这个合适的方式，自己给自己下了台阶。玄宗想，聪明人到老还是聪明人，他给朕面子，朕也绝不亏待于他。

皇上亲自御笔制诗，并加序文一篇，得到这千金难买的荣誉，贺知章十分满意。临行前，他在府中举办了一次烧尾宴，款待朋友，献食皇上。

烧尾宴，在唐代官场中很有讲究。它是官场习俗中的一种，本意在于借"烧尾"来说明主人身份的变化。一般的烧尾宴是在士子蒙受圣恩、晋升官职，或迁居时举办。

按当时的说法，入仕升官是由老虎变成人，而落第左迁则是由人返回老虎。当士子沐浴圣恩，由虎变成人时，一切均会自然蜕变，只有尾巴顽固不化，仍留在屁股后面。它不分时间，不分场合，弄不好就会从裤裆里伸出来丢人现眼。想要彻底变成人，必须烧去这条多余的尾巴。烧掉尾巴虽然痛苦万分，却是喜人之事。当事人在府上设宴，为的是请朋友来为他壮胆助兴，所以，也就有了烧尾宴。

宴会开始，贺知章立于上首，由东至西，向几十桌宾客频频拱手。待众人安静下来后，他涨红了脖子，大声地、一句一句地说道："诸位，诸位兄弟朋友，老夫今日摆下的烧尾宴与他人不同，我一不是升官，二不是迁除，而是蒙皇上恩准，告老还乡，步入道门。老夫视此为人生一大变化，故请各位前来，助我烧去往日在为官途中生成的尾巴，好做一个真正的修身养性之人。"

"烧尾巴要烧得像个样子，为何桌子上不见烧酒？"有个朋友插话问道。

"这又是老夫的烧尾宴与他人的不同，"贺知章笑道，"往日，老夫的酒喝得太多，今天摆这烧尾宴，决心与酒绝交，委屈诸位兄弟朋友和我一同受苦了。"

宴席上喝惯了酒，乍与酒绝缘，无法举杯祝福，没有热闹的由头，大家都不习惯。

可是，等一道一道，共六六三十六道极具特色、味美色鲜的菜肴小食，还有各种主食糕点端上桌后，众人越吃越香，越吃越想吃。这才知道，原来宴席上不喝酒，美味佳肴才能品出味来。

不喝酒比喝酒要吃得好得多，这餐丰盛豪华的烧尾宴，令许多人吃过之后终生难忘。

天宝三年（744）正月庚子，贺知章正式启程离开京城。玄宗命皇太子、左右宰相率领百官列队，一直将他送至长乐坡。李适之等朝中文人，亦纷纷作诗相送，抄录在一起，整整一卷。其中，李白独作二首。

在《送贺监归四明应制》中，李白说，贺知章得学道之真诀，不看重朝廷的恩宠，执意摆脱荣禄，去追逐永远。他将要去的地方好比瑶台仙境，不知帝王之京城日后对他是否还有吸引力。

原诗七句：

> 久辞荣禄遂初衣，曾向长生说息机。
> 真诀自从茅氏得，恩波宁阻洞庭归。
> 瑶台含雾星辰满，仙峤浮空岛屿微。
> 借问欲栖珠树鹤，何年却向帝城飞？

还有一首《送贺宾客归越》，写道：

> 镜湖流水漾清波，狂客归舟逸兴多。
> 山阴道士如相见，应写黄庭换白鹅。

送走贺知章，李白又接二连三地送朋友离京。

一个月内，他作《白云歌送刘十六归山》，又作《送于十八应四子举落第还嵩山》《送裴十八图南归嵩山》《赠别王山人归布山》……

朋友们先后出京，大多进山修道，李白由衷地羡慕他们"水上女萝衣白云，早卧早行君早起"的自然田园生活。他反复对朋友说，"我心亦怀归，屡梦松上月"，"同归无早晚，颍水有清源"，表示他迟早也会走这条路。

8

玄宗好像真的忘记了李白，差不多有半年的时间，宫里不再召他。张垍见到李白，总是一副冷冷的面孔，得意之态隐于其中。李白听说，皇上不宣他，主要是因为太真妃子不喜欢他的诗作了。

人们大多势利，皇上和太真妃冷淡了李白，喜欢他的诗歌的人也跟着越来越少了。尽管李白的诗歌还是作得那么好，京城里的"李白热"却旋风一阵，很快地刮了过去。李白的歌词，在歌妓们手中的曲牌上，由头牌曲降到一般牌曲的位置。

热点人物转移了，曾是热点中心的李白感到了明显的失落。

李白觉得，受宠于君王之时，自己是"桃花开东园，含笑夸白日。偶蒙春风荣，生此艳阳质"。然而，"以色事他人，能得几时好"，"君王虽爱蛾眉好，无奈宫中妒杀人"，"由来紫宫女，共妒青蛾眉"。有朝中小人的恶语中伤，即使自己的"美色"未褪，也逃脱不了遭受皇上冷遇的命运。

"君子恩已毕，贱妾将何为？"

李白感叹道："世人种桃李，多在金张门。攀折争捷径，及此春风暄。"种在权贵门前的桃李，备受世人宠爱，他们争相攀采，闹得满园春风。可是，"一朝天霜下，荣耀难久存"。曾经热闹非凡的桃李花园，由于霜降，落得声名狼藉，粉艳的花瓣被胡乱地踩入泥浆之中，其惨状令人不忍目睹。你可知道长在南山上的桂花树？从来没有人去刻意地装点它，它却总是花香怡人，绿叶垂阴。"清阴亦可托，何惜树君园？"

受冷落的李白傲气仍存心中，他傲视同朝小人，藐视凡夫俗子，他不以世人的眼光、小人的标准，看待和衡量自己，甚至皇上的态度也左右不了他。他依旧我行我素。可是，另一方面，强烈的孤独感又时不时地侵扰着李白，尤其在夜晚，当他独自一人坐在小院月下独酌的时候：

> 花间一壶酒，独酌无相亲。
>
> 举杯邀明月，对影成三人。
>
> 月既不解饮，影徒随我身。
>
> 暂伴月将影，行乐须及春。
>
> 我歌月徘徊，我舞影零乱。
>
> 醒时同交欢，醉后各分散。
>
> 永结无情游，相期邈云汉。

李白无人说话，他有许多的愁闷，无人为他解答，独在月下，他只能《把酒问月》：

> 青天有月来几时？我今停杯一问之。
> 人攀明月不可得，月行却与人相随。
> ……
> 白兔捣药秋复春，嫦娥孤栖与谁邻？
> 今人不见古时月，今月曾经照古人。
> 古人今人若流水，共看明月皆如此。
> 唯愿当歌对酒时，月光长照金樽里。

崔宗之来看李白。他发现，贺知章走了才一个多月的时间，李白突然老了一圈，他头发留得老长，披在肩上，几乎全白了。

"白发三千丈，缘愁似个长！不知明镜里，何处得秋霜！"李白随口吟诗一首，又说道，"唉，你说得对，你说得对，我还是回去的好。这些日子，我想了很久，似这个样子留在朝中，不如一走了之。这个翰林学士院，我再也不想待下去了。"

"身在朝中，最忌意气用事。"崔宗之劝他说，"李兄不要着急，就是要走，也得将皇上那边的虚实探清楚，弄明白究竟是有小人从中作梗，还是皇上真的对你有了看法。"

"困于这小小的院落之中，皇上不召见我，朝中又没有坦心相助的朋友，你叫我怎么去探明皇上的虚实？"李白心情烦躁，说话口气很冲。

崔宗之不往心里去。他很想帮李白，可他在朝中只是个中下级官吏，帮不上什么大忙。想了想，崔宗之说："我倒有一个办法。不过，这是孤注一掷，走出去，再想收回来就很难了。"

"你说，管他难与不难，顶多是去朝还乡，我早有此想法，还怕什么！"

"李兄有这个准备就好。"崔宗之说，"我想，李兄不妨草书一奏本，呈交皇上，就说你久居朝中无事，欲去朝还乡，特请命于陛下。书此奏本，并非真意要去，而是抛石问路，探探皇上的意愿。"

崔宗之的这个办法，是为官者的老套路。自己干得不顺，或急于升迁时，为官者常常会突然向上头提请辞职。干得顺的人行此举，有充分的把握。他知道，这一行少不了他，少了他，地球转不动，他以此为价码，胁迫上头应承他的要求。干得不顺的人也行此举，其目的不外乎是拉开架势，向上头表明态度：你若继续用我，必须修正态度，为我创造好的环境；否则，咱们各走各的路，两不相干，即所谓：用人不疑，疑人不用。

李白按照崔宗之的主意，把他留朝去朝的犹疑呈交给皇上判断。皇上要用他，肯定会出面挽留，并做出新的安排。皇上不想用他，他也正好拂袖而去。这么做，符合李白的个性，他很容易接受。当然，奏本呈上去后，李白心中还存有一线希望，他总想着皇上开明，不会轻易放弃他这样的栋梁之材。

这天，高力士正在为皇上批阅奏章。翻开一本，他两眼扫过，心中一喜。老奴拿了这本奏章，掩下喜气，来到皇上的寝宫。

玄宗正和杨玉环对面坐着，下着围棋，高力士进来，他只当没看见。

好不容易，瞅着皇上点了一粒好子儿，高力士立即抓住机会，将手中的奏章呈过去，说："请陛下亲阅。"

玄宗顺手接过来看了，马上还给高力士，道："这点小事，还要由朕亲断吗？你把它搁在一边就是了。"

"陛下，奴才想，此事虽小，涉及面广。最近，常有此类文人上疏，要求去朝。不及时给出个明确的答复，恐有后患。"

高力士在玄宗面前说话，从来是唯唯诺诺，从来没有主动表明自己看法的时候。玄宗瞧他这异常的态度，自然也就引起了重视。他抬手伸向高力士，又将那奏本要过来，仔仔细细地看了一遍，沉吟了许久，没有说话。

杨玉环坐等在一旁，见玄宗拿着奏本，一时半会儿放不下，便说："三郎忙正事，我们这盘棋就此结束了吧。"

"唉，那怎么能行，朕正在兴头上，不可推乱，不可推乱。"玄宗马上又放下奏本，说，"这不是什么大事，放放再说。"说着，玄宗准备重新下棋。

"三郎还是先处理正事，"杨玉环道，"要下棋，妾等着就是。"

玄宗笑了，他问杨玉环："李白要去朝，娘子愿意吗？"

"是李白上的奏本？"杨玉环问。

玄宗点头认可。

杨玉环想了想，轻松地一笑，道："三郎问得不对，李白是你的翰林学士，愿不愿意他走，全在于你，不该问我。"

"娘子喜欢他的诗。"玄宗说。

"三郎说笑。"杨玉环娇嗔地看了一眼玄宗，说，"诗作得好，我都喜欢，与人并无关系。"

"那么好，李白要走，就让他走吧。"

"全由陛下决定，妾不管朝政之事。"

高力士心里高兴了。他命小宫人取来御笔，为皇上研好浓墨，即请玄宗制谕。

玄宗手握御笔，稍作思忖，在李白的奏本侧旁写下两排大字：随爱卿心愿，特许暂还。赐：锦袍一袭，玉带一条，金鞍龙马一匹，另黄金千两。

圣旨下到翰林学士院。李白手捧圣谕，一时无言以对。待传旨的公公们走后，他吟诗四句：

> 落羽辞金殿，孤鸣托绣衣。
> 能言终见弃，还向陇西飞。

题为《初出金门寻王侍御不遇咏壁上鹦鹉》。古人题解：李白以鹦鹉自喻也。他言，辞君而去，有如落羽，从此恐不能飞。寻友不逢，譬如孤鸣。既然以怀才见弃，焉能再恋你这金殿？回我陇西去吧！

354

天宝三年（744）三月某日的下午，李白草草收拾了行装，骑上金鞍龙马，独自离开了住过三春的小院子。他走出了翰林学士院，走出了大明宫，走出了长安的南大门。

　　路人谁也没注意，诗仙李白告别了京城。

　　长安城外，李白骑在马上，背着夕阳，面向东方而去。

　　他摘掉了学士帽，让几乎全白的长发，自由地飘散在肩头。皇上赐给他的玉带被他横搭在白马的屁股上。一件宽大的官袍，他随意地披着，行于途中，那官袍犹如一面紫色的大旗，被风吹得飘忽不定，不断发出哗啦的响声。

　　远远望去，旷野中的这位飘逸之人，不像道士，也不像官人，他是谁？没人过问。

　　站在长安城楼上，顺风，可以听见这位飘逸之人发自肺腑的声音：行——路——难！

　　二出长安，李白又吟《行路难》一首。诗曰：

　　　　金樽清酒斗十千，玉盘珍羞直万钱。

　　　　停杯投箸不能食，拔剑四顾心茫然。

　　　　欲渡黄河冰塞川，将登太行雪满山。

　　　　闲来垂钓碧溪上，忽复乘舟梦日边。

　　　　行路难，行路难，多歧路，今安在？

　　　　长风破浪会有时，直挂云帆济沧海。

图书在版编目（CIP）数据

将进酒 / 曾月郁, 周实著. -- 北京：中国文史出
版社，2023.1

（李白三部曲 二）

ISBN 978-7-5205-3186-3

Ⅰ. ①将… Ⅱ. ①曾… ②周… Ⅲ. ①长篇历史小说
-中国-当代 Ⅳ. ①I247.5

中国版本图书馆 CIP 数据核字（2021）第 187214 号

责任编辑：薛未未

出版发行：**中国文史出版社**

社　　址：北京市海淀区西八里庄路 69 号院　邮编：100142

电　　话：010-81136606　81136602　81136603（发行部）

传　　真：010-81136655

印　　装：北京新华印刷有限公司

经　　销：全国新华书店

开　　本：720×1020　1/16

印　　张：23　　　　字数：319 千字

版　　次：2023 年 1 月第 1 版

印　　次：2023 年 1 月第 1 次印刷

定　　价：69.80 元